近世文藝思潮攷

近世文藝思潮攷

中 村 幸 彦 著

岩 波 書 店

目次

一　幕初宋学者達の文学観

1

幕初とは近世徳川幕府時代の初めの意である。徳川幕府時代即ち江戸時代の思想界に終始君臨して、その指導的役割を果したのは、儒学である。儒学は過去の中国でも然りであった如く、江戸時代でも、唯に倫理の軌範としてのみでなく、人世万般の理論と実際面にも関与指導した。文学も文学思想も、その例外ではない。儒者の文学観、儒学界の文学思想は、各時期の文学思想の中心となり、国学者、歌人俳人、戯曲小説の作家の文学観にも反映している。また儒者は、思想家兼文人、研究家兼教授であったのが常態で、その文学についての意見の発表は、文学本質論から漢詩文の作法、古典の研究評論に及んでいる。のみならず、日本古今の諸様式の作品を論ずる場合も少なくなかった。よって文学論と一言に称しても、甚だ多様であった。且つ儒者儒学界の文学観は、必ずと云ってよく、中国のそれぞれの世の思想家文人の文学観の影響を受けている。よって比較文学的な配慮なくしては、十分な理解には到らないものである。しかも江戸時代の我が国の儒学は三百年の間、また幾変転して、特異な展開をとげたこと勿論であって、儒者儒学界の文学論も、一様に論ずることが出来ぬ。しばらく、以上の如き様相の一つの見本として、近世初期新しい文学観の中心となった宋学者の文学論をうかがって見ることとする。

2

徳川幕府が、日本の政治を担当して、その文教政策の指導原理に選んだのは、当時の中国は勿論、朝鮮その他亜細亜の各地でも、そして日本でも漸く流行し初め、云わば一つの世界学であった宋学であった。この儒学の一派は、後述する如き、宋学自体の性格に恰好な、当時の日本の社会的条件の下において、短日月に、それまで日本の思想界を支配して来た仏教にとって替って行った。幕府が林羅山らを招聘して、この政策に参画させたのは勿論、諸大藩でも、尾張の堀杏庵、紀伊の那波活所、水戸の辻端庵の如く、その派の学者を政治と教育政策に参画させたし、進歩的な思想家は、大先輩の藤原惺窩は勿論、朝山意林庵、山崎闇斎の如く、仏教を捨てて、この学に参じ且つ鼓吹した。幕府や諸藩の封建的権力の活用や、この政策に参加した林羅山などの関係者の熱意もあって、士農工商あらゆる身分、そしてその身分内のあらゆる階級の末端までも、この教が滲透して行った。徳川家康らがこの思想を文教政策中に採用したのは、彼の先輩の信長、秀吉らの為政者が、その統制に苦しんだ仏教、更には切支丹に匹敵する世界的思想体系であり、宋代近世社会を理論づけたこの学が、幕府が想定する近世封建社会の理論的支柱たり得ると考えた大きな原因があったからである。[1] しかし社会一般が、魅力をここに感じたのには、他の原因もあった。中世思想界に支配的であった浄土教的仏教は、厭離穢土欣求浄土の現世否定、人間否定の思想であった。長い戦乱の後に、実力によって近世の平和社会で実権を握った支配者層の武士や、経済力を持つ上層町人などは、現実を謳歌し、人間の力を信じたはずである。既に室町期から現世の幸福を願う気分が、一般民衆の中にも、次第に醞醸して来ていたが、儒学はまさしく、藤原惺窩が、

自二仏者一言レ之、有二真諦一、有二世間一、有二出世一。若以レ我観レ之、則人倫皆真也。未レ聞呼二君子一為レ俗也。我恐僧徒乃是俗也。聖人何廃二人間世一哉。（「惺窩先生行状」）

と述べた如く、現世の人間尊重の学であった。この点が、時の人心に合致したのである。中世仏教の神秘主義にかわる宋学の合理主義も亦歓迎されたが、仏教から儒教へ思想転換をするには、宋学が、中国に於けるその形成時に仏教と交渉することあって、形而上学的要素を持っていて、禅的思考に馴れていた当時の日本の知識人にも理解し易く、入り易かったことも間違いない。当時として為政者にも一般人にも焦眉の急であったのは、長い戦時の悖徳と、戦後につきものの刹

那的な享楽の風潮を立て直す実践倫理の準則であった。しかし仏教が持っていたかつての道徳的指導力は、腐敗した当時の緇流に望むべくもなかった。これを提供したのも宋学であった。『東照宮実記』附録は云う。

> 惺窩に至りはじめて宋の濂洛諸儒の説を尊信し、躬行実践をもて主とし、遍く教導せしより、世の人やうやく宋学の醇正にして世道に益あることを知れるに至れり

とあるに徴しても明らかであるが、それより数多い近世初期の教訓書が、その拠り所を宋学に求めたことが、最もよくこの間の事情を物語っている。のみならずこの新思想に対して、伝統的な思想即ち神道界仏教界でも、進歩的な人々は習合の態度をとった。度会延佳の神道に於ける『易経』、新しく信奉者を集めた新禅宗、盤珪禅に対する『大学』の影響なども既に論じられている。世に云う三教一致思想は、我が国でも早く中国より輸入されていたが、近世初期では、それまで一致の中心であった仏教に替って、宋学が、その位置についたことが特色である。史家は、近世初期を啓蒙時代と称するが、その啓蒙思想を主導したのが宋学であると云ってよい。従ってこの啓蒙時代の文学思想界を主導したのも、中世の仏教に替った宋学であったのである。

3

幕初の儒者達が読んで、その影響をうけた宋学の書籍については、『羅山林先生集』の附録にある羅山年譜慶長九年の条の、彼の既読書目や、その随筆『梅村載筆』(ただし、この方は羅山が全部見たか如何は不明)に見える。更に紅葉山文庫の『御文庫目録』につけば、羅山の晩年頃では、宋学の主要書は、悉く見ようと思えば見られたと思われる程輸入されていた。今、羅山やその頃の人の読んだものの中で、宋学書の示す文学論の本筋を求めれば、次の三筋であった。

一は載道説。その主要の文は次の如くである。

文所二以載一レ道也。輪轅飾而人弗レ庸、徒飾也。況虚車乎。文辞芸也。道徳実也。篤二其実一而芸者、書之美則愛。愛則伝焉。賢者得二以学一而至一レ之。是為レ教。故曰言之無レ文、行之不レ遠。……不レ知レ務二道徳一、而第《タヽ》以二文辞一為レ能者、芸焉而已、噫《アヽ》弊也久矣。(周敦頤『通書』)

とあり、『二程全書』十八では韓愈の文学を評して「退之晩年為レ文、所得処甚多。学レ本是修レ徳、有レ徳然後有レ言。退之却倒レ学了」と述べて、更に、

今之学者有二三弊一。……一溺二於文章一。二牽二於訓詁一。三惑二於異端一。苟無二此三者一、則将何レ帰。必趨二於道一矣。

と云う。韓愈の如く、儒学を堅持した人に対してすら、その文章を重んじたことについて、きびしい批判を下したのである。この周子・程子の説は、朱熹にもそのまま伝わって、処々に発言が

あるが、『朱子語類』巻八には、

這文皆是従二道中一流出。豈有レ之反能貫二道之理一。文是文、道是道。文只如二喫飯時下飯一耳。若以レ文貫レ道、却把レ本為レ末、以レ末為レ本可乎。

の語があり、『鶴林玉露』巻六にも有名な逸話があって、朱熹自らは詩人として遇されることを嫌ったのである。この風は朱子学者の間に普遍的であって、文章研究家として、『文章正宗』の編者真徳秀すら、

夫士之於レ学、所二以窮理而致一レ用也。文雖二学之一事一、要亦不レ外二乎此一。故今所レ輯以明二義理一、切二実用一為レ主、其体本二於古一、其指下近二乎経一者上、然後取焉。否則辞雖レ工、不レ録。

と云っている。

二は、勧善懲悪説。朱熹の『詩経集伝』の序に見える処である。

或有レ問二於予一曰、詩何為而作也。予応レ之曰、人生而静天之性也。感二於物一而動、性之欲也。夫既有レ欲矣、則不レ能レ無レ思。既有レ思矣、則不レ能レ無レ言。既有レ言矣、則言之所レ不レ能レ尽。而発二於咨嗟詠歎之余一者、必有二自然之音響節族一。而不レ能レ已焉、此詩之所二以作一也。然則其所二以教一者何也。曰、詩者人心之感レ物而形二於言一之余也。心之所レ感有二邪正一、故言之所レ形有二是非一。惟聖人在レ上、則其所レ感者無レ不レ正、而其言皆足二以為一レ教、其或感レ之之雑而所レ発、

不レ能レ無レ可レ択者。則上之人、必思レ所二以自反一、而因有三以勧二懲之一、是亦所二以為レ教也。……使下夫学者即レ是、而有三以考二其得失一、善者師レ之、而悪者改上レ焉。是以其政雖レ不レ足三以行二於一時一、而其教実被二於万世一。是則詩之所二以為レ教者然也。……於レ是乎、章句以綱レ之、訓詁以紀レ之、諷詠以昌レ之、涵濡以体レ之、察二之情性隠微之間一、審二之言行枢機之始一、則修レ身、及レ家、平二均天下一之道、其亦不レ待二他求一、而得二之於此一矣。

とある。この間に孔子が『詩経』を刪した所以を述べ、『詩経』の経たる所以は、「善を陳べ邪を閉ぐの意、尤後世能言の士も能く之に及ぶ所にあらざる」所であるとしている。従って後世の詩も亦、勧善懲悪の意を以て詠じるべく、鑑賞すべきものであることとなる。

三は玩物喪志の説。語は『書経』の「旅獒編」に見えるが、説は『二程遺書』巻十九に収まる。後にそれを収めた『近思録』巻二の「為学類」から引いて見る。

問、作レ文害レ道否。曰、害也。凡為レ文、不レ専レ意則不レ工。若専レ意則志局二於此一。又安能与二天地一同二其大一也。書曰、玩レ物喪レ志。為レ文亦玩レ物也。……古之学者、惟務養二情性一、其他則不レ学。今為レ文者、専務二章句一、悦二人耳目一、既務レ悦レ人、非二俳優一而何。曰、古者学レ為レ文否。曰、人見二六経一、便以謂二聖人亦作レ文、不レ知下聖人亦攄二発胸中所レ蘊《ツム》、自成上レ文耳。所レ謂有レ徳者必有レ言也。曰、游・夏称二文学一何也。曰、游・夏亦何嘗秉レ筆、学レ為二詞章一也。且

如㆘観㆓乎天文㆒以察㆓時変㆒、観㆓乎人文㆒、以化㆗成天下㆖、此豈詞章之文也。

同じ処に「明道先生、以㆓記誦博識㆒、為㆓玩物喪㆑志」の語も見える。宋学の精神修養実践第一の方法から発して、工を務める文学を否定する方針なのである。以上の三説については、引用の書にも様々の註釈書もあり、中国でも日本でも、その点を詳説したものもあるが、悉く省略に従う。そして宋学を奉じた人々でも、この三つの筋が、時代により論者の学風により、具体的には様々の色合を示して出現するのであるし、今儒学の問題を離れても、文学を論ずる普遍的にして基本的なものを、この三つの説は持っているとも考えられる。例えば唯物史観による文学論などは、一種の載道論であり、古今を通ずる仏教文学なども、勧善懲悪論であるなどのことは全部顧ないことにして、以上の三説が幕初の儒者達に如何に影響し、如何なる論が展開されているかを検討して行くことにする。

4

藤原惺窩の文学観の大略は、『藤原惺窩集』の解説に説く処があるが、今、以上述べる立場によって見れば、次の如くになる。勧懲説については、

余亦写㆓一時之懐㆒、雖㆑然当㆓其感発興起之時㆒、不㆑覚気象志意、有㆓自不㆑可㆑掩㆓所㆑養之邪正㆒。

……若知レ有ニ邪正之所一レ在、則詩書之為ニ詩書一也。（『惺窩先生文集』巻之六「与ニ順知一詩并序」）

とあって、詩の発生については、賛成している如くであるが、『文集』中にも、勧懲の論を大呼する処の認め難いのは、彼の性格からして政治や教育の実際に関する発言が少く、自己修道の生涯を堅持した為に、対外的な言及が、自ら少かった為でもあったろうか。よって、玩物喪志の誡を心としていた如くに見える。

宋播芳四冊還了。大抵四六文辞等、雖レ非下志ニ道学一者之所上必、古今之変亦因レ焉。不レ知非ニ翫レ物喪レ志。如何。（『文集』巻之十一「与ニ林道春一」）

とは、文学に於て美文に耽ることに就いての、自誡である。更に記誦博識に関しても、

知レ好ニ蔵書一。而不レ知三其所二以楽一、既知レ楽、而不レ知三其所二以敬一、則翫物喪志而已。（『文集』巻之七「戸氏家蔵書跋」）

などの反省を持っていた。従って載道説についても、

況道外無レ文、文外無レ道。足下立レ志已如レ此。彼鳳洲者不レ足レ多焉。（『文集』巻之十一「与ニ林道春一」）

などと、その立場に於ける発言をしている。宋学に於ける文学論の三つの立論に、惺窩がかなりにすなおに同調し得たのは、彼の思想中に中世以来の歌論の素地があったのも、その原因であっ

たろう。云う迄もなく、中世では、狂言綺語も讃仏乗の縁とする、仏教的勧善懲悪主義が一般的であった。狂言綺語説を裏がえせば玩物喪志説であり、讃仏乗の縁の論は、一種の載道説とすれば、宋学の主張もそのまま肯定されることとなったであろう。ただし惺窩に於ては、仏教に拘るものは現実人間否定の文学であったが、儒学の漢詩文は、皆真なる人倫に関するものであったことを忘れてはならない。惺窩は冷泉歌学の家に生れた環境と天性の詩人的性格の持主でもあった。宋学の文学論を採用したが、文章の必要性を否定したのではない。載道の具としての文章、殊に日本人の漢文の為に多大の心を用いた。『文章達徳録綱領』を製し、門人吉田素庵をして、その編集を命じたと云う。今この書について云々する場でないが、日本近世漢文学史上に於ては、後世から草昧期などと称されたこの時代に、早くもここに着目した惺窩の見識は、その第一頁に特書さるべきものである。朝鮮の姜沆はその書に叙して、「学者不レ知二作レ文几格一之故」の著であり、「作レ文根柢也、千回万変、万状千態、備録而無レ余」と云い、惺窩門下第一の文章家と目される堀杏庵も文章に益あることを縷々と述べた後に「育二華夷之英才一」「有レ補二於天下後世一者也」と、序している。よって、三筋の文学論の行過ぎに就いての反省も、まま見出される。

漂海録全三冊、備二博観一。此等之書、非二急務一、雖レ然、処二事変一、窮レ理尽レ性、亦在二于此一。豈不レ為二学者之一助一乎哉。(『文集』巻之十一「与二林道春一」)

此等之書、雖レ若レ無レ益二於正学一、又遊レ芸之一。而芸之与レ徳、礼書暫分言レ之。然亦古人以為レ非二二途一、所二以其感一レ之者、元所二以其寂一者也。(同)

の如くである。そして更に積極的には「行有二余力一、以学レ文」の語をもって、連歌をさえも許しているのである。後述する崎門学派の如くに、厳重に宋学の教条に服従することのみをしたのでない。

しかれば、惺窩の宋学的教条を認めた上での、文学観の結論は如何になるかとなれば、内容の精神面の重視となる。『文集』巻之四「答二若州羽林君一二首」の前詞の中で、

気象渾厚、与下近時以二絺章絵句一、取二悦於人一者上、大有二逕庭一。自レ非下播二弄造化一、超越宇宙上、才気豈臻レ之哉。予以為翫物喪志、非二風雅立教之意一。吁止矣、天下喪二斯文一、而以二羽林君一為二木鐸一乎。

と、若州羽林君こと木下長嘯子のその和歌が、この言葉に真に該当するものであったかはともかくとして、斯文が、翫物喪志のそしりを超越して存在する為には、その精神の渾厚にあるとしていたことを知る。その表現内容精神の帰結として、「簡淡平易、心有レ誠而不レ感レ人者未レ有」などの言葉をも残した。また詩に参ずるは禅に参ずる如くであると述べたり、

詩之於レ歌、同工異曲、如レ飜二錦繍一。背面倶華、詩而仙。禹稷易レ地者歟。有下以二周詩一為二吾

家涅槃経一者上。（『文集』巻之八「書正徹老人親筆倭歌後」）

など、歌道と信仰の一致を説いた、例えば心敬、正徹的な考え方に賛成するのも、彼のこの思想重視の考え方に基づくものであったろう。よってその反対に、唯に巧をのみてらう詩文を嫌って、「次二韻梅庵由己一并序」（『文集』巻之三）の序詞で、日本の今の人の詩の評価と、古代の詩の評価と一致しない点に不審して、古今同一でなければならぬと論じては、

今時之詩、小巧浅露、而多為二用事属対一、所二牽強一、失二優游不迫之体一、邵謂古人之詩甚不レ工。蓋知二鏤レ氷文章之為二工巧一、而不レ知二著レ水塩味之為二密蔵一者也耶。

と、述べるのも、同じ論旨から発したものである。又彼は陶淵明の人となりと詩文を愛し、林兆思の「桃源寓言」を見て、「陶淵明、有レ志二於我ノ道一也」と述べたりしている。ただし、ここにも、朱熹が淵明を評して、

作レ詩、須下従二陶柳門庭中一来上、乃佳不レ如レ是、無三以発二蕭散沖澹之趣一、無レ由レ到二古人佳処一。

と云ったり、『鶴林玉露』巻六「朱文公論詩」と題して、

詩者志之所レ之、豈有二工拙一哉。亦観二其志之高下如何一耳。是以古之君子、徳足三以求二其志一、必出二於高明純一之地一。其於レ詩、固不レ学而能レ之。至二於格律之精粗、用レ韻属《ツラネ》レ対比レ事遣レ詞之善否一、今以二魏晋以来諸賢之作一、考レ之。蓋未レ有下用二意於其間一者上。而況於二古詩之流一乎。

近世作者、乃始留二情於此一。故詩有二工拙之論一、葩藻之詞勝、言レ志之切隠矣。

とある朱子の考えと、我が思う所とに一致を見出したからのことであったからかも知れない。ただし惺窩時代は、『四書』が研究の主対象で、『詩経』の検討などの詳かなものを、彼の云う所からはうかがえない。近世文学論に於ても、草味期から脱出することが出来なかったと云ってよい。

5

当代の文学観を代表する者は、幕府の記室たる立場にあり、その性格からも、時代の第一の啓蒙家であった林羅山である。云う、

有レ道有レ文、不レ道不レ文。文与レ道理同而事異。道也者文本也、文也道之末也。末者小而本也者大也。故能固。(『羅山林先生文集』巻六十六「随筆」)

と。道とは宋学で云う人倫正に行うべきの理即ち道徳を指し、文とは文章博学の意、この文の中には儒学からまだ独立を許されなかった今日の意味の文学も含まれている。人生における第一義的なものは道徳であり、文は末技として、その道を貫く器として、それに従属するものと述べる。この論には師の惺窩も、それを嫌った五山詩僧達の、唯に弄文にふけったことへの反省も伴うが、根拠には勿論、前出した宋学の載道説が根強く位置したこと勿論である。「行有余力、則学文」と

は、彼の口癖でもあった。

詩に於ても勿論、朱子の勧善懲悪説によるもので、自ら「崇二信朱子一以為二学レ詩之本一」(『文集』第三十三)と云い切っている。基づく処は前出した『詩経集伝』の序の説である。ここで、それを細叙するのは今更らしいが、後続の論との比較の為にも略述する。詩は人心の物に感じて言葉にあらわれたもの。しかるに心には邪正がある。心の邪正は彼の所謂性理の説に基づく。『性理字義』などによれば、心は身をつかさどる精神で、これに体用二つの面が存する。諸の理をそなえて静にして不動のものが体。外界の事物に応じて動くものが用。心の体を性、心の用を情と言う。心はこの性情を統べるが、二者の関係を情は性の欲なりとして示す。性には二つ、本然の性、気質の性がある。宇宙に充満し、天地万物に共通する理が、心に顕われた時が本然の性、これに対して人間に顕現する理が、時によって違った性質になる、これが気質の性である。性の欲たる情が物にふれる時、本然の性の動く所、悉く正となるが、気質の性が動けばまま邪となる。かくて『詩経』の「大序」に言う、性情が言葉にあらわれた詩にも正邪がある。道そのものである古の君子が上にあった古代の人々は、情皆正で、詩も自ら正。おくれた代には邪の詩のあるも亦やむを得ない。孔子が『詩経』を編して邪の詩をも収めたのは、正はもって法とし、邪はもって戒とすべき為であった。この心を体すれば『詩経』は万世にわたって聖典である。朱子の言う正邪はそのまま善悪におきかえられる。彼の理は倫理的な道の理想だからである。朱子既に『伝序』中に勧懲の語を用いる、この論を勧善懲悪論と呼ぶ所以である。『詩経』はかくのごとくであったが、朱子は後世の詩又は詩の創作については、載道之器である文章以上に積極的な関心は持たなかったと言う。勧懲も亦、載道の大きな目的であったと見れば、文章論と詩経論引いて詩論とは、朱子において一貫したものであった。

ただし羅山は、啓蒙家らしく博洽の多識家であった。彼にどれ程の芸があったかは調査したことがないが、彼の濫読家であったことは、前出した「既読書目」や、その『文集』が示す。私はそれは、合理主義の一つの通癖ではないかとも考えたりするのだが、孔子が語らなかった怪力乱神、怪奇談に関してすら並々ならぬ興味をさえもって、耽読している。しかしこれは文学観より文学そのものの問題と思うので省略するが、この一事からも、多方面に少くとも読書の上では興味を持った。よって彼には、玩物喪志の説は全くとして見えない。唯『文集』巻三十五に、この題で見える文章は、次の如くである。

書曰、玩物喪志、是召公以二旅獒一故、所レ訓二戒武王一也。後来明道先生、以レ之告二謝良佐一。良佐汚流浹レ背、即棄二擲所蔵之硯一、語曰、游二於芸一。集注云、玩物適レ情、謂二之游一。其玩物一也。喪レ志与レ適レ情之不レ一何哉。学二六芸一者、或曰レ游、或云レ玩、何為喪レ志歟。物果可棄乎、可レ不レ棄乎。

羅山はここで、「游」と「玩」の別を説明していない。けれども玩物喪志説に就いては、寛容な立場を持した如く見えるのであるが、如何であろうか。羅山は一方では、宋学の理をもって、人生万般を論理的に整理せねばおかぬ合理主義者であった。よって彼の文学に就いての感想も多様な様相で物語られている。一言では、朱子の詩の説に従ったと述べた処を、今少しく細述しよう。

『詩経』は、それを学んで事理に通達し、心気和平になる処に、経としての本来の理がある（『文集』六十六）。その理のよって来たる処は詩は「志の之く所の自らなる流出で、これにより情性を陶冶して、邪なきに帰する（『文集』巻五「比玉選序」）からである。勿論以上も『詩』の大序以来の論に基づくものである。しかしてこの根本の理をわきまえれば、今の詩も『詩経』の詩と同じと云えるし、詩と文も又二つではない。「詩是文之節奏耳」である。よって詩も亦、文章の道徳的であるが如く、道に基づくこととなる。例えば、詩の一体である賦も、

詩人之賦、麗以則、辞人之賦麗以淫。予謂作レ賦者、宜下以陳二威儀一正中法則上、不則不レ免、為レ之淫也。詩序六義一曰賦。賦之正者、莫レ若二離騒一者、悲而不レ傷怨而不レ邪、一句之中未二嘗忘一忠也、一章之中未二嘗忘一君也。（『文集』巻六十六）

などの論を展開する。しからば道徳の文章とはと問えば、

欲レ作レ文者務レ本。本立而道生、学問者其為レ文之本歟。学毋レ為レ小、為レ大、大学者明二明徳一也。徳者本也、文者末也。徳充二于中一而文見二于外一。中者厚而外者薄也。故其本乱而末治者否矣。其所レ厚者薄、而其所レ薄者厚、未二之有一也。道之得二于心一者謂二之徳一。徳之出二于言一者、謂二之文一。是故徳者必有レ文、文者或未レ有レ徳矣。文徳錯雑而後、君子之道生焉。君子哉。

（『文集』巻六十六）

なる原則論の下に、「道徳之文章、周子大極図説、明道定性書、張子西銘、程子易伝序、春秋序、朱子大学序、中庸序、七篇是耳」（『文集』巻六十五）と云うようなこととなり、これを押つめると、「有レ道者有レ徳。有レ徳者必有レ文。有レ文者不三必有二道徳一。四書五経謂二之道徳之文章一。学者習之哉」と云った結論となる。実際に詩文章を練習するについても、当時重んじられた、『古文真宝』『三体詩』の類から入ることを否定するのではないけれども、それらのみに倚れば狭くなる。唐宋八家の古文についても、「韓柳草二創之一、欧陽討二論之一、東坡居士潤二色之一」したことを肯定しているが、又その段階に停るをいさぎよしとしない。古文は四書六経を合せ用うべきで、「六経王也、七家覇也」とか「孔子曰管仲之器小哉、当レ曰二七家之器小哉一」とかの語をなしている。その上更に宋学者らしい説明をも、その間に試みる。風吹いて水上に自然と波文をなすに比較して、文章もその如くである。

文筆在二指頭一、指頭所レ動而已、蠢爾一肉塊而已。不レ然中心有二理在一、其理之所レ発二見於言詞一自有二次叙一而能成レ章、則無不レ達、是古賢之文也。自然之文、非三後世能言者之所二企及一也。然不レ易レ学也。故後人集二古文一以為二学式一。杜老曰読レ書破二万巻一、下レ筆有レ神、豈詩云乎。詩者韻語而文之一体也。古人不下分二文与一レ詩而為上二也。思レ之。(『文集』巻七十二)

などと詩にも及んでいるし、六経につくべきことをしばしば述べている。がかく合理主義で詰めて行けば、四書六経も文章ならば、文は末なりなど云えるものではないのである。羅山の文章の中には、時に「文章は天下之公器也」とか「文能弘レ道、非二道弘一レ文、文外無レ道、道外無レ文、故曰二貫道之器一也」(『文集』巻六十六)の如き、中国の載道説では、否定した、韓退之流の貫道説が出たりするのも、実にその為である。

しかし実は羅山と云う人の好みからすれば、以上の如き宋学的理論は理論として堅持しながら、花やかな文章そのものを完全には否定できなかった如くである。彼の実作の技術論に立入って見ればその好みが歴々としているのを如何とも出来ない。『文集』巻六十六では、朝鮮之人の問に対して、文章は華より実、富より達、工より樸、新より古がよいと、公式の場で答えたと云う一方で、

凡作二為文章一、無二常師一、唯以二古文一為レ師。夫道徳者我実也。文章者我華也。華也者史也、実也者野也。華実彬彬、然後我文我道、無二蓁塞一。謂二之君子之文章一矣。堯之煥乎也。衛武公之

有斐也、是已。

とある。華実調和、或は実を中心として華を加えることを理想としたのである。漢籍に於ては、『荘子』の内容は勿論賛成すべくもない彼が「文章之有二活法一者荘子也。……作レ文者不レ可レ廃二荘子書一矣」(『文集』巻六十六)と云い、和書では、『徒然草』を天台の教学や老荘の道によって、我が道と内容の異なるを指摘しながら、「清紫の二婦人をおきては、兼好が詞すぐれ侍る、詩文にも又かくぞ有べき」(『野槌』)とか、その『源氏物語』の如きも、『野槌』の序では、喔咿嚅唲之語、冶容粉粧之態を批難しながら、文章をよみしているのである。「作文者如二良医之用一レ薬、雖二烏喙甘遂一、猶有レ所レ取、況於二夫仏者老荘乎一」などと、彼流の自己弁護の言さえもはいている。ただしその文は「唯取二于其博贍一而已、何曾背二於六経六旨一也」と、思想の駁雑を排することを以って、その好みをも合理化しているのが、如何にも羅山らしい。一度はしりぞけた韓柳の古文も、韓退之の「進学解」や柳宗元が韋中立に答えた、六経によるべしとの有名な文を引いて、これを肯定し、

後世言二文章一者、以二韓柳一為レ宗。……雖レ然二子共不レ免二駁雑之弊一。何哉以二其雑於雑一故也。且韓退之儒者也。柳宗元不二儒者一也。何哉以下攻二乎異端一之与レ排中於異端上之故也、然則於レ文何執也。於二一者之間一而折二中之一、専本二之道一而不二駁雑一而後可乎。(『文集』巻六十五)

と結論する。寛恕な啓蒙家の羅山を物語るものではあるまいか。しかし羅山が道徳の文章以外に

文人の文章を、如何なる理由を附して許したにしても、それには又それとしての理由があった。彼等の所謂小技、末技の一つ、博学の一つとしての詩文に興をやることは許されてしかるべしと考えていたからである。詩文について彼は、

人曰、古来評二文章一者有レ云、韓文百篇百様、柳文百篇一様、我於二韓柳一不レ可二企及一、然百篇百様者、聊慕レ之、詩者以二少陵一為レ宗然吾豈敢哉、唯随二其所一レ当聊遣レ興而已。（『年譜』寛永十六年条）

と。恐らく当代一流の漢詩人である深草の元政も、仏に仕えるの余暇に、興あれば詩を吟ずると云い、石川丈山の如き詩三昧の人すらも、正式な場での発言では、儒学の余暇としていると同軌である。貝原益軒の如きも、自らの著した『初学詩法』において、「詩を作るは真に一小技にして、道においては、未だ貴しとなさざる所也」と述べている。今日から見れば、文学らしい文学は、羅山は勿論、思想家中心の知識壇では、閑暇逸興の中で、在り場所を許されていたので、羅山においても、そこに位置させることで、彼流に合理化したものであった。

6

山崎闇斎は、その学問方法を朝鮮の李退渓の影響を受けて、惺窩、羅山などの四書五経の註釈

書によらず、『朱子文集』『朱子語録』などを根本の教材として、我が国独特の朱子学を樹立した。(2)『朱子語録』をのみとっても、その巻八十・八十一には詩経論、巻百三十九・百四十には広く文にわたっての論があって、前掲の載道、勧懲、玩物喪志の諸説が細論されている。一二を例示すれば、

程子謂、興二於詩一、便知レ有二着レ力処一、今読レ之止見二其善可レ為レ法、悪可レ為レ戒而已。不レ知其他如何着レ力、曰善可レ為レ法、悪可レ為レ戒、不二特詩一也。他書皆然。古人独以為、興二於詩一者、詩便有下感二発人一底意思上、今読レ之無レ所二感発一者、正是被二諸儒解殺了一、死二者詩義一。（巻八十）

有二一等人一、専二於為一レ文、不三去読二聖賢書一、又有二一等人一、知レ読二聖賢書一、亦自会作レ文、到レ得レ説二聖賢書一、却別做二一箇詫異模様一、説不レ知古人為レ文、大抵只如レ此。（同）

など。これらを信奉し、前掲の三説を教条的に信奉したのはこの派の人々で、よし文章を作っても、倫理性を過大視し、芸術性を軽視した。のみならずその学問は実践を重んじて、記誦の学を軽んじた。宋学の頭巾気と評されたのは、実にこの派の人々であった。文学の鑑賞にあたっても、程朱学的原理を厳重に持して、作品に対している。山崎闇斎の詩に関する説は、その『文会筆録』巻九に見えるが、この書では挙げて、中国の詩論の抄記で構成され、朱子語録の説の註記を出ないので、ここでは省略する。彼が年少女子の読み物として特に著した『大和小学』(万治三年刊)の

序に、

世の人のたはふれ往て、かへる道しらずなりぬるは、源氏、伊勢物語あればにや。げむじは男女のいましめにつくれりといふ。たはふれていましめんとや。いとあやし。清原宣賢が伊勢物語は好色のことをしるせれど、礼をふくむものあり、義をふくむものあり、孔孟業平地をかへばみなしからんといふ。か〻るひがこと、よしあしいはんも口おし。

と、二つの代表的中古物語にして、和歌の宝典とされた二つの物語の婬靡を批難し、中世仏教儒教の勧善懲悪論の立場からも、なお弁護した論をも合せて難じ去っている。

佐藤直方の『韞蔵録』続拾遺四には、「詩ト云モノハ感発シテ作ルガ、言ハワルテモ、詩ト云モノナリ、……一点人欲ニマミレヌトキノ、タンラキデ作タモノナリ、八十ノ賀ノ詩ヲ作テヤラネバナラヌト云ニ、何ガ情ガ有ウゾ」と述べ、世間では、『詩経』を孔子が删したと云うを証にして、詩作にはげみ、先生顔する儒者もあるが、「明道モ酒ノミ玉フ、ヨヒクルイヲスルト一ツカ」などと比喩して、罵っている。この派の人々の書き残した講義録を開けば、比々としてかかる見解を見ることが出来る。今は一人の代表者として、闇斎門の藤井懶斎の説を紹介しておく。

彼の『睡余録』には、既に朱子の『詩集伝』の序を引用して、これに賛し、更に、

学者之為二詩及和歌一、何必拘二其妍媸一、須当唯據二是情一而已。若夫刻意苦思、欲三以得二奇句一、

則恐害ニ乎学一。(『睡余録』)

とある。また呂晦叔の奏状を引用して詩才歌才の政道に益なきことをも述べる。また同続編には、

本朝婦女之有学、無レ如ニ伊勢、紫式部、清少納言、大弐三位、赤染衛門之輩一、観ニ其文辞一、可レ見、然皆非下識ニ聖賢之学一者上、則是漢蔡琰等之亜流而已。安得其寡過哉。

として、女子の学は曹氏『五誡』(『女四書』の一)等の書を先ず読むべきである。程子の母傍氏の如く、道徳的な古詩から文学に入らしむべきである。能文にして節操を失うものより、文をなさない方がましだなどと縷々述べている。また連歌は人の心を失わしめるもの、俳諧は牧猪奴之戯言と罵ってもいる。それらの片鱗的な言辞より、その著『徒然草摘義』(貞享五年刊、『睡余録』に自らの著として上げている)につけば、体系的な考が更に明らかになる。『徒然草』を日本の『論語』などの称讃する人もあるので、その書から二十七段を抄出して、儒学の立場から論じて、その読み誤りあらんことを注意した書なのである。この書に見える文学観の要旨を、箇条書すれば、次の如くである。

一に儒道に説く五倫の道は、人たる者のまぬがれぬものである。よって和歌を詠ずるにも、文学の上にも五倫の道を離れるべきではない。「歌よむ人は儒道をばまもらずともよし」とは、以ての外の論である。

二に『詩経』の勧善懲悪とは、「後世の淫乱汚穢の人をして、閨中の密事といへどあらはれざるものにあらずとしらせて、ふかくみづからいましめし」ものである。兼好の「色好まざらん云々」の一論は、如何なる見地からしても弁解の余地がない。よろしく『徒然草』より除去すべきである。論者或は云う、この一段をもって、『源氏物語』の一部の趣向を説いたと。又或は云う、これこそ勧善懲悪の為の一節なりと。後説の誤りなるは論なし。前説云う『源氏』のもろもろの恋は、多くは邪念である。恋に心の浮かれたる人、如何にして仁を知らん。『源氏』『伊勢』の類、「えんにやさしきとて世にもて興ずる草子、おほやうみな淫風を先として、学者の手にふるべき物にはあらず。かの源氏物語なども勧善懲悪その本志なりといへど、それまで尋ねもとむる人もまれなるべければ、たゞ淫蕩をすゝむるにこそあれ」。『徒然草』は、「三教によりて一家の道をなし、自行化他の益」あらしめんとならば、この一条はよろしく削るべきである。

三に、あれたる宿の段や北の屋の段など、物語の如きの条は、狂言綺語であって、許さるべきであるが、事は男女の間のことで、やはり内容が問題となる。『睡余録』の説をここに插入すれば、文学は詩でも和歌でも、心鏡にうつる万物事の、心にうつり口に発するもので、自ら音響節奏あればこれを、詩和歌と云う。和歌でも人丸赤人は大雅の風があって、人情の自然を表出している。中葉から深秘の伝授など云って、詩式歌法になずんで、文学の正道に反することになった。

虚飾あるはとるべきでないのである。これが元来の文学なのである。文学の上からも、三教の上からも、かかることは許さるべくもないとなる。

四に、要するに『徒然草』は、全体にわたり、仏から見ては邪淫、道から見ては男女の愛憎、儒から見ては五倫を乱しているのが、この書の欠点とすべきである。

『徒然草』については、後に室鳩巣もその著『駿台雑話』で評する所があるが、それに比しても遙に激しい批難である。以上を以て闇斎学派の立場を推察することが出来る。

7

程朱の学が知識人間の教養の中心に位置するに従って、以上の如く時代を代表する儒学者ならずとも、相似た意見を懐く人々が次第に多くなった。甚だ引用の多くなったこの小論であるけれども、やはり当人達の言葉をもって、そのいくつかを紹介することとする。

仮名草子『清水物語』の著者であり、後光明天皇に『中庸』を講じたと云う朝山意林庵の著かと伝えられる『続清水物語』(ただし仮題、『国文学論叢第六輯』による)には、

一詩をつくるといふは、こゝろざしを、のべんためなり、むかし股肱元首のうたよりはじまり、君臣をはけまし、君きみをいさめ、君こゝろざしをのへて、詩をつくりて、あらはせり、

それよりこのかた、しんるい、友どち、婦夫のゐにし、神明のさん、名所、きうせき、春夏秋冬の、うつりゆくけしき、心よりこゝろさしにうこきいでゝ、かぎりなき風勢を作り、詠じなくさむ物なるに、すゑの世の詩つくる人は、及第立身のたよりとし、文字をならべて、詩つくることをならへども、君臣のみちにも、用に立ことなく、しきしきに、わかるゝ時の、なさけをもいわず、名所きうせきをみても、詩つくることは、むかしやうなりとて、さしおき、酒さかなのみしやうくわんして、何のこゝろざしをも、のべす、あまつさへ、こまもろこしの人などに、たまさかにあふ時は、こしのおれたる詩を作り、人に、てらい、ほこる人もあり、何こゝろざしかあらんや、邪なきみちをもつて、よこしまに用るにてあらんか

と、崎門学派以上にきびしい論が見える。これも朝廷にも出入した藤森の祠官赤塚芸庵《うんあん》の『寸長庵雑記』明暦三年五月廿六日の条には、

詩ニ於テハ其見識ノ及フ処ヲ賦興ス、誠斎子ノ詩ニ、江水夜韶楽、海棠春貴妃ト作レリ、貴妃ハ淫婦ナリ、詩ニ書ルヲ戒ハ誠斎モ又淫婦ヲイハンヤ、悪ヲ見テ悪トイフ、聖心ニ悪アルニアラス、来ルニヨツテコレヲ戒トシルヘシ

などの言葉もある。その外、永田善斎の『膾余雑録』巻一に、

国朝上自二縉笏大人一、下至二大夫士庶及富商栄農一、教二処女一、以二伊勢源氏物語之類一、蓋欲レ使

レ女詠二和歌一也、女詠二和歌一果何益之有。唯欲レ使三女媚二彼之淫行一、即女性易レ流レ淫、況於レ媚乎。是招レ禍之媒、而不レ察之愚、甚二於授レ賊以一レ刃。漢語若不レ得レ読、以二以呂波字一訓二釈于孝経列女伝等一、使二習而知一レ之可也。

と述べ、安東省庵には、

不二以経称一、不レ可二以文称一、何者道徳在レ内、言辞発レ外、無レ竟二乎文一、而自然文者也。夫文所二以明一レ道也。苟無レ明レ道、則詞章末技焉耳。（『続古文真宝』序）

の言葉もある。仮名草子の作のある人々につけば、長岡恭斎の『備忘録』巻一には、「家君（長岡意丹）嘗使三予母見二鑑草女誡之属一、以代二伊勢、源氏物語之書一。蓋欲三使母知二事レ姑之道一也。其後予叔父（辻原元甫）毎レ有二教授之余暇一、以二国字一諺二解小学一、名二大和小学一、亦鈔二四書一、名二女四書一、悉及二板鏤一、以令レ行二于世一焉」とあって、永田善斎の云ふ処を、意丹、元甫の兄弟は実行したのである。『大和小学』（万治二年）『女四書』（明暦二年）は勿論、元甫の編する所であった。これも仮名草子作者に属する中山三柳の『醍醐随筆』下（寛文十年）にも、

こゝらの女子は源氏狭衣伊勢物語等、あらぬ草紙などよみおほゆるにより、三綱の道もくづれ、婬乱にのみ溺るる、小野小町、清少納言、紫式部、和泉式部などいふ、皆学文に長じ和歌に達するゆへ、かぎりなき婬婦と成にけらし、異朝にも詩文に達者なる女はこと〴〵く婬

婦也と知べし。……されど父母の心にて、学文すゝめんとならば、朱子小学、列女伝などはおぼへしりてよき成べし。たゞ紡績裁縫の事にのみ、心を入てつゝしむへき也。

とある。この程度にとどめるが、かかる思想家や知識人達の考え方は、広く深く浸透して、我が国当代の文学を論ずる場合にも応用されて、やがて当代の文学観の形成にも参加することになったのである。

8

闇斎は、『垂和草』巻十の「感興詩註序」で、「我倭歌之与レ詩、言雖レ異、而情則同」と述べ、懶斎も、朱子の『詩経集伝』の序を引いて、「此詩之所ニ以作一也、竊謂、和歌之所ニ以作一、亦蓋如レ此、吾邦能レ詩者寡、苟無ニ倭歌一、所謂言之不レ能レ尽、欲如レ之何哉、矧ニ是神代之遺事、歴朝之高技一乎、雖ニ能レ詩者一、亦不レ可レ不レ略ニ知倭歌一」（『睡余録』）と云ったが、かかる考え方は伝統的な歌人達の考えの中へも、反映して行ったことを認める。中院通茂は、幕初から元禄にかけての歌壇の重鎮であるが、

優美過たるは詞をかさり、理を忘れたるにて候。誠の不知故にて候。理屈の過たるは道理任せにて、情に不出歌にて候、巧なるは優成射を不存故にて候。（『雲上歌訓』）

なる教を残している。文飾を捨てて、理を重んずるは、この時代の儒者達の口吻であり、「情に出づる」云々も亦、儒家的発言なること勿論である。中院家の人々は前出の赤塚芸庵に漢籍を学ぶことがあった。直接にはその影響かも知れないが、自然と、当代宋学的文学観が入っている様がうかがえる。やや後年の人ながら有栖川宮幟仁親王にも、

唯情は性の動く也、寂然不動是を性也といへり、又先賢の歌を習ふには心を習ふといひて侍るにや、心性を正しくして情の感ずる処を読出し侍らば、自然に能こと出来る成べし。(『雲上歌訓』)

の教に至っては、その頃の儒者が、詩を門人に教える言葉かと思われる程に、儒者的な発言である。かかる傾向の中で、後光明天皇の如き好学の君も、和歌や『源氏物語』を近づけられなかった(『鳩巣小説』)とか、妙法院宮堯恕法親王が、同寺に伝わった師常胤法親王伝来の和歌の伝授書を、父君の後水尾院へ、「我レ歌ト云フコトヲ、不器ニシテ、ヨミエズ、曾テ点頭シ得ズ、千度思惟シテモ、上手ニナルベキ道ヲシラズ、是ハ大切ノ書ニテ、歌道ニ於テ、秘訣タリト承ル、若不埒ニテ、狼藉トナレバ、イカヾ也、此後モ歌ヲ読ムマジケレバ迚、返上スベシ」と、残らず返し、この幕初第一の英才であり、仏学は勿論諸芸にも通じた法親王が、和歌と茶を断ったなど(『槐記』享保十年正月九日の条)と云った逸話が、皇室に於てすら伝わっているのである。

辻原元甫や中山三柳の亜流とも云うべき仮名草子作者達も亦、その態度に従った。『賢女物語』（寛文九年）は、『女四書』や朝鮮の『三綱行実図』によって、婦女の美談佳話を読み物としたものであるが、その書には、

われひとりのむすめをもてり、もとよりおろかなれば、からのやまとのさうしを見て、道をこゝろむることをしらねば、ましてに身におこなふすべしらず、しかあるを、さもなくておふしたてんも心うきことにおもひとりて、ふるきふみのそこ〳〵、又わかきより耳なれしよしなしこと、かたはしかきあつめて、賢女物語となづけて、むすめにけうくんす

とある。『女五経』（延宝九年）は、『源氏物語』や『伊勢物語』を、勧善懲悪的なものとして、読むべしと云いつつも、

みちのをしるゐたるさうしにはまづ、堪忍記、智恵鏡、女四書、本朝女鑑かやうのたくひよませならはしたまふべし、みなかなものなればめよるにてうはうなるものなり、このほかてうはうなるものは、ゆらいものかたりなど、かんじんとよますべし、もろこしわたりたるしよもつあまたあれど、これは女のよみがたきものなればりやくするなり、このほかによみならわせてよきもの、ひらかなの列女伝、ひらかなの三綱行実なとに女の身もちをしるしたるものなりと、娯楽よみ物とも云うべき仮名草子の中でも、かく儒教的な意図をもって編述された書を推薦

し、自らも亦左様な書を著述する人々が、次々と出現したのである。

今もし、これら宋学者達の文学観を、もし勧懲論的文学観と称して見るならば、かく教訓的仮名草子にも、勧懲論的な古典の読法が見える。近世の新しい社会秩序や新道徳の確立が急務であったこの啓蒙期においては、この文学意識は、そのまま儒者文人の任務を示して、時代にふさわしいものだったのである。回顧すればしかし文学を一種の載道の器、勧善懲悪の具とするの論は、日本でも近世に始まったのではない。この語は早く聖徳太子十七条憲法にあらわれ、仏教と共に持ち伝えられて来た。中世のあらゆる文学論の基調には、狂言綺語の文学も、勧懲の理によって讃仏乗の縁となるとの考えがひそむ。心敬などに見えて、高度に文学が評価されればされる程、仏理との関係は密になっている。彼が仏教のさとりと文学道のさとりの一致を説くことは、儒者が文と道とを、一つとすることと思考の形は等しい。近世に入り、朱子学によって、文学は人間や現世の否定から救出されたけれども、なお一は宗教、一は道徳の相違こそあれ、勧懲論下にあっては、文学が文学以外のものの重圧に呻吟し、その中に包摂され、それに奉仕し、文学自体の自由なる進展は許されないこと、中世と変らなかったこととなる。

(1) 丸山真男『日本政治思想史研究』第一章。
(2) 阿部吉雄『日本朱子学と朝鮮』

二　石川丈山の詩論

1

近世の初め、洛北一乗寺詩仙堂に幽潜し、自ら僻惰之逸民、天下之棄才と称し、ただに閑靖を楽しんだ、隠詩人石川丈山に就いては、早く町田柳塘（『徳川三百年史』の中）の伝もあるが、直接、その集『新編覆醤集』附録の「東渓先生年譜」に付けば、つぶさにその行状を知ることが出来る。詩業に関しては、友野霞舟の『錦天山房詩話』から、次の三条を抄記しよう。

以レ詩自楽。純正円美、高古雄渾、出レ類抜レ群。蚤淑二李杜之学一、而傑然為二一家之法一矣。以レ故所二吟諷一、多伝二遐方一。日章之声振二於京師一。雖レ然、君者武林之名士、而元不二以レ詩為一レ意。卓行絶倫、識度超遠、完二養思慮一、軽レ世肆レ志。悠二悠巌阿一、陶二陶林曲一。夕雪朝雨、馳二其懐一。梧煙柳風、遣二其興一。隠行高蹈。非三世之所二彷彿一。

これは、丈山に親炙した友人野間三竹の『新編覆醤集』の序の中の文である。

所レ著有二覆醤集一。韓人権侙為二之序一、称曰二日東李杜一。余覧二其集一、句多二拙累一。往往不レ免二俗習一。権伭溢美、不レ俟二弁論一。然当時諸儒詠言、率出二于性理之緒余一、乏二温柔旨一。而丈山独夢二寐山林一、襟懐瀟洒。

これは、『日本詩選』の編者で、幕初を詩の草昧期と見る江村北海が、その著『日本詩史』巻三の評言である。

況其詩之警抜、冠二絶当時一者乎。予之喜而多録者以レ此也。且寛永年間、作者率踵二五山禅衲之陋習一、萎苶不レ振、独翁首二倡唐詩一、以二開元大暦一為レ宗。識亦卓矣。但気運未レ至、故不レ能レ副二其言一爾。

これは、編者霞舟の下した史的評価である。三者各々、当代の世評、文学的価値、文学史的意義を述べて、皆肯綮に中ると云うべきである。霞舟の言及する如く丈山には詩論詩話の残るものがある。元禄五年植村藤右衛門・同藤五郎刊の『北山紀聞』巻一は「詩教」、巻二は「詩話」と副題する。序を案ずるに前者は鷗波、後者は翠筠なる人物が、丈山より聞書する所、共に信ずべきものと認められている。これより先、貞享元年梅村弥右衛門刊の『詩法正義』も、冒頭に「凹凸窠主人」の署名あって、何人かの丈山の聞書抄記、前書と照合して、大体は信じてよいようである。『新編覆醤集』の文章にも、二書を補うべき、詩についての見解が多い。これら詩論詩話の価値は、次第に述べるけれども、日本近世の漢詩論としては、最も最初に位置して、歴史的に注目すべきことは、疑うべくもない。早く矢板重山氏は、その「石川丈山外伝」の第五（『立命館文学』昭和十二年五月号）に「丈山の詩教」の一章を設けて、『北山紀聞』より十二条を抄出紹介した。松下忠氏の『江戸時代の詩風詩論』にも、「石川丈山」の一節があって、主に中国詩論の影響を指摘する。しかしそれら彼の土の詩論を如何に理解して、丈山自らの詩観を形成したかを論じたものはない。よってここに改めて検討を加えることとする。

2

前掲の三竹に始まり、近世の諸家、近代の研究家も、日本に於て、王朝以来の晩唐詩風、中世の宋詩風を脱して、盛唐詩風を重視した最初の人として、丈山を高く評して来た。

『紀聞』「詩教」の初めに、

先ッ詩ヲ学ント思ハヽ。盛唐ノ人ノ詩ヲ見習フベシ。初心ニテ晩唐ノ人ノ詩ヲ見ルベカラス。……名人ハ古今ニ先ッ李杜ト云。李白ハ詩神杜ハ詩聖ト云タソ。神ト聖トノ替リ工夫アルヘシ

と、盛唐詩を尊重し、杜甫を第一等の詩人と宣揚した。この「李白ハ詩神、杜ハ詩聖」の句は、宋の魏慶之編の詩書『詩人玉屑』巻十四に、誠斎即ち宋の楊万里の文集から引くものであった。

以下、『紀聞』『正義』の二書引用する処に、この『玉屑』によるものが頗る多い。この書は元来、中国に於ける諸詩話を引用編纂したものである。従ってそれら引用書のうちに、丈山が直接、その完本を読み得たものも、いくらか存したはずである。丈山は林羅山、鵞峰らの林家の人々と親交あり、幕府文庫の書物も、転写の利便があったであろう。詩仙堂出入の人に禅僧と思われる者多く、五山の蔵書も見得たであろう。最も近い鷹峰には書物好きの友野間三竹が住した。足、蝉の小河を渡らずとも、丈山は当時としては書物を見る便を持った人物の一人であった。彼の著述中に、『漁隠詩話』(宋の胡仔の『漁隠叢話』か)、宋の陳師道の『后山詩話』、宋の厳羽の『滄浪詩話』や、宋の尤袤の『全唐詩話』などの名が見える。前三者は『説郛』にも所収のものである。今、紅葉山文庫の『御文庫目録』を見るに、寛永十九年に『説郛』二部、承応二年に『全唐詩話』、そして彼が引用したと思われる明の王世貞の『芸苑巵言』は、正保三年に入庫している。京都などでは、それより以前の輸入も考えられて、皆丈山が希望すれば、読み得た本である。恐らく彼も完本を読んだであろう。しかし『玉屑』や、宋の蔡正孫の『詩林広記』、明の懐悦の『詩法源流』などは、早く我が国に渡来、重宝されて、五山版の和刻もある。詩を学ばんと志した丈山らが、先ず机辺に置いて精読したものではなかったろうか。丈山は早くから禅に参じ、元和の役の後妙心寺に入った。そして元和三年藤原惺窩に入門する時、既に詩の心得を持っている。作詩は禅と共に志したと見てよく、かたがた禅僧風に、前述の書から入ったと見てよい。そして後年、各々の完本を見て、二重の共鳴が、丈山の自らの説となって行ったと考えるのが、自然の過程である。『正義』『紀聞』の記事と『玉屑』との重なる所を、気づいたままに掲げて置く。ただし、意・趣・境・錬字など、詩法一般、どの書にも見える種類のものは省略する。前掲の詩話に見える所も注記しておこう。

『紀聞』巻一

○李白ハ詩神　　『玉屑』巻十四

○詩ニハ…体製…　　一　（『滄浪詩話』）

○詩ヲ専門ノ業　　二　（同　　）

○韋蘇州ガ落葉ノ詩　　十五

○孟嘉ガ落帽　　（『后山詩話』）

（『詩林広記』）

○高古・深遠　　一　（『滄浪詩話』）

『紀聞』巻二

○王維ガ終南別業ノ詩　　巻十五

○新奇ノ山谷　　（『后山詩話』）
○斉己一字ノ師　六
○唐備ガ小詩　九
○詩ニ別才アリ　一　（『滄浪詩話』）
○詩ノ理致　　（『后山詩話』）
○盛唐ノ詩性情…　二　（『滄浪詩話』）
○故事ノ反用・晤用　七
○詩ノ大体六アリ　一、十　（『滄浪詩話』）
○気象体製・格力・興趣　一　（『滄浪詩話』）
○五言律…子美神…　　（『芸苑巵言』）
○翻案　一
『正義』
○知題　巻六
○詩家八病　十一
○雅俗晦庵ノ評　一

○滄浪詩話ノ五俗　一　（『詩林広記』）
○杜甫「老去…」ノ詩　一
○王安石ノ李杜評　十
○斧鑿　五
○詩眼　二
○皮日休鍛錬ノ言　（『芸苑巵言』）
○元稹ノ杜甫評　十四

精査すれば、この数は増加するであろうが、以上見る所にも、盛唐、特に杜甫に関するものが目立つ。丈山の杜甫心酔は『玉屑』によって開かれたと見てよい。そして殊に心をよせたのは、その律詩であった。『覆醤続集』巻十四「答二武杏仙一」に、

学レ詩者、各説二盛唐之風藻一。不レ知二盛唐之律体一、不レ暁二唐風一、不レ学二唐律一、縁レ底獲レ入二作者域一。

と、云い送っている。そして王世貞の「五言律七言歌行ハ子美神ナリ。七言律ハ聖ナリ」の語に、丈山は賛成した。同じ論が『正義』にも亦見えている。しからば、彼自らも、「老杜李白ガ集トテモ見ル人ノ力量。又ハ詩品ノ高下ニヨリテソレソレニ見ユルソ」（『紀聞』巻一）と云う理解し難い

杜詩李詩を如何にして、又どのように理解したか。別所で丈山は、蘇東坡の詩を註によって読むと述べた例によれば、当時既に渡来し、五山版も出ていた、宋の劉辰翁評、黄鶴補の『集千家註批点杜工部詩』や楊斉賢注の『分類補註李太白詩』などによったことであろう。それでもまだ理解し難い処があったか、註の詳らかな、明の邵傅の『杜律集解』を入手した時は、次の如き喜びの声を発している。

如二来陳一、杜律集解朱墨竟レ功。疑義不レ滞、通篇一貫、翔通二少陵之蘊奥一、眩二万丈之光艶一。固閑居之秘宝、芸窓之奇玩也。卞玉趙璧、比レ之為レ軽。（『覆醤続集』巻十三「簡二野静軒一」）

と。『紀聞』巻三の「詩鈔」で、杜甫の「秋興八首」「詠懐古跡五首」「曲江」の七律を註した時も、この『集解』を利用したと認める。この「詩鈔」が、丈山の理解を忠実に伝えるものであれば、これと今日の研究と比較検討すれば、丈山の理解を計量出来るが、今その暇がない。そしてこの『集解』は、やがて和刻出刊、芭蕉などもこれで杜詩を読んだと想像され、大いに流行した。がやがて詩学に詳しくなった享保以後は俗書としりぞけられた（『剪燈随筆』など）のである。丈山の理解はこの一事からもうかがわれ、これによって盛唐の風を庶幾しても、残念ながら霞舟の所謂、「気運未レ至。故不レ能レ副二其言一爾」に終ったのである。盛唐詩の何処をよしとし、何処を学ばんとしたかは後述する。

次に明朝の詩を評したことが問題となっている。

詩モ明朝ニ至リテ又作者多シ。一変シテ風体穏便ナリ。サレトモ気象柔弱ナリト評セル最ナリ。然レトモソレハ作者ニヨリテ風体句格ハ面々ノ好ニヨルソ。史鈳カ秋霽ノ詩、蘇平ガ送二張宗顕一ノ詩皆好シ。高啓ガ梅花ノ詩隠レナシ。又明人モ王世貞李攀竜ハ才高シ。(『紀聞』巻二)

如何なる書籍を見てこの評を下したか、俄に明らかでない。しかし王李二人の集は(『御文庫目録』では、『李滄溟先生集』は正保元年、『弇州山人四部稿』は同三年に入る)見得る情況であった。問題とすべきは、この古文辞派の人々の評である。『紀聞』巻一には、一日野間三竹が明朝近代の詩集四、五部を持参し、明詩一般の評となり、合せて李王及び呉国倫の詩句を上げて、「雄健ニナキニハアラズ」「思致アリテキコユ」「善キ詩人ナリ」などと、評を加えた事が見える。三人はいわゆる「後七才子」であって、古文辞派の人々。そしてそこに掲げた詩句は皆、『新刻陳眉公攷正国朝七子詩集註解』に収まる。思うに三竹持参の中に、この詳しい註釈の書があって、これで古文辞派の人々の作を解したものであろう。盛唐詩を尊重した丈山が、同じく盛唐を模擬した、この派の人々の作に、一種の共鳴を感ずるのは、思えば当然である。しかし一方で丈山は、新奇をよろこび、踏襲を憎んでいる。

詩ハ奇崛ナル内ニモ思ヒ新奇ニナルアリ。山谷如此ナリ。然レトモ作意ノ新奇ナルノミニシテ、意味ノ深長ナルコトハナシ。(『紀聞』巻二)

其句体ヲ学ヒ其ノ格律ヲ学ビ、其ノ一家ノ風ヲ学ブハ常ノ習ナリ各別ノコトナリ。句ヲ偸ミ、或ハ意ヲ偸ミ、或ハ語ヲ偸ムコトハ皆狼藉非分ノ事ナリ。翻案シテ故人ノ作ヲ用ルハヨシ。(同)

と云う。古文辞派が後世から批難されたのは、正に、丈山が希求する処のものに欠き、排斥する処のものに満ちるからであった。この段階で丈山は、李王らの詩の主張と、その性格について、十分な知識と検討を持たなかったのであろうか。当時としては、或は左様のことであったかも知れない。

同じく明詩として、袁宏道の作と主張に関心と共鳴を示している。作は「妾薄命」の古詩一首で、詳らかに句意を説明して、「面白キ作リヤウニテ。別シテ奇新ナソ」と評した。主張は勿論その性霊説で、

一二句ハ唐ノ詩風アルカト見レハ。一二句ハ又宋ノ詩ノ風アリ。左カト思ヘバ朝鮮ノ風モアリ日本流モアリ。名ノツケラレヌ詩多シ。是ハ何カラナレバ。諸書ノ内ヨリ拾ヒアツメツヾリヨセテ詩トスルニヨリテ性霊ノ内ヨリ流出シ。肺肝ノ底ヨリ秀発セヌユヘソ。作リ出シテ

神気ナク皆羊質虎皮ノ類ソ。何風トモ見ヘヌソ。（『紀聞』巻二）

唯蹈襲模倣ヲキラフベシ。コヽニ心ガアレバ性霊ニ曇リガツイテ。詩ノ風モ拘帯セリ。意味優長ナラズ。（同）

とある。この性霊は袁宏道（中郎）のそれより得たものと見て間違いがない。丈山に袁中郎への関心を持たせたのは、深草の元政に左様であった如く、丈山には古い友人の帰化人陳元贇であったろう（小松原濤著『陳元贇の研究』）。しかし『袁中郎全集』を、どの程度、彼が読みこなしていたかは少々あやぶいようである。何故なら、中郎の性霊説が、李王の古文辞の批判であったことを知らないようであるし、「世人喜レ唐。僕則曰。唐無レ詩」（張幼于への尺牘）と絶叫したことも知っていなかったようである。もし知っていたならば、何か附言する所がなければならぬ。丈山は又『滄浪詩話』の「除ニ五俗一」の説をかかげ、朱子の「詩人胸中不レ可レ著ニ一字世俗言語一」の語を引いて、雅を主張している（『正義』）。しかるに、中郎は俗を主張した。丈山は詩格を重んじて、「詩先看ニ格高一」（『正義』）とか、「詩ニハ大体。体製ト格力ト気象トノ。三ツノ弁ヘヲ知ベシ」（『紀聞』巻一）と云う。中郎は「大都独抒ニ性霊一、不レ拘ニ格套一。非下従ニ自己胸臆一流出上。不レ肯レ下レ筆」（『叙小修詩』）と云う。性霊説とは、丈山の非とする左様の主張の基として説き出されたものである。且つ古文辞派に参すれば中郎らの公安派は捨て去るべく、公安派に参ずれば、古文辞派をかえり見ないのが当然である。

以上諸氏の紹介に従って、丈山の詩論と詩評の類を少しく見ただけでも、今日の常識に立ってかえりみると、矛盾し齟齬する所が甚しい。極端に云えば四分五裂、彼の言葉をかれば、「羊質虎皮、何風トモ見エヌ」ものと思われて来る。これを悉く、時は近世漢詩の草昧期であった時勢の所為、丈山の時代上やむを得ない無知の為とするのはやさしい。しかし彼の言葉を精読すれば、それでも様々の詩風に渡り、種々の詩論の用語を、誤解して借りながらも、自分の所懐するものを云わんとしていることには間違いない。言葉の上のみではなくして、丈山の真意を我々は聞き正さねばならない。

3

丈山は、五山の緇流を中心として来た中世以来の宋詩風を捨てて、唐詩を庶幾した理由は何処に存したのであろうか。云う、

近来人ノ詩ヲ見ルニ。斧削ノ痕ノナキ混成シタル詩ハマレナリ。詩モ痕ノナキ程ニ作レルハ好シ。学テ此ニイタルベシ。宋ノ詩ヲ学ベバ自然ト此風ニ到リカタシ。唯盛唐ヲ学ブベシ。宋詩ハ気格カ高キユヘニ学ビガタシ。唐ハ温純ニシテ円活ナレバ学ビ損シガナシ。(『紀聞』巻

一）

と。又、東坡の集について、

坡カ詩ハ事カ多ゾ。博学多識ノ中ヨリ流出セル物ナレバ。猶以テ浅近ノ才ニテハ解セラレヌゾ。サレドモソレハ註ガアレバ故事来歴ハ知ル、ゾ。間ダニハ解セラル、モアレトモ。大底バカリ見テヲクゾ。深長ノ意味ハヱ探ルマイゾ。楽天元稹劉禹錫等ノ詩ハ一読シテ意味ガ知ル、ゾ。宋ニ到リテ東坡、山谷、簡斎、陳師道。イヅレモ上品ナレトモ解シヱヌコト多シ。詩ハ盛唐ヲ学フガヨキゾ。（『紀聞』巻一）

と述べるのは、前の文と同一内容を具体例で云ったまでである。前に「気格カ高キ」と称したのを、ここでは「深長ノ意味」と換言する。これは東坡で云えば、老仏の思想性、宋詩全体で云えば、儒仏の思想性を指すとしてよかろう。そして、丈山その人の体験からすれば、中世五山詩の禅宗的な悟り顔な教訓的な思想性である。聞く人は多く禅僧達である。禅宗の臭が悪いとは云えない。彼は一旦禅に志して儒に転じたもの。退隠の今、禅宗を悪しざまに云うを心よしとしなかったであろう。

近来ノ詩ヲ見ルニ全篇好詩マレナリ。禅林ノ風モアシクナリテ昔ノ気味曾テナシ。（『紀聞』巻一に「禅林ノ衆モハヤル時ハ。上手モ出キタルソ。江西惟肖ヤ絶海天隠ナドモ好詩ヲ作ラレタソ。但一風情格力アルソ」と見える）江湖集ノ体ヲ学ンデヨリイヨ〳〵悪クナル。此ハ子細アレトモ語ラレヌゾ。又隠元一流ノ詩ハ頌ニカヽリテ作ルユヘ風雅トハ謂ガタシ。サレトモ今学ブ江湖体ヨリハマシナリ。中華若木詩ナドニ入レシ詩ニハ好趣多シ。作者此前後ハ多カリシナリ。

（『紀聞』巻二）

とある。『江湖集』とは、『江湖風月集』のこと。この集を斥ける子細は「語ラレヌゾ」と云うが、自ら明らかである。この集は、禅僧達の、如何にも禅僧らしい詩題と内容と思想をもった詩の集だからである。『中華若木詩』の方は、江西・惟肖・絶海・天隠など緇流の作も混じるけれども、その作を俗士の作と比較して、その臭が露骨でないからである。もって丈山の態度は推察できる。『新編覆醤集』の松永昌三の序は、宛も丈山の心情を代弁するが如く、禅に従った時は、詩法は、詩禅一致の『滄浪詩話』の説に従ったが、儒に帰しては、「石公悔二前非一。断二棄禅説一、焚二蕩外書一。掃二尽余習一。其正大之情可レ見矣」と述べている。『滄浪詩話』の第一の特徴は「論レ詩如レ論レ禅」との主張にある。見るべし、丈山はあれ程この『詩話』の説を採用しながら、一も禅に言及しないことを。盛唐を学べば斧削の痕なき混成に到るとは、思想的にひねくり廻した処のないことを指摘したもの。楽天ら晩唐の作品は一読して意味が知るるとは、宋詩的生さとりの臭味のないことを述べたのである。

それでは白楽天の影響の大きい王朝の晩唐詩風を排斥したのは何故であるか。

真ニ白俗ト云モ尤ソ。俗中ノ俗ナルモノト又風流ナル処モアリ。心カラ隠者ナレハ言モ洒落ナ処モアルゾ。又五言古風ノ詩ニ長セリ。熟吟セヨ。私云ク初心ナ者ノ学ブニハカノ体ヨカランカ。学ビ能クアルベシ。先生曰イカニモ学ヒ能クハアレトモ。初心ノ時癖ガアレバ。一生ノクセニナルゾ。唯初メカラ上手ヲ学ンテクセノツカヌカヨキゾ。本朝昔年ノ詩ガ俗ニナリテ風体アシ、ト。(『紀聞』巻一)

と、楽天の長所を認めながらも、範とすべからざるを述べる。同じことを又、「日本ノ詩ハ、古今ノ間、雅俗ノ穿鑿ナド無之ニヨリテ、大半俗体ノ詩多シ、詩ニ瑕疵余多アレドモ、第一ノ嫌モノハ俗体也」(『正義』)とも云う。ここでも本朝縉紳家を悪しざまには自ら云ってはないが、『新編覆醬集』の序で、林鵞峰は、丈山の詩を評して、「専倣二唐詩体一、有二雅古風一、無二軽俗之弊一」としたのは、軽俗な白詩の影響下にあった、本朝漢詩歴代の弊から脱却したことを指示したものである。

しからば、丈山は、如何なるを俗としたのであろうか。

雅字俗字トテ、文字ニカハリハナシ、世間ノ人ノ常不二用来一語ヲ雅字ト云、世俗ノ常ニ用来ル語ヲ俗字ト云也、当時所レ用三体詩錦繍段古文真宝ナドノ文字ヲ皆俗字ト云ナリ、世ノ常ニモテアツカハヌ文字ヲ雅字ト云ナリ(『正義』)

と。そしてこの俗は、体・意・句・字・韻の詩の諸要素の上にもあることを、『滄浪詩話』を引いて説く。更に律詩においては、起承転合の格を用いず、一句一句変化あるをよしとするいわゆる律詩の変意を、杜詩を引いて説明する。丈山の雅俗論とは、詩に於ける日常性の打破の論である。

丈山は退隠のその身を「天下之棄才」(『続集』十三、「与国嶋伝七」)と称したことを、最初に述べた。その詩仙堂の生活は、『北山紀聞』に見るところ、詩三昧と云ってよいが、それをも「離世之楽」(『続集』十一「答林羅山」)とした。しかし朝鮮信使に対しても、

> 講武之暇、雖下咀二嚼六経一渉二猟百家一、蕭散疎頑无中一事之可レ称二于世一者上。第毎レ有二興趣一、一詠一吟楽二心於其中一。

と述べた如く、本当に詩を愛した。よって日本に於ける漢詩の現状にあきたらなかった。歴世の晩唐詩風や禅家的な宋詩風で、詩界は停滞している。それには我が国の詩に対する体制にも原因があった。唐以後の中国は、詩をもって士を採って、「専門ノ学トスルユヘ、華人ハヨク」詩を作る。朝鮮も「三韓ニテハ学士ヲ極(ママ)テ達者ヲスル者ハ、官階ニモ登リ其用ヲナス。本朝ニテハ慰ミ事トナル。実ニ用ヲナサヌユヘニ修行スル人モナシ。隠者出家ノ慰ミ物ニナレリ」(『紀聞』巻二)である。国家の業でなくとも、良匠が出れば、又流行するが、当代はそれもない。

> 良匠ガ一人出レバ其レニツレテハヤル。ハヤレハ功者モ出来ルナリ。近来叢林モハヤラヌユ

ヘニ作者モナシ。ソレニツキテ詩モヒタト風ガアシクナルゾ。(『紀聞』巻二)

である。その為には既成のもの、日常的なものを打破せねばならぬ。その為には詩を学ばねばならぬ。心を許した知人には、時には本心を吐露することもあった。盛唐律体を知るべしとの前掲の文章は次の如く続く。

本邦緇白之輩、雖下以レ詩簧二鼓於世一者不上レ鮮、余未下嘗瞰中一篇一句之有二唐味一者上。是廼匪二不レ知レ詩之謂一哉。不レ知レ詩者、豈能レ詩為。雖レ然人人詑二於布鼓一、衒二於瓦釜一、自以下為頡二頏乎李杜一、髣中髴乎黄陳上。有二具眼者一、可二胡盧而捧レ腹。吾子夫勗矣。

と、今の堕落した詩壇に、一旗幟を上げるは、退隠の身のすべきではない。せめて問う者あれば、自らの知る処、自らの希望する処を述べようとしたのが、丈山の詩論であった。『紀聞』巻二の編者は、ある日の丈山の姿を描き出している。戦いの例を引いて、

今ヤ騒将壇ニ登テ、風雅ノ旗ヲ挙ンニ麾ニツク者幾バクソヤ。隊伍ノ扁将何人ソヤ。嗚呼老タリ一戦ニ功ヲ争ンコトアタワズト、イカナル歎息ニヤアリケン。

4

しからば、丈山が高古とする盛唐詩から学び得た真の詩とは、如何なる特質を持つものであっ

たろうか。

一に新奇。日常性の排斥の裏に必然的にあるもので、丈山の新奇や、それに伴う踏襲の排斥の発言は、既に掲げた。そして、この新奇の論は、丈山においては表現では雅俗論につらなり、内容では深長(深遠)につらなるもので、ただ表面の新奇を指すのでないことも前々の引用で明らかである。杜甫の絶えざる新鮮さを、表現の雅と内容の深長に見出した結論がこの特徴の指摘となったのである。

二に格。


詩先看二格高一、而意又到、語又工為レ上、意到語工而格不レ高次レ之、無レ格無レ意又無レ語、下矣、無レ格無レ意、又無レ語ト云ハ、古人ノ語ナドヲ其マヽ、写シ出シテ、何ノ意味モナク綴リ出シタル語句ヲ云ナリ、(『正義』)

と、格を重視した。そして『滄浪詩話』から、体製・格力・気象・興趣を引く。前三が丈山の格に、後一が丈山の意に属する。そして、「体製ハ風儀也、格力ハ身チカラナリ、気象ハスガタナリ」と注している。禅家の思想詩を批難するのは、内容を主として、表現を顧みる処が少いが故である。中国での宋詩風の反省として、格調の論が起り、唐詩風が起ったのは、詩史の示す処である。丈山に於ても、中世宋詩風の反省からも、この特徴を希求することが必然となったのである。ただし丈山は格を云うこと多くして、調を云う処は少い。音律の語は勿論処々に見えるが、詳記しない。古文辞流の作品との共鳴は、ただ等しく唐詩風を尊ぶのみでなく、彼らが格調を重んじた点にも生じたであろう。しかし後年、中井竹山が『詩律兆』で、李攀竜の音韻の正しさを考証したが、丈山にあっては、まだそうした点までの留意はなかった如くである。

三に情の重視。丈山は格と並んで、意を説くが、立意は万人の論ずるもの、今ここに云う必要もないが、立意の論は引いて景情論に及び、『正義』に云う、

律詩排律トモニ情ヲ多ク述テ景ヲ云タルガ好シ、盛唐ノ詩法ニハ景情ノ二ツマデヲ述べテ、虚体実体ナド云フコトハ不レ見也、……老杜ガ岳陽楼之詩ハ、……二句バカリニ景ヲ陳テ、残ル六句ハ皆情ヲ云リ、……杜詩ノ中ニモ情ノ多キハ佳句也、景ノ多キハ率ロノ吟也

と情を重んずるも、杜詩に基づくことがこれで明らかになる。なお『正義』には、外に論ずる処もある。その部分を要約して見よう。『三体詩』出現して、情景論を虚実論に換えた。情を虚、実を景とする。しかし詩の道は性情之正に得て思い邪なきもの、思えば言となり、言は詠歌となって、その情を言うものと、古来説かれて来た。すれば情を実、景を虚とすべきである。『三体詩』我が国に渡来して、数百年、緇白これを講習して、その誤りを守っているのは何ぞやである。又再考すれば日本の詩は古より今まで、雅俗の別もなかった如く、景情にも拘らず、興趣にまかせ

て作って来た。情は写し難い、景は写し易い。けれども杜詩に熟せばその事を知る。杜詩に熟さぬ即ち詞学に精しくない故にかかる結果となった。景情雅俗の四つは、詩の眼である。これをわきまえずして、何の詩ぞや、などと様々論じて、その結論的なものは、次の論である。

景ニ触テ動クモノハ情ナリ。凡ソ天地日月山川草木皆性中ノ物触テ情トナリ、和シテ詩トナル。喜怒哀楽亦性中ノ物触レテ情トナリ発シテ詩トナル。然ハ詩ハ一情ノミ。唯正ヲ主トストソ。

何か寄る処のあるような発言である。丈山の共鳴して援引したものであろう。更に思えば、思想も意の範囲に属する。『玉屑』巻二(『滄浪詩話』による)を引いて、「南朝ハ詞ヲ尚ンテ理ニ病アリ。宋人ハ理ヲ尚ンテ意興ニ病アリ」とする。この理とは、思想と換置出来る語である。その文章の初めに、丈山は「盛唐ノ詩、性情達スルコトヲ主トス。故ニ三百篇ニ近シトイヘル最上ノ義ナリ」の言葉をもってした。ここから考えれば、丈山の情の尊重は、宋詩風の思想性に、代置するものとして、重視したことが自然と明らかになる。

しかし、情の尊重を論ずる丈山の論は、前に引く処からも明らかな如く、次第に情景論、即ち詩の技法的なものを離れて、性情論、即ち文学の本質論を混じて来ているのである。

四は理致の尊重。

山ハ深キニアラザレドモ、霊ナル道理アリ。ソレハ僊アルユヘゾ、詩ハ理致アレバ自ラ高古ニモナルゾ、理ハ深ケレバ自霊ナルゾ。(『紀聞』巻二)

「理致」の語は、『后山詩話』に「其詩甚有二理致一。語又工也」などから得た処であろうか、それとも『大学衍義補』で、詩を説いて「有二自然之理致一。有二自然之音響一」とした処から得たのであろうか。丈山の云う意は、前文で明らかな如く、「理の致れるもの」である。「理」を思想と解して来たによって、この語を換言すれば、致れる思想である。深遠なる思想である。一通りの、禅家の生悟りの思想ではなくて、深遠なる思想は自ら霊をもって、そのまま高古の文学性を示すものであると論じたのである。この山の霊に対する、理致の霊の語に接すれば、丈山が袁宏道から借り用いた「性霊」の語に想到する。丈山は藤原惺窩について、禅を脱して、程朱の学に帰した。権敬に対して、六経を咀嚼すると述べたのも、儒業にいそしむの意味である。今、複雑な内容は省略するが、端的に朱子も「性則理也、発者情也」(語類五)と云う。丈山は語の大体の意味においてであるが、理致即ち性霊と理解したのではあるまいか(朱子は、霊は心、性は理と区別するが、性霊と霊は又自ら別であろう)。普通の意味において、性霊を理の致れるものと解してよい例もあるのではなかろうか。ただし丈山の使用例によれば、性霊とは、性に内在して静なるもの、理致は発して動なるものとするが如き差別があるようにも思われるが、かかる理解をもって、前に引く性霊に関する文章にのぞんでも、意は通ずる如くであるが、如何であろうか。程朱学に於ては、時に性と情とは相対する概念と考えられる。情を尊重し、又理致を尊重する丈山の態度に亦、矛盾することがないであろうか。その間の事情に関しては、丈山には既に備わる説がある。

　三百篇ヲ読ニハ。其情不レ足シテ性ノ余アル処ヲ見ル。騒ヲ読テハ情有レ余処ヲ見ヨトノ遺戒ナレバ。是三百篇ト離騒ヲヨム法ナリ。性ハ情ニテ見ル。心ハ意ニテ知ヌヘシ。共ニ辞ニアラハル。詩ハ性情意気トノ四ヲ知ベシ。イヅレモ辞ニ見ル。人イヅクンゾ廋《カクサ》ンヤ。(『紀聞』巻二)

と。惺窩の『文章達徳綱領』にも、文式を引いて、「騒宜三精深痛切而極二其情一」などとある。ともかく性・情の共存を認めている。そしてその理想的なあり方として、儒学の性情論に基づく中和論を持っていた。

　喜怒哀楽ノイマダ起ザルヲ中ト云。発テ皆節ニアタル惟ヲ和ト云。詩ハ和ニ本ヅクカ。喜怒哀楽シテ未発ハ性也。発シテ節ニアタルハ情也。詩ハ性情ノ正ニ本ヅク。性情ノ正ハ和也。故ニ詩ハ和ヲ本トス。和シテ而不流ヲ上品トセンカ。喜トキハ則其辞佚スト云。怒トキハ其辞激スト云類、皆七情ノ出ルニ随テ。ソレ〳〵ノ変ニ応ズルカ作者ナリ。(『紀聞』巻二)

この後半は、『詩経大全』など、詩経の注によると思われるが、「中」の論は、朱子学の説によっ

たものである。『性理字義』に、

中和是就二性情一説。大抵心之体是性。性不二是箇別物一。只是心中所具之理耳。只這理動二出外一来、便是情。中是未レ接二事物一。喜怒哀楽未発時、渾淪在二這裏一。無レ所二偏奇一、便是中。及二発出来一、喜便偏二於喜一、怒便偏二於怒一、不レ得レ謂二之中一矣。然未発之中、只可レ言二不偏不倚一。却下不レ得二過不及字一。及二発出来一、皆中レ節、方謂二之和一。

と。性即ち理である。情と理の調和し、合致した詩を理想とすると論じたのである。この境地に到れば、情は喜怒哀楽と云うものでなく、理は致れる思想と称すべくもなく、合せて自らなる人間性の流露と云ってよい。丈山は人間性の自らに流れ出る境地を「佳境」と呼ぶ。

佳境ニ入サヘスレハ。何事ヲ云テモ面白キヤウニナルソ。其ノ時ハ趣モ興モイラヌソ。造作ノカ、ライデ好キソ。悠然南山ヲ見ルハ自然体ソ。此ヲ弁スルコト及ヒガタシ。(『紀聞』巻二)

と述べている。

5

以上の外、詩の技法としてはこの外にも様々の教があるが、兎も角も、一貫した詩論の筋はかくの如くにたどり得る如くである。たどってここに到れば、丈山としては、自らの好む詩の本質を、盛唐、殊に杜詩につき探究し、種々の詩話や作品に接し、且つ自己の信奉する儒道に照らして系統立てたものを持っていたことは、筆者の不十分な説明は暫く許していただくとして、推察できるのである。『正義』の冒頭、その詩法につき「規式総論」「意匠総論」「結構総論」「指摘総論」「附詩源総論」と五項の漢文でまとめたものあり、以下処々に漢文の混じるものを丈山その人の文章とするならば、自己の詩論を漢文をもって一書とする試みも計画されたことが推察される。恐らく未完に終って、この『正義』に合せ載せる所となったと思われる。

そして、以上辿り着いたものが、丈山の真意を何程でも正確に出来たとすれば、近世初期のいわゆる草昧期としては、すぐれた論であり、その一書の未完で終ったことが惜まれてならない。かかる詩論に立脚した彼の作品は、成程江村北海が指摘する欠陥は確に存するけれども、明朗高闊の気に満ちて、中世の陋弊をもって低迷していた当時の漢詩壇に、清新の気風を送って、三竹らを喜ばせたのも、故なきではないのである。

三　文学は「人情を道《い》ふ」の説

1

伊藤梅宇の『見聞談叢』巻六に、

貞享元禄ノ比、摂ノ大坂津ニ、平山藤五ト云フ町人アリ。（中略）名ヲ西鶴トアラタメ、永代蔵又ハ西ノ海、又ハ世上四民雛形ナド云フ書ヲ作レルモノナリ。世間ノ吉凶、悔吝、患難、予奪ノ気味ヨクアジワヒ、人情ニサトク生レツキタルモノナリ。又老荘トモミヘズ、別種ノイキ形トミユ。（下略）

と。この引用は、甚だ乏しい井原西鶴の伝記資料の一として、学界知悉のものの一部である。梅宇は享保十九年[1]任地福山から京へ帰り、父仁斎以来の古義堂に暫く滞在した。その時、兄東涯との間に、この西鶴の話が出たようである。東涯は大阪の懐徳堂や含翠堂関係の人々に親しく、殊に含翠堂は西鶴の知人で、『難波色紙百人一句』の序者春林を出した平野の土橋一族の設立した学校であったなどから見ても、この記事には多くの信を置くべきである。が今はこの記事を伝記資料として検討するのではない。当時の儒者の立場からは、例えば天野信景が、享保七年三都に於ける俗書板行禁止の原因として、「近世大坂にて西鶴といひし誹林戯書多作りて板せし、後之に效てよしなき事を作り、世の費人心の害ともなれる故と云」(『塩尻』七四)と記した如く、一般には猥雑と見なされがちの西鶴とその作品を、「人情ニサトク生レツキ」とか、「老荘トモ見エズ又別種ノイキ形」とか評した、梅宇や東涯の見識を、も少し問題にすべきかと考えるのである。儒者は老荘の思想に対して、賛否は兎も角、一個の体系を持った思想たることは疑っていない。その老荘と西鶴の作品に見出す対人生態度とを比較したことを問題にしたいのである。

既に古典として、当時でも一部では高い評価を許されていた『源氏物語』や『伊勢物語』をすら、山崎闇斎は否定した(『大和小学』序、前出)。

深く朱子学を信奉された後光明帝は我が朝廷の衰微は和歌と『源氏物語』の流行に原因する。中古以来真に政治に志ある君臣にして、和歌に親んだものを見ない。況や『源氏物語』は淫乱の書に相極ったと評されて、和歌や『伊勢』『源氏』を近づけられなかったと伝える(『鳩巣小説』)。こうした例は掲げれば猶存して、これが儒者の対『伊勢』、対『源氏物語』の時代的な通念であった。ましてや『伊勢』『源氏』に比して、西鶴の作品に対する一般儒者の態度は想像に余りあろう。しかし後光明帝や闇斎時代から、東涯梅宇等の享保頃迄、経過した半百年が、儒者の頭脳にも、いくばくの変化を齎したことは考慮すべく、既に、熊沢蕃山の『女子訓』や『源氏物語抄』(一名『源氏外伝』)に見える、やや、幕初の朱子学者達と相違した説も出現していたが、しかし、この最も道徳的なはずの兄弟が、経史子集講習の余暇に、西鶴作品の噂をとりかわす、古義堂塾の空気をも顧ねばならない。

この兄弟の父にして、古義堂に初めて古義学を主唱した仁斎は、「道とは何ぞ仁義是也」(『童子問』上)、「学問は道徳を以って本と為す」(『語孟字義』下)と称して、高談空論を嫌い、実社会に於ける仁義道徳の実行を尊重した。「常道は即ち是れ至道」(『文集』巻五、「同志会筆記」)、「耳目に接り日用に旋す者総て是道に非ざるなし。俗外に道なく道外に俗無し」(『童子問』中)と称して、高遠奇僻をいみ、平常の中に真理を、卑俗の中に至理を求めた。そしてその所以を説明して、「卑ければ則自ら実、高ければ必ず虚、故に学問は卑近を厭ふなし。卑近を忽にする者は道を知る者に非ざる也」(『童子問』上)と云っている。従って何にてももって修徳即ち彼の学問の糧となるものは、これを採るべきを教えた。読書についても、「四経之旨大略此の如し、苟も其の理に通ずれば、則ち野史稗説を見るも皆至理あり、詞曲褋劇も亦妙道に通ぜん。学者唯道理を説くの道理有るを知って、道理を説かざるも亦、道理あるを知らざるは鄙なる哉」(『童子問』下)との如き見解を持っていた。(2) のみならず、自らそれを実行したようである。中国白話小説の『醒世恒言』を彼は天和三年の暮に既に読んでいる(日記)。これは私には日本に於けるこの書に関する初見であることは暫くおいても、学界の流行に遙に先んじたものに違いない。東涯が『名物六帖』編纂に際して、中国俗語の文学書をあさり、この塾からも陶山南濤、松室松峡、朝枝玖珂等小説家を輩出した先駆は仁斎夫子であった。かかる薫陶の下に育った人々は、あらゆる書物に接近し、そこから人間のあり方を見、人生の行き方を学ぶ習慣を得たはずである。そしてそれは理性的に受取る面だけでなく、情感をもって味うべき面に於てもしかりであったことについても、仁斎の云う所が、又存する。

論語孟子説二義理一者也。詩書易春秋不レ説二義理一而義理自有者也。説二義理一者可二学而知一レ之也。義理自有者須二思而得一レ之也。(『語孟字義』下)

と。学んで之を知るとは理性的な理解、思って之を得るとは、感情的な面をも含んだ感得である。かくの如き見識は、かの博識貝原益軒が、小説(街談巷説)を読む必要を認めつつも、道学に対して、それ等は末であり小であるの故をもって、雑細之学に汲々として、道学を捨てる危険をいましめた(『自娯集』四)に比しても、高く評すべきであろう。かく見てくれば、猥雑と考えられたただろう西鶴の作品を読むことも、その作品から人情を感受することも、素直に読取った西鶴の人生観を、老荘のそれと比較することも、この塾風から見てさもありなん所なのである。

2

しかしそれのみではない。仁斎や、父の説を紹述し、忠実に発展させた東涯の著述類を、注意して繙けば、彼等が詩経や、引いては広く文学を論ずる時に、梅宇が西鶴評に用いた「人情」の語にしばしば逢着する。東涯はその『読詩要領』の中で、『荘子』や『楊子法言』より引用した後で、「詩(詩経)と云ものは、面面の志をのべ、人情をつくしたる書といふことなり。(中略)詩のことばはさま〲なれども、道二人情一といふの一句にてつゝまることなり」と云い切って居り、仁斎も、論詩(『古学先生文集』未収)の一文で、

詩有レ情有レ景。以レ景為レ実、情為レ虚。……予以為詩全在二於情一。三百篇至二於漢魏一、皆専主レ情。景以レ情生、情由レ景暢。未三嘗不二レ出二於情一。

と述べている。しかし詩乃至文学は人情を道ふとのみならば、『詩経正義』序に「発諸情性」とある以来、古今の通説であって、ここに特出する必要はない。遠く中国の古典を尋ねるまでもなく、我が熊沢蕃山の如きも、「人情の正不正を知といふ、詩の奥旨にもいたらざるか。中夏日本、古今情同じければ、詩は人道の益たる事すくなからず。源氏は、和国の風俗人情をいひ、古代の質素の風をあらはし、礼楽を得たる書也。故に人心の感を催す事多し」(『女子訓』二)と、詩経によって

文学の本質を論じ、『源氏物語』に及んでいる。が古義堂の人々は更に論を進めて、東涯は『読詩要領』に云う。先儒は『詩経』を論じて、勧善懲悪の説がある。人の感動には邪正のたがいが存し、その言葉にあらわれた詩も邪正善悪二種となる。『詩経』を読むには、よきを見て我も善を行わむを思い、あしきを見ては、戒とせねばならぬと。しかし論孟二書に徴するに、孔孟にはそうした見解は全くない。詩を読むの益は、勧懲にはなく、詩に接して世間の人情に通じ、おのずから温厚和平の気を得て、正しく世に処して行くことを得るにあると。東涯はまた別所(『経史博論』所収詩論)で、王陽明の『伝習録』に、詩三百篇に、鄭衛亡国の声の介在するは、孔門の家法に合わず、秦火の後、世儒の三百篇の数を満たすべく加えたものであろう。孔子の『詩経』を編したは、「以懲創人之逸志」との考えによってであったとの説を書誌学上で論難して、詩は人情の必ずある所を述べて、その委曲を尽してある故に、世代の遷革、道里の懸遠も人情では相違なく、玩索諷誦よくその理に達すれば、温柔敦厚の風格の出来ることを以って詩経の益たるを繰返している。東涯の論は、唐の劉禹錫の、

聖人感二人心一而天下和平。感二人心一者莫レ先二乎情一、莫レ始二乎言一、莫レ切二乎声一、莫レ深二于文一。故詩貴二和平一、令二人易レ暁。温柔敦厚詩之本教也。(『文体明弁粋抄』)

の説による如くであるが、約言すれば、詩経は倫理的教訓の為のものでなく、大きく人格完成の

為のものたるを明らかにしたものである。仁斎の、『語孟字義』巻の下に於て、この点について述べる所も次の如くである。『詩経』中、善なるものを見て善心を感発し、悪なるものは懲戒とすべしと説く人があるは、それはそれとして正に然りである。しかし詩の用はもともと、作者の本意によるものでない。詞に託して、その情をあらわしたもので、朝野流伝して相詠歌するのみのもの、専ら勧懲になるべく、某人を美め、某人を刺るの意はない。美刺を一詩一詩について云々するは、後世詩を録し、詩を採る者にかかると。更に『論語古義』の「詩三百、一言以蔽之、曰思無邪」の註では、「一経各々一経の要有つて、相統一せず、知らず聖人之道、帰を同くして塗《ミチ》を殊にし、一致にして百慮、其の言多端なるが如しといへども、一以て之を貫く。然れば則ち、思邪無しの一言は、実に聖学の始を成し終を成すの所以なり」と、『詩経』は詩であるの所以をもって、他の四書五経同様、直ちに人格完成に参加することを述べている。以上を見たのみでも仁斎等の詩道人情説は、少くとも当代以前の考えとは相違するものなるを知ることが出来る。

　東涯が掲げた先儒の詩勧善懲悪説は、朱熹の説で、その『詩経集註伝』序に云う、「詩者人心之感㆑物而形㆓於言㆒之余也、心之所㆑感有㆓邪正㆒云々」の紹介であった。云う迄もなく、朱子学は徳川幕初以来の官学で、幕府のもって文教政策の指導原理としたもの。朱子学を奉ずる限りは、詩経引いては広く文学は、勧善懲悪の功利的立場によってのみ、その意義を認許される。文学独自の目的は認められず教の一方便に過ぎなくなる。近世に於ける幕府の朱子学採用によって、中世の仏教的人間否定から、多くの面で人間性の解放される理論的根拠を得たけれども、文学は、狂言綺語も讃仏乗の縁たる仏教的桎梏を離れて、再び、朱子学的勧懲の羈絆の下に呻吟をつづけねばならなかったのである。林羅山は、

有レ道有レ文、不レ道不レ文、文与レ道理同而事異、道也者文之本也、文也者道之末也、末者小而本也者大也、(『文集』六十六)

と述べる。云ぅ所の文は今日の意味の文学では勿論なく、文章博学の広義であろうけれども、今日的な文学をも、道義の為の一方法としか認めなかったのは明らかである。東涯などと同時代の人でも、朱子学信奉の雨森芳洲など、和歌を読むに、男女相慕い夫婦相思ぅのことは、人倫の常情なれば、必ずあるべきだけれども、誨淫の和歌はよし定家業平の作でも、その心を学んではならぬ。日本ではその調の高いのを、道徳的な是非にかかわらず正風体とするが、これ等は聖人の所謂正雅ではない(『たはれ草』等)の如き見解を持し、室鳩巣も、その詩論(『補遺鳩巣先生文集』巻二)に、人情と天理の関係を論じて、『詩経』を教の一法と見ていて、一応文学道人情の論を認めながらも、なお文学を道徳の翼下に参せしめる態度を払拭してはいない。前述した、後光明天皇や、山崎闇斎やも亦、実は朱子学派に属して、同じ立場にあった人々である。

以上に反して仁斎の説は、前述する所から更に進展する。『古学先生文集』巻二所収、「和歌四種高妙序」は、宋の姜夔の『白石山人詩説』にならって、和歌にも四種の高妙あるを述べたものである。文中云う。詩と和歌とは源を一にして派を異にし、情を同じくして用を異にするものであるから、和歌の説を以って詩に施し、詩の評をもって和歌に推すも、一々脗合して互に用を相済まさざるはないと。『詩経』に発し、漢詩一般に及び、引いて我が国の和歌も、その文芸としての本質に何等変ることなきを十分に認めた言である。人情が時処にかかわらず相違する所がないとの観点からすれば当然ながら、『詩経』を経として尊び、唐を和より重んずる当代儒者流の間では注目すべき説で、後に荻生徂徠がその『答問書』で、山県周南がその『為学初問』で、太宰春台がその『独言』で、細述する和漢の文学その軌を一にするの見解の先端をなす言辞と見なすべきである。更に仁斎は、『文集』巻三所収「題白氏文集後」に於て、

蓋詩以ㇾ俗為ㇾ善、三百篇之所以為経有亦以其俗也

と、当時としては甚だ大胆な放言をなしている。その所以は、詩は性情を吟詠するのが本であって、俗なればそれだけよく情を尽すことが出来る筈である。雅めかして琢磨に過ぎたならば、別所で(『文集』巻一「蕉牕余吟序」)彼がのべる、

詩本㆓於性情㆒、故貴ㇾ真、而不ㇾ貴㆓乎偽㆒。苟不ㇾ出㆓於真㆒、則雖㆓極ㇾ奇殫ㇾ巧、要不ㇾ足ㇾ観焉。

の論に抵触して、かえって性情を失い、真の気が、剝落してしまうこととなるのである。以上は「卑ければ則自ら実、高ければ必ず虚」と説く彼の見解から必然に導き出される説であり、仏老之学が世を離れ俗を絶って、専ら高遠を事として、天下に通ずることの出来ぬは、『詩経』『書経』の真意に達せぬ故であり、後世の儒者が詩書を読誦しながら、求める所難深に過ぎて、平易近情に求めることを知らない故に、言行に正大従容の気象を欠くと云う論(『論語古義』巻四子所雅言詩書之章の註)から見ても、一貫した所説をなすものである。ただし俗にして又俗なるものは取るべからずであって、俗にして能く雅、例えば陶淵明の詩の如く、俗よりして点化し来ったものを妙中の妙とすべきである。『詩経』のよく五経の一たり得る所以も、雅俗兼挙善悪相混ずる故である(『文集』巻三所収詩説)と述べている。しかし仁斎はなお附することを忘れていない。詩の本はもともと作者の本意にはないの見から進んで、『語孟字義』巻下や、前掲『文集』所収詩説では、詩の用は読む者の感ずる所にある。俗即ち詩の取材した街談巷議には皆至理は存し、鳥鳴風韻も妙道に通ずるけれども、高き者が見れば高く、卑き者が見れば卑くで、至理妙道をその中に知るものは明者である。智のたらわぬ者は、俗中に真意を読むを得ない。『詩経』はその詞平易明白で、しかも其義は広大悉く備る。けれどその深浅は読む者の如何にあって、愚夫愚婦も、これを知るとも云えるが、一面、孔子の諸高弟中でも、十分これを知るは稀であると云うことも云えると。『詩経』に関するこの論は引いて文学一般にもあてはめてよいであろう。が仁斎の詩を論じて用いる雅俗の語の内容に就いては明確にし得ない。しばらく一般に、古典的或は貴族的な題材表現を雅と云い、現代的世俗的なそれを俗と指すと解して支障がないようである。この雅俗に関する文学論は、今ここでとりあげた道「人情」の論と共に、我が近世文学思潮の大きな問題の一となってゆくのであるが、事は仁斎より後の世に属し、今はそれにふれないことにする。

以上仁斎の論を要約すれば、一に詩広く文学は人情を道ふものである。二に、従って文学は勧懲の具ではなく、道徳的なふるいを一度かけた後に、人生に役立つと云うものではなく、直接にあらわれた人情に共感することによって、人間が完成されてゆくものである。三に和漢雅俗の別なく、人情を云うの点で、本質は一である。四にかえって、雅、古典的貴族的な表現を持つ作品よりも、世俗的な眼前ありのままの事実と感情を表現した作品の方が、人情の実即ち真が顕われて、文学上の意義は高くなる。五に文学の深浅は、むしろ鑑賞者側の問題で、すぐれた文学は普遍性を持つが、その真義に達するには洗錬を必要とする、となる。詩は道人情に初まる伊藤仁斎とその門流の文学観は、その大前提になお儒学をおいてではあるが、甚だ進歩的なものであり、簡単な文章の中に、近代文学思想の持つ諸要素の多くが、不完全ながら備って見出されるのである。これをもって、中国の文学思潮と照合するに(3)、仁斎に後れて出た荻生徂徠の蘐園派が、李攀竜、王世貞等の擬古派を範とするに比して、仁斎等は、その擬古派に対して、明末清初におこった公安派や、銭謙益等の創造派に似る如くである。我が近世漢詩文壇の趨勢は大体中国思潮の流れを追っているのであるが、ここだけは逆行している如くにも見える。仁斎はしかし、彼の詩論の他の部分では、東涯が『経学文衡』に収めた、鍾惺等の説の影響も認められるが、この部分の説は、はたして中国の誰人から受けたか如何を、今明かにすることが出来ない。仁斎の文学観が擬古派に似ずして、創造派に似るの一事は、しかし彼の生々主義と称される学問の性格や、その独創性を重視される研究方法にふさわしい。また我が儒学史上でも、『詩経』の研究に基づいて展開された彼の文学観は、述べきたった如く、彼の全体の学問にふさわしく斬新なものであった。我が国儒学に新風を吹込んだ朱子学は、四書の所謂新註の輸入を以って登場した。茲来仁斎時代まで、時に『易』を重視する人のなきにしもであったが、儒学界は四書を中心として進んで来た。五経や諸子へ学的な研究の手がのびてゆくのは、東涯や徂徠の以後であって、『詩経』に関しても、彼の五男蘭嵎や太宰春台の業績を始めとするようであり、仁斎の詩経論は、それとして、その方面の極初に属するものである。

3

朱熹の『詩経集註伝』序には、「詩者人心之感レ物、而形ニ於言一之余也」と見え、朱子学者といえども、詩人情を道ふの通説には従っている。古義堂の人々はこれと一見同じ態度を採りながら、結論に於て、叙上の如く甚しい懸隔が生ずるのは何故であろうか。考えれば、仁斎の学は、古義学と称され、朱子学には仏老異端の説が混雑するをあきたらずとし、孔孟の意味血脈をさぐって得たものと云う。従って、同じく「人情」「性情」などと用いながらも、その解釈が相違している所に原因するようである。朱子学の用語の解には、便利にも朱熹の高弟北渓先生陳淳の『性理字義』があり、中国や我が国の同派に推重され、我が国でも寛永九年和刻本あり、万治二年、林羅山の『性理字義諺解』が出た。この書を主として朱子学の人情の概念を簡略に求めて見る。

朱子学にあっては一身の主宰たる精神を心と称する。この心に体用の二面がある。衆理をそなえて寂然として動かぬものが体、外界の万事に応じ通じて動くものが用である。心の体を性、心の用を情と称する。又心の動が情、静が性と云ってもよい。そして情と性とを心が統轄する。性と情との関係を見るに、心の裏面にあって未だ発動しないものが性、事物にふれて発動してくるもの即ち情と解する。しかるに性には本然の性と気質の性とがある。宇宙に充満する天地人間万物に共通した理があって、その理が人間にやどった場合が本然の性である。これに対して人間に理がやどる時、時所の相違によってあらわれ方が違って、何に於ても一様であるべき理が、各々相違したあらわれ方をする。これが気質の性である。未発の性が、既に発して情となる時、本然の性のみが動く時はその情、悉く善となり、気質の性に従う時にはまま悪となるものである。以上の説によれば、朱子学の精神の構造は次の如くになる。

心─┬─体─本然之性・気質之性
　　└─用─情

この説によれば、情が肯定される為には本然の性の動いたものでなければならぬ。しかるに本然の性は、宇宙に充満する倫理的な理想即ち理と同じもので、仁義礼智の四つの大目を持っている。ここに儒学の始祖孔子が編したと伝える『詩経』には、誨淫にわたる作もあり、悪を示した作をも含んでいて、今更改める訳にもゆかぬ。この『詩経』を朱子学的理論から全面的に肯定しなければならぬとなれば、勧善懲悪説によるの外に方途がない。従って朱子の学説を守るならば、『詩経』から引いて、文学一般にも、亦この勧懲説を以って対することになる。前掲した朱子学者達は、理論上誠に明確な態度を持つと見るべきである。

仁斎の古義学には、『性理字義』に対して、『語孟字義』と題する論語孟子の用語を解した書がある。これについて今必要な限りのみの仁斎の説を伺う。仁斎が孔孟の意味血脈を、二書より帰納的に得た結果では、「性生也、人所レ生而無二加損一也」で、性とは梅がすく柿が甘い如く、朱子学で云う気質の性の如きもの唯一つであって、二つはない。もし二つの性ありとすれば、孔子の「性相近也習相遠也」と孔子の血脈をつたえたはずの孟子の性善説との間に矛盾が生じる。二つにわける朱子の説は老子によったので、孔孟の本旨ではない。「情は性の欲也。動く所あるを以つて言ふ。故に性情を以つて並称す」るので、目の美色、耳の好音を欲する情欲、父の子の善を欲し、子の父の寿を望む人情、善を好み悪をにくむ天下の同情の如きがこれである。心との関係は、「凡そ思慮する所無くして動く之を情と謂ひ、纔に思慮に渉れば則ち、之を心と謂ふ」の如くであり、云わば一つのもののあらわれ方の相違で称を変えたと見ているようである。心をも、

心者人之所二思慮運用一、本非レ貴、亦非レ賤、凡有情之類皆有レ之。故聖人貴レ徳不レ貴レ心。

と格別高きに置いていないのもこの故である。性情心三者の関係は、仁斎の説を整理した東涯や、仁斎の説を是正した並河天民の云う所が一段と明瞭である。東涯はその『弁疑録』巻二で「心性情三者は人の必ず有る所、もと善悪之称無し」と、先ずこの三者を善悪の立場からのみ見る朱子学の解釈に反対し、『古学指要』巻上「心性情才弁」で、人の精神について云う場合、心とは事にあたって発動し思慮運用するをいい、性とは生来禀受のもので、一定したものをいい、情とは、

心に対しては、心の安排し偽り飾る所のないもの、性に対しては、性の欲する所と解すべしと説く。東涯に従えば、心性情の三者は、一つの精神を、そのあらわれる三つの方面から見ての称で、在り方あらわれ方見方が種々の称を持つ所以で、三者に倫理的な価値判断が附いたり、あり方に段階があるべくもないのである。図示せば、

ともあらわすべきか。天民の『天民遺言』では、一段と端的になっている。

曰性、曰情、曰心、皆一心也。就㆑事而名異也。以㆓四端之心与㆑生倶生㆒而言。謂㆓之性㆒。以其委実無㆑偽而言。謂㆓之情㆒。以㆓其以㆑思為㆒㆑職而言。謂㆓之心㆒。

と、かかる立場に於ては、人間とその精神を認める以上、人間の学としての儒学は、情の如何なる面をも否定出来ないこととなる。人情を道ふ『詩経』を初め文学全般も、自ら、倫理的掣肘なくして、人生上の意義を持つと認めざるを得ないのである。その人情について東涯は、情は人の真実の心であり、『礼記』礼運の篇に七情とて、「喜怒哀楽愛悪欲七者不㆑学而能」とかかげたもので、善を好み悪を悪むも真実の心なれば、色を好み食を嗜むも又人の心のまことであり、善念に限らず何にても人の好悪の真実なる所をいうと、繰返し説明している（『訓幼字義』）。更に仁斎においては、善悪の見解についても、朱子学の如く対立的に考えなかった。

凡天地間皆一理耳。有レ動而無レ静、有レ善而無レ悪、蓋静者動之止、悪者善之変、善者生之類、悪者死之類、非二両者相対而並生一、皆一二乎生一故也。(『童子問』巻中)

と。全面的な人的肯定の仁斎にあっては、人情の一部を悪としりぞけ、それの表われた文学を、勧懲の掣肘下に置くべくもない。かえって人間の真実のあらわれるを尊んで、俗であれ、悪であれ、野史稗説詞曲雑劇も、もって人格完成の糧たることを主張することになるのである。

4

我々は西鶴(『日本永代蔵』)や都の錦(『元禄大平記』)の浮世草紙類に、仁斎伊藤源助とその一門の好評判を見る。それらは、諸藩の招聘に応じようとせず、市井にあって道を楽しむ、彼等の心意気に拍手を送っている。いま元禄時代の社会を実質的に形成した人々を元禄人と称するならば、この草紙類が写し出した拍手を、元禄人の対仁斎評と解してよいであろう。仁斎の古義堂には、上は搢紳より、下、士庶百姓にいたるまで、特志ある者は、目に一丁字なき者も、出入面晤して、人たるの道をたたいたと云う。そして士は侯国を治むべく、農は邑里を訓化すべく、商は一家を整うべきも、有用の道術を得て帰ったと、仁斎の伝記者はつたえている。また門下三千、全日本六十六ヶ国で、彼の門人を見ない国は少かったとも伝える。仁斎の古義学は、実際、元禄時代を代表する儒学であるのみならず、元禄人を代表する思想であったのである。元禄時代の思想の大きな特徴は既に云われる如く、新時代と人間との自覚と、それにともなう自由精神の高揚と、引いては旧時代の批判とにある。ただしそれは限られた範囲に於てであり、鎖国その他の諸事情は、これを不完全な燃焼に終らせたことは元禄時代精神と共に今は細述しない。我々の近くの文学界に見ても、歌学にあって、下河辺長流や戸田茂睡の、階級意識や伝授思想への反抗と、それを裏付ける自由精神と、高い科学的な研究方法が存する。伊藤仁斎の古義学も、いかにも宋代封建制度に合致した思想と評される朱子学に反抗したものであった。研究者が、(4)生々発展主義と評し、人道的博愛主義と云う儒学説、四書に対しての原典批判的な、用語について新しい解釈学的な、近代のいぶきを感ずるような文化科学の方法論が見出されるのである。人間の自覚、自由精神の高揚、旧文化の批判などを特徴とする思想を一般の用語例に従って、ヒューマニズムと称すれば、云うまでもなく元禄の思想はヒューマニズムのそれであり、仁斎の思想もヒューマニスチックの色彩の濃いものである。仁斎は云う。「夫れ聖人の教を設くるや、人に因り以つて教を立て、教を立てて以つて人を駆らず、造作する所なく、添飾する所なく、人心の同じく然る所に出でて、強る所有るに非る也」(『童子問』上)と。野夫や奴隷の中にも孝友廉直天性より出て士人の及ばないものもあり、学問によらずして、自ら治め義に赴くものがあるが、これが学問の基本である、天下皆、孝弟忠信の人を善とし美とするこの心を外にして学はないと述べて、学問の本質も、教のもとも、階級学識の如何をとわず、人間に内在することを主張する。又曰く、「富貴爵禄は皆人事の無んばあるべからざる者、……儒者或は軒冕を錙銖にし、富貴を塵芥にするを以つて、高しとなす。世間も亦超然遐挙、人事を蔑視するを以つて、至れりとなす。皆道を知らざるの甚しき也」(『童子問』上)と。朱子学の所謂頭巾気質に一喝をあたえると共に、現実に元禄人の営みを、大きく肯定している。更に云う。「学問は須く活道理を看るを要すべし。死道理を守著するを要せず。……人は則ち然らず。進まざれば則ち退く。退かざれば必ず進む。一息之停なく、死物の若く然る能はず。故に君子は過なきを貴ばずして、能く改むるを以つて貴しとなす」と。道徳を固定した目標にいたることとせず、人間の努力的発展を認めている。彼の徒中江岷山の如きは、『理気弁論』で、

聖人之道人情而已。……異下老仏以二人情一為上悪。聖人以二人情一為レ善、順レ善而尊レ之。此乃聖人邪説之所二以由分一也。夫人倫之所二以立一者、以二人情一也。人生不レ能レ無レ情、是以聖人順二人情一以教レ之也。

と全面的な人間性の肯定を示している。かく見れば、古義学は元禄ヒューマニズムの理論的根拠を附与したものであって、それ故に元禄人の喝采と追随とをかち得たのであった。

今ここに文学思潮とヒューマニズムと云う問題を論ずる迄もなく、前述した古義学の文学論は、仁斎のヒューマニズムの思想を背景としている。のみならず、元禄ヒューマニズムの中に生れた、漢詩文から和歌連俳小説に至る全文学の底流をなす大きな氷山の如き文学思潮の一端を、この古義学者の、道人情との標目の下に拾い集めた片言隻語が示しているように思われてくるのである。

先師曰、俳諧はなくともありぬべし。たゞ世情に和せず、人情に達せざる人は、是を無風雅第一の人といふべし。(『続五論』)

とか、

詩哥、連俳はともに風雅也。上三のものは余す所も、その余す所迄、俳はいたらずと云所なし。(『しろさうし』)

とか。芭蕉の言の如何にも仁斎の、人情といい、俗というように似ているように思われるではないか。西鶴にあっても、恐らくは彼自らも左様考えていたであろう転業書の『好色一代男』に始まって、やがて『織留』の一部や『置土産』の如き人間精神の深奥へ食込んでゆく、創作的な探究に心胆をくだくようになった。それはその為に一生をかけたとは云い切れないまでも、ある折は、深酷な思慮を用いたに違いない、その彼の作家としての精神の進歩を、作品を通じて考えるならば、自覚無自覚は問題でなく、彼の心懐にわだかまったものは、仁斎の思想が代言する如き時代的な

文学思潮であったのではあるまいか。それでこそ梅宇をしてああした評を下さしめることが出来たのである。彼は簡単に、

寓言と偽とは異なるぞ、うそなたくみそ、つくりごとな申しそ。（『団袋』）

と云った、どうとも解し得る文学観[5]しか残していないが、その言は仁斎の「詩本於性情、故貴真而不貴乎偽」を思い出させ、その作品が、「蓋詩以レ俗為レ善」を、その作風とその中に内在する人生観は、東涯が道についてのべた次の言葉に思い合されるのである。

先儒之学、求二道於レ理、求二道於レ心、倶非二聖人之意一也、聖人之道、求三道於二事実一。（『東涯漫筆』）

西鶴のそうした言葉しか残っていない所に、西鶴の俳諧なり、小説なりの、社会に於ける位置の限界が認められるのである。

5

『詩経』に比すべき『万葉集』に近代科学的方法の曙光を美事にそそいだ契沖は、一は国典一は漢籍の相違こそあれ、科学的古典研究史の位置に於て、伊藤仁斎に甚だ類似している。文学観にあっては、僧侶たる彼はもともと中世風な宗教的考えを持していたらしく、早く著述した『厚

顔抄』(元禄四)の序の如きには、和歌は「吐二性情之正一」き、「述二耳目之悦一」べると云いながら、神道即ち日本精神の表出したものと見なし、神儒仏三教一致の道に入るの具と論じた。が『河社』などに見えて、古文学に親しむこと漸く多きを加えるに従って、『源註拾遺』(元禄九)の大意には、全く文学方便論を脱却した。『源氏物語』を春秋の褒貶に比す説には、善人の善行悪人の悪行を面々に記してこそ勧善懲悪の意も明かなれ、この物語では一人の行為の中に善悪まじれば、そうとは称し難しとしりぞけた。朱子学風の勧懲の論をも同じ理由を以て採らない。熊沢蕃山や安藤年山等も、この物語に対しすぐれた見解を示しながら、勧懲の一点に於ては、なお十分に脱却し得なかったに比較して、周知の如く契沖のこの見識は一段と立まさっている。考えれば、蕃山や年山は、それぞれ陽明学を収め、水戸学派の中央にあった、教養や環境もさる事ながら、身辺鄙にあること多かったと違い、新興都市大阪では、澎湃たる新しいヒューマニズムのいぶきが、この高津の森の隠者の草庵をも襲わずにはいなかったのであろう。久松潜一博士は、(6)契沖の文学観の変化を、「宗教より文学へ」と跡づけて、他の真淵宣長始め近世国学者の文学観の傾向が、宗教に重点をおき、もしくは「文学より宗教へ」の方向をとると区別して契沖の特徴と見なされた。「宗教より文学へ」を換言すれば、それは「神より人間へ」である。かかる見方の成立つにも契沖に於ける元禄精神の顕現を見出すことが出来る。それにしても、生来の謬見を齢五十を越えて克服してゆく契沖の進歩的な精神の軟柔さは偉とすべきである。

勧懲の論を捨てた契沖の源氏論は、定家の「可レ翫二詞花言葉一」の語や、「歌ははかなくよむ物と知りてその外の習ひ伝へたることなし」(『顕註密勘』)とある歌道論をより所として、「此物語を見るにも大意はこれになずらへて見るべし」と、「はかなし」の論を標榜した。はかなしに就いては、彼が、物語と同一観点から見ていた和歌について、

はかなき事をよむは歌のならひなれど、さりとてことわりなき事をよむことなし。(『古今余材抄』)

歌ははかなきやうなる感情ありておもしろき也。議論をこのめるはなさけおくるゝ也。(『初稿本代匠記』巻一)

と述べている。はかなしと云ふ心は、勧懲とか褒貶とか議論即ち理性的な考えを混せずに、「詩歌は心のよりくるまゝにいかにもい」(『古今余材抄』巻二)い出すことのようである。そして物語とても、それと等しい創作態度と解すべしと云ふ。はかなく表現された場合は、「感情ありておもしろ」いとある。この句は契沖の好んで用いる所、

おもしろくもよまれて感情ふかし今も同じ心なり。(『初稿本代匠記』巻一)

感情かきりなき歌なり。(『精撰本代匠記』巻四)

など見える。そうした評を受けた和歌を吟味鑑賞して、その評に照校すれば、それらは善悪邪正の甄別なく、「喜怒哀楽そのまゝに表はれ出て、今も同じ心なり」即ち、当代人たる契沖の心の琴線にふれるものを持っていることを、彼が認めた場合の評のようである。古今東西を通じて変らぬ人情のよくあらわれて、現代人の心を打つことを指したものと解される。しかし、「はかなき」表現はよいと云っても、「ことわり」がともなわねば、よい文学とは称し難いと契沖はいう。このことわりとは、勧懲の説を拒みしりぞけ、議論をいみきらう彼であれば、倫理的な道理や、表現の合理性などを指さないこと勿論である。彼は同じく『余材抄』中で、「造作もなくして自然に甚深の理趣侍るべし」と用いた理趣を、ここのことわりと同意義にとろうと思う。真言の学僧たる契沖の用いた理趣の語となれば、それこそ「甚深奥蔵」であって、『理趣経』の諸註釈を倉卒にさぐっても今の私には十分の理解と説明は無理であるが、大まかにことわりと照合し解して、天然本然のあるべきものとしておく。人間について云えば、人間性の本質に根ざす所のものであろう。心情のおもむくままを、修飾なく表現するのが、文学のあるべき姿であるが、すぐれた文学にはただ情趣に流れるのみでなく、自らそこに理趣即ち自然人間の本性に基づく所のものがにじみ出てくるものである。こう契沖は考えていた。そこでこそ早くであるが、『代匠記雑説』で、

和歌は百錬の黄金の指鐶ともなる如く以上の道に通ずるのみならず、及び世間の人情にも叶

へり

とか、

仮令儒教を習ひ釈典を学べども詩歌に心置かざる族は俗塵日々に堆うして、君子の跡十万里を隔て追がたく、開士の道五百駅に障りて疲れやすし

とか、和歌の人生的な意義を説いている。こうした考えの発展として、「ことわり」の主張となったと考えようと思う。

契沖は仁斎の如き理論家でなく、考証的な注釈家で、文学について述べる所も、一段と簡略で、明晰にとらえ難いが、以上の如く理解すれば、勧懲的文学観に組しない点の同一なること。文学は心のよりくるままにはかなく表現することと、外事にふれて、思慮運用する所のない人情の表出と見ること、すぐれた文学ははかない中にことわりの存するとの見解と、人情の表出故真を尊んで偽をきらうとの見解。文学に接すれば俗塵を去り得ると云うと、温柔和平、正大従容の気を得ると云うと、比較し来たれば、条々古義学の文学観に相近いものを認めるのは、論を急ぐ私のひが目であろうか。もしこの比較が誤りないと許されるならば、元禄の日本古典の代表的研究家も亦、「道ニ人情ニ」の説を、その文学観としていたこととなる。

6

浄瑠璃評註の『難波土産』が、巻頭に掲げる近松門左衛門の戯曲表現論は、一般に虚実皮膜の論と呼ばれる。当代の歌舞伎界の純写実的芸風にあきたらずして、虚の必要を認めたこの論の基底には、彼は戯曲を以て、芸即ち演劇を構成する一部であり、作り物語であり、そして芸、作り物語は慰みなりとの考えが存在する。大衆相手の芸を、近松は如何に考え、作り物語を、漢詩文などと比較して如何に位置づけ、慰みを慰みならざる文学に対して如何に思ったかは明言する所がない。当時の通念からすればしかし、「芸」や「作り物語」や「慰み」の語は、彼の文学が、広く文芸の中に伍して、ある意味での「低さ」を持っていることを、感じていたことを示すように受取れる。近松は狂言もしくは浄瑠璃作者として自覚を持っていただけに、歌舞伎狂言や操芝居が、芸であり慰みである、そしてその戯曲が云わば第二文芸に過ぎなかった、当代の現実を明察していての用語ではなかろうか。しかし自己とその作品の対社会的あり方を自覚すると共に、『難波土産』中にも見えて、浄瑠璃の面目を一新し、「浄るり本を見るに恥なく成」ったことは、自己の努力によることを知り、近松は自己の文学に自信を持っていた。そして第二文芸ながらも、彼の作品は、その本質に於て、第一文芸、即ち和漢の古典もしくは古典的な文芸――彼自ら引く

『源氏物語』や漢詩――と同一のものたるを知っていたはずである。その本質が同一の文学を慰み、芸として一般観衆に映写する時のレンズが即ち、彼の虚実皮膜の論である。

是等は又芸といふものにて、実の女の口より得いはぬ事を打出していふゆへ、其実情があらはるゝ也、此類を実の女の情に本づきてつゝみたる時は、女の底意なんどがあらはれずして、却て慰にならぬ故也、さるによつて芸といふ所へ気を付ずして見る時は、女に不相応なるけうとき詞など多しとそしるべし、然れ共この類は芸也とみるべし

ここに近松がくりかえす芸の語は、叙上の意義に解すべきかと考えられ、その意味で外見的実では、十分に芸の効果を上げ得ぬ故に、虚の表現の必要を説得せんとするのである。しからば近松の虚実とは何を意味するのか。この論の末に、

趣向も此ごとく、本の事に似る内に、又大まかなる所あるが結句芸になりて、人の心のなぐさみとなる、文句のせりふなども、此こゝろ入れにて見るべき事おほし

とあるを見れば、実は「本の事」、虚は「大まかなる事」をさすに迄至っていることは明らかである。しかし彼の虚実論をなす六ヶ条を吟味すれば、今示した最後の一条と、文章に関する第二条をのぞいて、他の四条には、その第一条で、「詩人の興象といへるも同事にて」と見えて、漢詩論の影響を持つものの如くである。

虚実の語は、しばしば詩論の書に用いられ且つ我が国人に最も親しい詩書『三体詩』に頻出する。『三体詩』云ふ所の、実は景(叙景)、虚は情(抒情)を意味する。そしてこの解は前掲、仁斎も、「以景為実、情為虚」とあって、一般当代人の常識であった如くである。虚・実を情・景と解して、『難波土産』の前述四条を検討する。第一条の『源氏物語』に松の枝のはね返る一文のよく情をつくし得たと云うに関した一条は、「松島宮嶋の絶景を詩に賦しても、打詠て賞するの情をもたずしてはいたづらに画ける美女を見る如くならん、この故に文句は情をもとゝすと心得べし」とあって、景を叙しても情の叙述を伴わなければ不可とした論である。第五条に、松島なんどの景色に対しても、「あはれをあはれ也といふ時は、含蓄の意なふして、けつく其情うすく、あはれ也といはずして、ひとりあはれなるが肝要也」、「ア、よい景」と云うのみでは、何の詮もなく、「其景のもやう共をよそながら数々云立れば、よき景といはずして、その景のおもしろさがおのづからしるゝ事也」とあるのは、情を述べんとしても、景の描写を伴わねば不可とした論である。第三条に、近時の浄瑠璃が、公家武家より以下の格式威儀の別から、詞遣い迄、細かく写実的に、「その程々の格をもつて差別をなす、是もよむ人のそれ〳〵の情によくうつらん事を肝要とする」とあるのは、人事に於ける云わば景であって、人事を写実的に表現することが、結句、その情のよく表現出来ることを云ったものである。第四条に、実際には、女の口上として得云わぬことも、芸にあっては言葉に打出して、あらわに、底意迄もあらわす。敵役どうけ役又同前と述べた一条は、云わば人事に於ける情であって、景のみでは十分に、実情を示し得ぬ故に、情を写実以上に表現するを芸にあっては許すべしとの論である。云わば人事に於ける情の表現が景の表現の不完全を補うの論である。かく見来たれば、近松の虚実論に暗示を与えたものは、詩論の虚実即ち情景論であると定めてよいようにも考えられる。彼は勿論ここの情景論をすすめて、第六条即ち最末の論では、うそまことの論に迄及んでいる。しかし彼の情景、もしくはうそまことの論も、何が為に左様な表現を必要とするかと云えば、以上の引用が、既に説明する如く情をあらわさんが為の景であり、うそもまことも、大衆に実情をうつらしめ、感動せしめんが為であった。仁斎前述の引用につづいて、「予以為詩全在於情」と。近松云う、「文句は情をもとゝすと心得べし」(第一条)「よむ人のそれ〴〵の情によくうつらん事を肝要とする故也」(第三条)「実の女の口より得いはぬ事を打出していふゆへ、其実情があらはるゝ也」(第四条)「あはれをあはれ也といふ時は、含蓄の意なふして、けつく其情うすくあはれ也といはずして、ひとりあはれなるが肝要也」(第五条)と。仁斎と近松の間にもかくして一致点が見出し得るのである。近松更に云う。

某が憂はみな義理を専らとす、芸のりくぎが義理につまりてあはれなれば、節も文句もきつとしたる程、いよ〳〵あはれなるもの也近松のこの義理の語の持つ意味は如何であろうか。これには幸に森修氏[8]の詳な近松用語例に基づく考証が存して、自然の条理を意味する。義理とは自然について云わば造化の配剤であり、人間について云わば人間性の本質に基づくものであって、契沖のことわりとも甚だ近いもののようである。この一条は、芸に於ける憂いとても、それを表現する諸技術と結果が、人間性の本質に基づいてこそ、単なる感傷に終ることなく観客の真情をゆすぶることが出来る。この義理の把握さえあれば、文句や節をやたらに哀れっぽくするの要なしと解釈が出来る。以上の如く近松の文学観を見て来れば、改めて比較する迄もなく、仁斎や契沖の文学観に通ずるもののあるを知る。実際近松の作品に接すれば、仁斎の云う俗に取材した世話物の数々には、生活力も弱々しく、我執我慢にとらわれて、親兄弟にそむき、世に捨てられて死んでゆく愚痴な男女を描きながら、仁斎の云う真を後世迄に伝えている。こうした作品の出現は、作者の『難波土産』に見える自覚もさることながら、芸としては、仁斎を代表として見て来った「道ニ人情一」の時代的な文学思潮の大きなひろがりを前提としなければ不可能ではあるまいか。殊に近松の観客は、古浄瑠璃時代よりは作風も上品になり、観客層にも知識階級を加えたであろうが、左様な風潮を、理論として把握し、又は慰みであった演劇を理論に於て理解しようとする『難波土産』の編者の如き人々は少かったであろう。ただその文学思潮を、世の雰囲気として感じ持った迄の人々が、多かったのではあるまいか。とすれば、興行物として、近松の作品があらわれ、そして成功したことは、逆に、文学は道＝人情＝と標目したような、文学思潮の広く深い社会的流布浸透を示すものとなるであろう。

『難波土産』の編者に就いては、穂積以貫や三木平右衛門が擬せられている。いずれにしても古義堂に出入し、その学風に浴した人達であった。近松がこの人々に親炙した結果、自らも古義学の影響下に、虚実皮膜の論をなすに至ったか、或は又彼等が近松に聞く所を、自己の教養に従って解釈し、又文章に表したものであろうか。今の場合、元禄時代の文学思潮として取上げる点ではどちらであってもさした問題とはならないと考える。

7

甚だ今更めくけれども、土芳の『あかさうし』に就いて、芭蕉の文学観を、ここに必要な限り伺ってみる。芭蕉の俳諧道は一言に云えば「風雅の誠を責める」にある。その為の努力として、「高くこゝろをさとりて、俗に帰るべし」と芭蕉は教える。高く心をさとるには、古人の心、師の心をよく知るべきで、為にはその詠草の跡を追って、我が心の筋を押直す。かかる努力の中に自得して、高く心をさとるに至る。その我心の筋を押直すとは、云わば私情を去るにつとめることであって、かくてかの有名な「松の事は松に習へ、竹の事は竹に習へ」との芭蕉の詞が出てくる。土芳のこれに接して、悟った所を換言すれば、物即ち対象の中に没入して、その実相実情をつかむこと、しかも対象の生命を、微妙にまで自己の情にのりうつらせば、詩情がわき出でて、句は自ら形成されると云うのである。こうした修業による蕉風俳諧の特質は、去来が他流と識別している。

他流と蕉門と第一案じ所に違ひ有りと見ゆ。蕉門は気情ともに其有所を吟ず。他流は心中に巧まるゝとみへたり。（『去来抄』）

と。蕉門の人々は勿論、作家であり、その説く所悉く作家としての修業道であるが、一転して文学の本質について見れば、対象にふれて共感する詩心、即ち人情の造作修飾する所ない表現と云うことになるようである。それでこそ、

先師曰、俳諧はなくともありぬべし、たゞ世情に和せず、人情に達せざる人は、是を無風雅第一の人といふべし。（『続五論』）

の論もある。人情に達し、世情に和することが出来れば、対象の情自らありのままに自己の胸中にやどし得ることとなり、心懐常に既に文学がある。世情に和し人情に達すること文学修業の根本義だと云う。前述する如く、これ芭蕉の論の仁斎の所説に似る第一である。

芭蕉は又、俳諧の和歌連歌との本質的同一を説くと共に、仁斎の如く、漢詩とのそれをも認めたことは、支考の『葛の松原』に云う。「孔子の三百篇は、草木鳥獣のいぶしき物をしらしめ、倭には三十一文字をつらねて、上下の情にいたらしむ、その詩歌にもらしぬる草木鳥獣の名をさして、高下を形容せむもの」は俳諧であると。詩歌にもらした云々の語の意味するものは、新詩境の開拓であり、詩歌即ち雅文学の持たなかった新詩境とは、即ち俗である。(9) 高く心をさとって帰すべき俗とは即ち、この俗である。

諸事の物に情あり、気をつけて致すべし、ふだんの所に、昔より言ひ残したる情山々ありと申置候。(「杉風纍墹宛状」)

とある。ここに云うふだんの所又俗である筈だ。ここで私は「詩以レ俗為レ善」の仁斎の語を思い出さざるを得ない。芭蕉仁斎類似点の第二がこれである。実際に芭蕉は作家として、俗に帰し、雅の名の下に制限された詩の神をして、雅の範囲をのり越えさせた人である。仁斎の所謂る、俗に従ってよく点化して、古今の絶唱をなした一人で芭蕉はあったのである。芭蕉は帰俗の一線上に、晩年軽みの説を唱えた。去来は、自己の「玉棚のおくなつかしやおやのかほ」の芭蕉評について、

そのおもふ処直に句となる事をしらず、ふかくおもひしづみ、却て心おもく詞しぶり、或は

心たしかならず。（『去来抄』）

と戒心している。おもくの反対即ち軽みとは、おもう処直に句となる所に出づるものであること、即ち軽みの理念の中に率直性のあるをこれについて知り得る。また去来は丈艸の「うづくまるやくわんの下のさむさ哉」の芭蕉の評について

かゝる時はかゝる情こそうごかめ。興を催し景をさぐるいとまあらじとは、此時こそおもひしり侍りける。（『去来抄』）

と悟っている。芭蕉最晩年のこの句評は、先述の率直性と共に、取材の日常性や、表現の平淡性をも可としたと、去来には理解された如くである。軽みの素朴性真率性や、平淡卑近性平易通俗性は、既に論家[10]に説きつくされている。そしてそれが生涯をかけた芭蕉のゆきついた所であったことも云うまでもない。軽みは、文学に於けるこの論に述べた人情と俗とをさぐりさぐった芭蕉の終点をなしたものであったと解することは我田引水に過ぎた速断であろうか。去来は又云う。

俳諧は新意を専とすといへども、物の本情を違ふべからず。（『去来抄』）

と、不易流行の論に従い、新意を求める所に出た軽みであるが、流行や軽みの論の大前提として風雅の誠を責めると云う根本命題がある。その立場からしては、「物の本情を違ふべからず」の注意が出てくるのである。この一言は、許六が修業道から見て、軽きと云うとも腸の厚き所より

出なければと述べた言葉と共に、俳諧の本質観からした、軽みの為の箴言であろう。芭蕉は、物の本情は、軽みの真率性や平淡通俗性によって、把握出来ると考えていたに相違ないのであるから。仁斎は詩に俗を尊んだ。それは俗の為に俗を尊んだのでなくして、奇や怪でなく、文采を剗落して俗なれば述語之新奇や作意之織巧による以上に、自然之妙、人情之真があらわれると見たからである(『和歌四種高砂』序)。これが芭蕉と仁斎の文学観の類似の第三である。

ただし芭蕉の俳論上の言辞は、多く門人達の筆録にかかる。彼等の頭脳による整理がないとは保証いたしがたいが、近松の場合と同様、よし門人達の考えを混ずるとしてもかえって、時代思潮を知ろうと志す今は便とすべきであろう。鬼貫が、(11)「誠の外に俳諧なし」とか、「句を作るに姿詞をのみ工みにすれば誠少し、只心を深く入れて姿詞にかゝはらぬこそこのましけれ」と示した彼の俳諧論なども、今の場合、同じ思潮の顕現として見のがすべきではない。

8

仁斎、契沖、近松、かつては浅ましく下れる姿と評された西鶴も、評した芭蕉も、見来たってここに至ると、登る道を異にしながら、同じ思いを抱いて、同じ頂を目ざす人々の姿を髣髴出来る。私の見解には、軽率な推論や牽強附会も多いことであろうが、一応、彼等の文学観を、伊藤仁斎とその門流の、文学は人情を道ふの説と同一趣のものと解そうと思う。そしてもし許されるならば、この人情を道ふの説を元禄期の文学思潮として見たいと考える。

しからば元禄期の文学思潮としての文学人情を道ふの説が、古今の通説である他時代の人情説と如何に相違して、元禄の特徴を示しているかを論ずべき段階にいたる。朱子学や陽明学の立場にある若干との相違にはふれたが、この為には、最小限にも、日本の近世に於て、仁斎につづいての人々の説を検討せねばならぬ。荻生徂徠、太宰春台、山県周南、服部南郭の蘐園の人々も人情説を掲げている。中国小説の愛好家で『源氏物語』を初めて小説として見ようとした清田儋叟や、国典に精通していた堀景山の京儒達も亦、人情を道ふの説をもって文学を見た。蘐園の学風をうけた賀茂真淵も、和歌論や源氏物語評に、人情の語を大きく取上げている。景山の門に遊んだ本居宣長の「物のあはれ論」も亦、この人情説の埒外に出るものではない。作家では平賀源内、上田秋成、為永春水などが、多少さまざまながら人情の語をもって文学を云々している。それ等の主張を追って、この説の展開を少くとも瞥見しなければならぬが、今は他日に期して省略する。そして最も簡に従って云い得ることは次の如くである。

元禄の諸家は、人情もしくはそれに類した語をかかげて文学の本質を指示する一面に、契沖はことわりと云い、近松は義理と云い、芭蕉は誠といい、仁斎は俗にして真と云うことを忘れて居らない。これらを貫通したものを、言の適否は不確かながら「モラル」と称すれば、元禄の人情説は、モラルを伴って、人生主義の傾向の濃いを特徴とする。蘐園京儒の人情説には、人情に流れて、狂蕩、美の埓外に出でることを嫌って、雅俗の論が擡頭した。よい文学は雅でなければならぬとした点、ただし雅の内容については、蕪村の離俗論や、真淵宣長の古典主義など様々で簡単に一様に律し難いけれども、元禄の人情説が、むしろ俗にかたむいたと、この頃の人情説は極て特徴的に対立する。元禄の人生主義に対して芸術主義の気味があると区別出来る。三転して秋成春水などの作者側や、幕末の人情説には、再び勧善懲悪と人情との関係が問題となる。その結果文学の本質としての人情対勧懲の問題が整理され、文学の本質は人情であるの考が確立し、文学の中に含まれる思想の一つとしての勧懲主義の存在を、おぼろげながら区別する動きが見受けられるのである。やがて坪内逍遙が『小説神髄』で、西欧の理論に立って論じた文学人情論を肯定せんとする気運の、漸く醞醸されるのを感ずるのである。が大きく見れば、一方この気運は、真や誠と云う元禄の文学思潮にも、雅正と云い、みやびと云う中頃のそれにもふくまれていた、儒教的な古典的な、大きくいえば封建的なものから脱却せんとする近代の傾向であり、一方では逍遙以後今にいたる迄問題となる日本近代文学の、本質と思想の問題の、おぼろげながら初めての提出と見るべきであろうか。そしてこれ等の「人情」説をめぐる文学思潮の、近世に於ける三期の相違は、又具体的に、それぞれの時代の文学作品に、特色として反映しているのであるが、そのことも今は省略してこの小論を終ろうと思う。

最後に、この粗雑にして、謬見も多いだろう論を発表した私の気持を附記する。作品を生む作家、作家をつつむ文学思潮、文学思潮を理論づける一般思想界の動向、それの基礎をなす社会状態、そして民族風土等々と云う風な、年輪的な裁断面を明らかにすることが具体的に文学をつかむ為には是非必要と考えられる。そのどれかを省略すること、例えば社会状態より直ちに作家作品を伺うと云うようなことは、あってよいことであり、あらねばならぬことながら、恣意の介入する危険や、見当がはずれる恐れが多いと考える。且つ又、現代文学理論をもって古典文学に対決することは、それは決して誤りではないこと、あだかも天平の器物をメートル尺ではかると同様である。が、その間に天平の物差をおき、天平の他の器物を並べることも、決して参考にならないことはないと同様、かえって文学も具体的に理解する為には、文学思潮や、他の様式の文学との比較も必要であろうと考える。そうした自明の考えから、それは従来あまり顧みられない面を持っている元禄の思想と文学思潮とを、浅学をも思わず取上げて実行してみたのである。この論は私の想の未熟と努力の不足の為に、徒労に終りそうであるが、読者諸賢の、この志のみでも酌まれんことを希望する。

（1） 梅宇自らは「戌歳定省ニ上京ノ刻」としていて、享保十五年戌と考えられて来たが、東涯の家乗には、享保十九年（甲寅）七月十二日の条に「重蔵（梅宇）従福山上京、十七年ふりにて上京帰省也」、同八月二十二日の条に「重蔵致帰郷今夕ふし見へ出申候」とある。この兄弟が、梅宇が福山に仕えて以来、逢ったのは、この十九年甲寅の唯一度である。「戌」としたのは、梅宇の何かの記憶違いであろう。西鶴について話したのもこの年とする。
（2） 吉川幸次郎博士『学問のかたち』参照。
（3） 青木正児博士『支那文学思想史』参照。
（4） 井上哲次郎博士『日本古学派の哲学』参照。
（5） 暉峻康隆氏『西鶴評論と研究』下「西鶴の文芸理念」参照。
（6） 久松潜一博士「契沖伝」（全集朝日版第九巻）第三編第八章参照。
（7） 青木正児博士「詩文書画論に於ける虚実の理」（『支那文学思想史』所収）参照。
（8） 森修氏「実と虚との皮膜論」（『国語・国文』十七ノ二）
（9） 能勢朝次博士「帰俗と軽み」（『文学』十一ノ十二）参照。
（10） 潁原退蔵先生「軽みの真義」（『俳諧精神の探究』所収）、荻野清氏「軽みへの疑義」（『芭蕉論考』）
（11） 山崎喜好氏『鬼貫論』、「鬼貫の誠説」参照。

附記　この稿は、昭和二十五年十月二十九日京大国文学会に於ける講演草稿に若干加筆したものである。漢文の引用文の中には、まま読み下しにしたものもある。

後記　この一篇に関係するものとして筆者は外に次の数篇を書いている。参照していただければ幸である。

1 「当代文壇と芭蕉」（拙編『芭蕉の本』1）昭和四十五年八月（角川書店）
2 「西鶴の創作意識とその推移」（拙著『近世小説史の研究』）昭和三十六年五月（桜楓社）
3 「虚実皮膜論の再検討」（本書所収）
4 「近世儒者の文学観」（岩波講座『日本文学史』）

四　俳趣の成立

1

野に捨てた笠に用あり水仙花、それならなくに水仙の、霜除ほどなる侘住居、柾木の垣も間原なる、外は田畑の薄氷、心解あふ裏借家も、住ば都にまさるらん。

『春色梅児誉美』の冒頭、唐琴屋の養子丹次郎が、訳あっての向島の侘住居の体である。この短文で景物と感情の織りなす情趣は、たとえ初めの発句がなくとも俳諧的である。それも幕末風で小ぢんまりし、やや陳腐で、嫌味を伴うが、蕉風の流れにある俳趣味以外のものではない。

蕉風俳諧が醸成した俳趣味が、近世生活の貴賤都鄙に瀰漫して、その余波、今日に及んでいる。花月雪、四季の風物人事に感懐をもよおすこと敏感なのは、日本民族の風土的特色であったとしても、社会の端の端にまで、句は無くもあれ、「風流」と称する習慣を植えつけたのは俳諧であり、その風流の内容は、蕉風的俳趣味が占めている。この生活の中の俳趣味が、俳諧文芸の広くて長い普及と歴史的展開に作用したのももちろんである。のみならず、かそけき人情本にも見えて、小説戯曲の他文芸にも、この趣味は浸透していった。伝統的な堂上歌学の指導では、早くは連歌的に、後には俳諧的に堕することを極力禁じているのは、一般人士が風流な文芸といいさえすれば、俳趣味に走るのが常であったからである。その歌壇でも更に漢詩壇においてすらも、幕末に至っては、自己感懐に忠実に、現実に即すべしとの風潮が起こって、俳趣味なるものが生活感情として、斬新さを伴って、漢詩和歌の上に顕われてくる。雅俗論争の対象となった香川景樹や広瀬淡窓らの作にそれを認める。この両者は、またその発言(『随聞随記』『淡窓小品』)にも俳諧への親近感を示している。俳趣味は、少くとも近世生活史上の問題ともなり、広く近世文学全般にかかわる問題ともなりうる。

2

今、俳趣味の基本をなす美的要素を俳趣と称してみる。聞きなれぬ語を特に使用するのは、相似た概念を持つ俳味・俳諧性などの語が、使用年古るままに、それぞれ特殊な内容にすでに彩られていて、混合を生ずるを避けるためである。ここにいうところの俳趣とは、蕉風俳諧が生んだと思われて、その後の近世文学全般にも影響し、近世人の風流生活の中に生き続け、更に芭蕉後の俳諧文芸を規制してきた美意識をさすことになる。

しかしここで改めて俳諧史をくりかえし、従来、俳味・俳諧性の称で検討された結果を紹介して、それが芭蕉と蕉風俳諧に成立したものである事実を述べることは省略する。またその美意識の根底的理念である、「さび」や「かるみ」を説くことも省略する。ここでは、蕉門発展の段階において、いうところの俳趣が、いかにして成立し、近世社会の生活上に、また近世文芸一般の上にも普及したかを、蕉風俳諧なるものの構造を分析しつつ考えてゆくことを目的とする。構造とは何か、ただちに具体的な問題に入ろう。

芭蕉は、彼のいわゆる風雅の本質は、西行の和歌、宗祇の連歌、雪舟の絵、利休の茶などと、貫道するものは一であると説いている。『笈の小文』の冒頭のこの文章は、元禄に入ってのものであることを、最近の研究は明らかにした。この偉大なる大悟見識は、長年の彼の俳諧修業の一つの到達点であったのである。今これを敷衍すれば、伝統的な当時の常識において雅俗と分かたれていた、その雅すなわち第一級の文学芸道に、この新興の文芸であり、貞門以来、俗すなわち第二級に待遇されてきた俳諧の本質は等しいというのである。それでいて俳諧の詩的対象は、雅文芸の詩歌連歌三つのものの余すところまで、すなわち俗の分野まで至らずということろがない(『三冊子』)。宇鹿の『発句十六篇』の序でいう所がもっと端的である。

……ちかづきに成りて別るゝかゝし哉(この句惟然の作、芭蕉と誤伝すと云う)と、かすかなる手ぶりよりさび出して、ゐぞ象潟の月に茶をすゝるも、俳諧の手柄ならずや。歌は其位高きゆへに、いやしきに捨られるもの多しとこそ。俳諧、其すたれるを、一毫もあます事なし。俳諧又たかみに風流なからんや。士は戈をよこたへて句をおもひ、農は陌につくばふて穂先に初鴈の声をおとす。工商またかくのごとくなれば、なす所、おもふ所に俳諧の富る事、波湧がごとく……

と。そして『三冊子』の土芳の説明によれば、花に鳴く鶯を縁の先の餅に糞をさせ（芭蕉の句「鶯や餅に糞する縁の先」）たり、水に住む蛙を古池に飛び込ませるのが、俳諧の行き方であり、俳諧独特の俳趣の生ずる所以とするのである。

これを見ると、芭蕉や土芳は、俳諧の本質すなわち俳趣発生の根源を、雅俗二つの相対する概念の組み合わせで説明しているのである。芭蕉俳論の重要問題となる、「高悟帰俗」とか「俗談平話を正す」とかは、この組み合せの中から出てくるのである。ここに言う構造分析とは、本質的な詩情における雅、対象表現における俗のごとき美的構成の要素を析出することをさすのである。

3

芭蕉は、自ら風雅の道に三等階を定めて、その第一等に遊んだ人である。彼の作品とその理念を、二等三等にも及ぼしたのは、師説の通訳的著述を残した門人たちである。今の場合、もっぱらその種の著によるを便とする。ことに支考は多弁であった。その論はほとんど師から出たと思われるが、彼一流の理解をもってして、芭蕉の真意を伝えないことで、研究家には評判が悪い。しかしその説明には仏・儒・老荘など、こけおどしの知識を並べているが、いわんとするところは、案外常識的でわかりやすく、かえって俳諧同好者の信用と理解を得たらしい。『俳諧十論』の注釈的書の多いことはもちろん、九州の田舎でも、『俳諧古今抄聞書』などいう注釈書ができて、支考の俳論をめぐって論争が起こっている。これらから見ても、彼の俳諧美論は、近世一般人士の共鳴を得、蕉風的俳趣味の成立普及に、大きく力があった。今の場合、支考の説をうかがうのも無駄ではないであろう。

まず『俳諧十論』には、俳諧道を説いて、

そも俳諧の道といふは、第一に虚実の自在より、世間の理屈をよくはなれて、風雅の道理にあそぶをいふ也

とある。この条は、人生における俳諧の意義と俳諧に従う人の生き方をも論ずるものであるが、ここにもまた、虚実なる相対する概念の組み合わせがある。支考の虚実は多義である。いろいろすぐれた研究論文(各務虎雄氏『俳文学研究』、堀切実氏「支考の虚実論の展開」『近世文芸』一四など)も

出ているが、当面の問題に即して解してゆこう。『贈露川状』には、露川が、虚実を簡単に、信偽と解したことを笑って、「そも〳〵大道の虚実とは、大ィなる時は、天地の未開を虚といひ、天地の已開を実といふ……」などと大法鼓を打っているが、この『十論』の続く一条には、

> 俳諧の道といふは、儒仏老荘の間をつたひて、虚実に中庸の法ありといはむ。本より儒仏の大道は、虚実の先後に家をわけたるを、俳諧はそれが仲人としるべし。さて其法に三条あり。世情の人和は、五倫の常法にして、おかしきは俳諧の名としるべく、さびしきは風雅の躰としるべし。人よく此三をしる時は、身に千重の羅綾をかざるとも、薦一枚のさびを忘れず。口に八珍の菓肴をつらぬとも、一瓢の飲のたのしみをかえず。心に世情の変をしりて、笑言に耳をあそばしむる、俳諧自在の人といふべし。

と、やや具体的に説明する。また、「儒に似て其実を説かざれば、仏に似て其虚をもとめず、まして老荘の理非をまげざらんには、是を中庸の法として、爰に俳諧の太宗師といふべし」などと、この文の注も備わる。実である儒道にいても、その道徳的理屈にとらわれず、虚である仏教にいても、その宗教的道理に流れてはならない。老荘は世情の理非を捨てるものだが、これのみで世情を忘れてはならない。これが虚実の自在である。そして富んでも貧の簡素なわびた精神を忘れず、貧しくとも精神的に豊かでなければならぬ。かく現実の生活にも、精神をうばわれることが

ない、これも自在である。世はたのしむべく世はかなしむべしと知るならば、どんすの夜着に逢っても、年忘れの酒に酔い、一枚の薦《こも》で身を包んでも花の香を祝う、これも自在の人だとの意の文章もある。かくてこそ世情の人和を察し、俳諧に遊ぶことができる。逆に俳諧に遊ぶことは世の人情を察して、何にもとらわれぬ自在人になることであって、芭蕉はその典型であったのであるとこの文を解することができる。芭蕉の実生活と、「たゞ世情に和せず、人情に達せざる人は、是を無風雅第一の人といふべし」(『続五論』など)、これが、師の教えの、支考的理論の展開であったのである。いわれるごとく、中世隠者の系譜を引いて艶隠者的であったり、風狂的であったりする。現実に芭蕉や支考の生活には、以上のごとき要素もあったのであろうが、ここにも、一つの概念と、それの反対の概念とが幾つも組み合わさっていることに注目しておこう。

どの道にも、またどんな生活にも、不離不即を説く、この中ぶらりんの生活の実践は、大変むつかしいものになるのではなかろうか。悪くすると、俳諧の道は、儒・仏・老荘いずれにも属さず、富んで生活の豊かさを楽しまず、貧にして簡素を愛さないことにもなる。実生活にそっぽをむけた異常生活になる危険もある。俳諧道を日常とする宗匠(1)の生活には、一種の世にすねた、世にそげた、それでいて世にこびた姿勢が伴ったことは、個々の人物についても、小説や演劇が類型として描いたものにも例は乏しくない。談義本の『水灌論』四に、宗匠を諷刺して、已前兎角もせし身上の人。はゐかいに身をゆだね。次第〳〵にうすくなり。はてはみなにして是非なく。剃髪残髪のすかたを転じ。鼠色なる木綿の襦袢を。裾の綻ひ其まゝ袖の上にひつぱり。歳旦帳・時節の摺もの等の入料一句一銭の点料などにて。むかしから見れば乏しひ事。然るを其門人や誹諧好なる人の心では。仙人になつたやうに尊敬いたさるゝ。はゐかいきらいなものゝ目から。狐に化された人の様で可笑しいぞや。

と云うごとくである。その種宗匠の始祖としての芭蕉を、上田秋成は「僧俗いづれともなき人の、かく事触て狂ひあるく」とののしった。しかしその秋成自身も俳諧に遊ぶ時は、一種そげた姿勢を採ったはずである。支考の説く俳諧道は、そのことをすでに物語っている。しかし、それが人情の和すなわち風流を解する姿勢だと支考は説くのであった。そうした姿勢から生まれた風流俳諧は、芭蕉の言葉をかりれば、夏炉冬扇のごときものであって、浮世には、何やら必要なもので、また不必要なものであって、実人生とは不離不即の存在となる。

4

引用した『十論』の文章にも、「おかしきは俳諧の名としるべく、さびしきは風雅の躰としるべし」とあった。これより先に刊行した『続五論』にも、同じように、俳諧といふに三あるべし、華月の風流は風雅の躰なり。おかしきは俳諧の名にして。淋しきは風雅の実なり。この三の物に及ばざれば世俗のたゞ言となりぬべし。詩といひ歌といふ。俳諧は高下の情をもらす事なし。

とあったし、『本朝文選』所収「陳情表」にも、

翁の曰ク　俳諧といふに三ツの品あり。寂莫はその情をいへり。女色美肴にあそびて、麁食のさびをたのしみ、風流はそのすがたをいへり。綾羅錦繡に居て、薦着たる人をわすれず、風狂は其言語をいへり。言語は、虚に居て実をおこなふべし。実に居て、虚にあそぶ事をかたし。此三ツの品は、ひくき人に、高き所をいふにはあらず、高き人の、ひくき所をいふなりとぞ。

と少々あやしいが、芭蕉の言として見える。この二つの引用を統合すると、風流は風雅の体すなわちすがたである。「淋しき」すなわち寂寞は風雅の実であって、その情をさす。おかしきすなわち風狂は俳諧の名にして、その言語をさす。風流についてはすでに見た。淋しさ・おかしさの相対する二つの概念の取合わせを検討せねばならぬ。

風雅の実とは、文字は違っているが、芭蕉のいわゆる「風雅の誠」である。筆者は、この誠の語を人間的な誠実と解する。芭蕉が使用した他の語をもってすれば、「人情」の内容にも相当す

る。(2) その人間的誠実の上に打ち立てられた風雅すなわち文学が、彼のいう第一級の文学芸道に本質的に共通するものである。もし歌学の用語に比較して見ると、歌学でいう「心」「詞」の「心」にあたる。ただしこの「心」も多義に使用されるが、「心」の真髄をしめるところのものを抽出して名づけたものが、この「誠」である。これを支考が更に限定したのが、「さびしさ」であり「情」である。このことは後にふれることにしよう。

俳諧の名でもあり言葉でもあるところのものは、これも歌学の「詞」に相当して、表現の意である。俳諧は、この滑稽を語義どおり、「おかしく」、その風雅の誠を表現するものだと述べたものである。「おかしく」については、これまた後述する。「俳諧は高下の情をもらすことなし」とは、『三冊子』が、雅俗あらゆる対象を選ぶことを説いたが、その対象を詩魂に投影したところのものが、「高下の情」であって、まずは同意と解してよい。「この三の物に及ばざれば世俗のたゞ言となるべし」という、「世俗のたゞ言」とは、詩・文学でない実用の文言の意である。俗語を用いる俳諧が、俳諧なる詩を形成する三要素を欠く時は、日常実用の言葉や文章になってしまうと述べたのである。前出した『笈の小文』や『三冊子』に見える芭蕉の俳諧観、すなわち、古今の文学に通ずる本質を、俗の対象、俗の表現をもって表出することを、これは支考流に解説したものと考えてよい。

5

風雅の実を情・さびしさと換言するのは、彼をも含めて、当時の常識として、代々の歌論や、代々の『詩経』論からしても、詩歌は情(心)の表出であったからである。詩歌は、日本では、本質的に抒情の文学と考えられていた。事実、近世以前の和歌は、自己の情をあらわすを目的とした。たとえ写生的・客観的と呼ばれる和歌も、近代におけるそれのごとく、対象や自己すらをも純粋に客観視したものはない。唯物的物の見方や、自我の発見のない以前に、完全に写生・客観の姿勢はあるはずもなかろう。近世以前は、一見写生的でも、それによせた自分の感懐を表現するための説明にすぎない。和歌は主観の表白であった。詩歌が思うところ感ずるところの表現であるとの考えは、近世でもなかなかなくならなかった。題詠の作は、われわれから見れば、構図的なこしらえものとさえ思われるのだが、近世の師範たちは、題詠のテーマを主観的に燃焼させてから発表すべきことを説いてやまない。最近九州で聞いた話であるが、炭住苦の短歌をよく詠む人を、新聞記者が、炭住街の詩人と思って訪問すると、サラリーマンの細君であったという。現代の先端をゆく人にさえ、和歌主観説の考えは、こんな型で残っているのである。それはともかくとして、文考の論は、俳諧といえども、詩文芸の本質である抒情を失ってはならないと説いているのである。その情を「さびしさ」に等しいとしたのは、もちろん広い意味の「さびしさ」で、芭蕉の「さび」に通ずるものと理解していてここではよいであろう。それでは言語の「おかしさ」とは何を意味するのであろうか。

支考が芭蕉に仮託した偽書として有名な『二十五ヶ条』に、「虚実の事」の一条があっていう。

　たとへば、花の散るをかなしみ、月のかたふくをおしむは連歌の実なり、うそにおしむは俳諧の実なり、抑詩歌連俳といふものは、上手にうそをつく事也。

と。「花の散るをかなしみ」云々の連歌の実とは、「さびしさ」をさすものとすれば、ここに見える「うそ」が、すなわち「おかしさ」に相当する。幸いに『二十五ヶ条』には、『白馬奥儀解』なる自注があって、ここの虚実についても、実例を上げて説明する。一例を援用しよう。

　　花さそふ嵐の庭の雪ならでふり行くものは我が身なりけり

の和歌で、「花あらし庭の雪みな虚なるすかたにて花也、下ノ句ふりゆく我身みな実情にしてじつなり」という。これによると、主観的に真情を出したものが実であるに対して、客観的に描写した所または叙事的なものが、今日から考えると若干異様だが、支考の虚(うそ)であって、これを「おかしさ」と換言したのは、これまでの俳諧の歴史をその基底においての発言である。抒情専一の和歌連歌の中世でも、しだいに主知的な叙事的な詩文芸の要求があった。京極為兼や、正徹、近くは木下長嘯子の和歌に、そうした要求の現われた事実を和歌史が指摘している。しかし、中世から近世までも二条家歌学の権威が、これを圧迫し続けた。ただそれが滑稽文学で、第二級以下と認められていた、狂歌・俳諧の世界においてのみ許された。二条家歌壇の指導者たちも、狂歌などによろこんで遊んだところから見ても、単にその滑稽さのみにふけったのではない。伝統的和歌の世界では表現されることをきびしく制限された、それでいて、その指導者にあっても、内心の表現欲求はいかんともしがたい主知的な客観的な詩が、そこでは許されていたからである。そして俳諧では貞門・談林とその傾向がますます進み、表現力の進歩と充実を示してきた。その後も、歌壇において、景気すなわち叙景の趣味と主張が起こった元禄前期においても、その主張を有効的に具体化したのが、俳諧の世界であったのである。この滑稽文学の中で養われてきた客観的表現を、支考は「おかしさ」の語で示したのも、歴史的に見れば無理からぬことであった。

そうした俳諧の歴史が培ってきた文学的表現であればこそ、支考は、芭蕉の語だとして、

吾翁は、虚に居て実をおこなふべし、実に居て虚にあそぶべからずとは、白馬の法の第一義にして、

と述べるのである。露川が、老子の「居二其実一不レ居二其花一」を根拠として、「実に居て虚に遊ぶ」と説いたのにも、やっきとなって反対したのである。しかし支考は、従来の俳諧は、「虚」にのみ

力をそそいだに対して、蕉風の俳諧は、実を捨てるべきでない、内に実を蔵して、外は虚であらわす、抒情に発して、これを叙景に示す、抒情・叙景(叙事)の渾如を希求するものであると論じている。芭蕉の雅俗、すなわち本質表現の渾一の理論が、支考の論では叙上のごとく説かれていると見るべきである。実際、蕉風の句には、

塚も動け我泣声は秋の風

うづくまるやくわんの下の寒さ哉

のごとく、今日からしてはなはだ主観的と見える句すら、和歌にくらべれば、「秋の風」「寒さ哉」の語が、「下五」に座って、客観的表現に転化している。

岩鼻やこゝにもひとり月の客　　去来

と、自ら名乗り出る自己を、作者たる自己が客観視した「月の客」の語が、またこの句でも座っている。こんな例は乏しくない。芭蕉は、物に対しては、去私を説き、情に対しては「世情に和せず人情通ぜざれば人不調」(『三冊子』)と説いて、この二筋を自ら務めた。かくてこの抒情叙景の渾如は、蕉風俳諧においてはじめて完成を見たのである。これを近世的抒情とも、近世的写生とも称してよかろう。抒情専一の中世詩と、写生を尊重する近代詩の中間にあって、俳諧が、近世を代表する詩であった所以もまたここに存した。

しかし問題はそれにとどまらない。芭蕉は抒情と叙景、主観と客観の渾然たる統一をはかることによって、滑稽を浄化した。岩鼻に月見る客が、ここにも一人と名乗りでた姿は、いわば一種風狂の姿で、滑稽でないことはないが、貞門・談林の滑稽ではもはやない。笑うべき滑稽でなく共鳴したいような滑稽となっている。友の墓前で大声で泣くのも、病人を看病しながら薬罐《やかん》の下にほっとしているのも、第三者から見れば、笑いの対象になってもよいものであるが、これらの句は同情されるものとなっている。

これがいうところの滑稽の浄化であって、いうまでもなく、貞門・談林の遊戯的文学が、蕉風では第一級の文学になった姿なのである。近世新興の文学は、ほとんどが滑稽の文学であったが、俳諧は、ここで一段の成長を見たのである。

6

野坡も支考同様、多くの門人に師説をさずけた一人である。刊本には、その形跡をとどめていないが、写本の伝書として残っている。その一つに「野坡門人制禁」なるものが存して、その最初に、

天地之変易者和歌之風魂也。万物ノ知レ理定レ格事を前縁とし、忘レ理離レ格、可レ得ニ俳神一事当

門之第一也

とあると紹介されている。(3) 何ともこれまたわかりにくい文章であるが、これを説明した文章が、『船はし』なる一書にあって、共に紹介されている。

天の運、道に連れて日月星辰昼夜周旋し、春夏秋冬の時をたがへず、花咲き実のるは是天地の道にして、詩歌連俳の不易なり、花は嵐にあざむかれ、月はむら雲に障られ、水陌にあふれ、嵐梢を研き、暑中氷雪を降らし、冬雲に雷轟く如きは天地の変相也。仰《デ》則観ニ象於天《ニ》一、俯《テ》則観ニ法於地《ニ》一、万物の理を明らかにし、其定格を弁じ、しかふして是を趣向の種とし、理に迫りたるを忘れ、躰格を離れ、変風の新姿をもふくるとも可レ得ニ俳神一と也。

これで少しくいうところがわかってくる。野坡には、別に許六と論争した取合わせ句神の論がある(『許野消息』)。まずこの論を具体例に即して考えてみよう。芭蕉の「鶯や餅に糞する縁の先」なる句において、鶯と餅を取合わせたところが眼目で、「先師の句は季と季の言葉の取合せたる句十に七ッ八ッは是にて御座候。其余の句も二ッ取合せ、あるは物語の言葉又は故事等もみな〳〵取合せて、一句によく継目を合せたるものに候」というのが許六の取合わせの論である。野坡は、それはそのとおりだが、そのような二つの季語の心の通いは初心の人も知っている。句にはしまりが第一で、この句では、「餅に糞する」とあるところがそのしまりで、しまりの働きをする部分を句神といふと答えている。大内氏によると、俳神とは、一句の具体的な句神が、詩境中にわきあらわれるものをさすという。とすれば俳神の説は句の構成論又は風体論に関するものと見てよい。『船はし』にいふところを、鶯の句について解説すれば、次のごとくなろうか。

「鶯が梅が枝に鳴く」これは詩歌連俳の不易である。鶯だとて梅にのみとまるとはかぎらない。餅にとまることもあって、これが変相である。ここで鶯を餅にとまらせると、俳諧の花である新しさが生まれる。かくのごとき方法を取合わせという。換言すれば、取合わせは一つの格式である。野坡も『俳諧廿一品』とて、付合の格式二十一を示した本を書いているが、この種の格式を守るだけでは、付合の能事は終わらない。これを破っても一つ新しさを見いだすのが俳神の働きである。餅にとまった鶯に糞をさせた。もっとも芭蕉は、それを経験したのであろうが、そこに句境を見いだした。それが俳神の働きであって、句にあらわれては句神となる。

もしこのような解説が誤っていないとすれば、天地の変易から説き起こしたのは伝書らしい権威づけであって、予想したごとく蕉風の風体論の一つであった。この種のものは、たとえば『獅々門要書』などと仮に題した書にも見える。

発句に雅俗の塩梅有べし、雅言つよきは艶にしてぬめり、俗つよきはいやみに落ちて賤し、たゝ其加減に有る事なりとぞ、

昼顔に置そふ露や馬の汗

此句の汗とふと《ママ》き俗なる故、置そふ露やとやはらけたる也（中略）但し雅より出たる俗ならでは淋しからず、雅斗にてはぬめり、俗斗にてはするどし、俗より出たる雅はよろしからず

塩梅とか、句作り・趣向などの語を使用するのが普通である。取合わせで野坡から一本やりこめられた許六にも、相似た曲輪の論がある。早くは、談林派の松意が、『功用群鑑』や『夢介』で説いた、「句作り」「余情」「趣向」の論もはなはだ近似し、獅々門末流春波の『鼎足伝』にいう双関の法とて、「二物あけて詞を以て門をとざすごと」き技法、すなわち、

雲雀啼中の拍子やきしの声

のごときも、同種のものであろう。しかしこれでは安直な技法論に終わる。野坡は、「俳諧はあたらしみをもつて命と」（『俳諧問答』など）し、「乾坤の変は風雅のたね也」（『三冊子』）であって、そこに材を求め、「格をはなれ理を忘るゝ人は此の道の仙人なり」（『許野消息』）の教えを守って、新句境を開拓する論を展開したのでやはり芭蕉の教えから発したものだと、大内氏も見ている。

この風体構成の論では、相対する二概念を用語の上では認めないけれども、取合わされる二つの語が従来の理解で親近関係にある時は新しみは生じない。現に野坡も、「鎌倉を活きて出でけん初鰹」の句で、『徒然草』に見えて有名な「鎌倉」と「鰹」では、かけ合（取合わせ）にならない

と論じている。一見は、そしてこれまでは無関係であった、鶯と柳（「鶯や柳のうしろ藪の前」）、青柳に汐干（「青柳の泥にしだるゝ塩干かな」）と併置するのが取合わせの技法と見ている。その、無関係と思われた情趣を持った季語をミックスして、新しい情趣を醸出する紐帯の働きをする、句神なるものを説き出したのがおもしろい。俳趣なるものは、これまでも何かと見てきたけれど、その構成からしてミックスしたものであることが、ここに蕉門俳士も意識して創作し、指導していたことが明らかになる。

7

筆者は当今の俳諧の研究に一つの不審をいだいている。貞門・談林の俳諧を注釈し、その俳諧性を論ずる時は、必ず指摘する「俳言」について、蕉門の注釈ではほとんどふれられない一事である。蕉風俳諧は俳言の詩ではないのであろうか。それとも、今更俳言指摘の必要なしとするのであろうかと嫌味の一つも言いたくなるほどである。朱拙のごときむしろ外様の士は、

詞以レ旧可レ用、情以レ新為レ先、定家卿はしめしたまひ、山谷は換骨奪胎の法を立てたるに、誰かつたえし、俳諧は平話のあたらしみを本意にして、あながちに古人のことばをもちひずと芭蕉庵の示されしとて、窮巷僻地には傾冶の艶言、舞妓の荒唐、俚語、俗詞ならねば俳諧

ならずと、此筋の魔境におちいるもの多し。(『けふの昔』)と、蕉門末流における俳言の横行を嘆いている。もちろん、これは芭蕉の「俳諧の益は俗語を正す」(『三冊子』)の教えを忘れたていたらくであるが、これがまたこの書が出た元禄末年の実情であった。日本文学の文章史を、文語的と口語的と二つにわかって、口語的文章の初めての出現は、実に俳諧にある。そしてその口語的要素となったものは、俳言であったのはいうまでもなかろう。小説史上の仮名草子・浮世草子が、王朝物語やお伽草子と相違する最大の点は、俳言の文章であったことにある。歌舞伎・浄瑠璃の謡曲や中世語り物との相違の第一点も、また等しい。用語においては狂歌は俳諧に追随した。今日の文章とても、俳言の文章といって悪ければ、その流れにあることは間違いない。俳諧が近世文学全般にさまざまに影響を及ぼしたが、何をおいても、この俳言の使用の先達であったことは大きい。更に俗談平話を正すことで、俳言を文学の言語に成長させたのも、その先達は俳諧であった。閑話を一つ插入しよう。私はある年入学試験問題を作製すべく、寺田寅彦全集を開いて、季語についての次の文章を見出した。

又これ等の語彙(季語)の意義内容は、一方では進化しつゝ時代に適応するだけの弾性をもつてゐる。「春雨」はビルディング街に煙り、「秋風」は飛行機の翼を払ふだけの包容性を失はない。

仕事の性質上、何回か読み重ねている間に、このすぐれた俳諧の理解者は、俳句の季語を論じながら、自ら、俳句と俳言との宿命を論じているように思えてきた。「ビルディング」と「飛行機」はまさに俳言ではないか。新しさは、俳句でも花であることは変わらない。今日でも句の新しさを担当するものに、かかる種類の俳言が生かされている。現代の俳句もやはり俳言の詩ではないかなど考えて、しばらく当面の仕事を忘れたことがある。さすがに支考はぬかりがない。一方では、「いざや我門の俳諧師は、姿情は新古をわかつため也。新古は言語のつきざる故なりとしりて、其言に儒・仏・神道をあつかひ、其語に詩歌連歌をさばかば、俳諧は言語の媒とも、新古の鑑ともしるべき也」などと、おだてながら、一方「俳諧地」を説いては、「俳諧の地といふは本より俗談平話にて、それに雅俗のさかひをしるは、例の虚実のあつかひより、例に風雅のさびしみなるを」と俗談平話を主張する。つづいて、近ごろ遠国の俳諧を聞くと、和歌の集などを買い集めて、晴れをやる風であるが(元禄と享保ではその風が違ったと見える)、俳諧地を師にならわずに、さようなことをするは危険であると、さとしている。

蕉門七部の集について、俳言の使用を検するに、『冬の日』『春の日』は談林の余流残って俳言のあるは当然、『炭俵』『続猿蓑』は「軽み」の集として俗語の多いはこれまた当然というならば、『猿蓑』市中の巻の初折の表六句についても、「市中」「門(これは門の前の意でなく関西方面では今も用いる、家の前の通り路のことである）」「二番草」「うるめ」「此筋（海道筋の筋）」「とひやうしに」とことごとく、俳言を用いている。ただしわずかに俳言を用いぬ句もあることはある。

ここで俳言が詩に採用され、それが継続してきた所以をうかがってみよう。五七五・七七という伝統的な形を持ち、支考のいわゆる地が雅語であった連歌という付句文芸の中へ、俳言を入れることは、その異和感からくる滑稽味をねらってのことであったのは、いわずもがなであろう。しかしそれのみではなかった。前述した客観的・主知的文学の対象として、現実の事象・心象を選ぶ時には、俗語の方が的確に表現できたこともあろう。そんな事より何より、平常の自分たちの言葉で文学を作りたい、そんな文学を鑑賞したいとの近世人の欲求が、俳諧や狂歌や、近世小説を盛んならしめたのである。その中で俳諧をとり出せば、元来に付句文芸なるものは、前句と付句の間の、親和感と異和感の不思議な調和を鑑賞する文学である。その連句の性格が、一句の構成にも作用して、一句を構成する語の間に、連句と同様の不思議な調和を持つことが必要となっていった。発句の五七五に、連句の諸性質がそなわるなどといった論を、古人も述べていたように記憶する。滑稽文学として発足した俳諧においては、なおさらに、この親和感と異和感の調和が、文学たらんがための目的であった。雅俗意識のみを採りあげて見ても談林俳諧においては、雅はただ五七五・七七という句型に全部をまかせ、それすらも守られなかったことしばしばであったが、その句型の中へ、腹いっぱいに俳言をとり入れた。

芭蕉がたたえたように、宗因とその一派はかくて、支考のいう俳諧地を作ったのである。それに続く芭蕉が、その地を堅め不動のものにしたこともちろんである。その段階に至ると、詩形の雅意識などはしだいに薄らいでゆく。地が俗談平話であるならば、支考のいうごとく、詩歌の語をとり入れるのもよく、俳諧に必要な異和感は、雅語が担当することもあってよい。支考に注意された遠国の人々は、それに流れ過ぎたのかもしれない。しかし、雅語の意識も時代の推移によって変化する。少くとも芭蕉や支考のころまでは、古い和歌の流れは生身のままで続いていた。彼らにとっても第一級の文学、和歌の中で、雅語は生きていた。国学が日本文学の研究を対象として、その研究が進むに従って、その対象は古典性を深めていった。雅語は古典語になっていった。国学者の擬古文は、近世初期までの、生きて伝統的命脈を保っていた雅文とは違って、古典的文学である。こうした古典感覚の生じた時代に活躍した蕪村や暁台らは、古典語となった雅語を、すでに安定して俗談平話が地になった俳諧の中で、異和感をかもし出す材として、盛んに用いた。それらは異時代の語であって、たとえば、今日の外国語に感ずるごとき俳言性を、彼らにおいて感じられたからである。言は後世に及んだけれども、俳言の持つ詩表現力を最高に示したのが芭蕉であったことに、異論はないであろう。

ことに晩年に軽みの説をとなえては、

段々句のすがた重く利(理)にはまり、六ヶ敷入ほがに罷成候へば、皆只今迄の句体打捨て、軽くやすらかに不断の言葉計にて致べし。是以直也

と門人を教えている(杉風の嚢埘宛書状)。

しかしそれであればあるほど、俗談平話を正さなければならなかったのである。「俗談平話を正す」ことについてはまたここでは省略する。俳諧は短詩型である。その中で一語一語のもつ意義は、他の様式の文学におけるよりは重大である。しかしここでも、その俳言を詩趣の担当者たらしめている、さまざまの雅の要求を無視するわけにはゆかない。俳言もまた対立概念の雅をともなって、俳諧の中で活躍しているのである。

8

以上大急ぎで、俳趣を構成する俳諧中の要素を、蕉門論書の本質論、姿勢論、心論、詞論、風体論の各論についてのぞいてきたのである。そのいずれにも、相対した要素をミックスしたものが析出された。そのミックスの方法が、「人情を解する」「高悟帰俗」「虚に居て実を行ふ」「俗談平話を正す」「不易流行」などの教えとして示されている。これらの方法によって、相違する要

素が巧みに組み合わさって一種の調和に達したもの、これが俳諧美だということになる。姿勢・心・詞・風体、そのおのおのにおいて幾重にも、異質的なものの調和の上に出現した、「さび」「しをり」「細み」「軽み」などいう俳諧理念が、一筋縄で解明できない複雑な微妙な味のものであるのも、うなずかれるのである。俳趣は、それら俳諧美の集約であるといってもよいが、ただ多くの作品を積み重ねて、その美の集約からのみ出てくるものではない。当時俳諧人口が多かったとしても、実作に関係した人々の集まりである集団の中からのみ成立するものでもない。もちろん、作品や俳壇を通さずしてはできあがるものではないが、それらから出たものが、地域的に広く、時間的に長い社会一般の共鳴を得て俳趣味なる生活上の一様式になることをぐって、そこに醸成されるはずである。したがって俳趣なるものの中には、前掲した俳諧美の諸理念が持つもののほかに、余裕性・庶民性・洒脱性などといった生活から出た要素も自然加わってくるのである。今は俳趣について詳述するよりは叙上のごとき諸要素よりなる俳諧等を、うけとって、俳趣を形成した、近世社会の反応をうかがうべきであろう。

9

私が近ごろ考えることの一つに「表現の時代性」なる問題がある。文学作品を考察する時、大

き く内容と表現に区別するのが普通である。作家がそれに託した人生観・世界観・道徳論・社会批判などが、内容にあたることはもちろんである。作品を検討する時、これらの内容を時代に応じて考慮するのは、古典研究の場合でもまた当然である。『源氏物語』の恋愛に、近松の時代物風に、「不義はお家の法度」式な恋愛観を持ち込むことはない。王朝貴族生活の、かなりに自由な男女の交際から出た恋愛観で、時代小説である読本を読むこともまずない。表現は、素材・構成・発想から、詩歌の音律、小説や戯曲の登場人物の性格、小は譬喩形容から修辞の末端にまで至るのであるが、それが時代によって相違するものである。いうところの表現の時代性があるものとして、考えられてきたかどうかとなると、そうした心構えは、はなはだ少いようである。かえって、近世小説である滝沢馬琴の読本の登場人物の性格評を、近代小説の性格論をもってするような、もし表現にも時代性があるものとすれば、時代錯誤的なことが平気で行われているのが、現状ではあるまいか。表現の時代性とは、文学作品の表現が、その内容と同じように、その作品が生まれた社会の、生活様式や思想や、嗜好・流行、その他さまざまの要素を反映しているのではないかと考えるところから問題となる。

狂歌は、中世から近世において大いに盛んであった。近代では全く廃滅に等しくなっている。滑稽文学への嗜好が近代に入ってなくなったのではないはずである。とすれば狂歌の表現の中に、中世・近世の人々にはよろこんでむかえられ、近代人はこれを好まない、いうところの時代性がひそんでいるのではなかろうか。もしこの想像が当たっているとすれば、一様式の隆盛・廃滅の問題を解明する鍵が、この辺にありそうである。近世の咄本と称する笑話には、大きくわけても、その前・後の二期で、同じ落を用いたものが、数えきれないほどあるが、笑話そのものの味は全く違っているのがはなはだ多い。近世前期の表現は重たく、後期は軽妙である。これも時代の表現の相違に発したのではないか。日本文学史の上で、万葉調和歌なるものがたびたびに出現する。そのおのおのが、万葉調と呼ばれる所以は、よくわかるけれども、実朝の作品はやはり中世、真淵の作品はやはり近世の和歌であり、アララギ派の人々のは近代短歌であることは、誰が見ても明らかである。これもどこに原因があるのであろうか。おのおのに時代の表現の特色があればこそ、判別できるのであって、表現の時代性は軽視してよいものではないようである。古典の研究はまず第一に、その作品があらわれた時代的に具体的に把握されなければならないが、そのためには内容とともに表現も、その時代的な見方で検討すべきである。ただし古典は生長の長いもので今日に至っている。成立から時代が下ってきた、その時々においてもまた、その時代風に理解され、時には模倣されてきた。たとえば『万葉集』のごとくにである。その時々の理解にも模倣にも、その理解模倣した時代の内容や表現についての時代性があらわれてきているのである。表現の時代性も、内容同様に複雑なさまざまの様相を持つものである。

表現の時代性といっても、それが必ずしも下部構造の影響下にあるものとは限らない、作品の様式や、表現の語に含まれている発想から修辞までのさまざまの部分においても、影響のおこる所が違ってくる。時代の文壇とか思想界の流行などもまた影響を及ぼすこともある。

ことは俳諧をはずれるけれども、比較の必要もあって、若干例示しよう。真淵の万葉調と、アララギ短歌の相違は、アララギの発想が写生にあり、真淵らの擬古歌の構成が構図的である点にある。『新古今集』も、香川景樹の桂園派の和歌も、『古今集』を模範とすると称するが全く違っている。一は象徴的でむつかしく、桂園派は平明である。真淵らが擬古文学を考えた時、その範となったのが、荻生徂徠らの古文辞学派の漢詩文であった。彼らはいうまでもなく、李于鱗・王世貞ら明の文人の古文辞に学んだ。古文辞は、古典から深い意味と美しい情趣を持った言葉を集めて自己の表現せんとする内容情緒を構成したものであった。真淵の擬万葉歌の表現を規制したのは文壇であった。この構図主義の根底には、近世文学の全般に及んでいた趣向なる近世的表現の特色があった(4)。擬古歌のごとき流行の範囲の狭いものにおいては、その規制の母体も小範囲と、この例からも考えられる。香川景樹は、真淵らの構図主義にあきたらずして、人情自然の流露を主唱したのであった。彼らから見れば、『新古今』の象徴的技法も、一種の構図主義と見えたかもしれない。抒情の自然の流出を、かえって古い『古今集』に認めて、これを範としたのである。しかし彼の主唱の中には、『古今集』を範とせよとは初心の者への指導であって、進歩するに従って、範は不要である、本能的な自己の表現欲に従ってその情を表現せよと論じている。景樹のころともなれば、目には見えないけれども、近代に近い個性尊重の思想が、思想界にあって、歌壇にもこうした主唱となった。しかしいわれるごとく景樹の作品は、その歌論にははるかにおくれて、近世の範囲にとどまっている。

10

蕉風俳諧とそれから発達した俳趣味と俳趣を、この表現の時代性の考えをもって照射すれば、求める社会的反応がつかめるであろう。も一度、われわれの析出したところを表現の問題に即して整理してみよう。対象にのぞんでは、雅文芸に通ずる本情をもって俗をも見のがさないというよりは、進んで俗の分野に材を見つけてゆく。発想においては、抒情と叙景・叙事を組み合わせることを、虚にして実を行うと称している。これを、も一つ言い改めれば、主観と客観の渾然たる一如を希求することになる。風体においては、相そぐわないものを取合わせて、その紐帯として俳神の働きを要求し、そこに協和を作るべく努力する。言語においては、俗談平話をもっぱらとしながら、「其言語に行ふ世間の理くつをすてゝ、風雅の道理を取る所が正すといふ也」のごとく、前述した対象・発想・風体の文学性を可能ならしめて、風雅の本質にそむかぬごとく活用せしめねばならない。いうところを総括すれば、表現作用のどの部分においても、異和感を元来に持っている要素を一堂に会して、調和感を醞醸せしめよということになる。まことに近世の封建社会を肯定した社会感覚と、同性質のものをここに感じられるではないか。近世の社会はいうところの中央集権的封建社会であった。中世の封建社会体制は一言でいえば地方分権であって、それぞれ同質のもののみが集まった地方ごと、または身分階級職業その他あらゆる小社会の単位ごとの集団が、それと異質の集団と何らかの隔離を明確にしている存在の方が秩序があると考えられていた体制であった。したがって、大まかないい方をすれば、どこかに共通点のあるものは調和感をもって相会そうとするし、異和感をもっているものは、どこまでも一線を画そうとする志向があらゆる点であらわれる、これが中世の体制中の人々の志向であり、嗜向であった。ただちに文学に例を見よう。

宴曲あたりから初まって、舞の本・軍記物ひいては近世の浄瑠璃につづく道行またはそれに類似の何々揃何々尽の文章は、中世文学特有のものであって、あの揃や尽を、節をつけ声に発して聞くことに、中世社会を肯定した秩序感覚の持ち主たちは快感を覚えたに違いない。もっともこの同質のものが集まる秩序感や快感は近世へも継続していて、むしろ中世・近世をふくめての封建社会的秩序感・快感であった。『枕草子』の「物づくし」には、集まったものおのおのは、示された属性は持っていても、相互間に連体的・連繫的性質はない。現代のわれわれは、古めかしさとたび重なれば嫌悪感をいだくに至るであろう、東西古今の美人の名をつらねるのみで、具体性のなにもない御伽草子の美人の形容一つをとっても、いかに、この揃え尽しの嗜好が、中世文学、そして中世社会の庶民層にまでゆき渡っていたかを知るであろう。そして本意・本情などと称して、何にても固定観念を持たすことを好んだ中世文学においては、異和感を持つものを一堂に会しようとする試みは、波瀾破綻を予想する時の他は認められないのである。これが中世文学の表現の時代性の一つである。

近世に入ると、いわゆる幕藩体制による中央集権の要素が加わって、地方の分権はそのままとしても、中央集権の下に調和ある統一を企画した。そのおのおのの下において四民にも処を得さしめる。そうした新しい社会体制が、日本で展開したのが、元禄期から享保期である。朝廷幕府諸藩の間にも、四つの身分の間にも、そしておのおのの身分の中における階級相互間にも、なお表面的には厳しいものがあったけれども、それとして協和と調和が保たれた。当時は天下太平下のこの体制をよろこんで肯定した。雨森芳洲のごとく中国・朝鮮などの知識の持ち主でも、中国古代封建制の理想が、今の日本で具現したといったと噂される。上田秋成や平賀源内のごとく、不平の志を持つ人々でも、この体制までもは否定しない。又一般社会は肯定のままで幕末につづく。蕉門俳諧の表現論は、そうした社会を肯定しようとする感覚の文学表現への投影であった。われわれは、後年蕪村や巣兆の描いた、芭蕉とその高弟たちとの俳席の図をいくつか見ている。さまざまの身分、さまざまの階層の人々が、翁をとりかこんで和気あいあいの空気につつまれている。それが、そのまま彼らの俳諧の上にも具現されているとも思われるのである。当代人はもちろん、うちつづく世代の近世人もまた同じ社会感覚の持ち主で、蕉門の俳論に指導されて創作し鑑賞した。実作にたずさわらなくても、句に接すれば意識するしないにかかわらず、異和感を持つものが調和をもって、まとめられたことを感じたであろう。社会の秩序を肯定する感覚は、この俳諧に共感したはずである。一言でいえば、蕉門俳諧は、近世を代表する表現の時代性を持っていたのである。真淵の擬古歌のごとく、文壇を背景としたり、景樹の和歌のごとく先端的な思想界を背景とする表現の時代性を持つものは、その流布普及の範囲には、自ら制限がある。中世の道行や物揃え物尽しのごとく時代の志向に背景を持つ表現は、社会の高下、津々浦々までよろこんでむかえられた。蕉門俳諧が広い長い支持者をもったのは、それと同様である。近世文学全般に影響したのも、様式こそ違え、それらの作家も、なお近世人であったからである。

かくて、俳諧の作品がかもし出す美意識を主軸とする俳諧趣味が一般的となった。その俳趣味の美意識俳趣が、具現してどうした形をとり、意識の上ではさまざまに分類できるであろうが、それが俳諧に根ざす以上、近世人の肯定し愛好したものであることの証明は、これ以上に必要はないであろう。蕉門俳諧は、この土壌に栄え、芭蕉は、その俳諧の真価を知る知らぬ人々においても、〝翁〟であり、「俳諧の祖」であった。明治に入って、俳諧の発句が、俳句と独立したことは、この社会的土壌の崩壊とともに、表現の時代性も改まったことであった。これはもう日本詩史の上に明らかなことで、ふれる必要もないであろう。

（1）　拙稿「文人と宗匠」（『文学』昭和三十八年五月号）
（2）　拙稿「当代文壇と芭蕉」（『芭蕉の本』1所収）参照。
（3）　大内初夫氏著『芭蕉と蕉門の研究』
（4）　拙著『戯作論』参照。

五　虚実皮膜論の再検討

1

虚実皮膜論とは、勿論元文三年正月刊の、『浄瑠璃文句評註難波土産』の巻頭所載の、近松門左衛門の浄瑠璃技術論である。この書では、皮膜の文字に、「ひにく」と振仮名がほどこしてあって、皮肉に相当するかとも思われる。皮肉の語は、

『愚秘抄』　筆体のことを書て侍る物に、皮肉、骨の三体といふことをたて申たるに……

『至花道書』　此芸態に皮肉骨あり。その三そろふ事なし

の如く、皮肉骨と三つ対して用いるものや、

『備前海月』　そのおくに奇怪偏僻なる百句をつゞりて、皮肉の俳諧と名付たる珍物あり

『溪雲問答』　定家卿の藤河百首は初心の手本に難レ成と仰なり。皮肉をはなれたる歌なるべし

の如く、皮肉二つ対して用いるものもある。しかし『難波土産』の場合は、「皮」と「膜」とは、

それらの如く相対するものではないので、既出の芸道論の皮肉には、さしてかかわる必要はないであろう。文字も相違して書いた所にも、さして関係なきことを示すものであろうかと思われる。

この論は、多くの人々から様々に論じられて来たが、(1) その理解が又多種多様で、帰一した解釈に到達していないのが、学界の現状である。その理由は、この文中に使用する主要用語の義理・情を初めとして、各種の用語の解釈が、論者の間に、いくばくかの相違があることに存する。ある人は、常識的に、又は当時一般の用法に例を求め、又ある人は前後の文脈に従い、又別人は伝統的な何かにその理解の根拠を置いている。従って、これからの再検討に際しては、それらの用語を動かしがたい根拠を持った理解の下に据えることから出発すべきである。その為には、先ず、この虚実皮膜論の全体の構造を改めて検討しておく必要があるようである。

2

論全体の基底には、操人形芝居は、供給者即ち劇場関係者の側からすれば「芸」であり、需要者即ち看客の側からすれば「慰み」であるとの考えが横たわっている。劇場関係者即ち太夫・人形遣いなどの芸人が、看客の慰みに、作品を呈供する。そこで感を得れば、あたりを得て、それが佳作妙作と称されることになる。そうした考えの下にあっては、浄瑠璃は「作物語」と見なされる。一々の文章をかかげないが、「作物語」「芸」「慰み」の語が、上述する意味を持って、この短い文章の中に散見する。そして、以上の三語を、文・学・道などの語と、それぞれ対比する時は、前者は、後者に対して一種の低さを思わしめる。「芸」「芸道」の語は、今日ではかなり、深遠高級の意味を含んで使用されてもいるが、この論中のものは、そうした要素に乏しく、原理にかかわる道に対して技術的な要素が多い。当時の文学芸術の意識には、高低雅俗の別を立てる習慣があった。高級で風雅なものは、道即ち人生に直接にかかわるものであって、第一級。文学で云えば、敷島の道・筑波の道と称された和歌・連歌、文章道と称された漢詩漢文などの伝統的な文学である。芸術では、能・茶・蹴鞠などが第一級に属する。第一級たるしるしとしては、それらはそれぞれの道の論書を持っている。中世に出来たその論書には、現今から見れば不思議な程に、それと神・儒・仏それぞれの道との関係を論じ、論の基礎を、故事付けてでも、三教におこうとしている。それはそれぞれが如何に人生の道に関係することの深きかを云おうとしたものと解される。それら第一級の文学芸術に対して、操人形芝居は技と作品においても、卑俗である、第二級以下であることを、人生の道に関係の深くないことで慰みであり、道とのかかわりも乏しいことであって芸であり、浄瑠璃は作物語の域を出ないものとして述べたのである。しかし、かかる発言は、近松の無自覚や卑屈に根ざすものと見るのは早計に過ぎる。また筆記者の無理解軽視によるものでもない。かえって、当時の大衆相手に幕を開く興行としての操の実態を知悉していたからの言葉であった。そして現実の在り方こそ俗であり低級と見られようが、芸術乃至は文学としての本質は、雅にして高級なるものと同一なることをも、既に意識していたことは、次の言葉からも明らかである。

昔の浄るりは今の祭文同然にて、花も実もなきもの成しを、某出て加賀掾より筑後掾へうつりて作文せしより、文句に心を用る事昔にかはりて一等高く……

と。近松はまだ青年時、その歌舞伎の作品に、作者近松門左衛門と署名して、「よい事がましう上るり本に作者かくさへほめられぬ事ぢやに、此比はきやうげんまでに作者を書、剰芝居のかんばん辻〴〵の札にも、作者近松と書しるす……」（貞享四年『野良立役舞台大鏡』）と批難された昔から、そうした自信を内にはひめていたが、晩年までの打重なる経験は、その自信を、確信にまで高めたかの如き、この言葉である。『難波土産』の筆者も、

其作文をみるに、文躰拙からず、儒仏神によく渡り譬を取り、……いせ源氏の俤をうつして、しかも俗間の流言をおかしくつらねければ、自然と貴人高位も御手にふれさせ、賞し翫し給ひしより、打続て数多の浄るりを作り出すに、佳詞妙句挙てかぞへがたし、終にその名を天下にあらはし、彼浄るり本を見るに恥なく成て、専ら世上に流行する事数十年に及べり、是

偏に近松氏が力なり

と、認めている。そして、近松と、その談話筆記者とが浄瑠璃を第一級文学と等価値視したるしは、文学論として、この虚実皮膜論をとどめたことにある。後にも先にも、浄瑠璃の文学論乃至技法論は、人も知る如く、これが唯一なのである。そうした雅文芸と本質を一にするものなることを信じながら、なお芸として、慰みとして、広く看客と共に存することを忘れていない所に、この論が、具体性を強くもって、今日まで生き続ける所以がある。

この論の実際性、具体性は、次の点にも認められる。操人形芝居の戯曲としての浄瑠璃は、太夫と人形遣いと三位一体なることを自覚していることである。これから検討する虚実皮膜論は、六ヶ条にわかれているが、その第一条の前半に、

浄るりは人形にかゝるを第一とすれば、外の草紙と違ひて、文句みな働を肝要とする活物なり

と述べ、人間の俳優が演ずる歌舞伎以上の効果を上げる為には、文章で人形芝居に情をもたすべきだと説く。一方で当代随一の歌舞伎狂言作者であった彼の言として、傾聴すべき言葉である。第二条の後半には、

大やうは文句の長短を揃て書べき事なれども、浄るりはもと音曲なれば、語る処の長短は節

にあり

として、てにをはの使用の如きは、太夫の語り易いように、自由にまかすがよいと説く。数々の逸話に富むこの名文家は、かくも太夫のことを合せ考えて、創作していたのである。しかし三位一体といっても、三者がお互にもたれかかって一体となることを云うのでなく、一つの演劇の中で、三者三様に相競うことによって、三つ巴の如く、互に補助となり得る風のものと考えてよいのではなかろうか。近松は、与える場合と、譲る場合とについて語っている。近松没後、浄瑠璃作者が、太夫や人形遣いにもたれかかって、三位一体の関係に、間隙を生じて、跛行現象を呈した如きは、近松においてはなかったのである。

虚実皮膜論は、かかる文学としての自覚と操芝居の本質の認識の上に立って、浄瑠璃の文章が如何にあるべきかの、技法論として、展開するのである。

3

第一条の後半は、人形操芝居に、歌舞伎以上に情を持たせる為の、浄瑠璃作者の心得である。

道行なんどの風景をのぶる文句も、情をこむるを肝要とせざれば、かならず感心のうすきもの也、詩人の興象といへるも同事にて、たとへば松島宮島の絶景を詩に賦しても、打詠て賞

するの情をもたずしては、いたづらに画ける美女を見る如くならん

とある。そして近松はこの例として、『源氏物語』の「末摘花」の巻に、橘の木の雪をはらった時に、「うらやみかほに松の木のおのれとおきかへりて、さとこぼるる雪も」としるした文章を引いて、これが松の木の景に、対する人の情をもたせたものだと説明する。人形芝居の舞台装置は『竹豊故事』にも、「道具建にも金銀を惜まず金襖にて舞台を暉かし、或は数寄屋懸りの粋成る思ひ付に智恵袋の底を振ひ」などあって、次第に進歩して来たが、近松頃は簡素なものであったであろう。とすれば叙景の文は、彼においては、舞台装置に具体性を与えるものであり、人形の感情をも合せ伝えなければならなかったのである。ここに用いた「興象」の語は、漢詩論の用語で、幕初から、この頃まで最もよく読まれた『唐詩訓解』にも、殷璠の語に、

於レ是攻二異端一妄穿鑿、理則不レ足、言常有レ余、都無二興象一、但貴二軽艶一、雖レ満二篋笥一将二何用一レ之

と、理に対する。『日本詩史』には、「興象宛然、意致立婉」と、意致に対する。興趣などの語と合せて考えれば、詩的対象にむかう時に、胸中に勃然と浮ぶ感興の具体的なものを指すのである。『峡寉詩稿』の序に、「思不レ遠、則興不レ清、志不レ広、則象不レ明、興象動二乎内一、而清明発二乎外一、否則清不レ善」の例につけば、一段とその意味が明らかになる。詩境の中における対象に触

発された情的なものなのである。詩で風景を詠ずるにも単に写実でなくて、詠者の情的なものを洗錬せよと云うのが、この論である。近松は、舞台の景を述べては、それを見ているはずの人形のその時の心情を、叙事中にもうつすことを努めるべきだと説いているのである。

この興象に相対するのが、第五条に述べる景象である。

あはれをあはれ也といふ時は、含蓄の意なふして、けつく其情うすく、あはれ也といはずしてひとりあはれなるが肝要也、たとへば松島なんどの風景にても、ア、よき景かなと誉たる時は、一口にて其景象が皆いひつくされて何の詮なし、其景をほめんとおもはゞ、其景のもやう共をよそながら数々云立ればよき景といはずして、その景のおもしろさがおのづからしらるゝ事也

とある。ここでも前述した当時の舞台装置の乏しさを思い出して読むべき一条であるが、これは、情を具体化する時に、景を描写することをおこたるべからずとの主張である。何人かが松島にのぞみ、「松島やあゝ松島や松島や」と詠じた話があるが、これでは文学にも何にもならないと同様の論である。景象の語は、「臨眺山河二州之景象」(『覆醤続集』十五)の如く、景色そのものをさすこともあるが。詩論の用語であって、この『難波土産』巻三にも、

あきの比、巴峡といふ山道を夜のくらきにとをりたる景象を詠じたり

など見えて、詩境の中における、対象の客観的な把握をさすものである。要するに詩は興象と景象の総合であり、相互に相補し相映発すべきである如く、浄瑠璃においても、情の表出と事実の表現は、相助けあって、その効果を上げるものである。と云うことに、この二条はなる。

この段階において注意すべきことが一二ある。その一は浄瑠璃詞章論を試みつつ、『源氏物語』や漢詩の如く、当時としては高・雅と認められた第一級の文学と一つにして、論をすすめる所に、近松らの前述した、自己の浄瑠璃にいだく自信を認め得ることである。その二は、日本文学の伝統的な文学論は、和歌論を基礎とするものであって、そこでは、心と姿、心と詞が問題となるのに、この論は、和歌論に見ない、情と景が問題となっている点である。これらは、興象・景象の語にあきらかで、漢詩論に準拠したものである。近世の中葉、『唐詩選』の流行までの、日本の漢詩壇で、最も参考とされたのは、[2]『三体詩』『唐詩訓解』『瀛奎律髄』の類である。それらには皆、情と景を詩論の根幹としている。『三体詩』からは、後に引用することにして、『律髄』には、

前言レ景、後言レ情、乃詩之一体也。(巻一、杜工部「登二岳陽楼一」評)

似二皆言レ景、然後聊寓二感慨一。(同、杜審言「登二襄陽城一」評)

などとある。『訓解』にも、范徳機の次の言を引く。

詩貴二乎実一、実則随レ事命レ意、遇レ景得レ情、如二伝神写真一、各尽二其態一、自不レ至レ有二重複踏襲

之患一

そして、これらが又日本人の詩論の問題点となり、用語となった。色々とかかげるより、次々に援用の必要がある伊藤仁斎の「論詩」の一文(『古学先生文集』に未収)から引用しよう。

詩有レ情有レ景、以レ景為レ実、情為レ虚、……予以為詩全在ニ於情一、三百篇至ニ於漢魏一、皆専主レ情、景以レ情生、情由レ景暢、未ミ嘗不ニレ出於情一

以上の詩論書には、近松も一応眼をさらしたことは、彼の作品での引用書目を、『近松語彙』などに見ただけでも明らかである。この虚実皮膜論は、近松の用語をそのままに示したものか、又は執筆者が、自己の好みで適当な用語を当てたか、そのいずれにしても、この執筆者は、漢学畑の人であったと思われることに注意しておかねばならぬ。その何人であり如何なる教養の持主であったかは、後に残して、虚実皮膜論全体の構成の検討を急ごう。

第三条は、今日の浄瑠璃の詞章が向上したのは、一に自分の努力によると思うと述べた後に、その進歩した点を上げる。

たとへば公家武家より以下、みなそれ〳〵の格式をわかち、威儀の別よりして詞遣ひ迄、其うつりを専一とす。此ゆへに同じ武家也といへ共、或は家老、その外禄の高下に付て、その程〳〵の格をもつて差別をなす、是をよむ人のそれ〳〵の情によくうつらん事を肝要とする

故也。

と写実性を第一に上げている。この点は看客の一人である執筆者も「貴賤のさかひ都鄙のわかちそれ〴〵の品位につきてさこそあるらめとおもはせ」と肯定する。筋を述べ行動を語るのみの古浄瑠璃から、当流浄瑠璃への発展成立には、この写実性の獲得が必要であったことは、歴史の証する処でもある。ここで云う所は、看客又読者をして、作中人物に情的に共鳴せしめる為には、写実性が不可欠だとの論で、第五条における景についての論を、人形の上に置きかえたと見るべきである。そして、景を述べる時には舞台装置を合せ考えたと同様、この人形とその動きを写実的に述べることについては、まだ一人遣いであった近松時代の人形を、文章が如何に補わねばならないかから出た、当時の人形芝居の現実と合せ考えるべきである。こうした近松の努力は、彼の作品に、今日の言葉で云えば、甚だ小説性を持たすことになっている。云う所は舞台を離れても十分に鑑賞に耐え得ることである。早く、この『難波土産』にも、

近比ある人の説に、あやつりを見やうならば、今のしばゐにしくはなく、本を読でたのしむには、中古近松が作品にしくはなしといはれしごとく、辿も文句のうへでは、今時の人のなぐさみになる程の事なければ、太夫衆の音曲とあやつりの色どりにて評判をたのむも一手だてといふべきか

とあり、『今昔操年代記』下にも、相似た評があるのも、その点を指摘したものである。彼の没後、浄瑠璃の文章の悪くなったのは、しかし操人形芝居の演技面の長足の進歩を裏書することでもあったのである。

第四条は、この第三条をうけて、しかし実事をありのままに描くのみでは、芸にはならぬ。例えば女形の口上でも、実際の女の口からは云い出し得ぬことを、作品では多く云わせる。それによってかえって、実情が表現される。もし実世間の女の恥らいを恥らいとして、舞台でも口外させねば、底意を示し得ない。現象的には事実に反しても、実情を表現する。それが芸であり、慰みとなる。

さるによつて、芸といふ所へ気を付ずして見る時は、女に不相応なるけうとき詞など多しとそしるべし、然れ共この類は芸也とみるべし

当時の一人遣いで、顔面も表情に乏しい、如何に名人上手と云っても、後世の如くに精緻ではなかったろう遣い方においては、文章上のこの配慮は不可欠である。浄瑠璃では、特別の事情がない限り、善人の男は、本気で恋を打あけることはない。恋を口にして男の方から濡れかかるのは皆悪人である。善人間の恋は、「姫御寮のあられもない。女の口から申しかねるが、……おゝ恥かし」と、女の方からぬれかかる約束ごとがあるが、こうした心遣いの下に出来上った型なのであ

った。この第四条は、第三条の逆であり、情を論じた第一条に相応じて、人形における景にも情の表現が伴わねばならぬ。即ち人形乃至は人間の写実のみでは、浄瑠璃の表現を全うすることが出来ないと説くのである。

第三・四の二条は、第一・五の二条の叙事における情景論を、抒情の上に転じて説いたものであったが、ここでは、情景の言葉が虚実の概念に置き換られている。身分階級それぞれを区別して、実際に即して表出する実と、人間の感情を、現実では虚で表現する、この実と虚が表裏する所に、人形が具体性をそなえて舞台で活躍することになるとの論である。情景を虚実におきかえて論ずることも亦、既にかかげた伊藤仁斎の文章に見る如く、当時の詩論には既にあった。かかる論を指導したのは『三体詩』で、所収の全詩を、この虚実情景の規準をもって論じている。四実・四虚・前虚後実、前実後虚などと、詩を分類してもいる。そして、四実の一に「中四句皆景物而実」、四虚には「中四句情思而虚也」と説明するものもあって、景と実、情と虚が、同じ位置にあって、相対して用いてある。そして当時読まれた『氷川詩式』の巻七にも、『三体詩』の論が引用してある。当時の漢学者乃至は知識人達には、近松の論も、かかる用語による説明が、最もわかり易く伝える方法であったので、ここでも皮膜論に漢学者の関係したことを思わせるものがある。

以上近松の場合も、『三体詩』風の虚実情景説の応用と見てよいであろう。しかしこの論の基底に、大きくわだかまっているものを見のがしてはならない。芸として人形に情をもたせ、慰みとして見物の情にうったえる「情」のことである。現に各条の末を見よう。

（第一条）　文句は情をもとゝすと心得べし

（第三条）　是をよむ人のそれ〲の情によくうつらん事を肝要とする故也

（第四条）　実の女の口より得いはぬ事を打出していふゆへ、其実情があらはるゝ也

（第五条）　あはれをあはれ也といふ時は、含蓄なふしてけつく共情うすし

これに徴しても、情を主としていることが明らかである。古今の第一級の文学に共通する品格高き近松の浄瑠璃は、古来の文学と同様、人情の表出であり、見物の側も、人情的共感をもって、鑑賞の能事とすべきものだとの文学観が、この虚実皮膜の技法論の基底にあったのである。近松や伊藤仁斎や、そして契沖・西鶴も生きた元禄期に共通した文学観であったことは、少しく後述しよう。

この近松の人情論的文学観は、第五条に一つの附則がついている。

某が憂はみな義理を専らとす、芸のりくぎが義理につまりてあはれなれば、節も文句もきつとしたる程いよ〱あはれなるもの也……

の一条である。「憂」「あはれ」は情の表出、情にうったえるものであることに留意しておけば、

この文章中では、「義理」「りくぎ」の二語が問題となる。「りくぎ」に、「六義」「六儀」の漢字をあてて、『詩経』の、風・雅・頌・賦・比・興の六義、『礼記』の祭祀之容・賓客之容・朝廷之容・喪紀之容・軍旅之容・車馬之容の六儀に関係して説いた理解もある。また、書道の筆法・風情・字象・去病・骨目・感徳の六種の法をも六義と云う。が一方、当時の普通語に、「りくぎ」の使用された例を、重友毅氏は、近松の作品から上げられた。

善悪二つをかみわけて、りくぎを正す柴崎に（『今宮心中』上）

一ッ屋の五兵衛とて、若い時は男を磨き、物の筋道りくぎを立て、無理をいふ人でもなく

（『生玉心中』上）

人の若衆をとつてみせうと腕だて、こぐちからふとふでるを、りくぎをたゞしはぢしめられ、或は理不尽にとつて見よ、太刀のつかでふせぐべし、さあかゝつてみよなどゝいはれて……

（『人倫糸屑』）

以上の近松の作品外にも、

およそ取くみもよふす狂言綺語の品々に取ては、めでたきかなしきうれしきをかしき、神祇釈教恋無常、あるとあらゆるまことそら事、しんきをわつしてもんきをくるしめ、いとけなく敷おつ取あつめ、前後つまびらかに六義をたゞし、其役々をわかち（『天和笑委集』巻六）

これらの用例は、従来「筋道」「けじめ」などと解されて来て、その外の解釈を今出し得ないのであるが、以上四つの用例は、芝居本と若衆関係ばかりであって、元来演劇界から出た言葉であることを思わせる。「義理」は、この皮膜論を構成する最も大事な要素で、「情」に対するものの如くであるので、これを後に廻す。ただここでは、情とのみ称しても、それには義理の筋道を正すことで、裏づけされなければ、情そのものも成り立たないものなることを論じたことと見て、検討を先に進めよう。

この論は、以上五ヶ条を説いた後で、第六条に入る。ある人の質問に、今の人は「理詰の実らしき事」でなければ承知せず。歌舞伎でも甚だ写実的演技が盛んなことの話を出して、さて、

この論尤のやうなれども、芸といふ物の真実のいきかたをしらぬ説也、芸といふものは実と虚との皮膜の間にあるもの也

と評して、たとえば現実の家老がむくつけくとも、芝居ではそのままに写す訳にはゆくまい。

虚にして虚にあらず、実にして実にあらず、この間に慰が有たもの也

と論ずるのである。これによって虚実皮膜論と称されて、述べ来たったことと照合すれば、虚は情の為のもの、理詰の実らしき事や実は景にあたることは勿論である。元禄期歌舞伎の写実的傾向は、それの専書に詳らかであるが、二人の代表的役者の、

坂田藤十郎曰、歌舞伎者は何役をつとめ候とも、正真をうつす心がけより外他なし(『賢外集』)

それゆへ平生をなごにてくらさねば、上手の女方とはいはれがたし、ぶたいへ出て爰はをなごのかなめの所と思ふ心がつくほど、男になる物なり(『あやめ艸』)

の言葉をもって、ここでは、その証としておこう。近松はこの藤十郎・吉沢あやめ二人の役者の為に作劇した者として、写実的傾向を十分に知り十分に肯定した上で、更に、芸・慰みとしての操人形芝居の脚本に、「虚実皮膜」の必要を説くのである。以上この論の構成の骨格を図示すれば次の如くである。

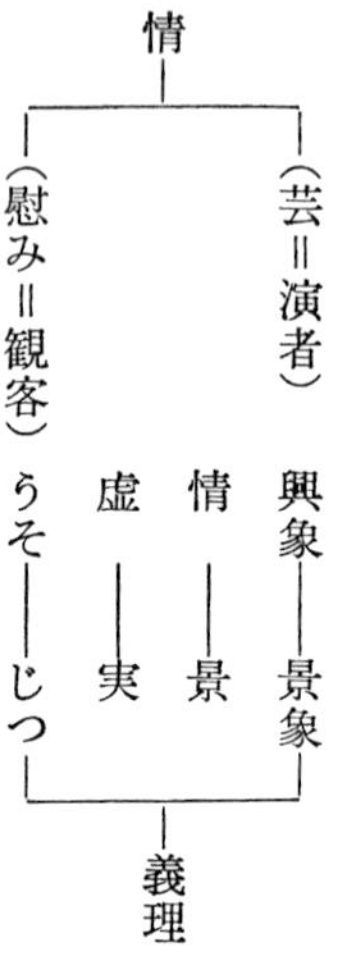

4

残った、そして最大の問題は、前掲の図の両方の結びとなっている、「情」と「義理」との理解に煮つまったようである。これを考えるに先立って、この執筆者の立場を考慮しなければ、恐らく検討は無意義に終るであろう。現に日本の文学論においても、「誠」などの語を、定義を下さずして用いた場合、しばしば研究者を困らせている例が多い。殊に近世の儒者漢学者が、儒学の用語を使用するにおいては、その学派によって、理解の相違すること屢々であるからである。これは又我が国の儒者に影響した中国の儒者間においても同様であった。我々は既に、この論の執筆者を漢学者と見当をつけて来たのであるが『享保以来大阪出版書籍目録』には、この『難波土産』(3)の出版願には作者を、備前岡山の三木平右衛門としてある。この人物は、伊藤仁斎の子東涯の門人三木貞成なる人物が、野間光辰氏によって当てられている(4)。一方『浄瑠璃天狗』の中でこの書の著者とされ、この巻頭の近松肖像に賛を送った、これも伊藤東涯門の穂積以貫も関係していたであろうと合せ考証されている。これが最も従うべき説である。以貫が晩年の近松と親しかったことは、木谷蓬吟氏の『浄瑠璃研究書』や後裔であられる穂積勝次郎氏の『姫路藩の人物群像』に明らかである。三木良成も穂積以貫(5)も共に、伊藤古義学の信奉者である。そのことだけでも、実は「情」「義理」の内容を理解するに光明となるものである。ここにまた、以貫には写本ながらかなり流布している『文法直截真訣鈔』なる一書がある。その書を開けば、凡例の冒頭に、「予往年京師ニアリ書生タリシ時」と筆を初めている。今一書、大阪における友人片島深淵子との共著に『風俗訓』なるものがある。その中の一条に、「予ちか比ある友生ニ対して道を講しけるに」

とある。また一つ以貫著述の書『助語辞詳説』の中にも「文字ニ顚倒ナキヤウノ新進ノ輔ケトナラン者ハ、吾往年輯ル文法奥儀ノ伝書アリ」の文が見える。これらを、この虚実皮膜論の技法論の初めの「往年某近松が許をとむらひける比」と比較するに、何と相似た筆つきであることか、何でもない筆癖であるだけに、かえって、この三つの文章が、同一人以貫の筆から等しく出たことを証するものではなかろうか。以貫の著書『三体詩国字解』の「周弼曰謂第三句以虚語接前二句也」の条に、

虚接ノ詩ハ実接トウラヲモテゾ、虚語トハ情思ヲ云ゾ、第三ノ句ノ情思ヲ以テ、第一第二ノ句ノ実事ニ接スルゾ、実事トハ風花雪月ノ類、月前ニ所現之物ヲ云

と見えるなどは、そのまま虚実皮膜論の注とされる如くではないか。もしそうだとすれば、少くとも、この論の部分は以貫の筆と考えてよいこととなる。とすれば以貫には幸に、『経学要字箋』(半紙本三巻三冊)なる著があって、享保十六年に刊行されている。儒学の用語を解説した内容で、義理(理)や情(人情)については勿論一条が設けてある。この書を用いて、虚実皮膜論を理解しようとするには、今一つ留意しなければならぬことがある。当時既に、儒学を離れて、一般社会に用い習らした義理・人情の語があった。一言で云えば、義理とは、社会習慣となった道徳的規制であり、人情とは、万人の共鳴を呼ぶ普遍的感情である。そうした考え方で、この虚実皮膜論を

説いた数々の研究がある。それについては、『難波土産』の巻一に次の文章がある。

ある人難じて云、伊勢ノ三郎は道を守るひんぬきに仕立たる浪人のならひとは云ながら、劫盗をさせたる所が少しいさぎよからず、もしも学者などが見て評せばすこし云ぶん有べきか、答、学文の理屈と世間の人情とは、少しづゝ違のあるもの也、こゝをよくのみこまねば、右のごとき難ある事也、殊に世上の人ごゝろには、判官ひいきといふ僻ありて、おゝだゝいが実方にて、手柄なんどある人の事なれば、疵有てもよく云なし、又よく思ひこむ所が芸にもちこむ骨髄なり、されば歌舞伎浄るり共、義理を本とする事なれ共、その義理に右のかけ引ある事也

義理をもととしても人情的かけ引のあることを説いた部分なので、長々と引いたが、ここの「歌舞伎浄るり共義理を本とする事」の義理は、文脈から見て、「学文の理屈」に相当する。巻頭の皮膜論の用語も、一般的よりは学問的に考えてよいのでなかろうか。元来、見て来た如く、既に漢学畑の用語が多いのである。『経学要字箋』[6]を用い、近松浄瑠璃における義理・人情を論じたものに、佐々木久春氏の詳しい研究があるが、ここではこの論の趣旨に従ってのみ検討してゆくこととする。

5

『経学要字箋』は、天道・天命以下の用語について、宋学と古学即ち古義学の説を平明に紹介して、勿論、古義学の方に賛成する立場を採っている。その没後に出版されたが、享保二年の東涯自らの序を持つ、恩師の『訓幼字義』と相似ている。師説によったので当然であろうが、以貫の書の方が整理されて、耳に入りやすい。拙い説明を加えるよりも、原本の文章を多く引く方をよしとすべきであろう。

義理については、勿論、古学の主張の処に、

理義トツヾキテ、理ト義トモ亦ソノ意相近シ、但シ理ハソノ事、ソノ物ノ上ニ、ソレ〲ニ其条理ノ別ル、ヲ云ヒ、義ハ事々ノ上ガ宜《モットモ》ナルヤウニ相適ヲ云フ、畢竟ソノ事ノ理《スジ》ニアタレバ、ソノ事宜ニ相適、其事適ヘバ、ソノ事ノ理ニアタルベキコトナレバ、其意甚ダ相近シ、唯ソノ理ノワカル、方ヨリ云バ、理ト云ヒ、ソノ宜ニ適フ方ヨリ云バ、義ト云フ

とある。これから見れば、義理とは一口で、条理と換置出来そうである。虚実皮膜論で云う所は、浄瑠璃の筋に関する条理ではなくして、人間の間の問題である。天下の人間の間に通ずる条理とすれば、いわゆる義理人情で云われる義理即ち常識的な道徳と相近いことにはならないであろう

か。実はそうした内容故に、この論の義理を一応常識的に解して、この論の検討が成り立っても来たのであろうが、そうではない。

天下ノ万事万物ノ上ノ、条理ノヨク分レタルコトヲ理ト云フ、サレバ道ニ合《カナ》ヒタルコトハ、オノヅカラ其コトノ条理《スジ》ガヨク立ツユヘニ、道理トツヾキテ、道ノ字ノ意ト相近シ、然レドモ、道ノ名ハ大路ノ往来ヨリ義ヲ取タレバ、動用《キハタラク》ノ意アリ、故ニ道ノ字ハ活字也、理ノ字ハ、玉ニ具リシ理ノアザヤカナルヨリ義ヲ取タレバ、万事万物ノ上ノ、条ノ別レテアルヲ云フノミニテ、動ハタラクノ意ナシ、故ニ理ノ字ハ死字也

とあって、人間生活に於て、至極尤もなるように理詰におしてゆくのが義理を守ることである。

このことは、人情の説明を見ることで一段明瞭となる。情・人情についての説を若干抄出しよう。

情トハ、人ノ性《ムマレツキ》ノ欲好《ネカヒコノミ》ニテ、而モ思案ニ渉ラズ、少シノ偽飾ナク、良《ウブ》ニ樸《キナリ》ナル処ヲ指テ云フ、少シニテモ思慮ニ渉レバ、心ト云フ物ニテ、情ニアラズ、又少シニテモ偽飾《ツクロヒカザリ》アリテモ、情ニアラズ、又今日ノ悪習ニ心ヲ陥溺シテ、悪ナリタルモ、情ニアラズ、兎角情ト云モノハ、性《ムマレツキ》タル樸《キナリ》ナル欲好ヲ云フ、古ヘヨリ人情ト云ヒ、天下ノ同情ト云フ此ナリ、兎角人ノ性ト云モノハ、善ヲ好ムモノナレバ、人々ノ良ニ樸ナル欲ハ、ミナ善ナルモノ也……情ト云モノハ、人心ノ樸ナル処ニテ、飾モナク、又悪損ジモセヌ物ナレバ、性ノ実ヲ見ルニ足ル

也、ソノ故ハ、人心ノ動ク処ニ、少ニテモ飾アレバ、タトヒ善ナリトイヘドモ、情ニアラズ、又悪習ニ染テ、其心ガ已ニ悪ニ陥溺セラレテ居ル上ハ、タトヒ悪ナリトイヘドモ、情ニアラズ、唯ソノ飾ナケレバ、性真ニシテ偽ニアラズ、陥溺ノ害ナケレバ、損ズルコトナクシテ、性ノ本ヲ失ハズ、此ガ情ト云モノニテ、性ノ正真ヲ知ルニ足ル也

古義学の理解においては、情又は人情は、人間の生れたままの欲望であって、今日の語で云えば大まかに本能などと云ってよいかも知れない。そして、彼らは、その情を、倫理的にも万全に肯定していたのである。理(義理)と情(人情)の関係については、

天下ノ千変万化ノ事ヲ処《サバク》ハ、理ニ当ルト、理ニ当ザルトヨリ、ソノ是非別ル、コトナレドモ、然レドモ、聖人ノ天下ヲ治ルハ、専ラ人情ニ本ヅキテ、必ズシモ其理ヲ責ズ、若シ天下ノ事ヲ、必ズ一々理ニ当ンヤウト求レバ、其工夫甚ダ窮屈ニテ、事ノ上ニハ塞《ツカヘ》テ通ゼザルコト多キモノ也、……人ハ有情有心ノ活物ニテ、聖賢ノ学問ハ、其活物ヲ治ムル活法ナレバ、人事ノ上ヲ、必ズ一々理ニ合フヤウトハセラレヌコト也、……都テ天下ノコト、其理ハ聞ヘナガラ、其理ノ如クニハナラヌコトガチナルモノ也、故ニ人事ヲ処《サバク》ニ、人情ヲ外ニシテ、理ニ本ヅカントスレバ、人ヲ侍《アシラフ》ウヘガ、刻薄ナリテ、世俗ノ云フ情知ラズニナリテ、万事ヲ破ルコト多シ

と説く。甚だ情を重んじて、理を軽んずる如くに聞えるが、これは宋学の宋学独特の理解を持つ理を重んずる態度に対しての姿勢であって、古義学でも義理を無視せよとの説ではないのである。人生に理法は存し、それを守らねばならないけれど、人間の外の条理、または人間の外のものとの関係によって生れる条理のみでは、人生社会を律し切ることは出来ぬ。それは古義学に於ては、万全的に肯定する、本能的な欲望を、重んじ従うべきものとしなければならないなどと説明している。以上の理・情の理解は伊藤仁斎・東涯の理解に基づくことを、もう実例を上げて証することはしないけれども、かくの如き情の理解に基づく文学観が始めにあげた仁斎の情中心の簡単だけれども明晰な詩論であった。仁斎は文学の情を尊ぶけれども、理を全く拒否するものではない。

　詩本二於性情一、故貴二乎真一、苟不レ出二於真一劃雖二極レ奇殫巧一、要不レ足レ観焉（『文集』一「蕉窓余吟序」）

と述べて真を尊んでもいる。それらは既に述べたので（本書「文学は『人情を道ふ』の説」）詳述しない。

『要字箋』に見た義理・人情の見解を、虚実皮膜論の中に投入すれば、ここに細説する必要もなく、その論の輪郭はきわめて明瞭となるであろう。そして仁斎の詩観を、この皮膜論に照合すれば、更にその明瞭さが一段とますであろう。そして以貫の「芸のりくぎが義理につま」るとは、仁斎の「真」に相当するものであることも前掲拙稿で既に指摘した。合せ見られることを希望する。かく見てくれば、全く古義学の文学観を、人形操芝居の中へもちこんだ、近松の技法論となるのである。

この現象を、我々はこう考える。古義堂関係者の中には、文学人情論とも称すべき、いかにも元禄時代を代表する文学論が次第に出来ていた。以貫も勿論その文学論の賛成者であった。近松の経験にもとづく技法論を聞くに及んで、その師説に一致するに驚いた。そこに以貫と近松の共鳴があって、わざわざ『難波土産』の巻頭に、その説を自分の文章で書き、かかげたのである。以貫が近松の説を誤認し曲筆したものではないであろう。

そうしたうたがいを持つ人は見るがよい。近松の世話物一つをとっても、とらわれた道徳的観点からすれば、愚痴でいたらぬ庶民の男女の欲情と、その果の破滅を描いているが、そこには現代の読者をまで感銘せしめる人間性が厳として存する。それは芸のりくぎが義理につまった上で、情が表出されているからである。評者はそれをもって、作者を情の人近松と称し、元禄のヒューマニズムの風潮の現われと云う。あらゆる人間に、その人間性を認めて、如実に描出しているのである。近松はその技法論を完全に創作の上に実現しているのである。彼が劇作家として、多くの経験の末、晩年に自信を持って到達したその信念が、虚実皮膜論であった。そしてそれが仁斎や以貫のいだく文学観に一致していた処に、我々は元禄の文学思潮を又、近松においても見出すことが出来るのである。

（1）　近藤忠義「近松の芸術」（『近世文学論』所収）昭和七年二月
野田寿雄「近松の芸術論に就いての一考察」（『近世文学』二ノ二）昭和十一年三月
藤村　作「町人文学論」（『日本文学原論』所収）昭和十二年二月
重友　毅『近松』の中、昭和十四年四月
森　　修「実と虚との皮膜論」（『国語・国文』一七ノ二）昭和二十三年四月
同　　「近松芸技論の成立」（『国語・国文』二二ノ四）昭和二十八年四月
同　　「近松の芸論の時代的背景」（『人文研究』九・七）昭和三十三年八月
刈田久夫「義理の問題」（『国文学研究』第十七輯）昭和三十三年七月
横山　正「近松芸論の成立と筑後掾・播磨少掾」（『学大国文』二）昭和三十三年十二月
白方　勝「情と義理の悲劇論」（『国語・国文』三〇ノ五）昭和三十六年五月
大久保忠国「近松の虚実皮膜論」（『国文学』昭和三十五年九月号）
重友　毅「近松の制作苦心談―いわゆる虚実皮膜論について―」（『文学研究』二十五号）昭和四十二年六月
佐々木久春「穂積以貫経学要字箋と近松浄瑠璃における義理・人情」（『国語と国文学』昭和四十二年十二月号）など。

（2）　勝部青魚著『剪燈随筆』に「国朝文運開て、士人専詩を作り、其頃大坂に鳥山生ありて、三体詩を取用て、錦繡段などはやり止みたり、又洛に笠原生出て、唐詩訓解を用、海内半は訓解を尊びしを、東都に南郭の徒、訓解は俗書なるゆへ唐詩選を唱……」とある。

（3）　『難波土産』は、度々出刊された。最も早いものは、「元文三年午正月本出来、浪華書肆本屋吉右衛門・伊丹屋茂兵衛寿梓」として後篇の予告のあるもの（天理図書館蔵）。次が、上の本屋吉右衛門の名を丹波屋半兵衛に改めたもの（大阪図書館蔵）。以下「大阪心斎橋筋塩屋平助板」とか、本屋名なくして、「午正月本出来」の文字をのみのこしたものなど様々である。

（4）野間光辰「浄瑠璃文句評注 難波みやげの作者」（『国語・国文』一二ノ五）昭和十七年五月

（5）拙稿「穂積以貫年譜略」（重友毅博士頌寿記念論文集『日本文学の研究』所収）・同「穂積以貫逸事」（『文学』昭和四十八年一月号）

（6）佐々木久春前掲論文。

六　文人服部南郭論

1

問題を近世・近代の文学史に限っても、「文人」とか、「文人意識」とかの語がしばしば用いられる。上田秋成論や夏目漱石論、永井荷風や石川淳を論ずるに至るまで、「文人」の称を冠しての論がある。しかし「文人」の概念となると、多芸で、反俗的で、作品のみならず自らの生活をも芸術化して営むなどなど、いくつかの要素を並記するのみで、も一つ明確でない。筆者も、事情止む方なく「文人意識の成立」(岩波講座『日本文学史』第九巻)など云うものを書いたが、不十分なことは、十分に自ら知っている。その後、唐木順三氏も『無用者の系譜』なる著に、「文人気質」の一章を設けられた。問題性に富んで有益な論であるが、論文の性質上、一々について詳記はされてない。やはり「文人」と見られる人々の、一人一人の生活と意見を検討して、彼らの性格と、彼らが生きた時代において、文人的生活を営んだ実態と意識を調査し、その調査を積み重ね、文人達の時代時代による変貌推移の中から、文人の本質を見極めなければならないであろう。

筆者としては、その第一歩として、近世において「文人」と認められる極初の一人、服部南郭を、ここに取上げようと思う。

南郭は云うまでもなく荻生徂徠の高弟で、その師の歿後、その儒業は太宰春台が、その文業はこの人が継承したと云われる(江村北海著『日本詩史』巻四)儒者である。彼の文業とは当時に「詩宗」と呼ばれた第一流の詩人としてであった。漢詩文に志す人々は勿論[1]、国学の賀茂真淵や、若い与謝蕪村や黒柳召波など詩精神の横溢した青年達は、一度はこの門をたたいて、その謦咳に接することを望んだ程の詩人である。それも当然で、彼は当時から、日本の近世における漢詩を、文芸として確立した詩人を以て許されていた。門人湯浅常山は「日本斯道為君新」(『常山文集』巻一「哭南郭老師」)と云い、松崎観海も、「東方日月為君新、此道千秋無古人」とたたえている。かくの如き讃辞は門人知友に限らない。儒学では他派に属する人々も、真に漢(唐)詩の真髄を体得した人と称讃している(松村九山著『詞壇骨鯁』、清田儋叟著『孔雀楼筆記』など)。詩学が進み詩風の変化した幕末に至っては、頼山陽(論詩絶句二十首の中)[2]の如く、南郭の詩の声律が正しくないを批難する人物も出現するが、南郭は、古詩も声律にこだわることがなかったと云う理解[3]の下にあった人で、それをせめるのは後世をもって先代を律するもので酷に過ぎる。彼の詩そのものを、形式にとらわれず、純粋に詩味そのものから見れば、温潤風雅の詩性を示す点で、やはり近世第一級の詩人としての地位は動かないと思われる。しかし近世の文学史儒学史の流れをたどれば、彼の時代において、儒者であって詩名のみ徒に高いのは、既に珍しいのである。彼の著述目録を見ても、儒者らしい書は殆どなく、詩文に関する書のみ多いのも、この時代として見れば不思議な現象である。時代も寛政を下ると儒者の業は、これまで一括されていた儒業と文業にわかれてくる。儒者と漢文学者の区別も明確になり、菊池五山や柏木如亭の如く、自他共に漢詩人をもって許す人々も次第に出現する。正徳享保の世ではまだ儒学界にそんな現象は一般的ではなかった。南郭は、漢詩を文芸として確立させた、即ち儒業と文業を区別させた極初の一人であったのである。その行動の中に、彼の「文人」らしさが既に認められる。

2

南郭のそうした行動は、如何なる意識の下にとられたか、その残された著述について正さねばならないのであるが、彼には知己であった松崎観海は評して、

南郭ハ理論ナシ、コレハ于鱗ガ流ナルベシ、元美ニハ少々論アリ（『文会雑記』）

と云う。于鱗こと李滄溟は、中国で古文辞を主張した第一人者、その『滄溟集』を見れば、立派な古文辞の文章を見るが、友人の元美、王弇州の程にも、古文辞についての理論は述べていない。

南郭はその于鱗に似て、理論をはくを好まなかったとの意である。観海の師で、これは又理論ずきの太宰春台と比較すれば、なお更に南郭には論がないのが目につく。四編にまで至る近世でも厖大な『南郭先生文集』にも、誠に理論の文章は乏しい。やむを得ず儒学や文学について論じなければならぬ時は、大体に師の徂徠の説そのままを述べている。墓誌銘によれば、平生経済のことを質問されると、「吾受業徠翁、今日所授、則昔日所受也」と自分でも述べていたと見える。『文集』でもその通りである。学問文学の論さえその如くである。まして自分の生き方とその理由を正面から述べるなどのことは、先ずはなかった人ではあるまいか。

それでは、その心情を具体的に反映しているはずの、経歴や日常生活は如何であったろうか。これも墓誌銘に、

凡百行未下嘗一言対二妻子家人一語上之、自レ少而然

とあって、これ又自ら述べたものは殆ど見出されない。前に引用する墓誌銘（『事実文編』巻三十四）は守山侯源頼順の作であるが、南郭程の人物としては、その経歴は簡略に過ぎる。ここでも太宰春台には、墓誌銘の外にも観海作のそのまま立派な伝記である行状（『観海集』巻十、『事実文編』巻三十三所収は脱文が若干ある）がそなわると全く対蹠的である。ただし南郭の家系や過去が人に語れないようなものでなかったことは、たまたま『高岡史料』に所収されて判明する家譜、親類書の

類からも明らかである。民間にあることやや久しかったとはいえ、尾州津島七党の一から出た家柄である。何であれ、左様に自己を人に訴えない、人に理解を求めようとしない、そしてその事は妻子に対してまでも及んでいる、独りで生き通そうとすることが生活態度になっていた所に、南郭の性格、生き方が考えられるようである。しかしそのことが、徂徠や春台に関しては、既に単行の研究書さえ出現しているに比して、南郭には研究的な発言がまだ殆どない原因となっている。それだからとて、顧みずにすませる人物ではないであろう。少しの言辞、少しの行動から、我々は理解してゆかねばならない。

3

南郭がまだ幸八と称した（『文会雑記』、『閑散余録』）十六歳の元禄十一年（墓誌銘、『先哲叢談』）に、柳沢吉保に仕えたのは、和歌と画業とをもってであったと云う[4]（『文会雑記』）。木下長嘯子門の歌人で蒔絵師としても令名あった山本春正を母方の祖父とする（親類書）彼として、あり得ることである。現にその詠歌は、柳沢家に残って、今整理最中である。晩年になっても、長年の交のあった本多猗蘭から、和歌の添削を依頼され、古今集秘伝など、かなり高度な歌道の問題を話しあっている（『東洋文化』一三三―一三七所収、渡辺刀水「本多猗蘭侯」）。知人からも歌人をもって許されていたのである。この柳沢家には、既に元禄九年、荻生徂徠は仕えて居り、人才を愛した吉保は、安藤東野、田中桐江などをも、相続いてまねいた。南郭は何時からどうした動機で、和歌から漢詩文に転じて、徂徠に師事し、東野らと交ったかも明らかでない。しかし徂徠につく以前から、漢詩は作りなれ、相当な年齢で、入門したことが諸書から想像出来る。徂徠は宝永二年で四十歳、この頃から古文辞学と称される新しい儒学の思索に入っていたし、同六年、蘐園と呼ぶ茅場町の塾を経営し始めた。その頃徂徠の周囲には人才が蝟集し、その塾は才気と活気に満ちあふれていたことは、その人々の集が物語っている。その間に生来余り社交的であったと思われぬ南郭ではあるが、早くも頭角を現わして、同門諸子と詩酒の間にその才能をきそっている。その一方、運命の神は皮肉で、彼の才能を愛していた主君吉保は、宝永六年、将軍綱吉死後に退隠し、正徳四年に不遇の中に歿した。その直後、享保元年頃か、南郭はこの藩を致仕した。そして儒と詩文をもって門弟をとる舌耕の生活に入り、その後は生涯、何処へも官途を求めなかった。彼は享保元年で三十四歳である。仕えられなかったのではなくて、彼から仕官を求めなかったのである。当時水戸藩は『大日本史』の編纂の為に人材を要望していた。彰考館総裁安積澹泊は辞を厚くし、水戸藩にあった南郭の従弟鹿野氏（親類書によれば、鹿野文八、同文助の二人が居た）をまで動かし、数回にわたって彼を召聘した。そのことを伝える「与安澹泊」（『文集』初編巻九）書簡には、「歯已垂四十」とあるから、この招聘は致仕直後に出た話のようである。そして南郭はこれを辞退した。鈍才と疾病とを理由とし、自分は今陋巷に退伏しているが、これが自分に分相応だと述べて辞退し通したのである。その所の文章は、一応聞くべき内容を持っている。

蓋シ喬(元喬―南郭)少クシテ自ラ量ラズ、妄リニ経世大業之義ニ附シ、徒ラニ成ルコト有ラント期シキ。何ゾ図ラン、比年以来犬馬之羸漸ク伏疾ヲ為シ、事省スルニ遑アラズ、百爾索然タリ。況ヤ歯已ニ四十ニ垂ントシテ朽鈍之性悛メズ。加フルニ落魄疎狂ヲ以テス。遂ニ乃チ陋巷ニ退伏シ即チ溝壑モ亦自ラ分トス、是以外ニシテ王侯貴威ノ粟ヲ輸スノ礼ニ当ルニ足ラズ。内ニシテ行ヲ砥キ、名ヲ立テ、以テ重キヲ郷曲ニ為スコト能ハズ、時ニ或ハ著ス所モ、亦惟レ蟲鳴鳥語、以テ飲啄ノ私ヲ寓スルノミ、此ヲ過ギテ以往、喬ニ於テ言フニ足ルモノナシ、今乃チ喬ニ在リテ内ニ自ラ省ルニ、仮令天幸有リテ、仰ギテ大邦広被之化ニ沐シ、罪ヲ輿台ノ間ニ待ツコトヲ得セシムルモ、固ヨリ鈍刀之末、終ニ用ヲ一割ニ効スルコト能ハザル也、況ヤ頑愚之質、事ヲ曉ラズ、一旦率然トシテ、大邦ノ典憲ニ触ルルコト有ラバ、則チ喬ニ於テハ已ンヌ、豈ニ復タ諸君子知己者ノ薦、其ノ人ニ非ズト云フノ憂ヲ貽スコトヲ得ンヤ、乃チ喬庶ハクハ過ヲ寡カレト云フヲ以テ自信スル者是ノミ(原、漢文)

である。自己の儒業をも文業をも低く評価し、たとえ仕えても用に立たず、誤りをおかせば、推薦者にも迷惑を及ぼすと、甚だ退嬰的な考え方を示す。南郭は京都の商家に育った為か、漢文の書簡でも、辞を低くして人に対する癖の人であるが、これは余りにも遠慮に過ぎて聞える。友人高野蘭亭の「寄服子遷」(『蘭亭先生詩集』巻四)の五言排律は、「東閣招賢者、南陽臥草廬」で始まる。東閣は恐らくは江戸の東、水戸藩のことで、この時に送った詩であろう。「典故伝三代、文章照五車」の才を持ちながら仕えないことを惜しみ、「寧知渭浜猟、未問坐茅漁」の句で結んでいる。南郭はこの間に何故にかかる卑下を人に伝え、友人の期待にもそむいて、かたくなに浪人生活を希望し続けたのか。この致仕や仕官の念を絶った所が彼の生活の意見をたたく第一の段階であろう。

南郭の親友安藤東野も柳沢家にあったが、正徳元年に既に藩を離れている。この才人は元来に放蕩無頼で、官途にあるべき性質ではなかった。南郭の場合はしかし十六歳から長年の禄仕生活を経験しながら、何が故に、この齢に至って致仕したのであろうか。この致仕の後に、東野に送った書簡(『文集』初編巻九)がある。

出処モ亦大ナリ、然レドモ、我輩ヨリ之ヲ視レバ即チ、禄利モ亦惟レ陸沈、世ヲ玩スルニ近シ、玩スレバ斯《スナハ》チ傲シ、傲スレバ斯チ慍ヲ見ル、奈何ゾ野心馴ルル可カラザルノ性ヲ以テ、能ク自ラ欺キテ、以テ久シキヲ側目ノ間ニ持センヤ、群有司以テ竿濫ナリ且ク斥ントト為ルヲ見ルハ固ヨリ当レリ、方今首領ヲ全シテ郊野ニ帰シ、其ノ騰躍奔馳ヲ遂ルコトヲ得タリ、天願ニ従フコト、知ヌ可キ也、足下恒ニ言フ、官ハ俗物ナリト、不佞今乃チ一ビ足下ニ当ルコトヲ得、足下ノ廩ヲ辞スル、蓋シ同病或ハ発ス、事亦奇ナリ、散髪箕踞陶然トシテ江湖之上ニ相忘レテ、而シテ後昔日ノ曳裾、益々俗物タルコトヲ知ラン

とある。略して云えば、出仕が人間にとって殊に儒者としては大事なことに相違ないが、今日の自分から見れば禄を受けて勤めても、自分の才能が十分に働かせるのでない故に、浪人していると同然である。かくて禄を受けるのは玩世の如きものである。野人の心をもって自らを欺いて、恐る恐る奉公をするのは、よいことではない。上役達が自分を無能としりぞけようとするのも当然で、自分は野に下る。野に下れば誠にのびのびとした気持である。君はつとめ人は俗物だと平生から云うが正にその通りである。民間に下って自由気ままな生活から、昔奉公した時の俗物であったことをふりかえって見ようとなろうか。南郭の方からすれば奉公は自分の生きる道でないと考えたし、上役からすれば南郭が無能だと見た結果、致仕が実現したのである。思うに柳沢吉保は才を愛する人物であった。その書簡にも見えて、俗物たるをいさぎよしとしないで東野は禄を辞したのであるが、吉保はその後も、この才人に食扶持を与え続けた。よって南郭の場合も、吉保の生きている限りは、その才能を重んじ、才能をのばさせて仕えさせたであろう。南郭が後年に、これも文人の一人として有名な柳里恭こと柳沢家重役柳沢権太夫に答えた書簡(『文集』二

編巻十）の中で、吉保の恩寵を回顧した部分がある。

嘗ツテ私ニ喬ニ命ジテ曰ク、予ハ女《ナンヂ》ヲ疵瑕トセズ、後之人将ニ多ヲ女ニ求メントス、我千秋之後、女其レ行カンカ、女ヲシテ名ヲ成サシメンニハ如ジ、他日或ハ四方ニ適クトモ、我女ヲ知ラズト謂フコト無レト

と。これを事実と見て、欠点の多い南郭の何処をかく吉保が高く評していたか。この文章では流石に自分の長所を述べてないが、詩才がその中にあったことには相違ない。「南郭ナドモ徂徠ニ学ビカカリタル時ヨリ、古文ト詩ニテ著述不朽ノ名ヲナサントツモリタルト覚ユ」（『文会雑記』）と観海が述べた。観海の想像があたっているとすると、南郭は、日本の近世ではこれ以前そうした人は出なかったけれども、中国の文人にならって早くから文学を第一義として立とうと志したこととなる。彼自ら又「予ハ決シテ経済ノコトヲ云ズ」（『文会雑記』）と述べた所からも、文学一筋で通ろうと早く覚悟していたのである。吉保はそれを認め許して禄を与えていたのであるが、自分の死後では、藩は普通の藩士としての勤を望むであろうし、南郭の才能をのばす為には藩を出るの外はなかろうと、見通していたと南郭は里恭に伝えたのである。その予想の通り、それ以上に吉保の退隠死歿以後の柳沢家は次第に萎縮し、やがて享保九年には甲府から大和郡山に移封となる。南郭の致仕は柳沢藩の萎縮のさ中である。吉保程の人物でなければ、文学者に禄を与えっぱ

なしにしておく訳にもゆくまい。まだしも経済の学を専門とするなれば、名目は立つ。当人はそれを決して口にしないと云う。せめて表面だけでも普通の勤をすることを藩側は望んだかも知れぬが、それは世を玩ぶものだと云うのでは、藩内で処置の仕様もないことになる。群有司が、そのみだらを難ずるのも当時の情勢からすれば又仕方もない。

一体、徂徠の学説の中には、持って生れた性格は変えがたいものであり、持って生れた才能を尊重し成長させるのが学問だとする考があった。弁名に「人之性万品、剛柔軽重遅疾動静、不可得而変矣」と述べるもので、井上哲次郎は『日本古学派之哲学』の中で、気質不変化の説の名で称している。有名な、

米はいつ迄も米、豆はいつまでも豆にて候、只気質を養ひ候て、其生れ得たる通りを成就いたし候が学問にて候、たとへば米にても豆にても、その天性のまゝに実いりよく候様にこやしを致したて候ごとくに候（中略）、米は米にて用にたち、豆は豆にて用に立申候、米は豆にはならぬ物に候（『徂徠先生答問書』中）

の言葉もある。今日の意味とは同一視でき難いけれども、一種の不変の個性を認め、個性をのばすことが教育だとする主張を、徂徠学派は持っていたのである。南郭は「古文ト詩」に自己の生涯をかけたのは、彼の個性がそこにあり、「経済ノコト」を云わなかったのは、彼の才能のそこに

ないことを自覚していたので、彼は自己の奉ずる学派の理論に従って、個性に従い才能に生きる道を選んだのである。東野や南郭が、官を俗物としたのには、彼らは一方に雅の生活を考えていたからである。雅についても亦、徂徠学派の立場において解さねばならぬ。(5) 簡単に述べれば、聖人の道は人情に基づく。よって人格を完成させるには、人情の理解がともなわねばならない。その人情の何たるかを示した経典は『詩経』である。南郭によれば、

古三百篇も、詩の教は温柔敦厚をもとゝする事にて、必竟君子の志を述る物にて、ものごとに温和に、人をも浅く思ひすてず、云出ること葉も、婉曲にして、何となく人の心を感ぜしむるを専一と仕事故、自ら風雲花月に興をよせ、詞の上にあらはれざる事とも多く有之候、詩経を六経の内に入、古聖人の教も詩書と並へ称して、人に御教候も、此渾厚の情を失ざるを君子の徳となし候事と相見え候、然ざれば夷狄の径情直行、小人の態に成候故に候、詩のみにもあらず、古の聖人の道皆如此に候(『南郭先生燈下書』)

である。この『詩経』やその流にある詩人にならって詩文を創作し又鑑賞することは、人間が人情を解するに至る道である。文学生活はよって人生において不可欠のもの、人格完成には文学生活がともなわねばならない。そうした努力の結果、詩経に示した如き情が次第に体得できるが、その情を風雅の情と称し、風雅の情を解しそれに応ずる生活が雅であり、それを解し得ず応じ得

ないものが俗物となる。南郭の述べる風雅の情なるものをも、長いけれども引用しておく。

風雅の情とは、我身に罪もなきが、君親などに思捨られたるを、何ほど苦にいたし候ても益なく候はんに、孟子の所謂恝《カツ》なると申様に、君親のいたらざるは是非なし、我身さへ誤りなくばそれまでよと思ひとり、さら〳〵と明らめ苦にもせざるものあらんに、後世理窟の上にては、愚痴にもなきよき合点よと可申事なれども、詩人の情は左にはあらず、益なき事は我もしりて思ひかへし〳〵すれども、ひたと心にかゝり、悲しみ憤りも出候余り、其情を詠歎して、せめて君親の万一も思ひかへし、人もあはれと感ずる様に、諷諫にも用ひ候事、是則風雅の情にて候、又たとへば友などに別るゝ時、平生の好みを思ひ出、別後の恨うさをなげき、共に涙を流してあはれを述るなど云様の事、宋以後理学計の目よりは、手ぬるき児女子の様に見え候事なれども、それすなはち風人の情にて候（『燈下書』）

かかる雅と俗の理解に立てば、今も昔も法規や習慣が行動の基礎になり、感情の介入を出来るだけ少くしようとする官途の人は、俗となるのは当然である。奇人の平野金華が南郭が好物の小豆飯を食して居るを見て、「足下の食の俗なる事」と云った笑い話があるが(6)（『八木随筆』）、それ程に、彼らの間では、雅的生活が問題となっていたのである。ただし南郭はその金華にも徂徠以上の敬意をはらわれ、板倉帆邱の如き無頼の徒も、赤羽先生と称した（『文会雑記』）と云う。彼は風雅人として、同門からも認められた人であった。才能のままに希望する風雅の生活を送るこの目的を持って、官途にあることは、当時の社会において無理であることを、四十に近く、二十年も仕官の生活を経験した南郭は十分に知ったのである。ここに後半生の浪人の所以があるし、水戸藩からの召聘を辞した理由も発見出来る。殊に水戸藩では朱子学を奉じていた。もっとも修史の材あるものは学派を問わずにまねくことは義公光圀以来の方針であり、この時代にも南郭らと等しく古学派と称される古義学派の人々が多く参加してもいるけれども、南郭からすれば、既に聞えていたであろう大日本史編纂の主旨と方針も、賛成出来るものでなかったと思う。水戸藩で、彼の希望する生活が可能であるとも思われなかったのも、召聘を辞した理由であったろう。かくて経済を口にするを嫌い、文学三昧を追う生活に入る。この生活はしかし儒者としての立場から見て、当時は許されるものでなかった。同門春台には、

聖人ノ道ハ、天下国家ヲ治ヨリ外ニハ所用ナシ、孔子ノ門人七十二賢ヨリ後来ハ、学者皆此事ヲ学ブ者也、是ヲ捨テ学ズシテ、徒ニ詩文著述ヲ事トシテ、一生ヲ過ス者ハ、真ノ学者ニ非ズ、琴碁書画等ノ曲藝ノ輩ニ異ナルコトナシ、仮令一世ノ工ヲ極テ、其名ヲ宇内ニ高クストモ、只自己ヲ楽ミ、世ノ玩ト成ノミニテ、国家ノ為ニ其益少ケレバ、聖人ノ大道ヲ無用ノ閑事トナス、其罪ノガレ難カルベシ（『経済録』、『日本経済叢書』所収による）

と、そのまま南郭評の如き一文がある。南郭の文章の才をたたえた徂徠(『南郭先生文集』初編序)にしても、文章は道に至るの方法とした人だけに、文学にのみ止るを、万全に認めはしなかったと考えられる。

4

南郭はその後、宝暦九年六月二十一日七十七歳で歿するまで四十年を、前述したごとく、儒と詩文の舌耕生活で終えたのであるが、その生活の自らを「太平之民」と称していたと云う。そのことを伝える門人大内熊耳の「祭南郭服先生文」(『熊耳集』正編巻十二)には次の如くある。

夫レ先生ノ自ラ太平之民ト称シテ、以テ南郭ニ居ルヤ、江海ヲ左ニシ、丘壑ヲ右ニシ、玄珠ヲ赤水ニ弄シ、皓月ニ白堂ニ伴ヒ、爵禄ヲ脱去シテ顧ミズ、軒冕ヲ蔑視シテ屑トセズ、関ヲ閉ヂ迹ヲ掃ヒ、天子モ臣トセズ諸侯モ友トセズ、以テ我ガ当年ヲシテ未ダ肯ヘテ有唐之化ニ譲ラザラシムルハ、則チ絶世高賢之余烈ナリ(原、漢文)

南郭即ち芝赤羽橋の寓居の自然の中にあり、俸禄位階にわずらわされることなくば、天子とも諸侯とも無関係、太古聖代の鼓腹撃壌した民に等しいと云う意である。しかし実際の生活はこの文章の如くには行かなかった。名の高くなると共に門下も多く、門下に『詩』や『礼』や『荘子』

を講じたり、訪問者も増加して、贈答の詩や書簡に追われる。それらに如何にも煩わしく、閉口していることを友人達への書簡には訴えている。この間に彼の対社会、対人間の態度は如何であったかを考えねばならない。南郭の生活態度についてよく引かれるのは、

南郭ハ謝安ニ似タル人ナリ、喜怒色ニアラハサズ、人ニカマハズ、我物ズキヲ立テラレシ人ナリ（『文会雑記』）

と云う、友人高野蘭亭の評である。晋の謝安は云うまでもなく、その前半生は、朝廷が聘するも応ぜず、臨安山中に情をほしいままにした人物である。蘭亭の語のままだとすれば、南郭は甚だ社会をも他人をも視野の外において、その風懐のままに生活した人となるが、彼自らは対門人について、

予ハヒキコミ思案ユヘ、才ヲ育スルコトヲモ得セズ、カレノママニ置クコトナリ（『文会雑記』）

と云う。南郭は徂徠の如く門人の少しく才あるものはこれを賞讃して、その才能を助長させたり、春台の如く厳しく訓育することはなかった人らしいが、それが「引込思案」の故か、「人にかまはぬ」性質からかは、自らの言う所と人の評とが違っている。又門人の教育について、南郭は、

育才、アマリセハヤキタルハアシカルベシ、アルママニ精出サセテ、ヒトリ進ムヤウニシテヨカルベシト也（『文会雑記』）

と、引込思案でほっておくのであるが、それでも悪くないと述べる。徂徠の気質不変化の説からすれば、さもあるべき教育方針である。しかるに人からは、

南郭モ春台モ弟子ノ吾物ズキノ通ナラデハ気ニ入ラズ、ソレユヘ弟子ヲ箱ノ中ヘ入テ置度心ナリ、徂徠翁ノ料簡ト大ニタガヘリ、其中ニモ南郭ノマネヲシテ、メッタニ高ク標スルコトヲヨキト覚へ、不学ナルヲモ不知、蒙求・世説・唐詩選ナドヲ学問スルコト覚ヘタル、苦々敷コトナルベシ（『文会雑記』）

と評されて、ここでも彼の云う所と人の評は相反しているのが面白い。『文会雑記』に「南郭ハ博物ナレドモ博物ヲ外ヘ出サヌ人ナリ」ともある。彼の著、『遺契』などを見れば、広い読書をしているが、その知識を人にてらうなどのことはなかった人であろう。この事や、妻子にすらその経歴を語らぬなどのことから見て、人におしつけがましい所のない、自分としては他との交渉を出来るだけ避けた生活を保とうとしたのは事実であったと思われる。一口に云えば、やはり引込思案の生活であった。しかしそれは主義主張がなくてそうなったのではない。致仕や官途辞退で見た如く、一つの理論一つの方針を持った上でのことである。かく理論をもって一つの筋に生きようとする人の在り方や行動は、潔癖であり厳しくあればある程、外部から見れば、気儘にふるまい、世に高ぶると見えることは、屢々あり得る現象である。門人に対しても、徂徠の教育方針

とその効果を見て知っていた彼は、学問の他の部分で師説を守った如く、教育方法でも亦、師に従い、干渉する所なく、自由に才能を生かし、並記された春台の厳しさとは、恐らくは相違するものがあったと想像する。しかし学問や芸術と生活が渾然として、一種の純粋を示す学者や文人には、往々にして同好同臭の門人が接近して、そのエピゴーネンたらんとすることも亦、時に見ることの出来る現象である。門人達の方から、「南郭ノマネヲシテ、メッタニ高ク標スルコト」が、外部から見れば、南郭自らが、門人を指導して、全く同じ、しかも自己より小柄な者に仕立て上げているかの如くに見えるのである。

南郭の自ら語る対社会、対門人の態度と彼の態度についての世評との齟齬を、以上の如き現象に由来するものと考えたならば、そこから、南郭が自らの志向に忠実に他との接触をさけて、生活し、接近した者から純粋なりと思われ、模倣したくなる如きしたわしさを持つ種類のものであったと想像できる。しかし南郭の独りで純粋に生きようとする生活が、かえって門人同好者達を彼に吸引したのは、一面南郭の悲劇であった。友人達への愚痴はそのうったえである。

殊に学生達に対しての講義は、

当時南郭ガ講ヲ江戸第一ト称セシハ、カク簡ニシテ煩ナラザリシ故ナリ

と、津坂東陽の『薈瓚録』が伝える。(7) 彼の『唐詩選国字解』や、『燈下書』を見ても、要領のよ

い巧みな講義であり指導であったことが十分に想像出来る。彼の頭脳の明晰さと感覚のよさを示すものである。従って厳しく客を謝し、閉戸索居に入るしたたかさが、自称「ヒキコミ思案」の南郭にないとすれば、煩をかこちながら、門人を引受けることとなる。

芙蕖館ノ講堂ハワラブキニテ、凡タタミ数ニテ云バ、四五十畳モシカルベシ、板敷ニウスベリヲシキタリ、夥多人ノアツマルコトナリ、屋敷裏ノ方ニアリ（『文会雑記』）

と云う講堂も作ることとなる。その門人雲集によって年間百五十両の収入があり、かつて貧をかこった南郭が「太平之民」の生活を営めたのであるけれども、彼の本意でなかったことは勿論である。「応世ノ一事已ムコトヲ得可カラズト雖モ、時時乃チ佳趣ヲ損シ、牙痛因ッテ作リ、適ニ懶病ヲ加フ、即チ復、文字苦海業報未ダ尽キザルコトヲ嘆嗟スルノミ」（『文集』二編巻十「与独雄師」）となるのである。これは一種の自縄自縛、彼の希望は実現せず、あこがれとのみなってゆく。

元来南郭には、逸民、隠者をあこがれるの風があった。中国文人趣味としても、あり得ることであろうが、彼の友人達の逸民生活をしばしば羨望している。入江若水の「嵐山樵唱集序」（『文集』初編巻七、刊行されて『西山樵唱集』、南郭序の年次は享保十年）には、若水の生活を、

況ンヤ且ツ太平ノ衢ニ生レ、帝堯ノ野ニ遊ビ、陶陶乎トシテ往キ、閑閑乎トシテ来ル、撃壌鼓腹、含哺シテ飽ク、飽ケバ斯《スナハ》チ楽ム、楽メバ斯チ歌フ、歌ヘバ斯チ節ヲ為シ、韻ヲ為シ詩

ヲ為シ、夫ノ名山大川、足跡至ラザル所無ク、魚鳥ヲ観、林沢ニ吟シ、即チ友トスル所モ率ネ、文ヲ以テ会スル者、既ニ已ニ衆庶ノ撰ニ異ナルニ至ツテハ、顕ヲ求ムルニ意ナシト雖モ、亦倜儻非常之奇焉シテ止ム可ケンヤ

と、自由な、俗にわずらわされない生活をよみし、

夫レ詩ハ志ナリ、山人(若水のこと)固ヨリ夫ノ智ヲ飾リ、名ヲ沽ル者ヲ悪ムトキンバ、其ノ詩ヤ隠ヲ以テス、隠ニシテ其ノ興以テ止ム可カラザルトキハ、則チ其ノ隠ヤ詩ヲ以テス、此ノ真ヤ、未ダ縄墨ヲ引キテ論ジ易カラズ

と逸民の詩の真詩たることを羨んでいる。また田中桐江の『樵漁余適』の序(『文集』二編巻七、南郭序の年次は享保二十年)にも、

未ダ嘗テ儒ヲ以テ任ト為スコトヲ欲セズ、詩ヲ問フ者有レバ則チ曰ク、李杜高岑ナル者有ラズヤ、小子何ゾ《(カ)》夫ノ唐詩ヲ学ブコト莫キ

と云う風に弟子に対している、桐江の隠君子の生活をうらやんでいる。多数の門人に日々接することに文字苦海業報未だ尽きずと嘆息する自分の日々と比較すれば、一段と羨まれたであろう。しかし若水は、風流生活の末に産を破ってやむなく洛西嵯峨に隠棲した人であり、桐江(8)は、原因はともかくとして、人を切って走った人である。共に隠者の生涯に入らざるを得ずして隠者とな

った気味もないではない。二人の如き原因もなくして、隠者の生活に入ることは南郭には出来なかった。彼は物事の程度を常に考えざるを得ない人ではなかったか。新井白石の文雅主義の政治を評して、あれでは実が薄くなると云い、上方民間の儒者が、自己の学力に調和しない自己主張をしているを軽薄と評しているのも程度の問題である。自ら隠者逸民を希望しても、現実の生活をすててそれに入って行くことは、彼の程度の感覚の許す所でなかったろう。彼の云う風雅の情の主張から見ても、逸民隠者は何処かで人情と絶った結果であって、故なくして人情を絶つことは、南郭には出来なかったであろう。

この段階で、我々は南郭の処世観を聞くべきようである。しかし理論を好まず、自己を語らず、「至二于道徳之説一、不佞惰民、未二敢以レ道自居一」（『文集』二編巻十「報五井生」）と云う彼から聞き出すことは困難に属する。『文会雑記』には、彼が治道について、先王が礼楽を作ったのは治平の為である。しかるに現在は天下太平であって、礼楽にも及ばない、老子の流がよろしかろう、と述べたことを伝える。現に「読老子王註」（『文集』四編巻六）でも「歴二観古今之跡一、老子之言、多有二其験一、儒者奚可二決レ背与レ之争一哉」と、老子肯定説を示す。しからば老子の何処に共鳴したのであろうか。(9) 徂徠の『太平策』に、治道の第一等は勿論、聖人の道であるが、

第二等ヲイハバ、老氏ノ道ナリ、是ハ療治ヲセヌコトナリ、聖人ノ道ヲ行フコトナラズンバ、

只急難ヲ救ヒテ少々ノコトハ手ヲツケズシテ置クニシクハナシ、薬ヲ服セザルハ中道ヲ得ルト云ル古語アリ、是レ老子ノ道ニ叶フ也

とある。老子無為自然を徂徠はかく考えていたのである。南郭も恐らくは同じ理解に立っていたかと考える。南郭が太平と評した当時の社会は、実は今日から見れば徳川社会が上昇をとどめて、なお下降の傾向を甚しくは示さぬ、停滞の状態であったのである。それに対して儒学の理想主義で、進歩的で厳格な政策を加えても、一方を正せば一方にひずみが生じて、停滞ながら調和をたもっている社会を不調和とする。むしろ手を加えない方が、平静であると云う理解であったかと想像する。[10]「脩真斎記」(『文集』初編巻八)なる文章には、無為の政治の想像図を描いている。

今夫レ其ノ君ヲ得テ、其ノ政ヲ行ハンカ、醇醇乎トシテ無為ナリ、亦惟レ上ニ事フルニ之ヲ以テシ、下ニ接スルニ之ヲ以テス、育成養覆、日ニ以テ恬ニ引ク、猶且ツ謂ヘラク、其ノ有ナランヨリハ寧ロ無、其ノ進ナランヨリハ寧ロ退ト、夫レ然シテ後、其ノ華ニ居ラズ、強ヒテ之ガ容ヲ為ス、即チ事ヲ事トスルニ、其ノ事ナキ所ヲ事トシ、反衍シテ以テ諸庸ニ寓スル也、其ノ真ニ益損ナク、燕処超然トシテ余裕有リ

とは、考え方によれば甚だ退嬰的で、楽天的に思われるが、その結果の超然余裕あることを、何よりもよしとしたのである。この治道の論は、うつして処世の論にも転じ得ようか。南郭は、自

ら太平の民と称する如く、当代をともかくも太平と見た。何ら手を加えずして太平である。いたずらに理想理論をふりかざして世にのぞむよりは、無為で対するにしくはない。すれば人々自ら余裕が生じ、その余裕を楽しんで自己の性のままに生きてゆくことが出来るとするのが、彼の処世観であったろうか。

5

彼の本業とも云うべき詩業においては、『文集』初編(享保十二年刊)に収まるものは、擬唐詩文の模倣として、才気のあらわな作が目立つ。二・三・四編と進むに従い、才気は沈潜して、いぶし銀の如く、温柔の詩境に入る。江村北海の『日本詩史』は、これを評して、「今閲㆓其集㆒。初編瑕類頗多。二編十存㆓一三㆒。三編四編。最粋然矣。乃知此老剪裁。老益精到」と評したし、また当代人から真に唐詩の趣を持つと称されたのはこれである。勿論詩三昧の結果である。画業は秋山玉山の「服翁墨竹記」(『玉山遺稿』巻七)によれば、十三四歳で墨竹を画くものが歿後も残り、号を周信とすると云う。雪舟や狩野元信を尊敬した故と見るのが『先哲叢談』である。長じては深く唐画に関心をいだき、部屋に唐画の掛物をかけた。自らもその画風を描いた。殆ど南郭の画を見ず、見てもその方面に暗い筆者の評し得る所ではないが、柳里恭などが一応は範とした(11)(『ひとり

ね』)、そして日本の初期文人画家が等しく尊重し、規模とした『八種画譜』や『芥子園画伝』についても、

八種画譜ハ至テ俗ナル絵、評スルニ足ラズ、笠翁画伝モ今日本ニテ云町絵也、中々ヨキ絵ニテハナシ(『文会雑記』)

と云う如き見識を持っていた。

赤羽橋の芙蕖館の庭も風雅に作った。

芙蕖館ノ庭ニハ、ツタトツバキヲ多ク植ラル、松モアリ桜モアリ、箱植ノ松モアリ、蓮瓶モアリ竹モ植テアリ、小キ硯箱ニマキヱノアルニ青墨入レテアリ、箱硯ハ黒ヌリナリ、何ノモヤウモナシ、屛風ニ色々ノ絵ヲトリマゼテハリテアリ、黄前良ノ絵モキリテハリテアリ、ツクヱハ小キツクヱ也、書院床ノ左右ニハ聯カケテアリ、文徴明ノ石刻ノ屛風アリ、庭ノモヤウ云カタナキ風雅ナリ(『文会雑記』)

文人と称される人々に一様に見られる、生活の具体と精神とを共に芸術化しようとする傾向が、南郭の晩年にも亦認められるのである。この晩年の心境を物語るものに、唐木氏も引用して専ら論じられた「送田大必序」(『文集』三編巻五)がある。田大必とは上田平蔵と称し、京都出身で文人臭の濃い門人であった。(12) 同好の士に送る文章だけに、論の誇張は認められるが、内心を吐露する

所がやはりあるであろう。この文章は、「吾徒為レ学、固已贅二疣於世一矣」に始まる。儒学を政治経世の学問とした蘐園の徒の云い分では全くないのである。それを調子の高い文章で細述して、自分は、官位や衣食住、その他、生活のはなやかさに何の望も持っていない。また士農工商いずれの方面にも能力がないことを云う。そして、

三墳五典九流百家、以テ居室ト為ス、朝ニ修シタニ誦シ、筆墨ヲ糜費シテ以テ衣食ト為ス、属辞比物、述作博渉、能ト為シ力ト為ス、試ミニ流俗巧捷之士ト、其長短ヲ絜ラバ則チ上ニ蔕《ツノ》ル所無ク、下ニ根ザス所ナシ、誠ニ亦迂大径庭、之ヲ用キル所無シ、拙ナル哉吾ガ徒ノ学ヲ為スヤ

と、実生活に益なきを述べて、長歎息する。又文中に、「猟レ鬚反レ脣、好レ語二仁義一、妄且横二議時世一、亦足レ羞也」の語に逢えば、彼は友人太宰春台が『経済録』を著し、『独語』の如き雑筆においてまで、世を憂え、世を正さんとした態度を、よしとしなかった如くである。しからば、何の故に学問し書を読むかと問えば、

童ヨリ既ニ習ヒ、遂ニ之ガ性ト成リ、亦以テ自ラ得タリト為ス、則チ用無キトイヘドモ、終ニ乃チ是ノ如クニシテ以テ、老死ニ至ルノミ、亦吾ガ好ム所ニ従ン、其楽ム所ニ至リテモ、已ムコト無ンバ則チ曾点舞雩之志、山水形勝高キニ嘯キ清キニ浴スル者有ラザランヤ、良辰

懐ヲ安ンジ、美景心ニ適ス、而シテ之ヲ取レドモ貪トナサズ、之ヲ用キレドモ費トナサズ、乃チ尽《コトゴト》ク索ムルコト無キ物ヲ持チテ、以テ無窮之世ニ游ビ、庶幾クバ以テ其情性ヲ暢舒スルニ足ルノミ

と、気質と習慣のままに、吾好む所に従って情性をのぶるのみだと答える。そう云いながらも知己を千載に求めるなど云う人も多い。浪人で終った春台は、人の徳行才能も当時に知られなくとも、後世で価値の知れる人もある。自己の生涯で世に知られんとする故に「きたなき心起りて、大事をあやまる」ことになる。当時にほまれを求める心をやめるがよい。それが志の高いと称するものだなどと、『独言』で述べているが、南郭はそうした心懐でもない。そのような発言で我が道徳を飾って高しとするのを明らかに否定する。その理由は、今は昌平の世であり、無為の治とも云うべき時代であって、只太平の幸民であれば十分ではないか。かくて唐木氏の言葉をかれば無用者であることで、自ら安じようとするのである。彼が考えていた老子の無為自然の説に従って自由な個人生活を述べたのが「送田大心序」の一文である。永井荷風が共鳴した(『断腸亭日乗』昭和十二年九月十日など)「寝隠弁」(『文集』四編巻六)に至っては、更に「寝」にのがれて万事をさけるの説が出ている。やや戯文の気味があるが、そこでは荘子の立場からの批判を掲げたりする。しかしここまで来れば、老荘によると称するにも全く理論がない。儒家でもなく老荘でもな

く、理論のない一種の自己陶酔、又は自己の設計した生活での耽溺と認められないであろうか。晩年の作に「斎中四壁自画山水戯作臥遊歌」(『文集』四編巻二)がある。老来四方に遊ぶことが出来なくなったので、自ら部屋の四壁に山水の画を書いて、その部屋を別の乾坤として臥し睡れば、

呼吸従来帝座通、山霊海若応驚走、崑崙西極扶桑東、只任為雲復為雨、北窻五月帰清風、蘧尓乃知物化理、偃然猶寝一室中

と、得意になっている。秋山玉山は、この部屋に案内されたようである。その「与服子遷」(『玉山遺稿』巻十)の文中で、

胸中ノ墨ヲ吐クコト五斗、之ヲ毫端ニ染メ之ヲ壁上ニ灑グ、意匠ノ運ル所、腕ノ随ハザルナシ、即チ芙蓉ノ白雪ハ宛トシテ咫尺ニ在リ、豈ニ其ノ孤高自ラ賞スト称セザランヤ、之ニ加フルニ箕瀑之雄、画島之壮、彼ノ信中ノ崎嶇泉石ノ奇ト、皆来リテ一堂之上ニ華タリ、足下蓋シ謂フ、一丘一壑躬親ラ之ヲ過グト、維フニ其レ之有ラン、是以テ之ニ似ル、咄咄、真ニ逼ル、人ヲシテ応酬ニ暇セザラシム、胸ニ烟雲万態ヲ呑ム者ニ非ザレバ、豈能ク此ヲ弁ゼンヤ(原、漢文)

と述べている。富士山、箕面の滝、絵島、信濃の奇勝などを画いたと見える。自ら設計した山水の中で、自分の志をやしなう、生活の芸術化、自己耽溺も、ここに極れりと云うべきである。し

かし今日の感覚からすれば一種異様なものを感じる。これを南郭自らは世を離れ、世にとらわれることなき生活と思っていたらしいが、考え方をかえれば、最も世にとらわれた生活ではなかろうか。これについては後に又述べることにする。

南郭の文章や知人の評など僅の資料から、南郭の生活と意見を、既成の文人の概念をなるべく導入することなく、彼の周囲に即して考えて来た。なお不十分ながら、ここで、南郭における文人的性格を一応要約する段階かと考える。

6

文人とは、一つの生活の姿勢である以上、ここでも、南郭における社会と個人の関係が問題となる。南郭は当代を「太平」と見て、自らを「太平之幸民」と称した。南郭と同時代人で、同じ社会観を持った人もないではない。雨森芳洲は、朱舜水が水戸藩にまねかれ、日本の封建制を見て、「まことに三代の聖人の法こそ、有かたく覚ゆれ」と語った話を上げ、

此国も郡県なりし時ありしに、いつとなくひじりの法にかなへる封建の御代となり、上下等分にやすんじ、めでたくすめるこそ、まことにいみじけれ

と云う某人の感懐に賛意を示している(『たはれぐさ』)。しかし芳洲は、対馬藩の中心にあって、藩

政に自ら努力した人物で、野にあった南郭と、対社会位置は違っている。儒学の理想が一応実現した社会と見、その社会で儒者としては当然のことで、官途にあって政治・文教にたずさわっているのであるから、当時の社会を、その如く評価する可否を別にすれば、行動と判断の間に儒者としての芳洲に矛盾は認められない。しかし南郭は「官は俗物」として、官途を絶った。自ら個性を発展せしめる為には、儒者としては理想的な型でない、浪人生活しか外にないと定めたのである。それであるのに何をもって、当世を太平と認めるのか、その説明を彼からは聞き得ない。しかし老子の無為の政治がよいとする説からして、平静な社会状態を、何をしてもよく、何をしても生活の出来る、少くとも封建社会を認めた上では、自由の出来る世と彼は見たのであろう。そこで自らの才能を生かせる好みの道を選んだ。当時では不自然な浪人生活であったが、彼の能力はその具体的な生活をも豊かに可能にした。直接上に支配者を感じないその生活は、上古の太平の逸民の如くでもあり、周囲からは市隠と呼ぶにふさわしくも見えたのである。しかし晩年の述懐が示すように、彼は自己の生活が、社会に利益をもたらすものとは考えていなかった。むしろ無益のことをひそかに誇るかの感がある。このことは自己の社会から遊離した存在なることを是認するものである。南郭の「太平」とは、彼の生活を浪人として又自ら美化して、社会から遊離させることによって、意識的に設計したものだと云ってよい。太平の中に溶け込んだ中国太古の太平の民とは全く違った存在で、南郭はあったのである。

第二に、社会から遊離した生活においては、その具体的生活と、個性の伸張との関係が問題となる。自己の才能を尊重するのが、南郭の一つの生活指針であったはずである。この関係は換言すれば、遊離の程度と云ってもよい。個性を堅く守って全く身を隠す、隠者となる。即ち社会的な存在を全く自ら閉じる方法もある。南郭は、そうした隠者を羨望したが、自らはその境には到ろうとしなかった。流俗巧拙の士にも接し、門人を採っては巧みな講席をも開いた。しかし南郭の本来から見てこれは当然である。彼がその一筋に生きんとしたのが文学であったし、一方で遊んだものが画業であった。文学も画業も、鑑賞者を考えないでは存在しない芸術である。もっとも隠者として、自慰の為に芸術に遊ぶ例もすくなしとしない。けれども南郭の場合は初めから、それと違っている。彼が浪人生活に入ったのも、世と遊離したのも、その理由が、文学に生きることにあった。芸術家としての自己主張に生きるのが彼の道であったとなると、鑑賞者即ち社会から全く離れてゆく隠者たらしめなかったのである。

第三に、第一の社会を遊離せねば、理想とする生活は営めないことと、第二の自己の希望する生活を営めば、社会から完全に遊離できないこととは、全く相反する。この両端を持する南郭の姿勢は、「出ず入らず」と云うこととなる。かかる生活を保持する為には常に可不及なしの「程」

をもつことで、内省的とならざるを得ないであろう。例せば、空中の綱の上を行く如きバランスを、生活と精神に常にたもたねばならないのである。聡明な南郭の場合は、程度の感覚を生れながらにそなえていたらしいと想像した。それでも内省的で又内攻的であったのも事実であろう。生活の外にそれが現れると、人との交渉を厭うこととなる。彼は自己について人に語らなかった。又学生についても無干渉を主義としたことも、その現れである。荻生徂徠の集は、南郭と三浦竹渓の輯録したこととなっている。しかるにかつて、代々服部家に伝わり、今天理図書館に蔵する徂徠の南郭あて書翰の中に、文集に収まらぬものがあるを見て、不審を感じたことがある。『芙蕖館帖』なる来翰集中、徂徠の南郭宛三通の漢文尺牘があって、うち二通は未所収。外に入江若水宛徂徠の一通も未所収である。内容は所収をはばかる如きものではない。彼の交渉をいとうの癖の出た結果ではなかろうか。南郭自らは懶惰とか病気とかで、その申訳をするのであろうが、少くとも師の集を編む重大事における、かかる行動は、そうした申訳のみではすまされぬものがある。気儘と責められても、やむを得ないが、前の譬喩を用いれば、綱の上を行く人は、自己を守ることに集中する為には、他を顧ることを出来るだけ少くしなければならないことに似ている。高弟としての義務から師の集を編むことにさえ、彼は積極的努力を感じなかったのである。前沢淵月著『太宰春台』には、先師徂徠の編述なかばにして没した『蘐園録稿』(宇佐美灊水編、享保十六年刊）の誤りの多いことをめぐって、南郭・春台の往復書簡を載せる。いきまいて疎謬指摘の一書を出そうと云う春台に対し、誠に義理一片の返事である。そして徂徠は磊落で、「今以存生候とも、右之疎漏ハ不必拘ニ可有御座と致推察候」などとなげやりな言辞を弄している。律義で、云わば野暮な春台はこの発言にからんで、徠翁の衣鉢を受けた南郭が、それでは困ると、くどくどと再書している。『蘐園録稿』のことにも、春台のしつこさにも、やはり関係を持ちたくないのが、南郭の心で、南郭の今論じている消極的な生活態度を、この一件もよく示している。積極的に出る場合は、自分の定めた筋にのみ限るのである。かかる姿を純粋と云えば、綱の上を行く人の精神の如くに純粋であるとも云える。

そうした形で他との交渉の少い、自分の好みに従う生活を、老子や荘子の理論をかりて自然自由とした如くでもある。筆者は老荘の理論に暗いけれども、南郭の老子や荘子の理解は恐らくは正しいものでないであろう。南郭は自然の性に従う生活を積極的に設計したのでなく、消極的に、社会人としての生活の色々の面を捨てることによって得たのである。俗に云えば、寝ている間が極楽だと云う如きに通ずる「寝隠弁」など、彼の退嬰さを極端に示している。彼の自然自由は作られた自然、自己満足の自由であって、それが本当の自然や自由や、老荘のそれとは思われない。

第四に「程度」の保持からも「内省的」からも、叙上の自然自由と思われる生活を経営する点からも、生活が作意的とならざるを得ない。作意的な生活で最も立派なのは美化、芸術化である。勿論、もとからその性質に従って生きようとした、文学精神や芸術精神をみがく内面的な美化と共に、風雅な邸宅を経営して生活の外面をも美化して、その中に閑居沈潜する。自己と共に遊ぶ、一種の耽溺をめでる。南郭においては、「臥遊歌」の如き生活に到るのである。

南郭は個性に生きる為に、今日からは「文人」と認められる生活を選び、その生活を通したのであるが、以上四点に要約した生活は、今日の立場において見て、はたして個性を生かしたと認め得るものであろうか。既に感想の一端を述べたけれども、「臥遊歌」の生活や、「寝隠弁」の理窟の如きは、不自由不自然そのものである。山水に遊ぼうと思えば、千山万水を訪い、気のむく所に時をすごせばよい。普通には、これを自由と云う。「以ㇾ生為ㇾ妄、仮ㇾ寝託二其忘一而已」との説には、荘子の言をなす者を出して、古の真人は覚めて、自ら忘る。子の説は其の夢の未だ覚めざる者の言だと、自分に反論させているが、精神的な弱者の言とも解されて、個性に生きる人の言葉とは思われない。「個性に生きる」ことが実際に可能な場合は、南郭の望む如き自然で自由な境に至るであろう。しかし南郭の到達した所は、真の意味の自然・自由とは認めがたいのである。南郭は余りに自己に生きることそのことに縛されているかに見える。

第五に、南郭の聰明と才能をもってして、今日から見れば、自縄自縛、希望と結果が甚しく齟齬し、しかも自らはそれを悟っていない。その故に彼の生活の方針をささえる理論の一貫性がないことになっている。その原因は簡単で、南郭のいた社会の観察とその批判が彼には十分になかったことにある。徂徠らの理論の中には、個性を認める学説が見え、南郭の如き、その理論に従い、又自己の感情からも個性に生きることを希望する人物も出現したが、当時の徳川社会は、下降に面して停滞していたが、「個性に生きる」ことを許す、近代的なものの発生が未だしであったのである。その社会の一端は既に述べたので(拙稿「文人意識の成立」)再述しないし、南郭個人についても前述した如くである。そして南郭はわざとその社会を直視しなかった。「太平」と判断したことに自己欺瞞がある。従ってここに社会と遊離しながら、接触をたもってゆく矛盾の生活が肯定されることになる。要するに社会に対する批判力を強く深く動かさないことが、自己を保全する方法となると云う社会であった。

南郭も儒者であって、自己の生活に理論的背景を考えた。既に見て来た如く、その出処進退には理論らしいものが想像出来たのであるが、晩年には理論の立てようがないに至る。元来に理論を嫌った彼は、文人として内攻的にみがいて来た感覚を、生活の指導力とする生活に入って行くのである。晩年の具体的生活は、理論的に見れば矛盾に満ちているのは、最早当然なのである。

ここ迄来って南郭一人についてすら十分の考察を尽さずして、発言するのは早急であるが、近世の「文人」と称される人々は、この近世社会の下降期に、自己の個性に生きようとした人々であった。逆に云えば近代の萌芽期に、早くも近代的生き方を希望した人々だとも云えそうであるが、筆者の見る所、彼らの多くの足は近世の側にあったようである。少くとも南郭においては、足はなお近世から全く脱し得ずして、新しい生活を何とか実現しようとした人であった。彼らがその為にはむつかしい社会において、一応個性を守り、個性味に富んだ文学や、その他の芸術を残したことは美しいけれども、南郭をも含めて、その才能が、唯一人の完成に、そのようなものを完成と称し得べきかわからない完成にのみ、費さねばならなかったことは、時運とはいえ、過渡期の人の不幸だと思わねばならない。所詮、近世の文人とは、過渡的な社会で矛盾を含んだ存在であった。まだしも幕末になれば、そうした存在たる自己と社会を反省する人々もあったであろうが、極初の南郭では、まだその反省も顕われずして、資性と才能で、文人的生活を可能にしている姿を見るのである。

7

従来、まとまった論は乏しいとしても、近世の文人に関して発言したものは、かなりに存する。しかしそれらは永井荷風の例に見る如く、同好同臭の人々の発言が多かった。よって文人の肯定的な面について多くが語られた。しかしそれでは彼らの全貌を示すものではないと思う。それが時代のしからしめたものであったとしても、なお否定的な面を、多分に含むものであることを、この小論では、何か強調することになってしまったのは、その故である。

(1) 野村東皐著『蘐園集』前編巻之四「送厳同甫之東都序」に「東都今有二服先生者一。実為二一代文宗一。凡海内学者。莫レ不レ思レ欲二負担以従一」

(2) 「論詩絶句」中、「口角宮商音響浮、句中義味未深求、一生不解子遷好、両岸秋風下二州」。ただし山陽は、南郭らの詩風とは反対の、宋詩風の中に詩人となったので、その主張を殊にしていたことを、この詩を見る時に考え合さねばならぬ。南郭の声律についての非難は、原雙桂の『桂館漫筆』(『雙桂集』巻六に同文あり)に「南郭天才流麗、其詩合作者、真足配古人、然其声律動失法度、是其学力不足処、至文則大較婉佻、浮而乏於実、雑而浅於法」とある。

(3) 前沢淵月著『太宰春台』九十四頁以下にかかげる、『蘐園録稿』について南郭より春台宛の書状。「犯律之条、五言平起有韻之句、第一者第三不用平声候事、古人中ニも希ニ見え候」「重為再義仄声勿論ニ候へ共、平平用之例も往々所見有之候」など色々見えている。ただし春台は反論して、自分はその例を知らぬから、実例を見せよとせまっている。

(4) 『閑散余録』下によれば、「南郭ハモト京ノ人ニテ父ハ北国屋善右衛門トイフ季吟ノ門人ニテ和歌ヲ能ス」とある。高岡史料によれば、父元矩の称は、彦左衛門である。

(5) 拙稿「近世儒者の文学観」(岩波講座『日本文学史』第七巻)

(6) どうもこの話は本当らしい。本多猗蘭の南郭宛書状の中にも、赤飯に関するものがあることが紹介されている(『東洋文化』の前掲渡辺刀水氏論文中)

(7) これに関して、伊丹椿園著『椿園雑話』に次の一文がある。「南郭先生文才の秀たるや実に古今比党なしと謂つべし、世人多く南郭の文は徂徠の添削を以て巧なり、添削を経ざる文はさもなき様に思へども、文章の巧は徂徠にも勝れるものにて、徂徠死後の文益佳なりとぞ、或る碩学家の物語なり、南郭は能俗情にも通じ、教を乞ふ人相応に早く会得する様におしへ導れしとなり、ある少年の望て、文学に暗もの詩の起承転合の事を問に、南郭詩を以て解どもさとすへからすとや思れけん、時行歌を以、是を説かれける、其歌に曰、本町第二糸屋娘《ホンチヨウニチヨウメイトヤノムスメ》起句、姉者廿三妹二十《アネハニジウサンイモトハハタチ》承句、諸国諸侯以刀殺《シヨコクシヨダイミヤウハカタナデコロス》転句、糸屋娘以眼殺《イトヤムスメハメデコロス》合句、少年忽ち其意を解しと喜ひけるとなり、戯と雖とも意能通せり」。事の真偽は今未詳であるが、この書は安永末年の著述であって、南郭に関する世評を伝えるものとして、かかげる。

(8)　吉田鋭雄著『田中桐江伝』(池田叢書第一編)

(9)　老子と南郭については、中野三敏氏に「文人南郭と老荘」(『文芸と批評』第三号)がある。

(10)　太宰春台の『経済録』巻十の「無為」の説は、大体、このような解釈の下に論じられている。

(11)　『ひとりね』「まづ絵も唐画より学ぶべし、絵を書く人の常に見るべきは芥子園画伝なり、宣化画譜(中略)八種画譜(中略)南村先生写像秘訣のたぐひなり」

(12)　『文会雑記』「又(子綽)云士寧ト君修ハ東都ノ文人ナリ、田大必上田平蔵ハ社中ノ文人ナリトノ評ナリ」

後記　南郭の伝記は、日野龍夫氏が『大阪女子大学国文科紀要』第二十一号―二十五号「服部南郭伝攷」を初めとして、精査を加えられている。

七　柳里恭の誠の説

1

柳里恭は云うまでもなく、柳沢淇園、『近世畸人伝』中の大立物であり、近世の文人の極初期の一人であり、且つ文人画の開拓者でもあった人物である。ここにかかげた「誠の説」に、もし副題を附するとすれば、「柳里恭における文人意識」とでもなるであろうか。私のひそかな研究の今の段階で、彼の文人としての意識を是非うかがいたいのであるが、由来文人は、その心境を語らない。学芸の別の面では、その意見を発表する人も、その生活態度については、かたくなに口をつぐむ人が多い。現に里恭同時の服部南郭も、「凡ソ百行ノ事、未ダ嘗テ一言モ妻子家人ニ対シテ之ヲ語ラズ、少キヨリシテ然リ」(源頼順の「南郭服夫子墓誌銘」)であった。しかし南郭は儒者、様々なことに様々の意見を発しているの間、自然その心境の外に流れ出ることなしとしないが、里恭は武士、書き残したものが既に乏しい。その中から文人意識を探し求めることは困難でもあり、あえて試みるは誤るの危険をともなうものである。里恭が文人生活に入ったについては、その境遇からして、主家柳沢家の衰運、家庭における兄との不和などが、その理由として上げられている（植谷元氏「文人の成立――柳沢淇園における」、『大和文化研究』第四巻第五・六合併号）。それはそれとして十分の理由として肯定されるが、それらの云わば外面的理由と共に、内面的とも云うべき里恭の生活意識に、その如き生活を希求するものがあったのではないか。衰運といえども主家は没落したのではない。彼と不和の兄も早く歿して彼自ら家長となり、数千石の藩の重役となったのである。それでも、或はその故に、かえって彼の文人生活が続いたとすれば、彼の心境にその意識を正さないわけにはゆかない。揣摩臆測をあえて試みる所以である。

2

今日に残る里恭の唯一のまとまった著述は、年少二十歳代の初めに書いたと推量する『ひとりね』である。青年時のよい意味、悪い意味における放蕩の記録であって、諸芸諸学の経験感想、事物についての知識批判、彼の嗜好の奈辺に存したかを告げる記事で充満している。が人生論的な言質はやはり少い。ただこの書の過半をついやした遊女遊びについては、一箇の見識を示している。かつて阿部次郎氏が「遊客の立場から見た遊びの哲学」（『徳川時代の芸術と社会』）と称した部分である。

彼は早くから花柳の巷に出入沈湎した。吉原では、そこの粋人達に伍したことを自ら伝えるし、柳沢家が大和郡山に転封になってからも、奈良の木辻に足しげく通った。『ひとりね』著述より数年後であるが、彼が一時謹慎を命ぜられた時の理由が、不行跡であった程である。遊里が、それ程に彼をとらえたのは、第一に遊女の容貌挙止進退心情の美しさである。彼は万事について、ちまちまと整った可憐で洗練されたもの、彼の美しく彩色した花鳥画に共通した感じのものを好んだ。彼のその審美眼・嗜好にかなうものが、その種の遊女であった。『ひとりね』によれば、素人女子の嫌悪が、遊女讃美を倍加している風がある。彼の諸芸諸学それは、後世「文学武術を始めて人の師たるに足れる芸十六に及ぶ」(『畸人伝』巻之四)と云われる多方面のものであるが、そのいずれにも興味を抱けば、沈溺せねばやまぬのが、彼の性癖であった。遊女の美しさに打込んでは、遊女との遊びに沈溺した。

余十三の時に唐学をまなび、今二十一の暮まで覚へし学問、ほれし太夫の帯とつりかへに仕たし

至極思ひ入し女郎の尿をのみて、其女郎、病本復するならば、呑てやらんといふも、にくからぬ心ざしにや

この種の語句は比々として、その書中に見える。そして、遊女遊びは性欲を第一にすべきでない、

愛情を先にすべきことをくりかえしている。その愛情については次の如き考を持った。自分は遊里でとかく迷惑がられる屋形者であること、自分が女に好かれるような容貌の持主でないことを反省して、客は遊女に惚れて可愛いと思って通うのであるが、その代償として、愛するとの返事がかえってくるを希望するけれども、遊女に自分を愛することを要求すべきではない、とも云う。

余が曰、「都て女郎にかわゆひといふ事、其女郎が人に行とて、にくひものにあらず。人にほれた故に其女郎がゆき、こつちが其女郎に思はれぬによりてすてらるゝなれば、こちの女郎のかわゆひごとく、其女郎が向ふの男にほれたとさへ合点すればよし」といふも一説なれども、口惜は尤成人情なり。

とある。元来遊女は「うそ」を云わねば成立ち難い境遇である。その実状に思いをめぐらせば、「惚れた」「いとしい」と口に出して、それが「うそ」と判明しても、怒るべきではない。怒るのは遊女遊びを知らぬ者のことである。自分がその遊女が可愛いと思う心情に徹して、行動することが遊客のあるべき姿だと述べる。

かよふに心をくるしめ、人にもいはれぬ下もへにもへて心をなやまし、心中立て、外の女の手もにぎらぬ様にするを見て、「ぐち也ぐち也」といふは恋路をしらぬ人

である。遊女が「うそ」を云ったとて、遊客が「うそ」をもってむくうべきではない。「女郎の見

ぬ所に、心底をかはらず、いくとせへても思は石になして大事がつてやるが恋路なりとかや」である。かくの如き主張をし、かくの如く振舞えば、「いかひたわけの様に思ふなれど、人は左様に心中がなければ、やくにたゝぬもの也」でもある。しかし遊女と遊客の間も、人と人との交渉であって、馴染むに従って情の出てくるものである。客の真実がわかれば、たとえその客憎しと思う遊女でも、その憎さは自ら稀薄になるであろう。色恋を別にしても、人間としての人情の交が成立するはずである。馴染んだ末で遊女を女房にむかえた夫婦、これ程仲のよい夫婦がないと云うのも、色恋の上に更に人間としての情の交がある故である、などと論じた末に、

うはきといふうち、男ほどうはき成ものなし。もと男女のかたらひの、しごくおもしろひといふ色欲の骨髄をしらぬ故也。色欲のふかいといふ、其ふかい骨髄をしりぬいてからは、不心中にて一たんかはせし事などを引くり返すといふ事はない事也。信の一字を守る故ぞかし。信は五常の枢籥の如し。色にても欲にても、万物千事はなるゝといふ事なきもの也。いたりいたりては平生になる。我儒の工夫、学問功をつみ、書にひろからずんば色欲の大極意は知るゝ事にあらず

と大気焔を上げている。後にも引用する如く、里恭は度々「信」の字を用いて、彼の「遊びの哲学」はこの一字に落つくようである。

「信」の語の概念は彼自ら云う如く、儒学の用語から出ている。それでは当時日本に行われ、里恭がその説に接し得る可能性のある儒学説、朱子学・仁斎学・徂徠学の各学派の各々相違した見解の、いずれに彼は基づいているか。朱子学の『性理字義』、仁斎学の『語孟字義』、徂徠学の『弁名』について検討した結果は一々報告しないが、やはり朱子学によったかとの結論が出た。里恭の儒学の師は谷口元淡であって、初学からこの人に附いたと想像できる。元淡は、荻生徂徠の門であったが、彼が師事した頃の徂徠は、まだ朱子学を守っていた。元淡は、その後、師が古文辞学の新風を樹立した時にも、初めに修めた朱子学から新しく転じようとはしなかった。かえって、徂徠の新説をかかげた『学則』の附録について、疑問を提出し、徂徠のそれに対する返事に更に疑問を重ねたが、その返事なくして徂徠が物故した。享保十三年その問答を刊行してもいる如く、朱子学を通した人である。この書に序したのが外ならぬ里恭であり、彼の遺文の所々にも、「暨下長従二谷口老先生一聞中性理之学上」(「復益一幹書」)の如き文章が見出されて、里恭も生涯性理之学を守り通したのであった。そこから見ても、この「信」の文字は朱子学的概念に従って解すべきである。遊女遊びを、朱子学で説くとは、これは変なことになって来たものである。

信の語は、『論語』の学而篇に屡々見える語であるが、経書では『易経』などにもあって忠信と熟して用いられる。学而篇の集注に「尽己之謂忠。以実之謂信」とある。『性理字義』によればこれは程子の語で、朱子は採ってこれを確定の論とした。以下『字義』にこの語句を敷衍した説明がある。その説明を引用して私の解釈を加えるより、近世中葉までの『性理字義』の理解を助けた『性理字義諺解』のその条をもって、これにかえよう。

尽己トハ自家心裏面ヲ尽シテ存主スル処ノモノヲ以テ云フ、自家心裏面ハ我心底ヲ云フナリ、存主トハ心ニ主トスルモノヲ云ナリ、心底一毫モ尽シ残スコトナクシテ、是忠ナリ、若十分ノ説話七八分ヲ説テ二三分ヲ残シ留メハ、即是不尽ナリ、忠ト云フヘカラス、以実トハ言語ノ上ニ付テ説コトアリ、此実物ニ因テ云フトキニ無ヲハ無キト云ヒ、有ヲハ有ト云フ、モシ無ヲ以テ有トシ、有ヲ以テ無トセハ、即是以実ニアラス、信ト云フヘカラス、忠信ハ判然二物ニアラス、判然ハワカル、ヲ云フナリ、心中ヨリ発出シテ一トシテ尽ササルコトナキハ忠ナリ、外ニ発シ来テ皆以実ハ信ナリ

これに、も一条「論忠信各有所主」の、

信ハ言語ノ上ニツイテ云フハ、言語ヲ発スルノ実ナリ、事業ノ上ニツイテ云フハ事ヲ行フノ実ナリ、実理ヲ以テ云フアリ、実心ヲ以テ云フアリ

の説を加えて、里恭の遊客論に移項すれば、自らその説が理解出来る如くである。遊女がいとし可愛いと云う自己心裏を、一毫も残す所なく示すべきであって、その実行にあたっては、それも

言語行動に至るまで、実を以てつらぬけと云うことになる。

しかし「信」一字はそれで一応解せるとしても、色欲の骨髄を肯定する、この論の基礎が、これのみでは解されない。私がここで提起した遊女遊びの理論を朱子学で述べると云う方法の、甚だ逆説めいた奇妙さは、なおそのままに残る。よって翻って、『ひとりね』の信についての使用ざまを、今一度うかがって見る。『ひとりね』に数回にわたって出る話題に、奈良の木辻の遊女源氏と、敦賀屋と称する町人との大鳥居の前での心中一件がある。敦賀屋は女房をもらう以前から源氏と馴染んだが、浮世のさがで女房を持たねばならぬことになり、子まで出来た。それでも二人の愛情を通そうと、女房を離縁せんと心がけた所に、他の客との買論のはてに、心中したのが事情である。その敦賀屋を里恭が評する前提に、

> あの女ならば此世におもひであらじと、一筋におもひ入る所が信の一字にして、うまれ得たる所の人の人なり。有難き所なり。此信といふものは、親に仕へ主に忠をあらはし、友だちの交り、兄弟の道、属家《シンルイ》のよしみまでも、此一字がはづれては、なんの役にたゝぬくさびのはづれたる車のごとし。是此信といふ一字さへうしなはずば、いかやうにも平生は楽むがよき也

と云う。敦賀屋は信という字を持って生れたけれど、源氏一人を守らず、親のすすめで女房を別

にもった。それはまだ許すとしても、「さはるに煩悩」で未練にも女房に子まで作った為に、信の道を失って、心中に至ったのであると結論する。里恭のこの論によれば「信」は、もって生れるものとなる。そして、そのことは『性理字義』の信の説に抵触する。『字義』に云ふ。

忠信両字近二誠字一。忠信。是実誠也。只是実。但。誠是自然実底。忠信是做二工夫一実底。誠是就二本然天賦真実道理上一立レ字。忠信是就下人做二工夫一上上立レ字。

と。また云ふ。

誠与レ信相対論。則誠是自然。信是用レ力。誠是理。信是心。誠是天道。信是人道。誠是以レ命言。信是以レ性言。誠是以レ道言。信是以レ徳言。

と。簡単にこれを解すれば、持って生れた「信」は「誠」と云ふべきで、言語行動において誠実ならんと努力工夫するのが信だと云ふことになる。里恭は信を五常の枢籥と云ふが、『字義』には、忠信は「五常実理之発」であるとする。忠信は五常に不可欠のものであることは同じだが、「発」(『諺解』には「忠信ハ即是五常実理ノ発出セルナリ、其物ニ接シ言語ヲ発スル処ニ至テ始メテ名ケテ忠信ト云フ」と解する)と、枢籥とは、甚だ相違がある如くである。もし、朱子もその注解を作った周敦頤の『通書』に「誠五常之本、百行之源也」の語を持ち来って、「五常実理之発」にかえることが出来れば、甚だ自然に里恭の前掲の文が解釈出来そうでもあり、且つ「枢籥」の語に置き換えることも自然となる。

儒学における誠は『中庸』に見える所、後儒では周敦頤の重視した所である。よって朱子の説は、『中庸或問』『通書解』、その他『語類』『文集』にもまま見える。『中庸或問』に、

曰。誠之為レ義其詳可二得而聞一乎。曰。難レ言也。姑以二其名義一言レ之。則真実無妄之云也。若三事理之得二此名一。則亦随二其所レ指之大小一而皆有レ取二乎真実無妄之意一耳。蓋以二自然之理一言レ之。則天地之間惟天理為二至実而無妄一。故天理得二誠之名一。若二所レ謂天之道鬼神之徳一是也。以レ徳言レ之。則有生之類。惟聖人之心為二至実而無妄一。故聖人得二誠之名一。若二所レ謂不レ勉而中。不レ思而得者一是也。至二於随レ事而言一。則一念之実亦誠也。一言之実亦誠也。一行之実亦誠也。是其大小雖レ有レ不レ同。然其義之所レ帰。則未二始不一レ在二於実一也。

曰。然則天理聖人之所二以若一レ是其実者何也。曰。一則純。二則雑。純則誠。雑則妄。此常物之大情也。夫天之所二以為一レ天也。沖漠無眹。而万理兼該無レ所レ不レ具。然其為レ体則一而已矣。未三始有二物以雑一レ之也。是以無レ声無レ臭。無思無為。而一元之気。春秋冬夏昼夜昏明。百千万年。未三嘗有二一息之繆一。天下之物。洪纎巨細。飛潜動植。亦莫レ不下各得二其性命之正一以生上。而未レ嘗有二一毫之差一。此天理之所三以為二実而不一レ妄者也。若二夫人物之生。性命之正一。固立莫レ非二天理之実一。但以二気質之偏。口鼻耳目四支之好。得二以蔽一レ之。而私欲生焉。是以当二

其惻隠之発二而忮害雑レ之。則所下以為二仁者有レ不レ実矣。当二其羞悪之発一而貪味雑レ之。則所下以為レ義者有レ不レ実矣。此常人之心所丁以雖レ欲レ勉二於為レ善。而内外隠顕常不レ免二於二致一。其甚至丙於詐偽欺罔而卒堕乙於小人之帰甲。則以二其二者雑レ之故也。

長々と引いたが、以上は周子の説などをも加えつつ、朱子の誠の説をよく明瞭に示すものである。『性理字義』も殆どここに採って、その解説としている。『字義』を利用して簡単に説明する。朱子学においては宇宙に充満しあらゆる事象心象を支配する理又は性なる真理がある。これをまた道としてもよいのは勿論のことである。この理が自然界にやどって、真実の姿を示す。古より今まで一寸の無妄なくして、四季昼夜が変転している。又果物も甘いものは常に甘く、苦いものは苦い現象を見るが、これが天地の実理であって、誠と称すべきである。その如く人の心に於ても、理が流行発現して、何の工夫努力をもってせずして、生を受けるのはじめから、道にかなう実然の心なるものがある。井の中に落ちた子供に対する惻隠の心、餓えた乞食に対する慈善の心がこれである。生れながら親を愛し兄を敬するのも、等しくこれ誠である。ただし全心が生れながらにして誠であるのは聖人のみである。賢人は努めてこの域に達せんとする。朱子学の理気二元論によれば、性が流行発現する場合、気が動いて、誠となって現われず、私欲物欲の人も生れ出る。その人といえども、その悪がやや息むに及んでは、誠が自然に発見出来るものであると云うことになろうか。

『性理字義』の引例は、誠の倫理的な要素を強調しているが、自然界の四季循環論から、人間の心性に論を及ぼす所は、一種の自然主義とも認められる誠の説である。ここに里恭のいわゆる色欲の骨髄なるものを持来たれば、今日の語で云う恋愛本能であって、これは万人の生れもったものであり、人倫の上からも悪とは称せない。解し方はさまざまであろうが、『礼記』や『史記』にも夫婦は人倫のもとであるとの意味の言葉があると、里恭は解したのではないか。とすれば、女が可愛い、いとしいと思うの情は誠である。その誠を信として実行に示すことが、色欲の骨髄たる誠に即した、遊びの道の一大事となるのである。信と誠を一貫して、一つにしてこの頃の里恭は理解していたのではないか。

　「又いつものうそようそよ」といふて、誠の事もうそに成事なれば、大事といふはいか成どうらく成中にても、信の一字を忘るべからず

と、誠と信を一つにした用い方もある。甚だ故事附の如くであるが、かく解して、初めて里恭の説の筋が通る如くである。色欲などの本能を認めることは、元淡の論の中にもある。

　謂㆓人欲浄尽㆒者。欲与㆓人欲㆒不㆑同。寒而欲㆑衣。饑而欲㆑食。此謂㆑欲也。雖㆓聖人㆒有㆑之。不㆑可㆑欲欲㆑之。此謂㆓人欲㆒。聖人無㆑之。

と、徂徠の文を評して、徂徠から、「是亦宋儒之解」と逆に評されている。その上、日本の儒学界の動きは、朱子学の持つ、そして後世から様々の論議のある理気二元論を、一元論的にして、気則ち情を重んずる傾向にあった。早く朱子学者である林羅山から見え、仁斎の学説が社会に迎えられたのもその故である。その流れの中に、里恭がかかる理解を持ったことも、多少の所以なしとしないのである。

3

里恭が青年時の遊びの論における「信」の説を、それは、そのまま「誠」の説に通ずるものと見て、後年に僅に残る遺文に接するに、再び「誠」の語に遭遇する。自筆遺稿に収まる「文説」の中に次の一文がある。

文以レ誠為レ主。誠一而言一矣。其言一矣。則文其何之。故欲レ学レ文者。先究二其理一。能究二其理一者。一言成レ章。彬彬其美。不レ務而中(欠)無レ学以究レ理。闇レ理以能レ文者鮮矣。

「文説」なる一文は、当時流行した古文辞風の無用の美文を批判して、文章如何にあるべきやを説いたものである。彼がその文中、何をすぐれた詩文としたか、その例に照らせば、前掲の文意の、誠の義が明らかとなる。諸葛孔明は能文の聞えがないが、「出師表」あり、項羽や荊軻は詩人でないが、垓下や易水の詠があって、その詩は千歳の後までも、人の心を打つものを持っている。その所以は表現になくして、その忠臣節義の心、悲愴忼慨の志が、渥然として骨髄の中から流出していているにあると例示した。この文章にも、骨髄・理・誠の三語が一貫した関係をもって、揃っている。『ひとりね』中の信を、あえて誠に通うものとしたことも、遊びについての人生論が、文章についての人生論へ発展したと考えるならば、無理でなかったようにも思われて来るのである。

そして、孔明が君に忠なのは、「誠忠」の語が既に存する如く、「誠」のあらわれである。孔明の忠の場合は、その倫理の面に属するが、項羽の垓下の歌は、「力抜山兮気蓋世、時不利兮騅不逝、騅不逝兮可奈何、虞兮虞兮奈若何」と、愛馬や寵姫によせる愛情をも、ともなっている誠情のあらわれであって、これも亦自らなる人間の実の顕現であり、誠である。里恭に云わすれば、遊女をいとしみ愛する信又は誠と同質であるであろう。かくの如くすぐれた文章とは、誠の顕現にあるとするならば、文章を作らんとする者は、表現修辞の言葉を求めるよりも、表現せんとする精神の内面をつききわめるべきである。はたして誠なりや否やと。誠は理の自然と心にやどったものであって、誠の究明は即ち理の究明である。換言すれば、真実無妄の本当の自己を確に表現しようとするやを反省することである。それが本当の自己ならば、表現方法は、第二の問題として、すぐれた文章となる。

文章既にしかりとすれば、信の一字が「色にても欲にても、万物千事はなるゝといふ事なきもの」であった如く、誠の一字は、書にも画にも、その他あらゆる学芸の場合に、里恭の理論の根拠となると考えてよいであろう。彼の書画は、無妄真実の自己の表現であらねばならぬことになる。私はこの自己を性急に、文人の作品に示された個性と結びつけないでおくけれども、相似た方向を志していることだけは見ておかねばならない。

4

述べ来った所は、文及び諸芸の創作と作品についての誠であるが、ここで一段飛躍させて、それらの創作意欲に関しては如何であろうか。類推して、それは色欲の骨髄に相当する。色欲の場合、性欲ではなく、純粋に美を讃美し、いとしい可愛いの情であることが、信又は誠において不可欠であった。諸芸においても、ひたすらに遊びたい欲望、純粋な創作衝動でなければならないことに、里恭の理論からはなるはずである。名声を得たい、金銭を得たいなどの欲望が、創作心に附随することも世には多いが、里恭の書画諸芸にあっては、そうあってはならない。

嗚呼。書画之於レ技。可ニ以自楽一。不レ可ニ以与レ人一与レ人。則非下不レ益ニ于徳一已上。或一時毀誉醸成之疵瑕。失レ志者成往往是矣（「復益一幹書」）

と反省しているし、時に画を人に与えたことを後悔した日記の一章もある。

一今日絵之儀ニて殊之外立腹仕候儀御坐候、元来たのしみ書申候を、右之儀ハうちたや次郎兵衛かたよりも絵きぬたのみ参候付て、(中略)然所ニかやうなるさいそくなる事、日蓮絵をかき申候ハヽ、われら所望筆とりよせ申候て遣しくれ可申候よし被申候、右之筆も参不申候、依之手前にても随分心つくし申候へ共、長崎よりもとりよせ被申候へ共、手前へハ遣し不被申候、手前よりもたゝもらひ申候心底ニてハかつてもつて無之候、(中略)慰之事ニて腹をたて候儀かつてもつて可在候儀とも存不申候付て、今日と申今日一生の絵をさため申候、此絵之外ハ日本の神冥理をかけ申候て、書き申間敷と存候付、此儀をしたゝめ申候てさし置申候

これで里恭は絵を画かなかったことは恐らくないであろうが、一途で真当な彼の性格と、彼の画に対する心持を示しているではないか。「誠」であり「骨髄」を守る事を、人からおかされることも、又自分の心に邪念の入ることをも嫌っている。誠一筋を、その信条としたのである。あたかも愛する遊女に代償を求めずして、可愛い為に通うことに共通した態度である。

里恭は、彼が真面目に勤めた武士の生活の外に、風流文事に遊ぶ自己を、それが上に見て来た如き誠のものであることによって肯定したと見てよかろう。誠の説をもって、彼の文人意識の基盤と見なすものである。朱子学の誠の解を自然主義的なものと述べたが、述べてここに来て、里

恭においては、一種の本能肯定の精神が、その誠の説に含まれていたと見るべきかも知れない。服部南郭の文人意識の中には、師の荻生徂徠の唱えた本性不変化論があったようにである（本書、「文人服部南郭論」）。近世の文人趣味が近頃注目されるについては、その個性尊重、自由主義などが一括して問題になるようであるが、その意識の根底には、それぞれの環境教育において、色々のものがあったとすべきであろう。

5

里恭の誠の説を一種の自然主義、本能肯定の精神などと見て来て、なお参考とすべき一事がある。里恭は晩年、慈雲飲光に参じてかなり親炙したのであるが、その慈雲が晩年筆写した『麤細問答』なる一書が、その全集の補遺に編入されている。その中に、「柳里恭問ひて曰く」「居士答へて曰く」となった問答と、「多田内記問ひて云く」「柳里恭居士答へて云く」の問答と、龍華山の楚石和尚が柳里恭に書を求め、書学の趣をたずねた一条、計三つの里恭に関したものが入っている。ここで問題にすべき内容のものは最初の問答である。それにしても里恭が五十五歳で歿した宝暦八年は、慈雲四十一歳であり、この問答の自筆本は筆蹟からして、文化元年八十七歳で歿した慈雲の晩年のもの、その間約五十年、自筆本にも色々書き改めがあると聞いていたので、全集補遺の編纂に関係せられた木南卓一氏に、その点の教示を得た。問題の問答の初めは「有人問云」とある「有人」の「人」を時に改め、更に「柳里恭問云」と改めてあるとのことである。これならば、近世の歌学書にも往々例があって、発表を思い立つ時には固有名詞はなるべく少くして、「某」とか「人」とかとする。慈雲もこの問答を一度はそうした方針で、「有人」としたのであろう。が書き進めて、楚石が書学を聞くの一段を思いついた時、これは柳里恭と明記しなければ、文が通じがたい。ここで明記するならば、前出で「有人」としたのも、明記した方がよいと改めたと考えられて、初めの問者も慈雲の記憶に明らかに里恭であったことになる。答えた方の「居士」であるが、その内容は、慈雲の他の本と見合せて、彼の口吻そのままである。木南氏の教示には、同氏が長谷宝秀先生の筆写本から転写されたものには、「答へて曰く」のみで、「居士」の文字がなかったし、内容は慈雲に相違なかろうと云われる。里恭の生前、二人の間にこの問答があったと見て大体よさそうである。問答の内容は、神儒仏三教をめぐって、如何なるが正知見かの問答である。その答の中に次の如く、自然の考えがしばしばに見えるのである。

道自然法爾に備はりて闕減なき、これを正法と言ふ。構造布置して成立せるは皆僻解なり。

儒門に聖人と名づくるは必ず聰明叡智の人なり。仏門に聖者と言ふには啞法者もあり。

我が国の神道は天地とともに成立せる道にして全くこれ正法なり。支那儒道の衆聖人の手を

経て、孔子に至つて集めて大成すと云ふに同じからず

以上の引用の詳らかな解説に相当するものが、慈雲の『十善法語』の不邪見戒の条にあるけれども、里恭の説をうかがう今は一々は不要であろう。ここの道自然法爾にそなわるとの論が『十善法語』や『人になる道』でも、慈雲の考の基本となっている一事のみでよい。『人になる道』では「山是山水是水」の語を引いて、自然の自ら道にかない理にかなう事から、人間の上に説き及んでいる。もっとも自然法爾は慈雲独自のものではなく、仏教の元来もつ所のものである。そして、それが儒学の誠に相似たものであることは、『性理字義諺解』が、その「誠」に関する条下で、わざわざ原文を離れて附記し、二者の差を弁別している。「仏書ニハ法爾ト云ヒ法然ト云フ、皆自然ノ義ナリ、一切万法其マ、ナル処ヲ法爾ト云フ」として、『大日経疏』や『楞厳経釈要』を引用する。ただし『諺解』は、自然をもとにして、その下に因縁を説く所、儒と相違するとの結論になっている。今私は、里恭が誠に似た法自然の論を慈雲から聞いただろう資料の外は、彼自らのそれに示した反応の具体的なものを持たないので、これ以上は何とも進め得ないのであるけれども、かかる説を聞くことによって里恭が共鳴し、感銘して、慈雲に親しんで行った心境には、前述した誠の説を既に彼が抱懐していたことが、原因ではなかったかと考えるのである。

八　五井蘭洲の文学観

1

五井蘭洲は、大阪の懐徳堂で、助教授後には教授を務めた近世中葉の朱子学者である。宝暦十二年三月十七日、六十六歳で歿した生涯の大体は、中井竹山の「蘭洲五井先生墓誌銘」(『非物篇』所収)や同人の「祭蘭洲五井先生文」(『奠陰集』所収)に見える。その思想は、父持軒にうけて、「程朱ヲ以テ依帰ト為シ、末流支離之弊ヲ袪ツテ、用ヒテ先懿ヲ発揚」するものであった。彼自らの言によれば、

諸子あるより、自然儒者の名目出たり、陸王の学あるより、おのづから朱子学の名目出たり、然れば儒者と称し、朱子学ととなふるは、このましからぬこと也(『茗話』)

で、朱子学をもって儒学の精髄、道を明かにしたものは、この外にないと考えていた。のみならずその立場から、異学を排斥し、写本で伝わるその遺稿の中には、彼の土の陸王、日本の伊物の学や仏教の論を誤りとして指摘する処が多いが、別に伊藤仁斎の学については『非伊篇』、荻生徂

徠の学については『非物篇』(刊)、仏教に関しては『承聖篇』と、その為の論駁書さえ著述した。その論旨の大略は、

為陸王学者廃問学棄事物、其弊也禅荘。為仁斎学者蔑義気疎心性、其弊也管商功利、為徂徠学者局於修辞遺敬以直内之訓、其弊也放蕩浮躁、為闇斎学者頗過厳毅乏雍容和気、其弊也刻迫寡思(『遺稿』)

と云うこととなる。この点醇儒と称すべきであろうか。しかしその論難の諸点を今日から見れば、かえって、仁斎・徂徠らの進歩性、独創性を示すに役立っていることも亦屢々であって、残念ながら儒者として前二者に伍して位置せしめることは出来ないようである。その蘭洲の文学観を、ここに特に採上げるのは、如何なる理由からであるかを、先ず語らねばなるまい。

近世儒者の文学観に関する研究の現状は、筆者もその責めの一端を負わねばならないのであるが、余りにも進歩的と見做される人々にのみ片寄っている。しかし文学観の推移を、近世から近代へかけて大観する時、仁斎・徂徠や山本北山などの、近世において進歩的な人々の説が、近代文学観にそのまま接続したり、大きな影響を与えたとは、余りに考え難い。それらの人々の文学観が、時代を代表し、時人の共鳴を得て、文学観の発展進化に貢献したことは事実であっても、近世思想界の趨勢は、朱子学中心の大勢が大きく崩れなかったように、朱子学側も、進歩的な文

学観を批判し吸収して、それ自らも時代に応じて転化進展して行ったことを無視出来ない。そして明治に入って、西欧の新しい文学観が輸入された時、順接、逆接、その関係は様々であるが、それに応対したのは朱子学の文学観が主であった。幕末の滝沢馬琴を初めて、かそけき読本や人情本の作家達の思想を裏付けたのも朱子学である。明治に入って新しい文学観を打出した多くの人々の根底にも、朱子学的なもののあったことは、柳田泉氏の大著『明治初期の文学思想』からも、いくらも例示することが出来る。

仁斎学や徂徠学は、朱子学の性理の論に発した勧善懲悪論、二程子に発した玩物喪志の説などに反対して、文学の人生における意義を新しく発見した。その基づく所を各が新解釈を下した人情に置いた。そこに近世性を認め得るのであるが、その人情なるものについては、仁斎の理解に「無レ所二思慮一而動之謂レ情」（『語孟字義』）とある如く、今日で云えば本能又はそれに類したものと考えた。その為か、その情の面からして人間性の内面深く追究して行く努力を、皆欠いている。儒学界の人情説の影響をうけた本居宣長の「物のあはれ説」においても、「物のあはれ」そのものについては、何かわかったようでわからないことは、既に論じられている。この人情説が、近世後半では朱子学者をも含めて肯定されたのには、別にしかるべき一理由があった。近世ではまだ文学の本質を考える時、その思考の対象は和歌や漢詩が中心となった。和歌は大きく、長い『古今集』以後の勅撰集の覆いの下にあって、専ら情趣本意のものと、和歌を認めている。思想的な要素の豊かな漢詩ですらも、日本人にはとかく和歌的感触で受止められていたのである。しかし近代は散文中心の文壇を持って、文学の中の思想や人間性の追究が問題になる。この意味でも仁斎や徂徠の文学観の進歩性は、近世的な限界を持たざるを得なかったのである。朱子学においては、その人情も亦性理の学の中で人欲と一つとして考えるべきものであって、情の面からも理の面からも、人間性とそれにもとづく行動の深い探究が、その学問の主目的であった。近世後半に入ると、幕初の啓蒙的観念的な朱子学者でなく、本当に自ら考え自ら行う日本的に深化した思想家も、この派や陽明学派からは出現する。文学観についても、常に人間観・社会観がともなう。そうした点からも、朱子学の文学観は、近代的文学観と接近する可能性を多く持つものであった。一例せば、西欧近代文学は、キリスト教との関係をもって、人間内面の悪が問題となる。しかし仁斎学では、人間を全面的に肯定して、善はあるが悪はないと云う。徂徠学では先王の道に反することで邪悪が出てくると云う功利的な理解で、近代文学中の悪とはまた縁遠い。朱子学では、それらとかわって、天理と人欲を精緻に討究し論じている如くにである。

よって、近世を両分すれば後期の初めに属する朱子学者として蘭洲を選ぼうとする。この人物は又、生涯の多くを大阪に送って時世の推移にふれたであろうし、学は和漢に渡って、『古今集』

『伊勢物語』『源氏物語』などの評論的注釈や講義を、それぞれ『古今通』『勢語通』『源語提要』として残し、上田秋成からは悪評(『胆大小心録』)を得たが、『続をちくぼ物がたり』の如き雅文小説をも書いた。その文学観の方は、秋成も、その『伊勢物語』評論の『よしやあしや』の中で、

或人の説に、作者此条(「おもふ事いはでぞたゞに」の一詠)にいたりて、己が下情を見せたるよといへるぞ、かねておもひしにかなへるもの

と賛成した或人とは蘭洲であって、影響を与えたらしい点でも、かたがた検討の対象となると考えるのである。

2

蘭洲に於ても詩即ち文学の本質とその意義の理解は、いずれの儒者にも共通した『詩経』のそれから出ているが、彼の『詩経』の理解は全く朱子の見解に従っている。その『詩経講義』の初に、

サテ此朱子詩経ノ註解、後儒種々ノ議論アレドモ、皆朱子ノ書ニ不通ユヘノ批判也、古注ヲ読テ憤排シタル処ニテ、此注ヲ見レバ、誠ニ岐路多キ中ニ一条ノ大道アラハル、如シ、サテ詩経全篇学者ノ読法外ノ経書ト違ヒ、仁義ノ道ニ於テハ語緩ク意モユルキ中ニ、親切端的、語意トモキビシキ道理ヲ味フベシ、コレ詩経ノ読法也

と述べている。そして、和歌は詩と同性質で、「本二於性情一又思無レ邪」ものと見てよい。『詠歌大概抄』などに、心、意、識の三義をもって説明するのは、経理に疎い歌学者の誤りである。この詩歌一体の論は、伊藤仁斎や太宰春台らに等しいが、更に、古来の和歌を見るに、迷いの情を迷いのままに詠出したものが多い。それは性情にもとづく和歌の姿を示すものだが、やはり、迷いは不善と云うの外はないであろう。そこに勧懲論が発動されるべきであると論ずる。

本朝ノ歌過半ハ迷ノマヽヲ誤リ詠ジ出セル事顕然タリ、述懐、恋、無常ノ歌、正シキ歌寡シ、コレモ歌ハ性情ヲ吟咏シテ、其吟咏セシ歌ヲ皆ヒトツニアツメ、善ナル歌ハ勧善トシ、悪ナル歌ハ懲悪トシ、モロ〳〵ノ歌勧善懲悪トナリテ、後、思無邪ニ至ルベシ、思無邪ハ善ナル方ニハ云ベシ、悪ナル方ニハイハレヌヤウナレドモ、悪ナル方モ懲悪ニ用レバ悪ナル方ニモ思無邪トイハルベシ（『古今序紀聞』）

と。しかも朱子の学説そのままの勧懲論なのである。現に「思無邪」についても、

又思無邪ノ意ヲ学者トリ違ヘテ、心ノオモハクヲ不偽アリノマヽニ詩ニ吟咏セルヲ、思無邪ノ義トヽリ、古人ノスナヲナルヲ珍重セル辞也ト称歎スル、誤リノ如シ、無邪ハ即正ノ一字ニテ思正シキト云義也、然レハ仁義忠孝、礼法ヨリ発セル詩ニアラザレバ、思正ニ非ズ（同）

と云う。彼のこの文学についての姿勢と意見は、『非物篇』の荻生徂徠の説の批判において、一段

明瞭にあらわれる。『論語』学而編の、「行有余力、則以学文」の一条は、朱子の註では、「尹氏曰。徳行本也。文藝末也。窮其本末。知所先後。可以入徳矣」を中心としている。徂徠は、詩書礼楽は君子の徳を成すについての末技ではない。これらを修めなければ、人は郷人即ち俗物非文化人となると説いて、朱説を駁している。蘭洲は、

抑如二徂來《マヽ》之説一。則詩書礼楽。士君子第一等事。不レ可レ謂二之末一者也。孔子盍レ曰下学レ文有二余力一。則以行中孝弟上。孔子斯語。設出二宋儒口一焉。則必斥為二窮措大之見一。極レ々詬罵。(中略)管子曰内不レ考二孝弟一。外不レ正二忠信一。沢二其四経一。而誦学者。是亡二其身一者也。四経即詩書礼楽也。功利之人。尚能言レ之。徂來自称二儒者一。而不レ如焉

と痛論して、徳行を本とし、「文」(ここでは詩書礼楽)引いては文芸の如きは末技と見ているのも、全くに朱子学の立場よりの論である。子路篇の「子曰誦詩三百」の章については、徂徠は、朱子の解は義理をもって、詩に相対したものであるが、詩は悉く人情にもとづくもので、義理の云うべきものはない。それのみならず、人情を悉くするものとしては、詩以上のものがない。「大氐詩之為言。零零砕砕。繁繁雑雑。凡天下之事莫不言者。唯詩耳。凡天下之理莫不知者。亦唯詩耳。是豈理学者流所能知乎」と、朱註を攻撃している。それに対して、蘭洲は、「彼嘗言。詩一言半句。無レ非レ道也。義理与レ教。果在二道外一乎。其言無レ倫。有二如レ此者一」と、徂徠の論に前後矛盾する

を云って、かえってせめ、この条の朱註にある、風諭の説を固執していることは、又後に述べる。義理と人情、ここでも『詩経』の理解が正反対に相違する。

『非物篇』附録には、徂徠の『弁道』の各条に関する批評があるが、その『詩経』に関する一条をかかげると次の如くである。

第廿二条曰。詩諷詠之辞。孔子删レ之。取二於辞一已。学者学レ之。亦以修レ辞已。後世廼以二読レ書之法一。読レ詩。謂二是勧善懲悪之設一焉。皆不レ知レ詩者之説矣。

非曰。孔子云。詩可二以興一。可二以観一。可二以群一。可二以怨一。邇レ之事レ父。遠レ之事レ君。多識二於鳥獣草木之名一。詩之為レ教也。盖如レ此。今創二読レ詩之法一曰。修レ辞已。是即其所レ謂聖人所レ不レ言者。彼常言聖人之道。詩書礼楽而已。詩雖二一言半句一。謂二之道一。今但二於修辞一而已。何其低昂之遽也。子夏子貢倶孔子所レ許。可二与言一レ詩者。以下其以二婦女工匠之事一。変為中君子進レ徳之道上也。然則詩一経。亦在二誦者用心何如一耳。即取二之修辞一而已。則奚用二孔子之删一。復奚用二思無邪一。

徂徠の説は、いわゆる古文辞の説で、鑑賞研究するにも表現創作するにも、修辞表現を尊重する。「辞者。言之文者也。言欲文。故曰尚辞。曰修辞。曰文以足言」(「与平子彬」の書簡)である。勧懲の説は『書経』を読むの法で、朱子は、その法をもって『詩経』にのぞむは誤った態度であると論ずる。蘭洲は、孔子の言を論拠として内容を玩味してもって徳行に資すべきを説いてやまない、云わば内容尊重論である。『詩経』についての内容尊重の更に徹底したのは、中井竹山であって、『非物篇』と共に刊行した徂徠の『論語徴』批判の書、『非徴』において、八佾篇の関雎の章で、徂徠の「朱子主二辞義一言レ之。非矣」の批判として、「詩原二於性情一。性情正者。其辞必美。辞美者。其声必和。自然之符矣」とさえ述べている。以上は『詩経』の読み方についての論であるが、蘭洲は、詩歌を作る場合についても、同じ理論をもってする。『茗話』に見える説に、『詩経』『万葉集』共に、元来は天地の間、何ものといえども、これを詠じたのである。しかし後世に至って、文辞の綺麗を重んじ、風情雅馴を好むから、対象用語ともに制限されて、「詩歌とも、詞をかざりて、いつはりをいふことになり来」った。「人の心を種としての語、詩は性情をいふの詞は、詩歌の本とする所なれど、詞をゑらむより本をうしな」うに至ったのである。文章も亦、蘐園の徒の、修辞を唱えて、錦のきれを集めてぬいつづる如きを作るより堕落した。李于鱗が、『易』の「擬レ之而後言、議レ之而後動、擬議以成二其変化一」の文章によって、古文辞を唱道したのであるが、この『易』の文を、文章を作ることに転用するのが、抑々間違いである。この種の古文辞を排斥するの言はいたる所にある。[1]「今世多流於修辞者、及或与博奕一視」(『遺稿』所収「与服子安書」)などと、文芸そのものが遊戯視され、儒者の堕落にまで至ったことを長歎息している。

この間の蘭洲を、「墓誌銘」には、

復古之言。盈二天下一。文士争拾二王李余唾一。影響勦説。以為二欺レ世之捷逕一。俗益媮。乃振以二雄渾之辞一。痛懲二頑習一。儇佻之徒。戩然沮喪。四方改レ轍帰レ之。豈非下文能回二既倒之瀾一者上哉。

と、たたえている(2)。

3

しからば、蘭洲が尊重する内容は、如何なるものであれば、文学がすぐれたることとなるのであろうか。

一に、実を伝えることである。『古今通』の加藤竹里附言は、蘭洲の次の如き言葉を伝える(3)。

古の歌には古の事をしらるゝを、後の世の歌を見ては、其世をしるべくもあらず。さるは題詠をむねとし、制禁のしげくなりきけるゆへなめり。されば何の事にまれ、昔有し事の今なきを猶有とし、いまあれどなかりし昔のあとをかたくまもるめれば、いかで其世のさまのしられむ。しか事のじちをうしなへるに、代々の名匠のかくなりきけるあとをのみまもり、ふるきにかへすをしへのなきは、うらみならずや。

『茗話』にも、「文章はまことに実をしるすべし」とも見え、更に「およそ詩賦文章の二道、詩賦は情景をのぶるゆへ、其事の空実は必しもせんぎするに及ばず、それだに左思は三都賦を作りて、司馬相如、楊子雲、班固、張衡が賦に、其地の産にあらざる物をのせたりとて、そしりけり」として、杜甫・憶良、『孟子』『荘子』『左氏伝』などの作家や文章を、その観点から評した一文もある。

二に、実情を示すべきである。詩賦や和歌の類は、情景を述べるもの、虚実を問わぬにしても、情のありのまま、実情は示さねばならない。もし事情あって、実情をあらわに示し得ないとしても、ひそかにもこれをこめることが、文学としては望ましい。蘭洲の『勢語通』[4]に示した、『伊勢物語』観は、かかる観点に立っている。この見方が正しいか正しくないかは今の問題でなく、彼の文学観をうかがう一助としてここに紹介する。蘭洲は、『伊勢物語』は、業平の自記に伊勢が加筆したものである。業平の自記と思われる部分は、実事であると考えていた。その間に、

> 中将の人がらは、国家のことの、むかしにかはり、朝家のいきほひの、下にうつれるをなげく、義気奮発の人なり。ゆゑに過慮といふべきことのありけんと、おしはかられ侍る。その才気の外にあらはれて、世のうたがひをさけんとて、好色といふに託せられけんことはありもすらめ

と見るべきこともあったであろう。その実情は、後代の彼にも伝わってくる。現に「おもふこと

いはでぞたゞにやみぬべき我にひとしき人しなければ」の一詠は、その真情のほとばしり出たもので、「一生の心事」もこの和歌をもって十分に推察できる。『勢語通』一巻は、業平の「世をいきどほるこゝろ」をあきらかにすることを目的とした著述であったと論ずる。

三に、作り物語の創作においても、勧善懲悪に意をもって著述すべきである。又鑑賞に際しても、その見解をもって相対すべきである。蘭洲が『源語提要』(5)の「源氏ものかたりをよむ凡例」の中で、作者一部の主意として、採り出して論ずるものは、悉く勧懲の意であった。その大体を箇条書すれば、次の如くである。

(イ) 藤原氏の権勢を振った当代の現実に思う所あって、作中では王孫を権位につかせた。

(ロ) 男女ともに淫風の盛なるをいましめた。

(ハ) 雲隠の巻は、源氏の君の最後のよくないであろうことを、故意に書かなかったものである。それをのぞいても、作中、源氏の君の所業に対して、数々の必罰を与えているし、みだりに源氏に通じた女性達は皆、尼にならざるを得ないことにしてある。

(ニ) 女子の漢学を学んでこざかしく角々しいこと、また仏道を修業して、現世をいとうをいましめてある。

大略以上であって、源氏を周公に比したとするなど、勿論賛成しがたく、藤原定家が、詞花言葉をもてあそぶとしたのも、作者の主意を明らかにしたとは云えない、とも論じている。彼のこの作り物語観を具体化したのが、彼の雅文小説、『続をちくぼ物がたり』である。作は『落窪物語』の後日談であるが、一つには落窪なる作品の勧懲正しからざるを評し、一方で彼流に作品のあるべき姿をしめしたもの。その中では、継母の処置とはいえ、母の許した男である（蘭洲は、陰は陽に従うべきものとの論から、一夫多妻を認め、仁斎の唱えた一夫一妻の論を難じている）典薬のすけを、無情な目にあわせた作者の書きざまを批難している。その結果が、典薬のすけの長男が唐土で、新医学を修めて帰朝、令名が高くなったが、今はときめく落窪夫婦の脈を取らないと云う形で、それを正している。また北の方腹の三郎今の皇后亮が、妻をめとるに、『礼記』に従って仲人を定めて行ったことを美談とし、男女の間の正しい礼を示している。後半の主テーマは、少将後の太政大臣の弟である右大将と、おもしろの駒の娘で更衣となった腹に出来た帥の宮とが、二人とも気ままに育てられた事が高じて、東宮に弓を引こうとした。北の方の次郎で、今は天台座主である僧の努力で事なくおさまる一件である。これも「こをかなしくおもはゝよくおしへよ」の教の具象化であった。これらから見ても、蘭洲の勧懲論の内容は明らかになるであろう。

四に、鑑賞においても、読書にかかる心構えがあるなれば、「意を得て書を見ば、じやうるりくさざうしも人の益となるべき也」（『茗話』）と云うこととなる。現に西鶴の作品についても、西鶴などつくれる小説に、若き時の放蕩、従来の千悔となることを、あまた書り、世のわかき者も、是をすきてよめども、只馬の耳に風の如し、是らは眼の前鼻の先なること、知がたきにあらざるに知ことあたはず、いはんや高妙の理をや（『茗話』）

と評する。『置土産』などを見ての論で、ここではあくまでも勧懲的な見方であるが、一方では、『水滸伝』が姦盗のことのみ甚だ詳しく述べて、人の心術をやぶる作品であるに対して、「もし其機巧をいはゞ、近世西鶴らが作れる草子は、其たくみ水滸にまされり」との、有名な西鶴評も、同書には見える。単なる道徳的な勧懲のみでなく、それを表現すれば、朱子学的な用語をもってするの外はなかったが、西鶴の人間探究の深さは、彼も感得していたようである。当時の大阪の現実の中にやはり彼もいたのである。

以上、蘭洲の文学観から、肯定される内容は、事実、実情をこめるもの、勧懲の意を正したもの、その勧懲も、政治的正閏論、人倫論、教育論に関したものであって、いずれを見ても、彼の朱子学的文学観からの自然の展開であった。しかし、この論を視野を改めて検討すれば、時代的に新しい問題を、いくつかは含むものの如くである。

4

たとえ勧懲論の下においてでも、蘭洲は作り物語の存在を肯定したことである。従来の朱子学者は、山崎闇斎(『大和小学』など)を初めいわゆる崎門学派に、著しい例であるが、彼らの立場が朱子学的に純粋であればある程、『源氏物語』などの作り物語を否定した。ましてや当代の小説類は勿論である。蘭洲に時代的に近い室鳩巣の如きも、その『駿台雑話』の中で、『つれ〴〵草』さえをも批難している。その中で、蘭洲においては朱子学的思惟の中に、物語の存在が許されているのである。古義学の風もうけた安藤年山の『紫家七論』や、陽明学派の熊沢蕃山の『女子訓』に於て、多少の差はあっても、『源氏物語』は勧懲論のもとで大きく肯定されたことは既にあった。それらと蘭洲の間にさしたる差がないと云えるかも知れないが、蘭洲に於ては、そこにのみ止まらなかった。それは自ら作り物語を作るなど制約を感じなかったことのみを指すのではない。

朱子学の側では、元来徂徠学の如く、文学の表現の雅俗にきびしい区別をしない。徂徠学派は、その文学観から古雅を専らとして、当代風を卑俗としりぞけるけれども、以上述べ来った考の蘭洲においては、内容の如何が問題であって、新俗の、換言すれば当代の小説作品も、文学としての批判の対象となり得るのである。現に蘭洲は、西鶴に、かなりの価値を認めて、評しているのである。このことは、伊藤東涯と同梅宇が、西鶴の作品を、その人情的文学観から高く評したと相似ている(『見聞談叢』)が、蘭洲の問題とする所は、なお内容即ち思想にあった。『源語提要』に、

「学問なくては歌もよはくて力なし。式部のかくおもへれど、みづからの歌は時によりて、ほね〳〵しさをもよみ出せれば、見る所ありといふべし」とある。ここで云う「学問」も、広く見れば思想のことであろう。蘭洲の云う所は結局、日本の当代の作り物語も思想を持たねばならぬとの論を導き出すこととなる。ただし彼はそれを表から述べたのではない。

『勢語通』や『源語提要』によれば、蘭洲は作中の思想については、仮構の中に、作者の下情や本意を内含せしめたものと云う風に述べている。一種の寓意論である。彼はかかる見解を、やはり『論語』の集註、子路篇の「子曰誦詩三百」の章から得たのであろう。集註に云う。

詩本二人情一。該二物理一。可下以験二風俗之盛衰一。見中政治之得失上。其言温厚和平。長レ於二風諭一。故誦レ之者。必達レ於レ政而能言也

とある。『非物篇』では、朱子のこの風諭説を難じた徂徠の説を誤解であると弁じている。文学風諭説を奉じたのは、また竹山であって、風諭に富んだ白楽天の詩を好んだ彼は、「詩言レ志、用二主於諷諭一。以寓二悲愉之感一。以託二美刺之義一、虞夏而下。皆是物矣」と云い、自らの詩についても、「因諗二覧者一曰。是足以概二居士之平素一。其所寓托。未レ知下有レ可二以諷諭者一与否上。我第言吾志云爾」（『尊陰略稿』自序）と述べている。その内含する本意は、前述した如く、せまい道徳論のみならず、朱子が『詩経』について注した如く政治風俗にわたるものでもあった。かかる小説観は既に

中国にも発生していたのであるが、我が国では蘭洲にはやや後輩の都賀庭鐘や、或は蘭洲の講席にも列したかと想像される上田秋成らが、その作品に具体化した処のものである。それらとは別に、朱子学の側からも、かかる主張が生れて来ていたのである。そしてかかる考え方は、滝沢馬琴などへと、直接の関係はなくとも続いてゆく時代の趨勢を形成するものでもあった。

ここで同じく勧懲論を持つ安藤年山ら、近世前半の人と蘭洲との比較を、物にたとえて見れば、文学観の流れを一枚の紙にたとえ、一枚の紙を半ばで折る。折り目に近く左右に同じ程の場に位置することで、両者は相似ているが、しかし各々は既に折り目で左右の異なった面に属しているのである。その如く、相似ることは似るけれども、歴史的に異なった意味を持つものである。蘭洲は、もはや近代へむかう側に位置していたのである。

現に詩歌において、事実、実情を詠ずべしの論も、簡単な主張ながら、近世後半に立入ったことを物語るものである。彼の門加藤竹里の『国雅管窺』は、全体的には堂上歌風から蟬脱できていないものであるが、この点については、恐らく師説をうけたものであろう。

本意といふは、古今の序に、人の心を種として、万のことの葉とぞなれりけるとの一言に尽せり。しかるに、題詠といふこと専らになりしより、花を見ずして花をよみ、鶯をきかで聞心をよむより、なま〳〵の歌人の心の外に趣を求め出るより、誠はなれたることをつくり出

すこと、いとあさまし

と述べている。ただし、それに続いて、『管窺』は、題詠においては、「時を其時になし、所を其所になし、我身を其境に置て、其時のさま、其所のさま、其身の上の情を、真実に心より案じ出すべし、霞をよまば霞わけてよみ、雨ならば雨にぬれてよめとの、古人の教は此儀也」と云っているのは、中世の本意本情論の気味がある。それに比せば、説明は簡単ながら、蘭洲の事実・実情の論の方が、幕末の実情実境の主張に近く、その芽とも考えられる。

現実的な大阪で現実的な町人を相手に、現実的に考えることに慣れたことも原因であろうか。中国小説や日本古典に接すること、他の儒者より多かったことも原因であろうか。彼の土でも、小説や戯曲に関心を示した明末清初の儒人の風に、この醇儒らしい人物も、自然に影響されたのも一原因であろうか。朱子学的思考が、それらの原因に誘発されて、次第に史的に変化してゆく姿を、この蘭洲の文学観の中に認めることが出来るのである。

（1）『鶏肋篇』巻之三所収「文章廻瀾序」など。
（2）三木正太郎氏「浪速の儒者五井蘭洲―特にその徂徠学批判について―」（『藝林』一ノ三）
（3）宇佐美喜三八氏「古今通について」（『語文』第十輯）
（4）八木毅氏「勢語通について」（同）
（5）田中裕氏「源語提要・源語詁について」（同）

九　隠れたる批評家
——清田儋叟の批評的業績——

1

日本近世文学評論史が未だ体をなさない原因の一つに、漢学者達の文学観と、それが一般文学界に及ぼした影響の研究の全く放擲されていることがある。思想界の中心にいたのが漢学者であり、漢詩文が翰林詞苑の文学であったことから考えても、これを除外して歌壇俳壇や戯作者の文学評論をつらねるのみでは跛行的になるのが当然である。やがてこの新分野にも開拓が初まり、追々明かになることと期待するが、ここに取上げる清田儋叟(一七一九—一七八五)の如き、漢文学も広範囲にわたり、和文・俳諧・戯作などにも関心をもち、極めて進歩的な文学観からの批評を残した人物は、その暁にはかなりに重く評価されるべきかと思われる。彼のその面につき紹介の筆をとるのもその為である。

2

京都の漢学界の名門伊藤坦庵の末に出て越前福井の文学であった経歴は悉く省略して、必要な限りの文学歴から筆をすすめる。彼の詩作で年次の明かな最初のものは元文元年十八歳の祇園南海六十の賀詩である。この頃元文二年京都烏丸柳小路に帷を下した、まだ彦根藩に仕えなかった竜草廬が彼の詩友であった。『草廬集』初編や『稿本僧叟詩集』(静嘉堂文庫蔵)につけば、林東溟、木村蓬萊、武田梅竜、芥川丹邱などと詩社を結んで盛んに往来倡和している。この面々から見ても明かに、その頃の僧叟の詩風は、やはり流行の明の前後七子の風を追ったものであった。刊本にはないが彼の手沢『貫華堂本水滸伝』に書入れた『孔雀楼集』自序には、「詩則始作嘉靖七才体、亡幾厭之」と見える。しかも二十歳の頃、『四部稿』を求めて漸く見ず知らずの樫田房州(阿波守直猷、風月主人沢田一斎の弟子で『春鞾拆甲』の著者と云われる人――『蘆汀紀聞』による)に借り得た(『孔雀楼筆記』)り、後年の『芸苑談』(明和五年序刊)にのる李于鱗の詩の解や欠点の指摘からしても、王李の集に心酔したようである。更に寛延元年十二月、福井侯に奉った『千秋斎稿』につけば、既に詩風の変化もあった頃であるが若い頃の作品に接することが出来る。五十首の詩集で擬李空同、擬王弇州、擬李滄溟など注記した作がある。うち若干は安永三年刊の『孔雀楼文集』に訂正がほどこされて収まる。詩風の変った晩年の訂正と比較すれば、空しく美しい擬唐詩特有の用語や調が、一目に明かで、彼の青年時の詩風を示している。

この模擬の詩風には、個性のつよかった青年は早くも疑問をもった。『孔雀楼集』自序の文はつづく。「去作陳無己、作徐文長、作袁中郎、作鍾譚、亦皆厭之」と。殊に王李と対蹠的な鍾譚の竟陵派に、大きな魅力をもって引かれて行った。明石に父伊藤竜洲の故郷を持つ儋叟は、その兄伊藤錦里・江村北海と共に、当代詩壇の耆宿、明石藩儒梁田蛻巌の提撕をうける所があった（北海著『授業編』等）。儋叟は十九歳を初めとして屢々文通し、面晤款談し、老いて益々「笑語すること豁如、儒流の腐態を蹈翻して、人をして汗馬千里の気を発せしめる」（永富独嘯庵著『葆光秘録』）詩宗に共鳴し影響をうけた。蛻巌もこの年少の秀才と忘年之交を結び、その死に際し、墓に銘し、集に序するものに儋叟を指名（『蛻巌文集』後編序）した程である。竟陵派への親炙も蛻巌との交渉に於て進んだ。寛保二年春、父と共におもむいた越前で病み（錦里著『邀翠館集』）、京に帰った儋叟からの書状に対する蛻巌の返書がある（『蛻巌集』巻六）。これは亦その頃の儋叟の文学傾向をも伝えて、「社題抄録」と題する詩稿の削正を乞うたり、一生の精力をつくして「阿国伝」なる一文を作ったことがわかる。「阿国伝」について、蛻巌は「老居士をして評せしめば（中略）乃ち聖歎望如が身を現して而して六十六州錦繡才子の為に法を説かん」と云う。出雲のお国の文言小説であろうか。後に中国小説通歴史愛好者となる傾向が既にあらわれている。更に蛻巌の筆は詩論に及んで、詩を評するは古詩唐詩を対象とするを準則とし、近世の古唐詩評で極微を尽すものは鍾譚である。その態度、自己を空しくして古唐に参じ、しかも古唐に膠していない。自分も二子に学ぼうと思うと。云う所は勿論、竟陵派の鍾惺、譚元春と、その編の『古詩帰』『唐詩帰』『明詩帰』と合せて三詩帰と呼ぶもの。この二人とその著については、入矢義高氏(『東方学報』京都第十六冊)が、王李の擬古を嫌って、伝統的な詩観にとらわれることなく、古唐詩の精神に共鳴する自己に忠実たろうとした、個性的な批評であることを詳述されている。蛻巌の寸言は二者のその特質を洞察するものの如くである。鍾譚が両者の間に問題となったのは、僧叟の提出であったらしい。前掲より早い頃の蛻巌の書状(『蛻巌集』巻六)に次のようなことが見える。蛻巌は、僧叟の今日の詞藻家が王李を摹擬し、七才子の唾涎をねぶり得々たるにあきたらず、奮然、鍾譚を藍本として、意を創にし、言を放って一世に傲睨せんとする一卓識に先ず拍手を送る。つづいて自己の作家的放浪の経験を述べ、自分と等しく僧叟も放浪の癖ありと見るが、作詩は正道をはずすべきでない。蛻巌の云う正道は初盛唐であることは「与湖玄岱書」によってわかる。しかし、時には徐袁鍾譚を学ぶもよいが、これをもって蓋天蓋地第一義とすべきでなかろうと、親切な忠告をしている。さて前述の書状に於ては、詩風は別として、詩評は二人のすぐれたを云う蛻巌の言葉となったのである。儋叟はよって鍾惺の詩集『隠秀軒集』に、若干の評を加えて蛻厳に送った。返書(『蛻厳集』後編巻七)には、この集の詩心目を拭う別色あり、譚元春の詩が霊にすぐれるに比して、鍾は朴にまさり、もって譚の霊を圧すると批評した、儋叟の批評をもほめてある。なお二人の往復書状によれば、儋叟は鍾と譚の詩選を作ることを蛻厳に依頼したり、自ら『鍾子詩選』一巻を撰した程、この頃は竟陵派風にとりつかれた。宝暦十二年、安永元年と二度上京した九州の亀井南溟の『我昔詩集』は、彼の会った第一級の人物を、詩をもって評したものであるが、儋叟を詠じて、

渭洛雲霞孔雀楼、匡牀搦管睨千秋、幻奇縦作袁鍾隷、庸腐不当王李儔、二祑《ママ》斉章新鳳藻、卅年膴仕一狐裘、論評未尽平生意、通鑑菁華老更稠

と。前半は詩に執心したこの頃、後半は史書の評論に熱心であった晩年をさす。この竟陵派への最も感受性のつよい時代の心酔は、大きな影響を彼の生涯の文学観へ与えたようである。鍾譚の主張と相似た論や、所謂深幽孤峭で、作品の深奥にわけ入って、芸術的性霊に触れ、とらわれることない、印象批評とも云うべき批評態度は後々の彼にも認めることが出来る。彼に日本の詩文のまとまった評論と想像される『大東詩』『大東文』の編があった(宝暦八年『孔雀楼集』自序)が、今存否不明である。かえって兄江村北海の『日本詩史』は名著として、その評論多く後世の定論

となっている。その明和八年春の僊叟の跋文からは、彼がその編纂校正に参加努力したことがうかがえる。『詩史』の論中、僊叟が別の書で、自己の意見とする所と一致するものが往々ある。『詩史』には彼の論評の多く、或は『大東詩』が挙げて採用されたかとも思われる。しかし王李の欠点を詳論する計画の『李王詩正誤』の撰も実現しなかったし(『芸苑談』)、確に彼の詩評としてまとまったものは一部も残っていない。僊叟は青年時の大病以来脚疾を得、又よく病んだ為、世と交ることすくなく、一派を起して詩壇文壇に角逐するなどなかったが、王李への不信と行動は、山本北山が反古文辞の運動を江戸の地に大きく展開するより先んじたことは勿論である。北山は『唐詩帰』を推称して、服部南郭がこれを誹って以後、この書の善なることを知る者なしと云ったが(『作詩志彀』)、豈はからんや僊叟のかくの如きが既にあった。もっとも上方は蘐園の本拠を離れ、この風を嫌った先輩は彼にもいたが、彼はきわだった反古文辞の極初の一人であったに相違ない。

3

竜草廬等の詩社は、宝暦八年彼の彦根藩召聘移居をもって解散したらしい。宝暦十三年には宮津藩を致仕した江村北海が京に帰って、前の丹邱、梅竜、東溟、それに金竜上人等と社を結んだ

(『北海詩鈔』序)。その詩会中に僭叟の名を見出し得ないのは、彼が詩作から遠ざかった(『孔雀楼文集』高田潤序)ことを物語る。晩年、漢魏の古詩や盛唐の体にならって作ったが、才の及ばざるを嘆じているもその一理由であろう。かえってその後は文章に精進し、国の内外に令名を得た。朝鮮使臣も、彼の文章を称したと云う。彼の文章観をうかがうべきものに、親友芥川丹邱の『薔薇館集』に送った序や、『芸苑談』がある。文は「寧ろ法勝つて辞を掩ふとも、巧を以て格を傷ふことなかれ」を口癖にし、開闔経緯錯綜も悉く法によった精厳の文を主張した。古典文を作るに法を守るは当然であるが、丹邱すら、それを模倣として、「人心面の如く、奚ぞ雷同を貴ばん」と笑ったのが当時の風であったらしい。僭叟の法とはしかし、古文辞の徒の雷同とは同一にすべきでない。彼が文章の病と指摘したのは、冗長・俚俗・模擬雷同、浮誇軽薄と情実なきことであったに徴して明かである。彼は先ず文を学ぶ三訣を示す。第一は「主客を弁る」こと。為には『史記』を熟読すべしとする。彼の文章は欧蘇によると云われる(『錦天山房詩話』等)。早く皆川淇園と『欧陽文忠公文集』を校正出刊した彼として正にそうであろうが、『史記』を称讃すること又屢々である。自らも好んで記事の文を作り、他の様式の文中にも史筆的な要素が目立つ。『欧陽文忠公文集』の序が既にしかりで、又、自己の文章を漢庭の老吏に比したと門人の述べる(『孔雀楼文集』序)のはそれらの事をさすものであろう。三訣の第二は「俗習を去る」こと。「俗習とは世にいふ倭習の事ぞ倭習とはいふべからず」と説明する。倭についても俗に関しても一見識を持っていた彼は、平生「彼を華にし我を夷にすること勿れ」と門人を戒めた（『孔雀楼筆記』跋）。蘐園末輩のゆきすぎの反省として、日本の矜持を持っていたのである。この矜持から日本の文学にも深い興味を懐いたものと思われる。俗に関しては、大枝流芳の『雅游漫録』に標記した中に、「俗といふものゝ中に甚雅なるものあり」とか、金銀の圧尺《ケサン》を俗とする流芳を評し、「甚俗ならず、金銀を俗といふ人の胸中知るへし」とか見え、唐土の語とて皆雅でなく、用い所によって俗になることをも述べる。彼をして中国白話小説や日本の俳諧など所謂俗文学に関心をいだかせたのは、かかる見識であった。儋叟は和漢雅俗の既成的観念にとらわれず、世に云うほん物を自分で見出す、批評家必須の能力を持っていたと云ってよい。達意を目的とする仮名文では、俗文のみで書くがよい。漢文を仮名書したような文に擬古的和文の混じた気どった文を、人とも鳥獣ともわからぬ図の多い『山海経』とあざなしたこともある。さらに云う。俚俗のいとうべきは冗長の故であると。青年時から能楽を愛した儋叟は明和七年江戸の勤から帰って大宮二条に僑居した隣家は、能楽の最初の研究者、『秦曲正名閟言』の著者渤海北門子こと八文字屋茂兵衛（渤海茂一氏刊『閟言解題』）で、後相親しむの間、その造詣を更に深めたであろう。既に『孔雀楼筆記』（明和五年刊）の中で、能楽の演技の象徴的なのを、歌舞伎の写実的なのに比べ、遙かにまさるとしたのは、雅俗の相違を、冗長と簡潔におく文章観と同軌である。そのことに次のような譬喩を用いる。「文は蕪ほし大根の如くに作るべし、煎餅の如くにすべからず、排比鋪陳はおのづから軽薄を生むと知るべし」と。冗長の禁から三訣の第三「軽薄を誡る」ことの一条が派出される。彼の云う軽薄とは、

凡ソ軽薄ト云フモノ意義甚ヒロシ、或ハ盗賊ノ事ヲ聖賢ノ行ニ比ス、或ハ浅近ノコトニ深遠ナル語ヲ用ヒ、或ハサマテモナキコトヲ仰山ニイフノ類（『水滸伝批評解』）

である。この軽薄は、模擬雷同と共に、古文辞派の短所であって、『芸苑談』の一書は実に、軽薄を誡めるための書の概すらある。誇張の語を乱用し、新奇を好んで難解に、高遠をてらって異風をよろこぶは、雅に似て正雅にあらず、と多くの言をついやして論じている。情実なき文章とは、文に法あるを知らないで、ただ陳言して、文を塡め、気脈なく精神なく、動きのない文章を意味する（『孔雀楼文集』「贈長江公綾」）。後述する『水滸伝』等の文章の評にもこの理論を適用している。一々例をあげ得ないが、

水滸一書曲尽人情、但其記戦闘忝如児戯、其他通俗書亦皆然、凡戦闘文章唯正文可観、通俗文不足観云

などの肯綮にあたる評も、情実ある文章と冗長軽薄の論の適用である。

以上の文章論に竟陵派詩論の投影の濃いことは一見して明かであろう。浅薄俚俗と云う内容も

一致し、模擬雷同をきらうは勿論等しい。竟陵派の尊ぶ象徴的表現、情趣として、清深、清幽と評されるものは冗長をいとう所に生ずる。

古人数字、便如一篇大文章、今人一篇大文章、不当数字、古人不全説出、無所不有、今人説了又説、反覚索然、則以古人簡而深、今人繁而浅（『古詩帰』巻一、譚評）

凡清者必約、約者必少、（中略）若清之一字、反為富有之物、然清可以為少、少不可以為清（『唐詩帰』巻十二、鍾評）

などの論は、卑俗なほし蕪の譬喩に通ずるようである。

4

儋叟が平常門人を戒めた三条は、前出倭を夷とすべからずの他は、読書三昧に安んじた彼らしく「官事を言ふこと勿れ」と「詩文をもつて人事に充つること勿れ」であった。この第三はもって詩文のいやしくなるを慮った外に、儒者の面目を失うことを恐れたのでなかろうか。藩儒の自覚を失わなかった儋叟には、文は道をつらぬく器でなければならない。詩文すら然りでまして小説の如きは、彼に於て「水滸伝ハ論ズルニタラザル書」（『孔雀楼筆記』）であった。しかし儋叟は、儒の大本は経書、その次に史学を重んじ、「儒者ノ地ト云ハ歴史」（明和六年跋刊『芸苑譜』）で、経書をよみ文章をなすに史書の必要を説いた。ここ迄は近い例では兄北海の『授業編』も同説で、他の人々も説く所であろうが、彼は小説を歴史の補助として、あだかも小説側に属する人の如く主張して、早くから和漢の野史小説の類に眼をさらした。一つはその『文集』にも怪を述べる記事が収まって、怪奇を好む性格がしからしめたのであろうが、時が京都学界に中国小説の最流行期に相逢して、若年既に一面識ない下村某から三年間『水滸伝』をかりて精読したと云う(『孔雀楼筆記』)。また先輩に芥川丹邱、後輩に皆川淇園、富士谷成章兄弟など小説通の友人も多かった。兄錦里門の淇園とは殊に親しく、この兄弟と宝暦八年のこと、『三先生一夜百詠』の逸事を残している。歿後も、往時を追懐することの度々であった淇園の文集巻之六、「書通俗平妖伝首」には次のような回顧がある。淇園十八九歳、儋叟は二十九三十歳の頃、淇園は一百回の『水滸伝』を入手し、儋叟と会しては、その文の奇をあげて談資とした。その後二人は『西遊』『西洋』『金瓶』『封神』『女仙』『禅真』と、相競って、手にふれる小説にして読まざるはなかった。この結果の一つが、宝暦十二年秋、儋叟の『照世盃』訓訳の出刊である。彼土にも伝本の乏しいこの書は、この訓訳本に基づいて流布していること悉知の如くである。巻頭に「宝暦壬午之秋孔雀道人書於平安小川僑居」とした「読俗文三条」が附してある。その一は、俗文の訳読には字訓に拘らずに行わねばならぬこと。その二は、一二の語義も必要ながら、作品の全旨をよく洞察して文面以外に作者の深意をつかまねばならないこと。『水滸伝』論が例として上っているが後に一括して紹介する。その三は、俗文の書を読むにも歴史の必要なことで、『陰陽夢』なる小説は明末の理乱を詳らかにして初めて明かになるとの例を上げる。儋叟の歴史と小説を合せ考える立場であるが、ここの歴史の語は事実の語と換置することが出来る。後に「某ノ事某ノ人有リテ、而シテ後ニ斯ノ事斯ノ人ヲ以ッテ之ニ充ツ。其ノ人ヤ虚、其ノ事実ナル者有リ。其ノ人ヤ実、其ノ事虚ナル者有リ」（『文集』「題水滸伝図」）と、『水滸伝』について述べた小説の素材の問題で、素材を明かにしなければ作品の鑑賞が出来難いの論に換言出来そうである。岡田新川の『秉穂録』二篇に、『伽婢子』が『剪燈新話』の翻案の寓言なるに、引証とするは誤りであるとの一条がある。書物は全く事実か、全く寓言かと考えがちのこの時代に、儋叟のこの対小説態度は一段と進歩して、近代に近づいたものである。彼は逆に、史書も情理をもって読解すべしとの説を抱いていた。晩年最も努力した『資治通鑑批評』十巻は、「精密玄妙、人ノ意表ニ出テ、其ノ要帰ハ、諸ヲ情理ニ本」（『孔雀楼文集』高田潤序）づいたと云う。この書は存否不明ながら、『孔雀楼文集』所収の『資治通鑑批評』凡目によって批評態度は察し得る。人物の評目に、大竜（漢高祖の如き）、魔君（悪人の大竜）、妖怪（魯仲連の如き）等附したもので、凡目はその用語を詳しく説明する。あだかも戯曲小説の登場人物の性格評の如く、情理に基づくとはこれを指すのであろう。

『照世盃』一部は唐音を解したと思われぬ彼としては努力し苦心もしたろうが、終生愛読の書はやはり『水滸伝』であった。『淇園文集』巻之七の「書金聖歎水滸伝」によると、淇園が購求した『聖歎評水滸』を僊叟が持ち去って、職事にはげしい五年間、北福井にゆくも、東江戸にゆくも、その行橐の中にこの二帙を入れてたずさえた。その後京へ帰った僊叟は善本一部を求め、此度はそれをかりた淇園が、為に作ったのがこの文章である。その折の善本とは、今も東洋文化研究所に残る彼書入の貫華堂原刻本であろう。その書入の様は少し大げさに云えば、満紙朱点評語である。また備前の高田潤は詳細な批評を附した『水滸伝』の講義を聴いた(『孔雀楼筆記』序)のであるが、その聴講の折の筆記が、転写ながら『清君錦先生水滸伝批評解』二冊として幸に残っている。この二書によるに彼の水滸評論は、日本近世に於ける第一人者たるは勿論で、遙に金聖歎にも比肩できる。詳細は別の一文を要するであろうが、聖歎評と比較して一二の特徴を掲げる。第一は水滸は「趙宋三百年君臣ノ事跡ヲ蒐集シテ遺ス無シ」のもので、『宋史』『宋元通鑑』等につけば、その素材は逐一に指摘出来ると云う。晁蓋は太祖、趙・晁、声は違えど音は通じる。太祖を殺して天下を奪った太宗・趙普は宋江・呉用。関勝は魏勝、張横・張順は張貴・張順、女性一丈青は楊妙真、柴をひさぐ石秀は同じい呂文徳にあたる。李逵と陳靖宝、武松と潘閬、祝彪は李全、盧俊義は李俊義、その他枚挙に遑あらずと云う。都賀庭鐘の「伝奇蹈影編」にも、宋江を太宗、呉学究を趙普とする説が見えて、中国にもある説かと考えたが、庭鐘のは学究の語から思いついたもの、全く別に僊叟独自の見で、これを思いついた初めは宝暦八年、話された淇園は覚えず節を撃って、正史野史を洞暁する者にして始めて与に之を言うべしと賛成したと云う得意の見でもある。『照世盃』の附言にも「題水滸伝図」(『文集』巻五)にも述べて、彼の小説歴史相通論の根拠でもある。歴史的に見れば滝沢馬琴などの自己の読本を稗史と称し、一種の歴史小説を作った態度の先蹤をなす。馬琴は僊叟の書を見ていた証もある。第二に、彼のかかる水滸評は勿論、金聖歎に刺戟を受けたからであって、七十回本をよしとし、『水滸』をもって宋江筆誅の書とし、その奸佞の隠を指摘すること聖歎以上である。六十七回六十八回のあたりそのことについての聖歎評には「甚妙甚正」、「神妙」とて賛意を示した。その上、潯陽楼の反詩(七十回本三十八回)や還道村の玄女(同四十一回)の奇怪な話は、皆宋江・呉用の密謀秘計と解すべしなどとも云う。「玄女廟の一段は当に其の機謀の在る所を探るべし。文面に瞞過さるる勿れ。正にこれ軍機にして正史も亦往々之れ有り。翅《ただ》に野史のみにあらず。凡そ史を読む者当に一隻眼を具ふべし。然らずんば則ち、読むも亦何の益かあらん」とこの所中々得意である。第三にただ聖歎の驥尾に附して止まるは僊叟の好まない所、聖歎の誤とし脱として、補正することも多い。又「喞噥」と評し去る所も多い。喞噥とは「イハストモヨク知レタコトヲ文々謅々トイヒノフルヲイフ」と『批評解』にある。その評は例の観念論的な長広舌、何満子なる人の『論金聖歎改水滸伝』など云う書に、この人の立場はしばらくおいて、宿命観的虚実主義とか詭弁とか難ぜられる部分に下されている。醇儒たろうとした儋叟が、この思想を取らぬのも当然であろう。がこのことは前述した彼の素材についての考えと、「其事其人之為有為無、此固従来著書之家之所不計」とする金聖歎の考えとの相違にも関係している。第四に両者と共通する点の最も多いのは、作中人物の性格を考察し、その行動を構成上から見て意義を説明する場合と、文章の褒貶である。文章はおいて、性格や構成についてのこの態度は、後に滝沢馬琴など隠微を察すると称したものと相似ている。柴進を井底へ下したは(七十回本五十三回)、作中富貴第一で教養人故、李逵を天上へ上したは(同)、貧賤第一にして粗野の人故であるなど、従わないとしてもまだよいが、一語一句についてこれに類した評があるはどうであろうか。思うにこの批評態度には聖歎の影響の上に、竟陵派の隠と秀を古人の詩中に求める態度からの影響もあるであろう。郭紹虞氏の『中国文学批評史』は、鍾譚の主張を同情に富んで理解されるが、鍾譚も自戒しながら、遂には一句一字の間に性霊を求めたことを魔道に入るものとした。儋叟評にもこの魔道に入るの気味がある。以上彼が中国小説読了から得た批評態度は、或はただに感情移入のみで小説の面白さあわれさをよろこび、或は道徳的なものを求めて勧懲的(徳川時代初めの朱子学者とその影響下の人々)に、文裏に人情のあるを察せよと云いつつも創作技法に迄立入らなかった（熊沢蕃山や古学派の人々とその影響をうけた人々）、これ迄の日本の小説読法に比較して、立勝ること数段にとどまらない。

僋叟式小説読法を一段具体的に示すものに、安永二年刊行の『中世二伝奇』がある。この書は唐の李朝威の「柳毅伝」と『太平広記』四百五に収まる「王清」の一条により、日本化した「琵琶君話」と、『太平広記』三百七十八の「李主簿妻」を翻案した「蘆担翁話」の二つから成る。序は明和庚寅七年夏の僋叟のもの、『文集』にも所収。作者荳蔻老人は何郷の人たるかを知らず、註は遺漏あるが甚だ精妙、能文の士のものであろうと序に云う。一見僋叟以外の手になったようであるが、その評語に特異なものと、内容があり、彼でなくとも同臭同好の輩の仕業である。序と共に評論は彼と思われてしかたがない。序にはこの書は柳毅・王清二伝を訳するに似るが、立趣寓意は大いに同じからずと見える。立趣は趣をかまえること。寓意は本意を寓すること。趣とは、仮に李漁の『笠翁偶集』（『閑情偶寄』）の「機者伝奇之精神、趣者伝奇之風趣」との説明をかれば、この頃の漢学者の時折用いる機巧とは精神をうつす技法であり、立趣は風致をかもす腹案である。本意とはこれも『偶集』云う、「作者立言之本意」である。一評に、

一伝ノ本意信義ヲ守ルヲ主トスレバソ、此伝ノ柳毅伝ニ勝シハ、此一段有ルニヨッテゾ、吾朝唐土ニテモ、文ノ作法正シカラヌ人有ルニヨッテ、手習君ノ末ヲ書足、水滸伝ヲモ書タス、

心得有ルベキコトゾ、唐土ノ諺ニ、神竜ハ頭ヲ出シテ尾ヲ出サズトイフ、文作ルコトニモ用ユベシ、タヾシ此類ノ書ノコトゾ、正シク実ヲ書ク文ハ、又外ニ心得有ルコトゾ、草蛇灰線トイフコトモアルゾ、又文字ノツカヒカタハ、寓言ノ書モ、紀実ノ書モ共ニ照応合符アルコトハ、少シモタガハズ、少シモユルムベカラズ

と。「琵琶君話」で、主人公和気清人が、助けた竜王の女を、妻にせよとすすめられて辞した一条の評である。ここの本意は清人の道義的の立派さであるが、それを作品中にこめてしまって、縷説詳述しないのを称している。草蛇灰線は金聖歎が水滸文法の一として掲げ「驟に之を看れば、物無きが如くあり、細に尋ねるに及んでは、その中便ち一条の線索あつて、之を拽けば通体倶に動く」と説明したもの。かかる本意の取扱を、直ちに思想の文学的形象化と理解出来ないまでも、近世日本の初めの朱子学者や仮名草子の作者達が主張し実行した、小説を具として、道徳を大いに宣揚した、所謂勧善懲悪論の立場とは相違する。道徳が立趣によって文学化された作品中の思想となっている。作品の外からの思想でなく、作品の内の思想の問題を、どうやら提出したものとして、早い文献の一つである。ここに『笠翁偶集』を引いたのは、本意、寓意、趣、鬼哭等、『中世二伝奇』評には、共通の用語が多いからである。ただし儋叟は『芸苑談』で、李漁を無頼の人とそしっている。この『二伝奇』評にある鬼哭の語は、儋叟の愛用語で、『資治通鑑批評』凡

目には詳らかな説明があるが、簡単な『水滸伝批評解』の方を引く。

鬼哭トイフモノ意義ハナハタヒロシ、惻隠残忍厚恩薄情ノ類、人ヲハ欺クヘシ鬼ヲハアサムクヘカラサルコトヲイフ

この語の使用はこの書の評を儋叟の手になるとする一理由である。

5

儋叟が中国典籍に出入して体得した批評力をもってした『源氏物語』評の一端が『孔雀楼筆記』巻之三にのる。彼がこの『源氏物語』を、彼以上に感受性のすぐれた国学者富士谷成章と論じたことが、安永二年、儋叟の所蔵『源氏物語』の巻首に書付けた成章の序(『北辺成章家集』)に見える。「人もなきほかけのよこ笛、こからしにまよひ雨ちかきよの夕かほはうたて手ふれにくきこそ、又花の宴は春の曙(中略)なかめかちなる日はうき船」云々と、源氏の巻々を読むにふさわしい四季折々と気持を述べる成章に、儋叟は賛成し、「捜神斉諧はゆふかほのかきにいらす、琵琶西廂はうき舟のあとにしたかひかたし」など中国の小説戯曲と品隲して、はてはては大笑いとなった。成章の意見も遊び半分の取合せでなくて、勘のよい彼が、巻々の内容と情趣の深い理解を示した一種の批評と見るべきである。これに賛成する儋叟は、『源氏』をもって、我が国寓言の書中、心

匠すぐること第一とした。数条の例をあげて、その所以を説明した。先ず夕顔の巻で、源氏がこの事件の時、中将であるとしたのが、河原の院の妖怪の伏線である。中将で年頃十六七、その少年が、愛人の物のけに取殺された荒院に屍と共にいて、しかも普通は丑満頃(午前二時頃)に出る妖怪が、亥の刻(午後十時頃)に出ている。その後のおそろしさ夜の長さ「此等ハ心匠ノ妙ヲ得ト云ベシ」と云うが第一。『中世二伝奇』の評では人情を書出すなどの語を用いる。構成のたくみによって、作中人物の心情よく、読者にうったえる所あるを指したようである。第二に源の内侍の一段で、夕立すぐる頃と時を定めたのは、漠然たる用法ではないと云う。背景と作中人物との調和で構成のたくみさの問題に関する。第三は浮舟の一段で、入水直前の侍女の描写や投身する川で、近頃もあった溺死人の噂を舟長がする所、「身ヲ投下スル川ノ音ヲキ、居タルト云ヲ以テ収結トナス、妙境トモ神境トモ云ベシ」と云う。『中世二伝奇』の第一話の末を、「終ノ一段妙ニ源氏物語ノ法ヲ得」と評したのも、女主人公の最後を明示していないことを指したのである。共に前述した神竜の頭を出して尾をあらわさない文章で、冗長の弊のないを称したものである。

そして、『源氏物語』評の結論の如きを、次の如く述べる、

　スベテ源氏ノ一書、ソノ妙処ハ人情ヲ曲尽スル所ニアリ。タマサカ風ヲ装点《アイシライ》スルノ語アルモ、妙ナラザルナシ。畢竟ヲホカラザルト、ナガ、ラザルトニアリ。吾国唐土ノ文トモニ、作者

ノ才不才、コレニテモ見ベシ。篇々章々装点ヲ重畳スルノ書ハ、厭ベキモノゾ。

と。これを見るに、やはり竟陵派から出た文章論の和文での適用であるけれども、ここ迄にいたれば、余情を尊重する構成技法の面にわたって、一種の構成論である。第四は薫中将は源氏の君の骨を得、匂宮は源氏の肉を得、二人をもって一光源氏に未だたらずと云う。これは金聖歎水滸評にある如き性格論の一つである。僊叟は水滸の批評に於ても、性格について細説する所が殊に多い。

人情を尽くす心理描写、背景の構成上の必要性、余情的な構成法、性格論、それに前述した本意の論の文学化すべき思想の問題と並べる。勿論それらの片言隻句を、現代の複雑な意味の文学用語と、全く同内容だとするのではないが、僊叟の考えが、近代文学用語の内容と相重なる部分の多いことは否定出来ないであろう。ひるがえって、この頃の我が国評論界も次第に近代的な萌芽のあらわれる気運にあった。僊叟をも含めて、先端にあった文学人が、中国や日本の古典や戯作をも含めて、近代的発展を次期に持つ小説様式の作品に、関心を深くして行ったなどその特色の一つである。そのすぐれた成果の一つに本居宣長の『源氏物語』物のあはれ論がある。ただしこれは蘐園派の文学人情論や彼の師堀景山の『不尽言』の論など先輩に多く負い、それを『源氏物語』について実証的に確定したものと解すべきものである。これにしてもしかし物語乃至は文学の本質論にもっぱらで、小説技術の面から小説性文学性を追究してゆく態度などは認められない。『源氏物語』評論に限っても、僊叟のこの僅かな評論は、論のよしあしは別として、その態度は時代に遙かに先んじていたと見るべきである。

6

僊叟は又俳諧にも関心を持った。早く、亀毛と号して俳諧に遊んでいた梁田蛻巌にその意見をたたいている。江村北海が俳席に交るをいましめて、漢詩文に専念せしめた(『授業編』)蛻巌は、それに、和歌に対する俳諧は、詩に対する宋詞元曲の如くで、芸苑の残葩、詞人の戯具と答えた(『蛻巌集』後編巻七)。蛻巌は「まつりくるま」と云う文章(雑誌『典籍』第八冊所収)でも、「詩は能のことし誹は歌舞伎のことし」と述べている。北海の子敬義は、樋口氏をついだが、与謝蕪村一派と交って道立と号した。道立が洛北金福寺に芭蕉塚を建立した時の碑文は、現存する碑にも明かに叔父僊叟の作である。久村暁台が芭蕉百年忌を記念して、『風羅念仏』なる撰集を計画した折(天明三年、実は九十年忌)も僊叟に序を乞うた。『風羅念仏』は一部刊行を見たのみで、この序は、蕪村の序と共に、後に『新幽蘭集』(文化十三年序刊)で発表された。それらによれば、僊叟は俳諧と芭蕉を蛻巌以上に評価した。芭蕉の作を評し、「清新ニシテ俗ナラズ、澹ニシテ骨力アリ、詩家ノ陶韋ニ庶幾ス、抑又上ハ杜陵ヲ援《ヒ》キ、下香山ニ伴フ、亦或ハ擬ス可シ」と。一流詩人に比したのは、全くの曲筆でないであろう。儋叟が芭蕉に好意を抱いたには、先祖伊藤坦庵の詩集中に、芭蕉翁の名を発見したことも理由で、前掲の二文中にも、このことにふれている。芭蕉が伊藤坦庵に学んだとの説も亦、この文章から出たのである。しかし『坦庵集』中の芭蕉翁は別人で、儋叟やその詩を『日本詩選』に採入れた江村北海の粗忽が、長く学界にわざわいしたのではないかと思われるが、ここに詳述しない（雑誌『かつらき』昭和三十二年三月号所収、拙稿「芭蕉と伊藤坦庵」）。ともかく俗の中に雅ありと云う儋叟は俳諧に、正雅の詩を見出したようである。『風羅念仏』の序には、儋叟は蕪村を相知ると述べている。蕪村の風雅論も、元来詩俳一如の論である。書家永田東皐の兄梅明挙の著『間在深夜録』（天明元年刊）には、漢詩論をもって俳諧を評し、芭蕉の格調を賞讃している。東皐は北海や儋叟と親しかった。その兄も亦儋叟を知っていたのでないか。天明期の詩俳一如論は、芭蕉や許六・支考などの道として二つを同一視する大まかな論よりは、も少し文芸として微妙な点にまでわたっている。漢詩俳諧をもつつんで文壇全体が芸術的であった時代色の反映であろう。それでも太宰春台（『独語』）や成島錦江（「子姪に誹諧を禁ずるふみ」）は俳諧又は俳壇を批難したを思えば、京師の俳人のかかる見解には、未だ確証を得ないが、儋叟の考の影響などなかったであろうか。

7

前述した如く僧叟は、儒者をもって本分とした。しかし芸苑の緒余、詩文小説、日本の古典や近時の俗文学にのぞめば、その素直な芸術的感受性が、それらに心ひかれてゆくを如何とも出来なかった。俗文学の中にもふくまれる実人生や文芸性が、彼をまねいてやまなかった。俗の中にも雅があるとは、かえってかかる経験の結論であったかも知れない。そしてそれらの魅力の源泉を、中国の評論家や、正式な文学鑑賞法から体得した、時代としては近代的な方法をもって追究したのであった。思えば喧噪な文壇よりは、しばしば病と貧をかこちながら、読書三昧の彼の陋屋の方が時代の底流の鼓動がよく聞えたものであろう。

附記　『水滸伝批評解』(今は『唐話辞書類集』第三集所収)及び『書入本五才子書』は、長沢規矩也先生の御好意によって見ることを得た。末筆ながら感謝の意をささげる。

後記　僧叟の略伝は、日本古典文学大系『近世随想集』の『孔雀楼筆記』に述べた。彼の小説論中の「心匠」については、本書所収「読本初期の小説観」中にやや詳しくふれてある。

十　読本初期の小説観

一つの例を『雨月物語』にとる。戦前までは、この作品は、おおむね美しい文章で書かれた、面白い怪奇小説として、鑑賞された。もっとも「白峯」や「貧福論」の如く、議論の思想のあらわな篇は、知識的要素の濃いものなどと注記されて来た。面白い美しい怪奇小説であることに、異論は全くないが、全篇を挙げて、あだかも、近代作品にのぞむ如く、秋成の寓意したテーマを論じ始めたのは、戦後の研究においてであったと記憶する。今日の若い研究家のなかには、その事実を簡単に、『雨月』は近代的評価に耐え得る作品と思考して、みだりに近代的感覚をもって、評論する嫌いがないでもない。しかし戦後の新しい『雨月』論は、それとは全く逆に、秋成その人と、その時代の鑑賞に即して読もうとした結果生れたものなのである。そのために、秋成の小説観が、新しい研究態度と時を同じくして(秋成の古典物語観の検討は、それ以前から既に学界に出ていたが、それらをも合せて、時代の新古、作品の内外を通じての秋成の小説観の意味である)出現した。寓言論、寓意論などの称で、その方面の研究も進行した。それと歩調を合せて、秋成の作品論も進歩して来たのである。ただし秋成の少ししか残らない、余り論理的でもないものも交じる発言からのみ、彼の小説論を再構成することは、これまた誤解や行過ぎや、時には浅く誤った理解に終る危険がある。色々の意味において、秋成の研究のためにも、更に初期読本を理解するためにも、筆者から見れば、小説史上文学史上不当に軽視されている、読本の今後の研究のためにも、判明するならば、秋成前後の小説観を、少しでも検討することが必要かと思われる。以下はそのための小論である。

1

正徳頃から、初めは中国語研究の教材としてではあったが、中国白話小説が、しきりに輸入され、日本の知識人間に、その愛読者が次第に増加し、訓訳本・通俗書(翻訳)も、次々と出刊した。その間、今筆者に必要な、小説についての考えを、残している人も何人かはある。

勝部青魚なる西宮の医家は、医を村上等詮、儒を宇野明霞、俳諧は松木淡々についた人であり、『剪燈随筆』なる一書(写本)がある。従来『東西遊記』の著者橘南谿の著と誤られて来たが、彼のものである。この人は又早く秋成の俳諧の友であって、その歿後に出刊された句集『にしのみやくさ』(寛政元年冬跋)には、秋成の序がある。秋成に中国白話小説を読む癖を与えた一人に擬されている。(1) この『随筆』によれば、流石に中国小説通の出入した明霞塾にあった人だけに、多くの小説を読んだらしく、その間、彼の中国小説観をもらした処がある。

一　雅言にて実情を委く云うつす事は得がたし、和歌にて誹諧のごとく、日用の事はいひ取りがたしと見ゆるなり、云得たれば至て妙所なり、中華にて俗語小説ものにては委細に情がうつり易し

一　源語、勢語、淫書なれども、雅なるやうに書し故、今の上留理本、八文字屋ほどに情が

うつらず、日本の婬書は飾りて書く故、偽が多し、芝居にても、女の方から慕ふやうに作る也、唐山の婬書は有のまゝに書くなり、金瓶梅なども、皆男より女を動かす也、婬乱なる女皆悪人なり、男も女に好まるゝ者皆悪人なり、日本とは書かた違ふ也、果は殺さるゝ所などあり、実に勧善懲悪の訳が立なり、陳継済《(ママ)》は甚美少年也、中頃両度迄乞食に成、美男ゆへ女の助にて立身せしが、終には殺さるゝなり、潘金蓮も水滸伝の通り武松に殺さるゝなり、肉蒲団は始終愉淫奸婦にて果は福に帰する也、煬帝の艶史は尤大部也、残忍事多く見るに耐す、令《(ママ)》山平燕、玉喬《(ママ)》季など淫書なれども雅な事もなく、雲雨の状をあからさまに書ぬゆへ、親子の間にも読まるゝ也、男女互に慕て、女も貞女、男も学才ありて官に進む、源語などに類したり、勧懲の道理にうすし

などと見える。ここで問題としている第一は、中国白話小説は、当時でも日本の代表的小説であった『源氏』『伊勢』に比較して、実情が委細にあらわれていること。青魚もその流を受ける荻生徂徠の蘐園の人々の文学観の根本は、文学は人情を述べるものであったので、実情のよくあらわれたのが、よい文学となる。もっともこの時代になると、室鳩巣や雨森芳洲など朱子学派の人々も、この点では反対しない。

歌を読に男女相慕ひ、夫婦相思事を、或は花によせ或は鳥によせなどして読る事、是は人倫

の常情なれば、必あるべき事也、しかし誨淫の歌は定家業平の歌成共、其心学ぶべからず(下略)(自筆の一巻、同意のことは、『たはれぐさ』にもあり)

と見える。ただし、青魚は、表現の雅俗をわかって、俗言なるが故に、その実情が出ているとしている。当時の儒者は、徂徠らも芳洲も、風雅論とも称すべき文学観を持っていて、雅俗を峻別して、雅を選んだ。これはやはり小説家の論であって、俗言をよしとする。この小説の文章の雅俗は、都賀庭鐘から滝沢馬琴まで、実作者が、読本の歴史を通じて問題とし、それぞれ雅俗・和漢混淆の文体を考え出すのであるが、読者としての青魚は、この時点で俗を選んでいるのである。俗語で情がうつることでは、日本でも『源氏』『伊勢』の古典物語より、浄瑠璃本や八文字屋本の方が上だと云い切っている。第二に八文字屋本や浄瑠璃本は、しかしまだ実ではない。元禄期の近松は、その虚実皮膜論で、女から恋情を打あけさせた方が、人情を顕し得るとしたが、そして演劇の影響を受けた八文字屋本でも、その例が多かったが、これは有のままでない。中国の小説は男から、情をよせて云寄るから有のままであると云う。勿論日本の浄瑠璃歌舞伎でも、悪役は男の方から云いよるのが定であるが、これは『金瓶梅』の悪人とは又別であろう。演劇的なこの技法を作り事とし、中国小説の有のままを、人生の真実を物語るものとしているのは、青魚自らは恐らく気付かずして、小説が、演劇と相違した、小説的リアリズムを示すべきこと、それをよしとすべきことを、読者の面白さから述べているのである。中国の俗語小説の小説性の優秀さを、そこに見出したのである。ただし、

石点頭といふもの、夫婦の情婬乱の事多し、且又残忍事などありて、見るに耐ず、金より宋を責し時、旅人夫婦糧尽て、進退難義の時、妻貞女にて自ら屠家へ行て、身を売て其肉の価を露銀《(ママ)》ニて夫古郷へ帰りし事あり、見るに忍がたき事也

など云う。例に引くは、同書第十一巻の「江都市孝婦屠身」の一篇である。第四巻の「嬰鳳奴情愆死盖」なども、この文章の例となろう。実情、有のままを称しながらも、これは一般に云われることだが、当時の日本の知識人にも、中国小説のあるものは、残忍であり、濃厚に過ぎたようである。これは日本人の国民性と見てよいかも知れない。読者がしかりなれば、この後、中国小説に取材して、翻案する場合、趣向をかりる場合の、作者達にも、この国民性は作用したと見てよいであろう。第三に、青魚は作品の勧善懲悪を気にしている。勧善懲悪の語が、文学論に使用されたのは、近世初期の朱子学の徒であった。しかし青魚が属した蘐園の学派では、朱子学的勧善懲悪説を否定している。(2) 青魚の用語を同じ故に朱子学者のそれと混じてはならぬ。実情をよく描き出すことと共にあるこの語は、今日の語に置き換えると、倫理性・思想性などに近いものになるであろう。青魚のここの部分を意訳すれば、次の如くである。『源氏』『伊勢』の両古典であ

れ、八文字屋本の如き当代の作品であれ、日本の淫書は、情趣的に片寄って、倫理的または思想的な筋が一本通っていない。中国にもそれに似て、倫理性の明確でない作品もあるが、『金瓶梅』の如きは、その点明確な立脚点を持している。それが小説と云うものだと。語のゆるい意味においてであるが、小説が詩歌と違った特性を、ここに認めているのである。以上は青魚の読者としての感想にすぎないけれども、中国白話小説に接した事によって、自然と、小説と詩歌・戯曲との区別を感じとった事を示している。のみならず小説に於ける、価値転換がここにはある。『源氏』『伊勢』の如き模糊たる表現の情趣的作品を大人の小説、雅語をもって表現することを知識人の小説と、これまで考えていたことに対して、文化先進国、当時の思想界の中心にあった儒学の本国の中国の小説なるものの権威に於て、それは確かに日本の小説に比して、数歩近代に近づいていたものであったので、小説は、俗語によって有のままを明瞭に描き、思想性を持つものをよしとしているのである。青魚の場合は、読後感的なものであるとしても、これは小説の意識において、軽視すべきものでは決してない。また彼は云う。

通俗三国志は演義を仮名に訳したる也、孔明を奇妙にいはんとて、いろ〳〵の事を入たり、孫臏が竈を減じたる謀を裏へかえして、竈を日々に倍して退し事、是は後漢の安帝の元初二年に、虞詡といふ者、武都の大守にて、羌を撃し時、羌陳倉、崤谷を遮りしに、虞詡車を停て不進、救の兵を請、其兵の来ルを待間、竈を増倍し、人の多くなる躰に見せて、郡に至りて養を破りし事あり、此事を孔明にしたる也、正史に見えず、孔明安帝の時を去る事遠からず、此謀を又用べきやうなし、用たるとも敵欺れまじ、虞詡がしたるさへ孫臏の手本ありて、二盃目也、智あるものが欺れまじ、況間もなくなま〳〵しきはめ句にては、人のくはぬ事孔明でなくとも、ヶ様のあさましき事はせまじき小説の虚妄也

これは『通俗三国志』によっての評であるが、当時の読み方の一例である。歴史小説に、作者の虚妄が混じていると云う程度であるが、この読み方が昂じると、出典考証となる。現に都賀庭鐘は、清の袁棟の『書隠叢説』に見える、小説戯曲の典拠考証を集め、自らの思ひ付く処を加えて、『伝奇踏影篇』なるものを作っている。庭鐘の如く、作者ともなった場合は、出拠ある作品を作ることとなると、表裏している現象である。又、

売油郎の事は、和作の小説奇言など其外赤縄奇縁などに出たり、委くは今古奇観にあり、妓のかたづきの事従良といふ、従良は従ニよしあし有事、穏婆(やりて)が妓へ教訓の所、此邦の雑劇重井筒おふさが親方の妻の異見の段と少しも違はぬ意也

とも云う。「売油郎」とは、『今古奇観』所収「売油郎独占花魁」の一篇のこと、近江贅世子こと西田維則が『通俗赤縄奇縁』(宝暦十一年刊)と題して翻訳している。しかし岡白駒の『小説奇言』

（宝暦三年刊）には所収がない。記憶のあやまりと見える。妓の従良（夫）を選ぶことの教訓が、『心中重井筒』と甚だ似ると云うだけであるが、当時は岡田新川著『彼此合符』（寛政七年刊）などの、日中の似た事柄を比較するのを好んだ風潮の一つである。これを又作者の上にうつすと、日本の歴史の世界に、中国白話小説の趣向を翻案せんと思付くこととなるのである。

2

本書で既に紹介した批評家清田儋叟は、皆川淇園・富士谷成章兄弟と共に、当代の白話小説通であると共に、恐らく日本で初めて、小説を小説として読んだ極初の一人であると共に、又注目すべき小説論の持主であった。前出と若干重複する処もあるけれども、その小説観を整理して、箇条書的にかかげることとする。

一に、小説は「史の余」であると考えている。自ら訓訳した『照世盃』の序には、

> 小説ハ史ノ余也、閭巷ノ故事ヲ採リ、一時ノ人情ヲ絵《ウツ》ス、妍媸《ヨキワルキ》其ノ報ヲ爽《タカヘ》ズ、善悪直ニ隠ヲ剖《ワカツ》、天下ノ敗行越撿ノ子ヲシテ、惴惴《コワカル》然トシテ、自ラ側而《ソワダテ》、視テ海内尚若輩《カクノゴトキ》ノ有ツテ、好悪ノ公ヲ存シ、是非ノ筆ヲ操ル、其レ志ヲ改メ慮ヲ変ヘ、以テ是非ノ辱《ハヂ》ヲ貽《ノコス》コト無ラ使《シム》、是レ則チ酌元主人（『照世盃』の編者）ノ素心也（儋叟の訓に従ってよみ下した）

と云う。これは儒学に於ける『春秋』観を、小説観に応用した論である。儋叟の小説観の根本にも、ここに云う「史之余」と見ることが深く存在した。同書に儋叟の「読俗文三条」が附してあるが、訓訳に関する一条をのぞけば、小説を読むに歴史の知識の必要とすること、作品の全旨を洞察して、文面の外に作者の深義・奥旨を知るべしとの二条となる。これは共に、「史之余」の考に発する。歴史の知識については、「俗文ノ書多シトイヘトモ、水滸伝ヲ能ク取テマワセバ其ノ余ハ破竹ノ勢ゾ」の言葉もあって、『水滸伝』の検討から、実験的に得たものである。云う、

水滸ハ文面ノ外ニ真ノ水滸アリ、宋ノ一代ヲ一部ノ中ヱ収入ス、晁蓋ハ太祖、宋江ハ太宗、呉用ハ趙普、関勝ハ魏勝、張横・張順ハ張貴・張順、一丈青ハ楊妙真ヲ云ナドノ類ハ、大ニ正史ガ助ヲナス

と述べている。

二に、この事は引いて、小説を読み説くには、素材を明らかにして、それを如何に小説化しているかを知るべきだとの主張となる。「勿論、通俗書時宜ニヨリテ必シモ実ノママニ記セズ」であるが、

蓋、世ニ某ノ事某ノ人有リテ、而後斯ノ事斯人ヲ以テ之ニ充ツ、其人也虚ニシテ其事実ナル者有リ、其人也実ニシテ其事ノ虚ナル者有リ」(『孔雀楼文集』所収「題水滸伝図」)

である。且つ又、その素材の使用について「凡寓言之書、有分毫事情不合、不足読」(『水滸伝批評解』)と云った、厳格な態度をも要求している。すれば歴史的事実が、小説の素材となっているを発見するのが、小説鑑賞の第一要諦となる。これを逆にすれば、小説が「史之余」であることとなる。今日の出典考と同じ考で、出典を史書史実に求めて、それを小説化した処に、作者の深義を求めるべしとなる。『照世盃』では、『陰陽夢』の明末の理乱に拠ったことを示して、「経学ノ次ニハ、史学ヲ最トス、詩文ニモ博物ニモ乃至俗文ノ書ニモ、歴史ノ助ヲナスコト勝テ数フベカラズ」と述べている。

三に、しからば、小説の読み方は、歴史と同じく、人物の行動・心情・性格を分析する方法をとった。史書を読むにも、「諸ヲ情理ニ本」づいた(『孔雀楼文集』高田潤序)のであって『資治通鑑』全部にわたっての批評[3]をさえ試みたのである。この書は今は見得ないが、『文集』に「資治通鑑批評凡目」があって、人物を評した用語を説明する。例えば、

有下曰ニ魔君一者上、魔者攪擾之義、例与ニ睡魔詩魔一同、比ニ之大竜一、斤両則同、有三夏与レ夷、順与ニ不順一而已、止曰レ魔者、猶ニ止曰レ竜者一、明李贄評レ人、有ニ仙仏・菩薩・魔君等之目一、予之立意、全不レ同レ之、非レ効ニ其尤一、若夫凶逆狡呆等諸魔、各逐レ字見レ義、意旨明白、不ニ復注明一、

の如くで、外に、ここに見える大竜、妖怪・老賊・忠臣、凶悪人等様々である。大事件を評する

にも評語を定めて、それを定義する。鬼哭・髪植、血涙・穿鼻・在天之霊などで、一例せば、

有下曰二髪植一者上。謂下事之可二憤恨一者上。

有下曰二穿鼻一者上。謂下為レ人所二愚弄一者上。

有下曰二鬼哭一者上。其義甚深矣。広矣。蓋人能欺二得人一。不レ能欺二鬼神一。乃其行事或善。而其立意本不善者。而能盗二美名於当時一。後人亦不レ察レ之者。或狡計造レ悪。終不二敗露一者。或誠心為レ善。而当時及後人加以二悪名一者。如レ是之類。人不レ察者。鬼神必哭泣而道レ之。凡諸如レ是之類。評以二鬼哭一。又以レ彼較レ此。是非明白者。又善人必不レ為之事。悪人必不レ為之事。或有二甚天幸一者、或有二甚不幸一者。凡諸如レ是之類。亦評以二鬼哭一。（下略、例を上げる）

の如くである。云わば事と人を分析して下した評語であるが、彼は「題水滸伝図」（『孔雀楼文集』巻之五）なる文章があり、『貫華堂本水滸伝』全体にわたって評を下したものもある。それの姿勢や用語を解説した『水滸伝批評解』（古典研究会編輯『唐話辞書類集』第三集所収）につけば、鬼哭・髪植など、史書と共通のものを、軽薄・不敬・唧噥・狗苟などの彼独特の評語と共に使用している。彼に於て史書と小説との関係は、素材の問題以上に深いものがあったのである。が、この性格論は、水滸評のいたる処で試みているが、これは又彼の愛読した、金聖歎の貫華堂本の評から得たものであろう。聖歎本をとるとは、文章家の儋叟らしい選択である。日本に於てこの本を疑い出

したのは石川雅望あたりからで、その当時としては仕方がなかったことでもある。殊に彼の興味を引いたのは、聖歎の批評であって、彼の『水滸』評には、聖歎評の評をも含んでいることからも、それは明かである。この性格分析、性格論的な批評も、聖歎から得たとしてよい。日本人に、小説を評して、性格の語と、そうした見方を教えたのは、

三十六箇人、便有二三十六様出身、三十六様面孔、三十六様性格一、中間便結撰得来(下略)

(上略)独有二水滸伝、只是看不レ厭、無レ非レ為下他把二一百八箇人性格一都写出来上

などととく、この「読第五才子書法」であった。この点は、「心匠」として、後にも一度述べる。

四に、以上を通じて、作者の立意が、奈辺に存するかを知るべきであるとする。これは前掲した深義奥旨に相当するもので、『中世二伝奇』の序には、

其書似下訳二柳毅・王清二伝一者上、立趣寓意大不レ同、可三以説二児女一、而亦可三以銘二座右一、又絶無二鬼怪之習一

と、立趣寓意の語に変えているのが、これである。『水滸伝』についても「水滸伝者通俗書、且専説二詐偽機謀一。不レ可二以為一レ訓。顧其立意奥妙。亡レ論下其三十六人。名在二史乗一者上。其它亦非二漫然撰出者一」(「題水滸伝図」)と云う。一種の寓言論と見てよい。そして如何なる寓意をよしかとすれば、彼は自ら儒者をもって任じた人であって、儒学的に道徳的であること勿論である。

一伝ノ本意、信義ヲ守ルヲ主トスルゾ、此伝ノ柳毅伝ニ勝シハ、此一段有ルニヨルゾ（『中世二伝奇』）

など云う。しかし幕初の朱子学者の如く、勧善懲悪主義者では勿論なかった。

五に、世情人情を写し出すを、小説の大目的とした。『二伝奇』には、「右一段世情ヲヨク写出ス」「且ツ人情ヲヨクウツセリ、万ノコト無情ナルコトアランヤ」「一段人情ヲ妙写ス、鬼哭ト云ベシ」などの評を多く見るし、『源氏物語』や『水滸伝』も、その面白さは人情をつくした処にあると述べている。既に述べた如く、蘐園の人々から朱子学者まで、そして賀茂真淵の物語人情説、本居宣長の物のあはれ論までを含めて、文学人情説とでも述すべきものが、当代では和漢を通じて一般的であったが、僊叟の人情説は、叙上の儒者・国学者とは次元が違っていることに注意せねばならぬ。儒者・国学者のは、儒学・国学の云わば哲学乃至は彼らの思想中に於ける文学の位置を定める論であるが、僊叟のは、文学乃至は小説の中において、如何に人情があらわれているかの文学論なのであった。僊叟が小説を小説として認めて論じた初めての人なる所以はそこにある。従って彼の人情の妙写は、直に表現の問題にわたること、儒者・国学者の人情説が思想にかかわることと相違するのである。

六、構成に留意して種々の論をなす。これも「読第五才子書法」を初め中国の白話文学の評者から学んだ処であった。が立意や人情は巧みな構成によって、小説化されるとの見解を持っていたのである。前出の『中世二伝奇』の「信義」を指摘した文章は、次の如く続く。

吾朝唐土ニテモ、文ノ作法正シカラヌ人有ルニヨッテ、手習君ノ末ヲ書足、水滸伝ヲモ書タス、心得有ルベキコトゾ、唐土ノ諺ニ、神竜ハ頭ヲ出シテ尾ヲ出サズトイフ、文作ルコトニモ用ユベシ、タヾシ此類ノ書ノコトゾ、正シク実ヲ書ク文ハ、又外ニ心得有ルコトゾ、草蛇灰線トイフコトモアルゾ、又文字ノツカヒカタハ、寓言ノ書モ、紀実ノ書モ共ニ照応合符アルコトハ、少シモタガハズ、少シモユルムベカラズ

と述べて、構成法に及んでいることは、「隠れたる批評家」の条で、引用したので、同じくそこで述べた手習君こと『源氏物語』の浮舟の投身のことと共に省略する。如何にも文章の簡潔を愛し、象徴主義の彼らしい立論である。その立論の賛否はともかくとして、ここに論ずる姿勢は、思想の文学的形象の問題にわたっていることを、注意すべきである。

構成の一つとして、背景と作中人物の調和を、儋叟が考えていたこと、及び彼の友人富士谷成章も、同意見で、「清田絢所蔵源氏物語序」(『北辺成章家集』)に、そのことの述べてあることも、既に述べたので省略するが、同じく構成の問題であるが、「心匠」については、更に述べねばなるまい。

七、心匠の妙を必要とした。彼の『水滸伝』評は、文章をのぞけば、これが第一であり、『源氏物語』評もそれを主とした如くである。『水滸』に例を求めると、聖歎評の第一の特色とも云うべき悪人宋江の心匠が、全巻の中心として、儋叟にも問題で、聖歎以上に、宋江の悪人としての性格の表現を指摘している。聖歎評を、更に批評して、「潯陽楼還道村、諸ヲ正鵠ニ失ス」(『孔雀楼文集』五)とも云っている。潯陽楼は、三十八回の宋江反詩を吟ずる一条である。本文には酔中に反詩を大書した宋江が、「酒醒時、全然不記得、昨日在潯陽江楼上題詩一節」とある。そこを「畢竟兵機」と評した。『解』に、

按ズルニ古ヘニ称ス王者不死ト、蓋シ死ニ臨デ死セズ、而シテ後ニソノ死セザルヲ知テ、人コレニ従フ、宋江心コレヲ期ス、故ニコノ罅漏ヲナシテ、罪ニカヽリテ又免ル、ソノ実全然記シ得ザルモノナランヤ、或人ノ曰、直ニ宋江ヲ殺サバ如何、曰宋江ハ罪人生得スベシ、直ニ殺スベカラズ、蓋シコノ時山泊ノ人、既ニ宋江ガ左右ニ在テ、コレガ動静ヲ窺フ、以下ノ兵機トイフモノ意義大類此ノ如シトイフ

とあるのが、儋叟の理解である。還道村は四十一回「還道村受三巻天書、宋公明遇九天玄女」の一条で、宋江が単独で、この経験をしたと記述する所をとり上げて、「文面唯写宋江一人下山、詭謀深密鬼神哭泣」(貫華堂本書入)と評した。『解』は又、

還道村ノ一段ハ宋江死ニ瀕シテ、幸ニ神助ヲ得テ死ヲ免ル、蓋シ宋江人ヲシテ、王者不死トイハシメント欲ス、ソノ実タレカコレヲ見シヤ、宋江呉用ガ詐偽ノミ、先生(儋叟)ノ兵機トイフモノ是ゾ

と説明している。宋江は左様に王者たらんと計画策を用いるが、しかし作者はその不成功をも暗示していると、儋叟は云う。三十九回の「白竜廟英雄小聚義」の条で、彼らの集合の場を、白竜廟としたのがそれである。赤竜ならば、これ帝者の瑞であるが、白竜では覇業さえ成就出来ないことを示したもので、これも聖歎は漏失していると。その他宋江の性、猜疑深く、かの直情の李逵をすら疑う条がある(六十回)とか、自らの弟宋清に、梁山泊の筵宴をつかさどらしめたのは、「他日山泊ノ人ヲ忌テ殺スコト有ラバ、顕ニ殺スベカラズ、計鴆殺ニ出ザルコトヲ得」ない遠慮深謀によるものだとも述べて、儋叟の言葉をかれば、苛酷なまでに、宋江の悪人ぶりを論じつくすの概がある。『水滸』の心匠すぐれたりとする第一は、この宋江の人物の描き方を云うものと思ってよい。しかし儋叟のかかる読み方は、宋江の如き主要人物に止まらず、云わば端役の末にまで及んでいる。例えば九回初に林冲が滄州の流罪地で、東京で恩をかけた酒生児の李小二に世話になる一条がある。この人物を紹介する本文に、「後来不合、偸了店主人家財、被捉住了、要送官司問罪」とあるを、「甚深甚妙」と評する。その理由を『解』にただせば、次の如くである。こ

の李小二の林冲に対する態度は、大体に恩がえしの気持に発しているのであるが、万一の場合に自分にとばっちりのかからぬように、ぬけ口を作っている。酒狂・喧嘩・色欲など激情に発する罪を負うものならば、こんなさもしい態度はない。この小盗みをする人物と、この態度とが合致しているのが妙である。「李小二此所ニテ林冲ニ背ズバ、是モ山泊ノ人数ナルベシ、是迄ニテシマフ人ナルニヨッテ、盗ヲシタト書タ者ゾ、正是作者ノ一字デモ、ソマツニセヌヲ知ベシ」である。その一字をも粗末にしない例を今一つ上げれば、三回で魯達(智深)が金老父子によってかくまわれたが、その旦那の趙員外の荘客があやまって押かけた所、本文に「魯提轄開窓看時」とある。魯達は人を殺して逃れる身である。普通の逃人ならば、あいた窓をも閉すべきに、開く所が、魯達の力に自信あり、酒狂をこととする豪傑たるを示すというが如くである。「劉唐ヲウツスニハ劉唐ガ心事アリ」とも云う。百八人悉くその心事ありと読まねばならない。これによれば、彼の云う心匠とは、性格が構成に参画するそのあり方、逆に構成中における性格の動きの如きを称したと見てよいであろう。

八に彼は、小説などでは、通俗の言葉を使用するを認めていた。

仮名書の書を撰するに、通俗の言葉を用ゆるがよろしきは、上にいゝしとをりぞ、通ぞくのことばの中にも、賤しくふつゝかなること葉は、なるだけははぶくべけれど、それよりは慧便けいはくのことばを禁ずべし、預めといふを兼々といふ、なすべき事なるといふを、するはづじやといふの類ひ、ふつゝかなれどもさして害なし、慧便軽はくの言葉は、人をして笑を催さしむる事あれども、其さまいやしくて、世人のいふ人体をそこなふ、世にいふ口あいなどの類ひ尤誡むべし（『芸苑談』）

軽薄を最も嫌う僭叟らしい注がついているが、通俗の言葉を許すのは、白話小説を認める人としては当然である。

以上、僭叟の小説観は多端にわたっている。そして、儒者・国学者の論と異質であるのみならず、青魚の読後感的なものとも相違して印象批評的であったり、作文法的であったりする要素を持つが、小説批評としての、一箇の立論である。初期読本の段階で、小説は、それは東西古今の、むしろ古典をもとにしたものであっても、批評の立論を持っている。

この僭叟的な解釈に現代人が全部賛成できるかどうか、疑問があるし、はたして悉く正鵠を得たか如何にも論があろう。しかし当時においては、これは僭叟個人のことではなかったようである。その熱心さの程度や理解の相違が若干はあったとしても、皆川淇園や富士谷成章らの友人も、僭叟の読み方に賛成していた証がある。『批評解』を残した高田維亨も、全面に賛成する、僭叟の読み方は、当時の中国小説愛好者に共通した基礎の上に立っていたとなりそうである。問題は更に広く考えねばならない。儋叟か又は儋叟の徒が『中世二伝奇』なる翻案小説を作った時、儋叟的小説の読み方によって得た所を、実地に行っていることが、それに加えた評によって知ることが出来る。『富士谷成章全集』下に収められた『白菊奇談』は実は、『石点頭』の第十三巻「唐玄宗恩賜紘衣縁」の翻案であるが、翻案に際してかなりの改作が加えられている。(4)そこに様々の問題のあることは、別に述べたが、成章流小説観によるものといってよい。成章の友人に上田秋成がある。秋成も多く中国小説によって、『雨月物語』を作り、晩年の『春雨物語』にも、現在論ぜられる以上に中国小説の影響があるのではないかと考えられる。秋成も亦、儋叟と同じ圏内に幾分でも足を入れていたとすれば、『白菊奇談』を読み、『雨月物語』『春雨物語』を読む場合に、儋叟的中国小説的理解の応用があるものとして、それらの作品にのぞまねばならないのではなかろうか。

3

幸に読者、批評家風の小説観をうかがい得たが、当代の作者、それも初期読本の祖とも云うべく、筆者が最初に提出した上田秋成には、小説創作の上でも、従来の見当以上に深い関係があったと思われる都賀庭鐘にも、僅であるが、その小説観を察する資料がある。(5)しかし庭鐘は、自ら考えた小説観を、自己の作品、『英草紙』（寛延二年刊）『繁野話』（明和三年刊）『莠句冊』（天明六年刊）の三部作や遺作『義経磐石伝』（文化三年刊）に具体化している。それらによって、この作者の小説観を、僭叟の例にならい、やはり箇条書に紹介検討して行く。

一に、庭鐘も小説を「史之余」と見ていたことは、『英草紙』の第五篇、「紀任重陰司に至り滞獄を断くる話」で、鎌倉時代の人々を、南北朝に生れ替らせる筋に於て、一々に史的評論を加えた処や、源義経一代記の筋を立てた『磐石伝』で、「草子子曰」とか「情史子曰」とか称して、歴史的な穿鑿を附した処からも、十分に推察できる。『英草紙』の序で、「鄙言却て俗の儆《いましめ》となり、これより義に本づき、義をすゝむる事ありて」と説いたのも、『春秋』的な考に基づくと見てよいであろう。『磐石伝』の跋には明瞭に「往にしますら雄の、いさほしありて、うつもれたるを発明《あらは》せるわざは、忠《まめ》なる人のかざしなるべきか、（中略）寃屈《かゝめられ》を伸しなむ作業は、古人も心ざす所ありし」と、歴史を補う要素を小説が持っていることを述べている。

二に寓意のことは、彼の三部作の悉くに、明瞭であるが、『莠句冊』の序では、和漢の物語、殊に「梁山西遊」の長編や「日本紀のさへある物がたり」即ち『源氏物語』を挙げて、

浮浪《いたつがはし》として道学の君子は眼を掩はるれど、其風に諌《ほのか》めたる際々を認めて、博士の君子は洞《ほがら》かなる由なり。されば実《み》を種《う》ゑて培ふにもあらぬ、枝と葉を攀ぢたる偶言《ことよせごと》は、翫ぶ人の眼界

量《ほど》にこそ余情は蘊《こも》るべきをや

と云う。『繁野話』の序は、所収各篇の寓意を自ら解説している程である。少しく長くなるが、『磐石伝』の跋に、彼が述べた、和漢の小説批評を、全部ここにかかげて置く、

彼宋元の後つ方、発端に話説と筆を染るものかたりは、皆俚語《いやしきことば》にして古言にはあらす、それが中にも専ら人情をつくすの快談あり、水滸は美にも悪にも先其発言を聞て、其の愚智剛柔廉姦の標あり。三国の人品は既に人の耳に有て、其声聞《きこゑ》改かたく、作意展《のひ》かねたり。西廂は麗情巧思を詞曲に致せとも、当今宋元を取さるに棄らる。西遊は一挙一説仏理を離れす。荒唐にして悟道あり。金瓶は奸人の叢沢、其分に従ひ心趣同じからず、世の人情を吐露し道学に傍《かたはら》せり、中冓《かう》を内にせさるは長談の眠り覚しなり、いづれも知らでありなむと思ふ事の、船の梶干さでよせもて来るこそ、好き中らひ過るは世の姿なるらめ。此国の源語は戒慎を不言の中に籠て、七重の壮厳功徳なくして至りがたしとは謂ず。売弄《ふけらか》して図を弘るが如く、其言もまた翫《もてあそぶ》へし、類に勢語は詞の賤しきをゑらはす、滞らさるを専らとし、大和物語と趣を通はせり、うつぼは事狭くして其言葉優なり、栄華は慎みて事を結ばんとして得ざるが如し。

ここにも、『西遊記』『金瓶梅』『源氏物語』の寓意に言及している。

三に、素材については、彼は清の袁棟が『書隠叢説』に種々と、中国の小説戯曲の材を指摘しているを抄出し、自らの気付いた処をも加えて、『伝奇踏影篇』なる一冊をなしており、幸に残ったその抄記『過目抄』の中に、残存していることは前出した。且つ「史之余」との考の下に、自己の作品でも、日本の雑史に多く材を求めたことは、前人も説く処があり、『英草紙』一部ではあるが、筆者も別に考証した(小学館編『日本古典文学全集』の中)ので、ここでは再述しないでおく。

四、寓意と共に人情を考慮すること、また儋叟と等しい。「紫の物語は言葉を設けて志を見はし、人情の有る処を尽す」とは、『英草紙』の序に云う処、『磐石伝』の跋でも、『金瓶梅』が人情を述べて、度に過ぎたことを弁護している。同じ跋には又、古今の小説について、

見ざる世の事を見まく欲し、しらざる国の習はせも聞ばやとも思ひ、古と今と法度同しからず、外夷と中国と風気異にして、人の作業も善悪の動くも珍らなるもあるへし、人情の変り移るは、其時にあたりて、はかり知べきにあらねども、事に臨みて逼りたる心さまは思ひやるちまた外なるましく、それを文の言葉に伝えて、朽ざらしむるためしも少なからさるに似たり、かゝらざりせば、司馬の史《ふみ》も事を結ふもかたかるへしと振提《ふりさけ》たる人の言たるも宜《むべ》なりと、儒者や国学者の、簡単に古今人情一なりと述べた以上に、細緻な配慮を用い、人情も世と共に移るけれども、究竟に於ては、同じ人情であって、一種の感情移入が行われて、古今に通じて

の理解のあるべきものなることを論じているのである。

五に、作品の性格についても、先ずやはり『水滸伝』の性格表現の巧みさを述べて、『三国志演義』の方は、歴史的な人物を登場させただけに、仮想の『水滸伝』の如くには自由に作意できていないなど云うのも、如何にも作者的立場からの意見である。『英草紙』の第六話「三人の妓女趣を異にして各名を成す話」では、出典もあったとはいえ、三人三様の三姉妹を描きわけたのも、作者としての、性格描写の試みであったと見てよい。

六、庭鐘の如何にも作家らしい特色の一は、当代社会への関心を、立意として、寓意として、作品のいたる処に示した一事である。『英草紙』の第一篇「後醍醐の帝三たび藤房の諫を折く話」では、当時の談義僧の堕落を批判し、第二篇「馬場求馬妻を沈めて樋口が聟と成る話」では、身分階級論を珍しくとり上げ、第四篇「黒川源太主山に入つて道を得たる話」では、『警世通言』所収の原話以上に、痛烈な、これも近世では珍しい女性論を展開している。『繁野話』にいたると、その第一篇「霊魂雲情を告て太平を誓ふ話」では、当時大阪で、北方丹波のあたりに立つ雲を、丹波太郎と称することが流行すると、早速にこれを採用して、「雲之賦」とも称すべき一篇を加える。挙げれば別に一文を必要とする程であるが、作者としては或は当然のことかも知れない。

七、文章についての庭鐘の配慮は、その処女作『英草紙』の序に見える。

此の二人（作者近路行者と校正者千里浪子のことで、共に烏有先生、庭鐘その人の分身と考えられる）生れて、滑稽の道を弁へねば、聞を悦ばすべきなけれども、風雅の詞に疎きが故に、其文俗に遠からず。草深き人となれば、市街の通言を知らず、幸にして歌舞伎の草紙に似ずと。云う処は、当時に世上に行われた八文字屋本の気質物の如き滑稽卑俗な文章ではないが、又『源氏物語』以下古典物語のみやびな文でもない。西鶴らの粋の言葉もなく、八文字屋本の芝居物の如く、歌舞伎浄瑠璃の演劇調でもないの意である。よって出来上ったものは、和漢雅俗の混淆的な、今見る三部作の如き文章である。この後、読本の作者、殊に初期の人々は様々に文体には苦心したが、ここに庭鐘が試みた、和漢雅俗混淆の文体のわくからは、特殊の雅文小説を除いては、出なかったことは、別に述べたので(6)、ここでは省略する。

八　構成・心匠についての庭鐘の発言は特別にないが、それへの留意と、技法は、その作品が、如実に示す処であり、その技法の多くが、秋成に伝えられて、更に精緻になったことも、ここでは述べないこととする。

4

筆者は、言葉の時代性を余り考えずに、青魚・儋叟・庭鐘の発言を、構成・性格・素材・心理分析などと、近代小説論の用語に安直に換言した嫌いのあることを、自らも気付いている。しかしその内容に、時代的相違があるとしても、指摘した特色が、それぞれの近代語の範疇の中にあることが、間違っていなければ、今はそれで十分である。そしてその指摘解説が左程に間違っていないとすれば、今日の小説論で採上げられる重要問題が、殆ど、この時代の知識人の小説観に出そろっていることは、小説史の上で大変に進歩した一段階であったと評すべきではあるまいか。そして以上の三人は、少しく註記して来た如く皆、秋成の近い周囲にいた人々であって、後述する秋成の小説観と比較しても、その有形無形の影響を想像できるのである。もし秋成の作品と小説観に近代に呼応するものを認めるとすれば、以上の三人にも亦、同様のことを、即ち近代に呼応していると認めねばならない。もっとも筆者は、秋成の作品においても、ましてや庭鐘の作品では、以上の要素への考慮は認めても、具体的に、構成や思想その他様々に、近世性のあることを、むしろ認めざるを得ないとするもので、余りにも近代的に解することを慎むものであるが、歴史的に見て、この時代の小説観は、近代小説への一つの脱皮期とするものである。これには、ここでは繁を厭って、一々に掲げなかったけれども、金聖歎を初め中国の小説戯曲の批評家の影響の濃いものがあった。日本の小説史は、西欧小説とその理論で近代化する前に、中国小説とその理論で、既に近代化への歩を進めていたことは、小説史として、も少し大きく評価すべきことではあるまいか。

成程、庭鐘、秋成らの初期読本に比較すれば、寛政以後、山東京伝、滝沢馬琴などを中心とした後期読本期に入ると、大衆的な読者の増加と共に、作柄も大衆的になり、初期読本の精神とその頃の作者の姿勢も忘れられたかの感がある。が、よくよく見れば、大衆的にこそなれ、初期読本の得たものを捨てたのではない。馬琴も亦、金聖歎・毛声山ら明清才子の小説観を会得し、庭鐘・秋成の作風を受け継いでいる。馬琴の勧善懲悪論なるものは、坪内逍遙の『小説神髄』以来誤解されて来た。その誤解は、以上述べた如き近世に於ける小説観の進歩の無視に由来する。馬琴の発言は如何であれ、彼の思想が封建的であるのは、封建社会のいわば大衆作者としては当然のもの、小説の形態としては、彼の勧懲とは、小説の中に包含する思想の問題なのであった。馬琴は、儋叟らの語で云えば、小説の寓意においても、勧善懲悪即ち倫理を第一に置くべきだと論じたものである。若い坪内逍遙の説く、人情論以上に、馬琴の説の方が深意があったとも解されることは、本書の「滝沢馬琴の小説観」の条で別に述べるが、ここでは友人小津桂窓の『八犬伝九輯再評』に答えた一文を引いておく。桂窓は自分は歌に執心で、情本意に文学を理解しがちで、勧懲に注意がおろかであると述べたのに対する答である。

とかく先趣向と文に御目つかせられ候て、勧懲は二の町に被成候よし、是は誰も同様ニ御座候、元来慰に見候物なれば也、必しも歌よみかたぎとのみ思ひ給ふべからず、理窟をはなれ詞を艶に且余情あるは、歌も文も上手の手段ニて一致也、或はいましめ詞さとりがましきは道歌に似て、俗をまぬがれざる事勿論に御座候、さりながら歌とても淫奔不義の事都て五常にたがひたるは、歌がらよしといふとも、心ある人は取らず候、歌は小説の但見の如く情景の二ツの外無之ものですらかくのごとし、況稗史は趣向も妙文も佳といふとも、勧懲を旨とせざれば見るに足らざるものに御座候、畢竟蒙昧をして奨善の域へ引込んと欲するものなれは也、

大凡一部の稗史を閲するに、その書となり先勧懲正しきや否を見て次に趣向と文の可否を評し候を真の見功者と可申候、但しこの義看官の各好む処にあれば、趣向と文を先にして勧懲を二の町にせしとても、わろきにあらねど勧懲の意味を見おとされては、飽ぬこゝちいたし候也、いかにとなれば、勧懲は柱礎のごとく趣向は間どりのごとく文は造作の如し、さるを只間とりよろしきと造作の奇麗なるをのみ見て、柱礎に良材を用ひしと土台の堅固なるをおもはすして可ならんや、尤過当の説に似て候へども、唐山なる名工の作は、必勧懲を旨と致候、近来清人などのゐせ作者の時好に媚るものはしからず、彼名工の勧懲あるをたとへていはゞ

根をとへは花の心のふかみ艸けににかからぬくすりなりけり

不及ながら愚作もをさ〳〵この心ばへに御座候、御一笑〳〵

と、筆者が思想寓意と解した一証となるものであろう。

否、作者馬琴がそう思うたのみでなく、識者の読者も亦、そのような目で、彼の作品を読んでいたのである。勝海舟に「古今小説談」(明治三十年刊大橋乙羽編『名流談海』所収)なるものがある。尾崎紅葉は初めその頃の小説界をとり上げ、幸田露伴が腹が広くて物識りで少しは深みがある。尾崎紅葉は才子、浪六は腹の無い人間ばかり書くなど評して、若い時に読んだ、馬琴・京伝、京山・種彦(海舟の父は種彦の友人で、彼もよく知ると云う)を論ずるが、馬琴論が最も詳しい。引用して見る。

小説を書いた礼物も、積んで置いては、支那小説を買つて読んだから、趣向の変化が旨い。恰度私が十七八歳の時であつた。アノ八犬伝が水滸伝を丸写しにしたのだが、非常に評判が高くて、所謂堂々たる大儒者を凌ぐ程の勢ひさ、実に絶世の才があつた。(中略)今の小説家は何故穿ちが下手だらう。諷刺といふものを殆んど知らぬ、たま〳〵書くかと思へば、真面目で新聞紙で毒づくは何事だ。脳味噌が不足なのか、気が短かいのか。馬琴の八犬伝も徳川の末の事を書いたのぢや。畢竟不平欝勃の気を洩したのだ。が唯見れば何の意味も無い。その意味の無ささうなのが巧手なのだ。それで京山・春水なども、専ら大町人の内幕、そら本町辺の噂を書いたよ。馬琴の諷刺は恰度司馬遷の史記のやうなもので、褒貶曲折が著しい。とあって、再び当時の小説家にかえり、西洋を加味して焼直すので、広いけれど深さがなく、今の風俗さえ判らぬ、諷刺がなく浅くて直に人を怒らす（モデル小説を云ぅか）のは智慧がないなどと結んである。大槻如電は、今の文人は漢学の教養がないので文章が下手だと云った噂と、一寸似ていて、全面的に肯定すべきかはともかくとして、若い海舟は、『八犬伝』を、当代社会の諷刺と考えて読んだのは事実である。寓意即ち馬琴の隠微を読みとって、「徳川の末の事を書いた」とは、何を指すのであろうか。明らかでないが筆者は、三田村鳶魚翁の説を思い出す。翁は徳川社会崩壊の大きな理由として、道徳の頽廃を論じている。封建社会を支えて来た儒教倫理が、音を立てる如く崩れて行く様を、晩年の馬琴は見たのである。その無道徳社会を見て、新しい道徳を自ら考えるには時期尚早の当時、古い倫理の堅持を、作中の思想として大きく採り上げることに、馬琴が作者的情熱を持ったとしても、当然のように思う。それ程幕末の社会は、乱れた道徳の中にあったのではあるまいか。その回復を使命として作者の自己に課し続けた処に、彼が戯作者であって戯作者でなく、文人であって文人でないと高く自ら持した馬琴があり、これを読んだ海舟らが、「堂々たる大儒者を凌ぐ程の勢」と見た所以の一つが、ここにあるようにも思われて来る。思想にのみこだわったようであるが、その他の点は、「馬琴の小説観」の条を見られたい。

読本初期の小説観をうかがって馬琴に及んだが、我々は、秋成や馬琴の作品を、そうした小説観の作者と読者の中に生れたものとして、も一度じっくり見直すべき点があるように思うものである。

筆者は研究家が、読本を軽視するのに若干公憤を感じているので、少しく近代性への連続を強調しすぎたと見る向もあるかも知れない。が思うに、今日歌舞伎を見て、新劇風な視点から、写実的でないとか、思想が保守倫理的であるとか、筋が変だとか評する人があれば、嘲笑されるだけである。それはそのものとして鑑賞され、その演劇性は高く評価されている。それは歌舞伎は、も一つ先の能楽などと共に古典的なものと解されているからである。今日上演される歌舞伎と、時を同じくして発生した読本が、そうした尊敬はうけないで、大正・昭和とそれぞれの時代の文学を見る目で、等しく見られて評判が悪いことは、それは何とも旧くさいものであるが、小説として何処かに近代のものと通ずるものを持っている。換言すれば歌舞伎と新劇との間の異質に比較すれば、その異質は、左程に甚しいものではないからの故ではないかと、思いかえしたりしているのであるが、いかがであろうか。

（1）拙稿「上田秋成雑記」（『近世作家研究』所収）、同「上方の唐話学界」（『近世文芸稿』四所収）
（2）拙稿「近世儒者の文学観」（岩波講座『日本文学史』第七巻）
（3）一法学士「清田儋叟の資治通鑑批評に就いて」（『日本及日本人』五〇三号）
（4）拙稿「白菊奇談と石点頭」（『語文研究』二十三号）
（5）拙稿「上田秋成の師都賀庭鐘」（雑誌『歴史と人物』四十九年二月号）

（6）拙稿「読本発生に関する諸問題」（『近世小説史の研究』所収）

十一　上田秋成の物語観

1

秋成は云うまでもなく作家であると共に、彼の意識では、それ以上に古典研究家であった。古典研究家の秋成は、古典物語のくさぐさを解説し考証し評論する途次、自ら物語の本質に触れ、時には意識してそれを披瀝した。「安永四未のとし正月廿三日不尽野うつな（藤打魚）」の写本で残る『竹取物語増註』、安永八年病を養って城崎の湯に遊んだ折の紀行文「秋山記」と、それと同じ時になった「ぬば玉の巻」と称する一文との『源氏物語』の評論（ただし、「秋山記」は文化三年刊の『藤簍冊子』巻三に所収、「ぬば玉の巻」の現存写本も寛政末の写かと思われるので、秋成の著述の方法からすると、後年の修訂したものと考えるべきである）、写本で残る『伊勢物語』の全註釈『よしやあしや』の冒頭と寛政五年校訂刊行した賀茂真淵の『伊勢物語古意』の秋成序と、それに附した刊本『よしやあしや』一冊に見える『伊勢物語』の評論、寛政十一年校刊した『落窪物語』の序などがそれである。大体秋成は、一度定めた自説を自ら否定してゆくことによって思索を高める型ではなく、自説を次第に広げ深め確定づける肌の人である。物語観も通覧するに古典研究に入ったのが三十歳を越え考の固まる年齢に入ってからとて、初めの見解は深められ確信となって行く進展経路をたどり、前後矛盾する所は殆どない。その一貫する物語観は、そのものとして近世文学論の注目すべき一つであるが、一面作家の彼は、青年時の『雨月物語』(安永五)でも、晩年の『春雨物語』(文化五)でも、その序に作品に関する本質的な発言を若干残し、その線にそった創作を行っている。彼の古典物語観と創作作品観とは、当然かも知れないが、一致する如くである。秋成は和歌においても、

いにしへを押立て、物らいふ人の、しひて唐ざま唐事をまなぶまじく云ふと、後の姿をのみ歌といふ人々の、この神(人麿)をしもいはひまつるとは、同じつらにや見はなちてん(『つゞら文』)

と皮肉を云って、風体の別は勿論認めるが、本質では、和歌の新古、和漢の詩文学の別も立てなかった。物語小説も同様に和漢古今を一つに見ていた。『雨月物語』の序に、『源氏物語』と『水滸伝』を並記し、その美点を上げて、自己の新作品の二者に及ばざることの甚しいを云う。これはひそかに二傑作に比肩させた自讃である。自己の作品に「——物語」と題するのも、言語に恐ろしく敏感なこの人の用い方は無神経とは解されない。やはり古典にならべての命名であった。

刊本『よしやあしや』の例は後に引くとして、『ますらを物語』(仮題)の、
　唐土の演義小説、此国の物がたりぶみ、其作りし人のさかし愚にて、世に遺れると、やがての時に跡なく亡ぶるにいちじるければ、いふもさら也。是(『西山物語』)もはやくにほろびし数にぞ有ける。
との言葉も亦、同じ考に基づく。とすれば彼の物語観は当然創作の作品観に一致する。よってその物語観の考察には自ら作風への顧慮も必要になると共に、その結果は、今日その古典研究の成果よりは、遙に高く評価される彼の作品の鑑賞に役立つであろう。この小検討は、単に文学批評史の一部分にとどまらず、秋成作品鑑賞の基礎を求めようとするものでもある。

2

年次の明かな中、最も早い『竹取物語増註』の末に、
　秋成云、これらの事すへて妄証也、定家卿のいはく詞花言葉を翫ふへき而已、これを物語り見るこゝろなりけるを、博聞の子こゝに心すへきにこそ
と云う。詞花言葉を翫ぶの語は、「ぬば玉の巻」にも、
　京極の中納言(藤原定家)のたゞ詞花言葉をのみもてあそべとさだし置かれたるぞげにことわ

りなりける

と用いる。この語は『伊勢物語』一本の定家の奥書に、「上古人強不可尋其作者、唯可翫詞花言葉而已」と見えるもので、若く独学の秋成を国学に執心せしめる大きな動機となった契沖の著述、その『勢語臆断』や『源註拾遺』にも、賛成の意味で引いてある。そして契沖のこの語に託した意味内容は、「此物語(源氏)は人々の上に美悪雑乱せり。もろこしの文などに准らへては説へからす」(『源註拾遺』)で、中世以来の春秋的な褒貶とか勧善懲悪の作品として、『伊勢』『源氏』にのぞむべからずと云うことであった。秋成も、「しひては何ばかりの益なきいたづら言なり」「これらのあだ物もて、世のをしへにもなるものにとりはやすは、いとおろかなり」(「ぬば玉の巻」)と、前掲の文の前後に述べて、契沖の云う所に等しい。けれども、同じ文字を用いた定家の立場とは、二人は全く正反対の岸に立っている。定家は、その表現にあやがあるとしても、時代ながらの仏教的勧善懲悪的文学論下に、思想的な、まじめになって取上げる固形的なものの乏しい狂言綺語だと云う意味で、物語を翫物と称したのである。しかし契沖は既に云われる如く(1)、中世の仏教的、近世の儒教的勧懲論からの文学の脱出を、その文学論で意図した人である。彼は思想的なものの文学への君臨をとりのぞいて、自由な物語を翫物と見なしたのである。秋成とても同じことで、『源氏物語』「螢の巻」の例の、『物語と云ふものにこそ人の道々しき事はつくしたれ」との言葉をさえ、そら言を書く作家が、詞を花々しく迎えるに述べたものだと断定した。

物語をも含めて文学全般を勧懲論又は儒仏の思想的なものの制約を受けるべしとの文学観を否定する見解は、契沖や、その頃の思想界を代表する伊藤仁斎らにおこり、次の荻生徂徠や賀茂真淵らの漢学国学の先達の主唱して、秋成頃となれば進歩的な人士の多くが懐いた所であった。[2] 本居宣長の所謂物のあはれ論などでは、荻生徂徠や堀景山、真淵でも服部南郭や渡辺蒙庵などと師承正しい読書によっただけに、明晰にその主張が出ているが、独学の秋成の論には晦渋の気味があるが、云わんとする所は、当代進歩人と同一で、物語引いて文学は道々しい書物とは別であることを、翫詞花言葉の辞に託したのである。

しからば物語は何を示すかと問えば、写本『よしやあしや』で、真淵の、

か〻るふみを物語と名づけたる事は実《まこと》の録《ふみ》のごとくはあらで、世の人のかたり伝へ来し事を真《ま》言《こと》寓言《そらごと》をも問ず、其かたるまに〳〵書集たるてふ意にて今云むかし〳〵の例《あと》なし物がたりに同じ云々（『伊勢物語古意』総論）

との説に賛成して、

物語の物かたりなる事を心得て後に、業平の業平ならぬをしるへき也、こは用なき物ならむといふへき歟、（中略）唯の文にて、か〻るつくり物語なるを、虚言なりとしらむに（下略）

とも云ふ。とかく実話視されて来た『伊勢物語』に就いてではあるが、実録でなく、作り物語だとする。『源氏』についてもその見解は同じく、物語は道々しい古典の如くすぐれた人物のすぐれた心情言動を伝えるを目的としないとも換言する。

更に物語には、凡人の凡情と人の世のさがが赤裸に出ている。そしてこのことは詩歌も同様だと縷説する。

詩(『詩経』の詩を云ふ)といふものこそ、よき人あしき人、おのが心にねがふ事のまゝをば、さま〴〵物にくらへ、それにかこつけもしてつらね出たるが(「ぬば玉の巻」)

(『詩経』について)たま〳〵繑れたること ゝろはへが有とて、忌にくむ人もありけに聞ゆれと、それぞ人のうまれ得しねがひのひとつなれば、しひてうとむべき事にもあらじ(同)

さて物がたりと云は(中略)上臈にも下らうにも、たゞなほ〳〵しき人のなせしくさはひどもに、まれ〳〵めさむるふし〴〵を拾ひ出て、書たるものなれば(同)

男も女も、世にある人のうへをかたり出たるが、おほよそ隠るゝくまなくあなぐり出しかば(同)

以上は秋成の古典作品鑑賞から得た一結論であったが、彼は自己の作品でも亦登場人物をその如く描いている。殆ど倫理的な判断を表に出してない『雨月物語』の人物達は勿論、善悪の別を明瞭にした『春雨物語』の人物達でも、山東京伝や曲亭馬琴の描く如き理想的またはその逆に完全に悪の人物はあらわれない。皆過失をおかし、それをくりかえす人達ばかりである。これは恐らく秋成の人間観にも根ざすことであったろう。彼の人間観の端的な表現はまだ見出せないが、ここで、大阪懐徳堂の教授で、国学は契沖の流を汲む五井蘭洲の『茗話』の一説を想起する。蘭洲は、秋成が師事したことの明かな数名の人物以外に、先生をもって呼んだ(『胆大小心録』)ただ一人の人物である。(3) 少年時、懐徳堂で講義を聞いたか、それでなくとも後述の如く、学問上では影響をうけたことは確かである。蘭洲が父持軒から伝えた人間の性についての見解が次の如く『茗話』に見える。(4) 人の性には悉く善となるべき種があるが、「唯欲するまゝの心」換言すれば本能があり、この本能は社会の習にそむいて行動することもあり得る。子供の食欲に例をとれば、その初めはただ喰いたきままに取り喰う。これは盗む心でないが、父母これを制することによって、見ぬ間に喰い、問えば知らぬと答えて悪になる如くである。性は善だけれども大小優劣のたがいがあり、本能と習との間に、この性が悪となる。大阪の町人の間にあった父子二人の朱子学者は、現実に即した性情の理解を持っていた。秋成の人間観が、この蘭洲説によって出来上ったとは勿論確言出来ないが、彼が愛用した「心放せば妖魔となり、収むる則は仏果を得る」の考も、直接は『止観』など仏説に得たかと思われるが、また一脈これに通ずる。かくの如き理論的ささえを基底に持ったとすれば、真淵らの文学観のその点とは若干違いがある。しかし人間の性情の理解の相違にかかわらず、文学は本質的に性情の表出であるとすることでは、真淵の人情、宣長の物のあはれ、富士谷成章のまことなどと一致し、この点でも時代の進歩家に共通したものを、秋成も持ったことになる。

しかしかく勧懲論的文学論を否定して、翫物とし、性情のあらわれたものと説くのみならば、文学の人生に於ける意義は奈辺にあるかを反問されるであろう。為に宣長や成章も、それぞれ積極的意義を説いていることはしばらくおく。真淵は、『源氏物語』の作者の本意を、

人情のひく所ゆゑにこれをみるにうますしてよくみれはそのよしあし自然に心よりしられて男女の用意となれる事日本の神教其物を以て諷喩する也（『源氏物語新釈惣考』）

と、自然に心用意となるとの蘐園諸子と似た説の上に、諷喩論を持している。五井蘭洲は『水滸伝』の如き小説は読者の心術を破るといいながら、その『源語提要』の「源氏ものがたりをよむ凡例」で、作者の主意として、「男女ともに淫風のさかんなるをいましめたり、いかなる好色の人も、これを見ては、けしからぬことにおもひて、つまはしきしつへし」以下数条のやはり朱子学的勧懲論と、史書古典を鑑とする儒者的古典観から脱しない、これも一種の諷刺説を上げている。(5) 秋成もこれら先人の説を受けてであろうが、

しひて是よまん心しらひをもとめば、男も女も、世にある人のうへをかたり出たるが、おほよそ隠るゝくまなくあなぐり出しかば、よむ人、おのれ〳〵がきたなき心ねを書あらはされて、今よりをつゝしむへきいましめともなりなましを（「ぬば玉の巻」）

と殆ど同じようなことを述べる。がこの間に大きに相違あることは既に云われている。[6] 真淵は勿論蘭洲も、「主意」「本意」と作者の意識について述べるが、要するに鑑賞者の側における見解である。蘭洲は主意を論じながら「作者のこゝろは、たゞありのまゝにかきて、褒貶はよむ人の心にあるへし」とか、『茗話』で「意を得て書を見ば、じやうるりくさぞうしも人の益となるべき也」とか云ったのが、語るに落ちた彼の態度で、主意とは彼の読み得たる意なのであった。真淵の論において、「人の口にいひ伝へたる事をまことにまれいつはりにまれ人のかたらんまゝに書つけたるてふ意」が物語の意だと云うことと、諷喩の作者の本意とが連絡がつきにくい。かえって秋成は作品における作者の主体性を認めようとしている。も一度前掲をくりかえせば、彼における作品は「詩といふものこそよき人あしき人おのが心に願ふ事のまゝをば、さまざま物に比べそれにかこつけつらね出でたる」ものであったし、「世にある人のうへをかたり出たるが、おほよそ隠るゝくまなくあなぐり」出したものであった。従って、寓言説と仮に称する特色ある主張がつづいておこり得るのである。今一つは、文学と思想との関連を、真淵は勿論、蘭洲でも断たんとしたのであるが、なお結論では銘々の奉じた儒学・国学に帰着している。秋成は文学は読み方によって勧懲の具となり得るとも云いながら、文学と道の別をつらぬいた。『落窪』の序で、その姫君の道徳的な一貫性をたたえ、自作中でもきびしく倫理的な作者の根性を感じさせるものもあるが、道と称する一派の思想の中に、人間そのものも押し込める態度は評論にも創作にもない。秋成の文学観の発表が、十分な燃焼なくして試みられた為に、矛盾と思われ誤解され易い部分が多く、後述する寓言説も、蘭洲など程度に解される危険がある。それらから進歩した所を認めなければならない。この一事は秋成の生き方に関連する。彼は多分に真淵学派の影響をその思想の中に持つけれども、秋成は国学者であるよりも、人間であることを心がけた人物であった。

3

秋成の以上の態度にもとづいて論ずる寓言論と云うべき所論を最もよく示すものは、やはり刊本『よしやあしや』の次の一文である。(7)

彼土にては演義小説といひ、こゝには物がたりとよぶ、それ作り出る人の心は、身幸ひなきを歎くより、世をもいきどほりては昔を恋しのび、或は世の中さく花のにほふが如く栄ゆくを見ては、やゝうつろひなん事をおもひ、あるは時めく人の末いかならんを私ながらもあざみ、又ためしなき齢をねがふもつひには、玉手匣のむなしきをさとし、えがたき宝をしもゝとめあるく痴ものゝうへを愧かしむにも、たゞ今の世の聞えをはゞかりて、むかし〳〵の跡なし言に、何の罪なげなる物がたりして書つゞくるなん、かゝるふみの心しらひなりける。

これによって、秋成の物語論の中核に立入るが、大体三つの部分にわかれる。

第一に作者の現世に対する憤りの余りに作品は生れると云う点。「ぬば玉の巻」にも、同様のことを二ヶ所にわたり、

おほかたは、妹夫の中ごとをもはらとして、守べき操のためしをあげ、閫の外だに見ず、窓の内にまきるゝかたなき心をなぐさめ、又は人のさかえおとろへをおどろかし、或は得がたき宝を得まくするしれものがうへ、あるは異の国に物もとめあるくあかず心、或はまゝしき親の心をいましむるなど、かれや是をほめそしれるも、

の如く、『伊勢』『竹取』『落窪』などを例にして縷説する。褒貶即ち批判、歎き・いきどおり・しのび等の所懐、あざみ・愧かしむなどの諷諫等をいきどおりで代表して見たのである。要するに世のさま見るにつけ聞くにつけ外に発せざるを得ない思のくさぐさを、作者は作品に託すと云うことである。刊本『よしやあしや』は引用の文に入るに先立って、『伊勢物語』の「おもふこと

いはでぞたゞにやみぬべき我にひとしき人しなければ」の詠について、

此比見し或人の説に作者此条にいたりて己か下情を見せたるよといへるがかねておもひしにかなへるもの故猶云はん

とある。これは五井蘭洲の『勢語通』の説に相違ない。『勢語通』は、『伊勢物語』に業平の自記がもとになった部分が存し、業平は国家のおとろえを嘆じ、好色に託して行動したが、義気奮発の人と見、この一詠に到って「その一生の心事此うたにておしはかるべし」と述べる。もっとも秋成は、早く加島閑居時代になった『伊勢物語考』でも「おもふこと」の詠について、

此上段には妹背の中こひの終を結ひ、下には終焉の歌をもて記せし中に、おもひかけぬ歌を出せしは、此記者の心をこゝにあらはす歟、此物語りの始終におきて、此歌の心もてみんには解うる事のあるらんを、いかゝおもひたまへる

と書き、写本『よしやあしや』にも、同意のことを書き入れている。彼自身もかねて考えていたことを、蘭洲の説にふれて、自信を得たと云うべきであろう。この頃文学の寓言説を持つ今一人に、彼の早くからの友人富士谷成章があった。成章の所謂五級三差の三差即ち表現理論は、子の御杖の『五級三差弁』(『北辺髄脳』中にもあり)を引けば、

凡表となるは時をなけく情、裏となるはひとへに心の理、境となるは偏心の達せぬ憤なり、

かくらをかけて境をしれは、其哥ぬしの時宜のために所欲をなくさめ、誠にやむことをえさるより出たる真言なる事、かゝみにかくるよりも猶あきらかなるへし

とある。この表裏境の説は、和歌論であるが秋成の物語観と相通ずるものを認める。二人は俳諧の友であったと云えば(『胆大小心録』)、秋成が国学に熱情を持つ以前からの交渉で、語学方面では、秋成はその『也哉抄』において、成章の影響をうけたことは考証されている。[8] とすれば、「憤り」論が二者の間に語られていたことは想像してよさそうである。しかし秋成は先人や友人の説を取ってのみ、自説をなしたのでない。彼は浮世草子作者として創作の経験がある。『諸道聴耳世間猿』(明和三)と『世間妾形気』(明和四)の二著には、その詳述は別の機会に残すが、多くのモデルをとり、社会各面への所懐批判を吐露した。[9] 研究家より一歩先んじた作家的経験が、先輩友人の説に左袒せしめたのでなかろうか。

第二は、憤りを発するにしても、現代の世相をはばかって、露骨に表現しないと云う点である。これについては、「ぬば玉の巻」では、

時のいきほひのおすへからぬを思ひ、くらゐ高き人の悪みをおそれて

とか、

たゞ時のいきほひの推べからぬをおそり、又おほやけの聞しめしをはゞかりつゝ

とか述べて、権威や時勢に遠慮することを附加している。しからば、如何に表現するやが第三の点で、過去の時代に、事実なき筋に託したり、たわいない滑稽にまぎらわせると彼は云う。又「ぬば玉の巻」にも、

いにしへの事にとりなし、今のうつゝを打かすめて、おぼろげに書出たる物なりけり

とあり、『落窪物語』の序にも、

いつの世のことたか御うへともさた〳〵とはいひあつましき、それなんからやうのふみつくる人のをさ〳〵しうかとあるものとこそ聞えたれ、からのふみにもかゝりとそ聞ゆ(下略)

ともある。勿論これは「その人の上とて、ありのまゝに云ひ出つることとこそなけれ」などある『源氏物語』の「螢の巻」の物語論に発して、「むかし〳〵の跡なし言」など殊に取出したのは、真淵の影響は否定出来ないが、云う所は一段と、自信ある発言となっている。それは彼の和漢の物語小説の読書によって、この説を確認し得たと信じたからであろう。既に秋成の読書したことの明かな冠山訓訳本『水滸伝』(「茶神の物語」に用いる兎毫の盌の語が、この本の第四回に兎毫の盞として見える)に附す李卓吾の「読忠義水滸伝序」(これを卓吾のものとするには異論もある)には、『水滸』の著者と補者となっている施耐庵、羅貫中の二人が「身在元、心在宋、雖生元日、実憤宋事也、是故憤二帝之北狩、則称大破遼、以洩悲憤、憤南渡之苟安、則称滅方臘、以洩其憤」と、憤の語

を用いて、それを『水滸伝』に託したことを述べる。そしてもし富士谷成章を通じてその友人清田儋叟の『水滸伝』は趙宋三百年の君臣の事跡を蒐集して遺す無しとの説（本書「隠れたる批評家」を聞いていたり、師の都賀庭鐘について、『水滸伝』の実事が『癸未雑識』や『揮塵後録』に見えること（『過目抄』による）を知っていたとすれば、益々その説の自信を強めたであろう。自らも『伊勢物語』の伊勢斎宮の一条を実は『文徳実録』に見える加茂斎院慧子の事件であろうと考証し、「賀茂のいつきを伊勢にとりかへなどしてあらぬさまに記者のあめるを世人殊におもしろしと」したと解した。『落窪物語』も、貞信公の公達実頼・師輔にまつわるモデル説を否定していない。『雨月物語』の序に、『水滸伝』や『源氏物語』を見れば、「事実ヲ千古ニ鑑セラルベシ」とあり、この句を、千年後も作中の事実を察して鑑とすることが出来ると解して誤りないならば、『源氏物語』についても、同じ考を早くから抱いた所、『春雨物語』の序の「むかし此頃の事どもも人に欺かれしを、我又いつはりとしらで人をあざむく、よしやよし、寓ごとかたりつゞけて、ふみとおしいたゞかす人もあれば」とあるを、正史といえども時に実事をまげることがあるから、自分も自分の判断を加えて作品化してよかろうとの意に解して誤りないならば、生涯をつらぬいて、この寓言説をもって創作したのである。

4

作者の主体性を認める、作者側に立った彼の物語論の進む所、自ら創作の具体的な問題に及ぶ。彼はどの物語の評においても、作者の人間観や社会観を問題にしようとしている。又自作においても、そのつもりで見れば、とかく怪奇小説とのみ見過されがちであった『雨月物語』にも、怪奇小説たるを否定するのではないが、一々に寓意が発見出来、やはりそうした鑑賞のし方の必要を思わしめる。人生社会歴史文化について露わすぎるまでに論の出た『春雨物語』は云わでもがなであろう。それら作品の情況について見れば、彼の寓意は一旦文学の上にかぶさる思想＝道を排除して、作品の中に寓意を持込んだのであるから、今日の文学評論の用語テーマに似たものとなっている。彼の作品の近代性は一つにはこの辺に原因が存する。秋成は「ぬば玉の巻」の早くから、「大和歌こそ、此国の人のおのづからなる情をもて歎きいづるなれど(真淵の論)、それも後々の人の花鳥のはかなごとのみはいたづら也」との考を懐いていた。そして晩年になると、

(前略)田舎の田うた、臼ひき歌には、かへりて人情をつくしたり、「思ひ思ふて出る事は出たが、舟の乗場で親恋し」(中略)、人丸、赤人も上にたゝんやは。播磨の網干の盤珪、是を聞きて、とてもにとて、臼ひき歌数章をつくりて、民戸にうたはしめたまへりき。中に、「悪

をきらふは善じやとおしやる嫌ふ心が悪じやもの」とは、ありがたき心なりき。是にならひて国風も活動にありたし（『胆大小心録』一四六）

と、技巧的情趣的な和歌よりも、思想を持って人を感動せしめるものを推奨した。また山上憶良の和歌を評しては、

噫、文人のつとむる処、あくまですり磨きつゝ、手に擎げて明珠と誇る。其心地を尋れば、処女の粧飾をつとめて、人のかへり見を思ふに等しく、丈夫は是をなすべからず。（中略）丈夫の作は事に臨みて、喜怒哀楽を尽すに、言をいたはらず意を尽されたり。我常に此手ぶりを学ぶべく思へども得ず（『金砂』一〇）

とも述べる。彼の物語論が寓言説であり、これらの考えと共に、作られた『春雨物語』が、テーマ小説となっているのも当然であろう。

凡人の凡情をあなぐりもとめるのだけれども、事実をありのままに写すのでないとの朧化主義は、作品から写実性を退場せしめる。

しひことしてまさしけにことわりたるそ、かへりてはしれかましきそと物しりの翁たちはいはれたれ

と、『落窪物語』の序にも論じている。よって創作にあたっては、場も人間も作者の脳中を通過し

て造型される。その脳中は次に述べるが、これも同時代の進歩人の通念であった、古典的雅び精神でかためられていた。勿論秋成の雅び精神は、物語を始め日本の古典に主として養われた。従って作品は歴史的時代小説となり、新しい出来事をとり上げた『春雨物語』所収の社会小説としても、具体的な時代の背景はない。場所も或は美しく或は物すごくなどの雰囲気の醸出で事足りる。『春雨物語』においては、そうしたことさえ顧慮されてない。凡人の凡情も亦、様々のいまわしい欲望と、それに応じた行動すらも物語的に、あはれにおかしく描かれてゆく。西鶴の写実小説の流れをうけた浮世草子を処女作とした秋成であったが、前述の物語観を抱懐するようになってからは、批判精神、モデルの使用など浮世草子時代と共通する態度はあっても、写実的要素は色あせてゆく。彼の物語観には、所謂浮世草子的な写実の必要は認められない。

従って、文章の美しさと、構成の巧みさがひとしお問題となる。『源氏物語』の長所として、

されど事の巧みなる、詞のうるはしひたる、かゝるたぐひのふみは、もろこしにさへ、くらべあるべきはいと稀なるべし

とたたえた。事とは筋・構成を、詞は詞章をさすこと勿論である。秋成は自作においてもこの二つに努力したことは、云う必要はあるまいが、ここに詞章の美と云うのは、創作にあたっては、古典的な美しさと解してよい。これも荻生徂徠や賀茂真淵を中心として、和漢共に、文学に人情

の表出を認めると共に、一方で文学の評価を表現の美に求め、その美の標準を古典におくことが一般の論となった(10)。秋成もその例外でなかったのである。

以上の数点は文学が美しかるべき為の、朧化する為の方法であり状態であったが、これら諸要求の中で人間の行動と心情を「隠るゝ隈なくあなぐり」出すには、その行動と、行動がその発露である登場人物の性格が一段と明瞭に書けていなければならないとの論が、自ら出てくるであろう。秋成は『源氏物語』でも「帚木の巻」雨夜の品定を殊に重視し、師加藤宇万伎の註を得て校刊さえした。その所以は、

雨夜のものがたりに、大かたの人の心のくま、名残なくあなぐり出たれば、かへりて読見ん人の、しづ心の穢なきをいましむる教ともなるべき（「秋山記」）

にあった。この文は前述「ぬば玉の巻」で物語の功用を説いたと殆ど同じであるから見れば、そこでも、雨夜の品定を脳中においての論であった。そして人の心と云うは作品においては、性格としてとらえられ描かれる。秋成はこの点では古典を批評するにもきびしい態度をもってのぞんでいる。『源氏物語』の論評でも、一人の上に善悪相混ずることを認めながら、他方には余りに一貫しない性格を批難する。「秋山記」によって見るに、先ず源氏の君は、「ひたぶるに情ふかく、親しきにも、疎きにも、万にゆきたらひて覚ゆれど、下には執ねく、ねぢけたる性なんおはす」、

その行動と心情には一人として理解し難い所が多い。桐壺の帝も源氏の君を愛することとだらしなきに過ぎる。夕霧の性格描写も有職老実に見えながら、友人の思い女にたわむれるは、やはり一貫性が欠け過ぎる。「ぬば玉の巻」には更に薫中将・匂宮にもふれ、才女紫式部も、流石に女性で、「所々ゆきあはず且おろかげなる事も多かりけり」であると述べる。それに反して『落窪物語』の姫君の人物は、

此おちくほの君のひとゝなりをはしめをはり、つふ〳〵とよみかへしてみれは、あないみしあなめてた、これよりさきの物語にも、後なるさかしふみにもかゝる人なんあらぬとおほしき

と、詳細に性格を分析した。もっとも秋成は源氏を完全な一大長編として論じたのは云うまでもない。又性格の自然さをも考えていた。六条の御息所と源氏の君のなれそめを材とした本居宣長の著『手枕』を評したものが、『文反古』(文化五)の上巻、「伊勢の人末偶(菊屋兵部末耦)へ答」とした一文の中に見える。宣長は、若年の源氏の君から云いよらせているが、むしろ年長の御息所から乱れかかるべきであった。宣長は文章は巧みだが、田舎人で「おもひはあたらぬものぞ」と批難した。かかる性格への留意は自作においても、厳しく働く。『雨月』『春雨』でも、注意すれば、その他別々に発表された作品でも、所謂初期読本と分類される説話(筋)の小説中に、性格描

写が構成に作用し、性格と性格の対立が一篇をなす如き、近代小説類似の特色を示したものさえある。(11)

この性格論も秋成の自然気づいたものとは思われない。筆者の知る限りで、秋成以前に小説を論じて性格に及ぶ人は、前掲した清田儋叟(本書「隠れたる批評家」参照)唯一人である。儋叟が性格論をも合せて源氏評論をのせた『孔雀楼筆記』は明和五年の刊。秋成はこれを読んだかも知れない。しかしそれのみで、これ程大影響を与えるには分量も少い。我々はやはり儋叟にも、小説読法を教えた金聖歎の『水滸伝』評に思いをいたさねばならない。小説を論じて性格にふれる日本人の接した初めての本がこれであり、この本は、も少し後石川雅望や滝沢馬琴がうたがいを懐くまでは、日本においても『水滸伝』の諸本中で最も重んじられたようである。しかし秋成がこの本を見た証はまだ発見出来ない。「墨憨斎奇観と云聖歎外書」を秋成は読んだと云う(『金砂剰言』)。私はこの本をまだ正してないが、そんな本を読むなら聖歎の七十回『水滸伝』も見たとしてよろしかろう。彼の周囲には早くから勝部青魚(『剪燈随筆』)や富士谷成章の如き中国小説の愛好者や木村蒹葭堂の如き蔵書家、師都賀庭鐘の如く殆ど研究家と云ってよいその方面に豊富の知識を持つ人、十時梅涯や高安蘆屋の如く中国小説を翻訳したり、それに関心あった人々などが発見出来る。かく見れば秋成が漸く流行の金聖歎本『水滸伝』を見なかったと云う方がむつかしい程である。やはりこの書に性格論を学んだものと定めたい。が、これにもその説を受入れる素地が秋成側にもあった。彼の初めての小説は二つの浮世草子であって、その二作は気質物と称される類であった。見方・あつかい方は違っていても、性格をあつかう作品には違いなかった。この経験が、異国の新しい小説論のその部分に、早くも共感せしめたのでなかろうか。

5

秋成は独学と云い条、豊かに先輩達や典籍の所説をうけ入れ、自分の作家的経験の上に消化して、一箇の物語観を形成した。ただし、秋成の熟考のなかった故か、またその表現の簡単に過ぎる故か、或は又筆者の不手際もあろうが、理解し難い点もなしとしない。枝葉を打切って一通り筋を通せば以上の如くであろう。そして諸家の中における秋成所説の特色はと云えば、この小論の始めにかえって、彼が古典研究家であると共に作者であったことに由来する如くである。

（1）久松潜一『日本文学評論史』第三篇第一章。
（2）拙稿「近世儒者の文学観」（岩波講座『日本文学史』のうち）
（3）拙稿「上田秋成とその交友・その二」（『歴史と人物』昭和四十八年二月号）
（4）蘭洲の性についての論は、『蘭洲先生遺稿』（写本）にも見える。
（5）「五井蘭洲の文学観」（本書所収）

（6）原田芳起『日本小説評論史序説』に真淵説と比較して。
（7）都留長彦「上田秋成著よしやあしやについて」（『台大文学』六ノ一）も、これを引用
（8）竹岡正夫「富士谷成章と上田秋成との関係」（『国語』昭和二十八年九月号）
（9）拙稿「秋成に描かれた人々」（『国語・国文』三二ノ一ノ六）
（10）拙稿「近世儒者の文学観」（前出）
（11）角川書店刊日本古典鑑賞講座『秋成』で、数篇について検討した。

後記　秋成の物語論については、この篇の後、中野三敏氏の「寓言論の展開―特に秋成の論とその背景―」（『国語と国文学』昭和四十三年十月号）、中村博保氏の「秋成の物語論」（『日本文学』昭和三十九年二月号）など、すぐれたものが出ている。

十二　小沢蘆庵歌論の新検討

1

「新検討」を論題に標榜するけれども、格別に新資料を持っているのではない。名さえ古い『ふるの中道』を主に、『古今六義諸説』その他、これ迄の資料によるものである。よって従来諸先輩が検討整理された、以下の如き小沢蘆庵の歌論の理解は、これを全面的に肯定した上で、この小論を進めて行くこととする。

一に、歌（蘆庵や香川景樹らは、和歌を専らこの称で呼ぶ。よってこの小論もそれに従う）は、古今を通じ、全階級を通じて、一様に人情の表出を、その目的とする。人間は、そして生きとし生けるものは皆、心（情）を持つ。その情は天人合一の理によって悉く同じものである。その同じ情即ち同情を詠出すれば、如何なるものを歌の対象に選ぶ時にも、自己と対象と相映じ、出来上った歌をめぐっても、鑑賞者との間に理解が、自らに生じる。この相映と理解の成立こそ歌の重んずべきものであり、それさえ成立すれば、一句であれ二句であれ、詠出されるものは歌である。ここに歌の本源が存すると論ずる同情の説。二に、しかし人間の情(心)は念々に移り変って休むことはない。同じ人が同じ対象に相対しても、時が違えば新しい情が生じる。この新しい情も、その基づく処は天人合一の同情であるが、この新しい情の表出によって歌は無限に新しく生れると考える新情の説。三に、そして、その「たゞいまおもへることを、わかいはるゝ詞をもて、ことわりの聞ゆるやうにいひいつる」即ち、歌語なるものが特別に存在すると思うは誤りで、人々の理解を得ることが、前述からも第一の必要事で、その為には出来るだけ普通の言葉で表現すべきであるとするたゞ言歌の説。以上三つは、人間の内より発する情の表出である、天地自然の道のしからしめるもので、以上の如き歌を詠むを、第一義の歌の道とする。歌人は自らの心を、大は天地の外にやり、小は芥子の中にもひそめ、万事に通達することを努めれば、師も不要、法も不要、この自覚と態度の下に、歌は自ら流出することとなる。これらの論を展開する論拠として、我が国に於ける初めての文学論であり、歌論である、『古今集』の序の論を援引する。ただし、第一義の歌においては、『古今集』を実作の典範とする必要も勿論ないのである。

第一義の歌は以上の如くであるが、人各々才不才がある。直ちに第一義の歌境に突入出来ないものは、先ず『記紀』から『八代集』にわたる古人の詠に接して歌を学ぶがよい。その時も歌の第一義の何たるかを忘れてはならない。すれば自ら歌の善悪を判別する規準がそなわって、歌の道をあやまたない。これを第二義とする。この第二義も不可能な人にあっては、第三義として専ら『古今集』について学ぶ方法もある。『古今集』は古今独歩の才をそなえた貫之の撰にかかり、第一義にかなった詠が多く、従って、学び得る処又多いであろう。この場合も勿論、第一義の何たるかを夢裡にも忘るべきではない。

この三義による歌の道をもって、当代歌壇に対すれば、意に満たぬ処が種々に目につく。主流をなす堂上歌学では、『新古今』以来の、趣の新奇を好み、表現も技巧的な虚飾を事とする宗匠家流の悪風を伝えている。この風は、同情の説から見れば、逸脱して無理を詠まんとし、たゞ言歌の説からすれば、自らなる理解から遠ざかるものである。近頃流行の万葉調は学を衒って、『万葉集』中にも『古今』に通ずる調と用語を持って、学ぶべきもの少しとしないのに、殊更に異を好み、難語奇調を模倣して、当代人の同情をさそい、理解を呼ぶことを忘れていて、共に採ることが出来ない。

大略以上が、これまで理解されて来た蘆庵の歌論である。この論の論拠としたものは、表面に出た『古今集』の序文以外に、漢学・漢文学第一の近世文学界に於てのこととて、中国・日本に於ける『詩経』論及び詩論の影響も、当然の如く出ている。例えば、

かみ中下の人情、是(歌)によつてあらはる(『ちりひぢ』)

> 三百篇ノ詩ニハ、天下ノアラユル事、天子ヨリ庶民マデノ外内公私ノ所作、天下ノアラユル人情、アラユル義理、皆コト〳〵ク此中ニ在テ、オホカタ遺ルコト無シ（太宰春台『六経略説』）

とか、

> 心うちに動き詞外にあらはるゝを歌といふ（『ちりひぢ』）

> 詩者、志之所レ之也、在レ心為レ志、発レ言為レ詩（『詩経』の序）

> 詩者人心之感ニ於物一而成レ声者也、風払レ樹則天籟鳴、水激レ石則飛湍咽、夫以ニ天地無心、木石無情一、一遇ニ感触一、猶レ有ニ自然之音響節奏一、而況於レ人乎……（謝肇淛『五雑組』人）

の如く、相似た文章も、処々に見出すことが出来る。また蘆庵自らも、その著述中で、その名をかかげた『八雲御抄』の説による処も、例えば、「或問」の中で、『万葉集』の難語をしりぞけた所、

> 歌はたゞせんずる所、ふるきことばによりて、その心をつくるべし。いはゞよき詞もなし。わろきことばもなし。只つゞけがらにせんあくはある也。万葉集にあればとて、よしゐやし、はしけやしなどいひ、古今によめればとて、ちるぞめでたき、わびしらになどいへる詞、よむべからず、

など相似る類が、何ヶ所か見出される。これらの、当時としては常識的な論の影響や、部分的な

所拠については、今回は省略して採り上げないこととする。

それより、筆者は『ふるの中道』の歌論を読む毎に思う。蘆庵はすぐれた歌人であったが、賀茂真淵の如く学識のある文章家でもなく、本居宣長の如く博通の理論家でもない。この『ふるの中道』の文章は、雅文としては文法の誤りもあり、理論文としても理を尽しているとも云い難い。それでいて、精一杯の格調高い雅文をもって、はりつめて世に訴えんとしている、その切実さは、何に発するのであろうか。

従来のこの歌論の見解だけでも、高ぶって述べる価値のある内容かも知れないが、それでは云わば歌壇的発言に止っている。よって悪くすると、彼の作品とも合せ検討して、彼は非堂上派・非万葉派であり、『古今集』を基礎とした近世写実派的な歌論を、ここで展開したとの見解に止りかねない。彼の文章の間に汲みとれる切々たる訴えは、そのことのみでなく、もっと重要なことで、更に検討すべきを要求していると、筆者には思われるのである。蘆庵歌論の評価は、その後に下すべきではあるまいか。『日本歌学大系』本で三十頁にたらぬこの短い論の中で、繰返し繰返し論じるのは、勿論、第一義の歌の道である。『万葉』『古今』『新古今』の論は末節である。この新検討も従って、その第一義の問題にそそがるべきである。

2

再述すれば、彼の同情の説は、情の表出即ち歌は、自然のいとなみ即ち道であって、情の表出は従って天地有情非情に通じ同一である。百科事彙的に数え上げることの出来るあらゆる事象物象に情感出来るのも、この同情あればこそであり、他人の作を理解できるのも、この同情あるに基づく。従って歌人は、「心を天地と一になして」歌を詠むべきである。歌の人間世に於ける存在意義は、この天地と一つにした心(情)を、歌によって体得することである。『伊勢物語』の百二段に「むかし男有りけり、……うたはよまざりけれども、世の中を思ひ知りたり」とあるが、まさに「これ歌よまん人は、世のことわりしるべき証なり」であると述べる。蘆庵の同情説のもとづく処を、彼は、天人同一の情、天地有情非情同一、「元来歌は、天地人同一の物にて、其人情の自然をいへば、高尚の大道、鬼神もうかゞふべからざるもの」などと様々に云う。天人を同一にして、それを人間の精神と結びつけて説いたものは、当時のそして蘆庵の知識の範囲では、程朱学徒の重んじた『太極図説』や『近思録』の外はないと思われる。しかし蘆庵は、直接それらの書についたのではなくて、それらの書に基づいて人間を論じた、石田梅岩の心学の書についたのではなかろうかと思われる。『ふるの中道』の表現と、梅岩の、当時蘆庵の住んだ京都を中心に、大いに流行した心学の教科書『都鄙問答』の表現を比較すればその事は明らかである。

天人一ナレバ道モ亦一ナリ

呼吸ハ天地ノ陰陽ニシテ、汝ガ息ニハ非ズ、因テ汝モ天地ノ陰陽ト一致ニナラザレバ、忽ニ死スルナリ。

太極トイフハ、天地人ノ体ナリ。

性ト云モ天地人ノ体ナリ。

などと、梅岩の所説からは、他にもいくらも見出すことができる。近世の日本人は、儒仏老などの高遠な理論を持つ語を、なまかじりの常識的理解で使用し、高きを衒う風があるが、蘆庵が、むしろ平易な心学よりこれを得て、十分の理解に立っての発言であることに、彼の誠実さを認める。梅岩の説く処も亦、単なる程朱学の輸入ではない。ここでも誠実な梅岩が、半生をかけた苦心の上の悟りであり、彼の心学の根本的原理として、十分に説いてやまなかったものであること云うまでもない。梅岩の思想と、この宋学的心学的に人間と宇宙との東洋的な根源的関係を細叙するのは、その場でないので省略するとしても、一言附記を忘れてはならぬことがある。梅岩が、その学の根本とした「知レ性」ことと、その根本論の天人合一説は、社会における倫理の担当者は、武士乃至は支配者のみであるとした従来の説(幕初程朱学者や山鹿素行など)に対して、人間は全部、倫理の担当者であるべきで、被支配者の町人百姓も、ただに支配者の道徳的指導の下にあるのでなく、道徳的自覚と、それに相応した実践生活を営むこと、換言すれば四民平等の倫理観を樹立する原理なのである。蘆庵の歌は「かみ中下の人情、是によつてあらはる」ものであり、「人品によらざる」ものである。その意味でも、心学的な天人合一の理が、この歌論の中の原理たり得るのである。説いてここに至れば、自然に別の問題が起る。程朱の宋学は勿論、梅岩においても、天人合一は、性もしくは理、そして性善を論ずる為のものである。彼らは、むしろ情に否定的であり、歌をも含めて文学にも冷淡である。玩物喪志説、勧善懲悪説は世の知る処である。梅岩も、「近世の学問多くは詩作文章に流れ、聖学の本を失せるゆへなり。……文学は末なり、身の行ひは本なり。凡て学問は、本末を知るを肝要とす」と、朱子(『論語集註』の学而篇、「行有余力…」の章の註)の言葉通りに述べている。蘆庵は、情も亦天人合一なることを主張する。ここでは、彼は思考形式を梅岩に学びながらも、内容では、心学の文学論を批判しているのである。しかし、文学は人情の表現とする論は、遠くは『詩経』の序に始まって、日本の近世では、情そのものの理解に多少の差があるが、伊藤仁斎、荻生徂徠、賀茂真淵、そして「物のあはれ」の語を使用する本居宣長まで、通じて同じ系統をなしている。日本近世の儒学には、林羅山の早くから、「情」を重んずる傾向があって、後輩の朱子学者も亦等しい。仁斎や徂徠と情の理念は大分に違っても、室鳩巣や雨森芳洲なども、一種の文学は人情の表現なりとの説を示している。蘆庵頃では、和漢の別なく、それが常識であったと云ってよいであろう。しかし、徂徠学派や国学者の如く、甚だ文学を重視した人々においても、その主張する情の理念の中には、儒学的乃至は国学的思想が、根強い位置を占めている。思想家であった彼等の文学論としては、当然であるとしても、それぞれの思想を背景又は基礎にもっての、文学人情説であった。蘆庵の人情も、古学・国学の系統で、程朱学の理に左右されるものでなく、人間の自然発生的で、全面的に肯定されるものであるが、その上に蘆庵の天人合一の情は、天人同一の情を説くことで、天人同一の理にとってかわる、それには何の背景も不必要な根源的なものであって、天人同一の情を説くことで、蘆庵は従来の文学人情説をも批判したことになる。直ちに近代の表現本能など称するものと、同一視するのは早計であろうが、自然の道としての文学の存在を、大きく肯定したものであることを認めるべきである。そしてこのことは更に重要な課題に続くものである。

梅岩の町人の倫理実践の主体としての自覚は、身分としての町人に止まらず、町人個々人の自覚に及ぶのである。

人ハ全体一箇ノ小天地ナリ、我モ一箇ノ天地ト知ラバ何ニ不足ノ有ベキヤ。

我ハ万物ノ一ナリ。万物ハ天ヨリ生ル、子ナリ。汝万物ニ対セズシテ、何ニヨッテ心ヲ生ズベキヤ。是万物ハ心ナル所ナリ。

我心ノ安楽ニナルヨリ外ニ教ノ道アランヤ。我心ニ不得コトヲ、偽リヲ以テ得タル顔ツキシタリトモ、ソレハ偽リナリト受ツケヌ心ユヘニ苦ムナリ。

などの言葉を認める。梅岩は聖知に私知を対して、みだらな私知は退けるけれども、性を知る主体の我はこれを重んずるのである。蘆庵も、『古今集』序の「人の心をたねとしてよろづの言の葉とぞなれりける」の心を解して、「他を求めて思ふにあらず。内より発する心なり」と、自己内心に歌の心を見出しているし、新情を説明するとて、

我心をむなしうすれば、万境おのづからうつるなり。

と、梅岩と殆ど同じような文章を見出せる。天人同一の情であることが、蘆庵でも、それが新情である所以であって、歌人一人一人の我を肯定する所に、「新」が生れるのである。かかる我の肯定は、進歩的な儒者や、儒学に批判的な国学者にも見ない。勿論中世以来の伝統的な宗匠家の歌論の中にあるべくもない。ここで想起すべきは、天明三年刊で、宛かも蘆庵が真淵らの擬万葉調を難じたが如くに、蘐園古文辞の擬古詩を攻撃した山本北山の『作詩志彀』である。その中では、明で、李于鱗・王世貞らの擬古詩をしりぞけ、一切の模倣を嫌った(「与二張幼于一」)袁宏道の性霊説を援引して、清新流麗の「自己真性の詩」を説いている。近世でも、作家の個性を論じた先ずは

最初の書であった。蘆庵も同時代人として、この問題となった書は知って居り、読むこともあったであろう。ただしこの書出版の時に、北山は、袁宏道の全集を果して読んでいたか。読んでいたとしても、どれ程理解していたかには、疑問が存する。北山が専ら参考にしたのは、明末の銭謙益の『列朝詩集』で、それから幾何も出ていなかったようである。しかし蘆庵は、この書によって、袁宏道の存在を知ったのでなかろうか。そしてその主張について、知人に問うて知ることは、早く反古文辞を主張する人のあった当時の京都ではむつかしいことではない。袁宏道の、

大都、独抒二性霊一、不レ拘二格套一、非下従二自己胸臆一流出上、不二肯下レ筆、有レ時情与レ境会、頃刻千言、如二水東注一、(「叙二小修詩一」)

などの論にも接していたであろう。袁宏道の論は、北山の理解にもそうであるように、文人の個性の主張である。蘆庵は、この北山・袁宏道に得たものを、梅岩の倫理にのせて、最も独創的なものは、最も普遍的なものに根ざす、文学の不思議な秘密をのぞき見て、同情の説から、「我」の主張、そして新情説をも導き出したのである。

ここで、蘆庵の同情説に含むもので残る問題は一つである。百事に通達して、対象の持つ情を、我が情に移すこと、そこで彼は云う。

わが心をかれになさぬが故に、かれとわれと隔絶して、情に達せざるなり。達せざれば、歌

はいかほどよむとも虚妄のたは言なり。もし、「情に達す」ることができれば、

伊勢物語にいはずや、歌はよまざりけれど、世の中を思ひしりたりと云々。これ歌よまん人は、世のことわりをしるべき証なり。

と。この引用の二文を前にして、我が近世の文学史で、蘆庵以前に、同じような文章をもって、自己の文学を論じた人を想起するであろう。云うまでもなく芭蕉の俳論である。蘆庵と芭蕉の関係と、そこに提出される問題は、一括して述べることにして、後に残すこととする。

3

蘆庵の新情の説の要点を再述すれば、

汝も我も、日夜、朝暮やむことを得ずして、及二言語一こと、幼少の昔より今に至るまで、時々刻々うつりゆく情をいふ所なるが故に、ことぐく新しきなり。是歌の本原なり。

で、人の心は、意識せずとも、念々に変化して留まらず、今思う所は、何時も旧物ではない。従って、人は同じ対象が同じくとも、その間に醞醸する歌境はかつて同じものはない。よって、我が心を、彼(対象)になして思うことができれば、「かれかくすことあたはず、おのづからしらるゝ

なり。この見聞覚知によりて、我が思ふ心かならずあり、事々物々これより心のあたらしきものなし」と述べる。「念々不住」の思想は仏教のもので、それは「念々生滅」に続いてゆく。例えば『維摩経』の方便品に「是身如レ電、念念不レ住」とある。蘆庵が『ふるの中道』の冒頭に、心を、「天地の外にもやり、芥子のうちにもこめ」など述べたのも、この経から得たものであろうから、この考えも亦、そこに得たのかも知れない。「今の一念」を大事にせよとの教は、『徒然草』九十二段にも見えて、安良岡康作氏の注には、道鏡慧端の『一日暮の記』の、

一大事と申すは、今日只今の心也、それをおろそかにして、翌日ある事なし。すべての人に、遠き事を思ひて謀ることあれども、的面の今を失ふに心づかず

とあるを引用されている。『徒然草』も蘆庵の見たものである。「念々生滅」の語は、『都鄙問答』にも告子の思想を云う処に使用されている。が或は近世の仏教者で、特に心について「念々不住」を説いた人があり、蘆庵がそれを見たのかも知れないが、その方面に暗い筆者はそれを知らない。重視するかしないかは、人により宗旨により相違があるが、仏教では、「念々不住」は一般的なことであって、特定の人の思想から得たとしなくてもよいようにも思われる。「見聞覚知」も仏語であるが、これも、梅岩心学の理解を通した方が、蘆庵の場合は、恰好である。『石田先生語録』一八六に、

即今見タリ、聞タリスル所ノ主ハ是何物ゾ。是何物ゾト、行ズル物ハ何物ゾ、住スル者ハ是何物ゾ、坐スル者ハ何者ゾ、臥スル者ハ何者ゾト急々ニ眼ヲ付テ見ベシ。如レ是タユミナク年久ク功ヲ積ムベシ。終ニハ見聞覚知、行住坐臥ヲ為《ナス》ノ主ヲ見得スルコト有ベシ。是即自性ナリ。自性ヲ会得スレバ、只気有テ動クバカリニシテ、自ラ道ハ我ト一致ナラン。

見聞覚知とは自性の働である。蘆庵はここでも梅岩の言葉から、性―心―情と転じて使用している。そして念々に変化する心＝情が、見聞覚知によって、対象を感得する処に、新しさが無限に生れると蘆庵は説く。これにも袁宏道の説からの暗示があったろう。宏道は云う、

文章新奇、無ニ定格式一、只要発ニ人所レ不レ能レ発、句法字法調法、一々従ニ自己胸中一流出、此真新奇也。(「答ニ李元善一」)

と。新しさは、外に求めるものでもなく、形式に求めるものでもなく、自己の胸中に生れるのである。そして宏道は「古有ニ古之詩一、今有ニ今之詩一」とか「我面不レ能レ同ニ君面一、而況古人之面貌乎」との古言を口ぐせにしたのである。蘆庵の「されば我心にさきだつものな」くして、「歌はいま我思ふ心をのぶることとぞ」と云うのは、正にこの宏道の説である。宏道は文章に定った格式なし、古人なしと云う。蘆庵は「人に習ひてよまず、作例によりてよまず。是無法無師の証なり」と云う。なお両者相似た処を揚げれば、宏道は「趣得ニ之自然一者深、得ニ之学問一者浅」としたのと、

蘆庵の反万葉調の主張は相近い。また詩に平明の語を用いたのも亦、蘆庵の「たゞ言歌」と相似ている。蘆庵はここでも自己の歌論をもって、共鳴した袁宏道の感覚的な所説を、梅岩の所論によって、理論的に構成しようとしているのである。そして新情の説の根基には、自己＝我＝個人を認めることが大きく位置していることは、もう指摘する必要もないであろう。

4

たゞ言の語は、貫之の『古今集』の序や、『土佐日記』に見えることは、これ又云うまでもない。蘆庵の理解によれば、貫之の家集に収める作は、多く「たゞ言」の歌であるとする。貫之の如くたゞ言を以って詠ずれば、「歌つゞけやすく、実あらはれやす」く、自然と、「人の耳にもさる心なめりと、やすくきかるゝやう」になるものである。そこで蘆庵は、次の如き説明をこの「たゞ言歌」の説に付している。

人の耳にいらでも、我思ひをのべたりと思はゞ、我分はそれにても、歌なれども、人耳にいらざれば、人情に通ぜざるが故に、風化諷刺の用をなさず

と。ここに見える風化諷刺の論は、『詩経』の序に見える古来儒学の『詩経』論及び詩論の持ち伝えたものである。歌の修行に『法華経』普門品などからの仏語を引用して、「仏経にて歌を釈す

るにはあらず、勧学の理同じければ文をかれり」と、注をするを忘れなかった蘆庵であるが、そして、数々の進歩的な文学観の萌芽を示した蘆庵であるが、この人情説にもとづく風化諷刺の論を懐いていた、近世性までを弁護することはできない。

問題を本筋にかえして、しからば、「たゞ言」とは何ぞやと問えば、『ふるの中道』の成った寛政二年(宇佐美喜三八著『和歌史に関する研究』所収「蘆庵の六義説とただごと歌」参照)の段階では、次の如き断片を拾い得るのみである。

○歌合に、あまりたゞありにてなどいへる此体なり。たゞありとてきらふは、やゝ歌の衰ふべきにぞあらん。心たゞしく詞なだらかなるをよしとし、心むづかしく詞巧みなるをあしとす。

○わがいはるゝ詞をもて、ことわりの聞ゆるやうにいひいづる。

○天人同一なれば、自然の情をかざりもなく可レ詠。

○抑歌は平易の大道、言語の常なり。

天人同一の自然の情の発現であるから、その用語も、自然に平易にそして虚飾なしでなければならぬ、それでこそ鑑賞者に理解し易く、その心情を動かすことが出来る。これらは彼の歌論として、一貫した表現論をなしている以外は、甚だ常識論の如くである。

しかし「わがいはるゝ詞」と云う所に、我々は俳諧の俗談平話を思い出すのである。そう思わしめる大きな理由は、先に少しく述べた如く、芭蕉の言葉として伝えられた俳論と、文章・内容に相似たものが多いからである。『去来抄』は、安永四年暁台の校訂により、『三冊子』は安永五年蘭更の校訂により、共に京都で出版された。今、その詳しい事情は想像以上に出ないが、蘆庵は恐らくそれらを見る機会を持ったはずである。蘆庵の親しい友に上田秋成がある。秋成は自らも俳諧をたしなみ、その知人に蕉門の俳人が多い。また友人の伴蒿蹊は、『閑田文草』中の「芭蕉翁画像賛」を見ても、芭蕉を高く評価した一人である。蘭更とも、蘆庵は何処かで逢っていないとは云えない、などなど。芭蕉俳論と相似た処を、『ふるの中道』に見える順序に指摘して行く。

(「我心を天地の外にもあり芥子のうちにもこめて、万事に通達して」の条に)人中にては、都鄙・高卑・貧富・男女・老少の情、……或は鳥獣・虫魚の時をしり、草木の花さき実なるまでも、是をしり、あるは物名・言語も、都鄙一遍ならざることとさへも知るべし。

これは、もともと『詩経』の効用を説いて「草木鳥獣の名を知る」ことを上げた、その鑑賞に際する心得を、創作の側にして用いたものであるが、既に芭蕉も同じことを述べている。

そもそも風雅は、なにの為にするといふ事ぞや。孔子の三百篇は、草木鳥獣のいぶせき物をしらしめ、倭には三十一字をつらねて、上下の情にいたらしむ。その詩歌にもらしぬる草木鳥獣の名をさして、高下を形容せむものは、いまの風雅これなるべし。(元禄五年刊『葛の松原』)

これをこの書の編者支考のさかしらが加わっているとするならば、北枝の『山中問答』にも、相似た言葉があって、芭蕉の口癖としていた処であることを知る。蘆庵の前に引用する文は続いて、

わが心をかれになさぬが故に、かれとわれと隔絶して情に達せざるなり。達せざれば、歌はいかほどよむとも、虚妄のたは言なり。

と、有名な言葉となる。これも芭蕉の有名な「松の事は松に習へ」の条に、

習へと云は、物に入てその微の顕て情感るや、句となる所也。たとへ物あらはに云出ても、そのものより自然に出る情にあらざれば、物と我二ッになりて、其情誠にいたらず。私意のなす作意也。(『三冊子』「あかさうし」)

何ぞ両者の相似たことか。そして蘆庵は、

伊勢物語にいはずや、歌はよまざりけれど、世中を思ひしりたりと云々

と、この同物語の百二段を二度もくりかえして引用しているが、これも、『三冊子』に、

はいかいはなくてもありぬべし。たゞ世情に和せず、人情に通ぜざれば人不レ調(「くろさうし」)

と芭蕉も云って、同じ意の語は、支考の『続五論』にも、また誰彼の門人への書状にも散見して、

これまた芭蕉の口癖である。そして芭蕉もこれを『伊勢物語』に得たに相違ない。『伊勢物語』の「世の中」の語の意は、今日では、男女の情など様々な解があるが、蘆庵においても、芭蕉と同じく「世情」更に端的の意を蘆庵に正せば、これ又「人情」そのものと答えたであろう。『三冊子』には、これまた有名な、

新みは俳諧の花也(「ぁかさうし」)

亡師常に雅にやせ給ふも新みの匂ひ也(同)

の言葉がある。「新しさ」の意は、芭蕉の場合はむしろ、俳諧は芭蕉の如く、伝統を重んじる人も、和歌と相違して、客観視の文学である故に、歌・連歌の云い残した「俗」事「俗」情の、俗なる対象を指す処が大きい。蘆庵の場合は、客観を重視するけれども、歌の本質を抒情に置く故に、自己心中の歌境の問題に帰するの相違がある。しかし「新しさ」を、その作品の第一義としている処は等しい。芭蕉はまた、

師も此道に古人なしと云へり。又、故人の筋を見れば、求るにやすし。今おもふ処の境も此後何もの出て、是を見ん、我是たゞ来者を恐る(『三冊子』「しろさうし」)

と。師なし法なしの蘆庵の論に相似る。両者の、俳諧と歌の歴史の相違、元禄と寛政の時代のへだたりを留意して見る時、以上の芭蕉の語は、蘆庵の発言を理解する裏づけに十分になるであろ

う。蘆庵の歌論に、芭蕉の俳論の投影を認めてよいであろう。

更に芭蕉の言に、

師のいはく、俳諧の益は俗語を正す也。つねに物をおろそかにすべからず。此事は人のしらぬ所也。大切の躰也と伝へられ侍る也。（「くろさうし」）

俗談平話の説であって、門人支考が、このことに多くの言葉を用いているは人の知る処である。思うに、俗語を用いる文学は、日本の文学史に於ては、いわゆる俳言の使用を必須とした、俳諧をもって最初とする。そしてその後、戯曲・小説に及び、今日我々が日々に接する文学に至っている。蘆庵以前に存する詩文学には、俗語を用いるものは、全くの遊戯である狂歌を別にすれば、俳諧の外にはなかった。「わがいはるゝ詞」をもって自己の文学を詠出すると論ずる時、蘆庵が、芭蕉の言葉を照合することは、十分にあり得ることであった。しかも蘆庵同時の俳壇は、百年忌を前にして、芭蕉復帰の呼び声高く、前出の俳論書の出刊もその一産物である。局外の人といえども、関心が持たれたであろう。むしろ、俗談平話の説から芭蕉に近づいた蘆庵が、以上掲げる如き、多くの共鳴点を芭蕉に見出したのであろう。

この『中道』の草稿成った、寛政二年頃では、「たゞ言」の内容は、前述の如きに止っていたが、寛政六年に成った『古今六義諸説』に於ける、「たゞ言歌」の条に至っては、『詩経』の六義の

「雅」にこの一群を配して、さて、

タヾコトノタヾハ、雅ハ正ナリト云、タ、ニテ、タヾシキ心也、又ツネノ詞ト云ハ則雅言ナリ

と云う説明を見出す。この『諸説』の詳しい内容は、前掲の宇佐美喜三八氏の紹介にまかせるが、ここの「タヾシキ心也」の中に、筆者は「俗談平話を正す」の「正す」の意味を見るのである。蕉門に於ける「俗談平話を正す」の意の研究は、早くは潁原退蔵先生の『俳諧精神の探究』以来諸家の研究があってそなわる。蘆庵当時では、支考の徒が、この点を殊に強調した。その書、写本ながら流布の広い、当時一般には芭蕉の遺書と信じられていた『二十五条』を、蘆庵が見ていたとすれば、ここでも彼の最も尊信する『古今集』の序の研究から引出した結論と一致するものを認めるようなことになったであろう。これは、俗談平話を主唱する詩人達の一つの帰着点であると見るべきである。

5

以上、筆者は、梅岩・袁宏道・芭蕉の説の導入のおびただしいことを述べるのは、蘆庵の歌論を、自主性のないもの、空虚なものとして、おとしめる為ではない。その反対で、そのことによ

って、抽象的な、中心になる程その傾向の濃い蘆庵の歌論の理解を深めようとするのである。彼が、歌以外の面で活躍した人々の所説と共鳴した処を明かにして、彼の歌論の基礎を求めたいのである。梅岩や芭蕉の広めたものは、それぞれの当時に於て、広い意味で、庶民の倫理であり、庶民の文学であった。かかる云い方は、階級意識的なものとの誤解をまねくとすれば、四民平等のものであった。そして、蘆庵の見る処をもってすれば、彼らなりに、その思想と文学は、倫理の本質、文学の根源に達した実践と論であった。それが理解でき、それに共鳴する蘆庵の歌論も、その本質的な処へふれてゆく程に、それは四民平等なものであるべきであった。『ふるの中道』では、小さい文字で「歌は人品によらざる証なり」とあるのが、この主張である。しかしこれは、既成歌壇に対する反抗などと称するものではない。代は寛政に至っても、歌は搢紳家のものであると考える人が多い。万葉家が、『万葉集』を我もの顔に、知識をふり廻すことも見逃せない。これは歌の本質を忘れた姿である。これによって和歌の道は、今衰えている。この衰えから歌を回復させる為には、限られた身分、限られた知識の中にとじ込められた歌を開放するのは、本来の四民平等のものに回すことである。野のいぶきが歌を本来のものに回生させるであろう。蘆庵は歌の発達の為に四民平等を述べたのである。そして開放された対象との会話、その為の天上天下唯我独尊の自己、そして何ものにもとらわれず、絶えず自由に呼吸し活動する心情の働き、そこに生れる歌境の、思いのままの、生のままの表現、それさえ得らるれば、歌は常に清新である。この清新であってこそ、人間世における歌の存在意義がある。今日の言葉をもってすれば、以上の如きことを、蘆庵は、この小著の中で云おうとしている。和漢の同志、梅岩・芭蕉・袁宏道の論と確かめ合ってここに達した。その上で我が国の歌論の最初である、『古今集』の序に、我が達した処を比較すれば、一つも齟齬する処がない（もっとも今日から見れば、『古今集』の序や『詩経』の序のある部分は、何とでも解釈できるものを持っていて、誠に都合のよいものであるのだが、今日の研究者の如き疑を、蘆庵はこの序に持っていないことは勿論である）。これは彼にとって大きな喜びであった。蘆庵は、この発見を、『ふるの中道』で、格調高く述べたのである。この書の訴えの切実さの原因はここにあると思われるのであるが、如何であろうか。

これを芭蕉に比較すれば、『笈の小文』の冒頭の文章の開眼にも相当しよう。そして日本の詩史の上では、芭蕉の開眼以上に評価すべきであるかも知れない。香川景樹の表現本能論（最も蘆庵の影響をうけた景樹が、心学から儒学に入った猪飼敬所に聞く処があったのも、心学にもわたる問題であったからであろうか）も、天保の民は天保の詠を高らかに詠もうとの大隈言道の叫びも、牛飼が歌作る時に、歌の道大いに起ると歌った伊藤左千夫の思いも、その萌芽は、この論の中に含まれているのではないかと、筆者には思われる。同じ開眼でも、元禄の芭蕉は、過去の伝統の方をむいて開かれたが、代移って、太秦の草庵に世をさけた、この寛政の隠者の目は、芭蕉と違って、遠く未来を見ていたように思われてならないのである。

後記　田中道雄氏によれば、蘆庵の蕉風俳諧論の影響は、蝶夢よりのものではないかと思われると云う。

十三　滝沢馬琴の小説観

1

馬琴の文学観と云っても、専ら小説観であるが、それは、一般に勧善懲悪的文学観と評定されている。勧善懲悪の語は、彼自身が作品を論ずる場合しきりに使用した所で、そう称してよいのであろう。しかしいかなる内容の勧懲論かの検討は、かえりみるに十分であったとは思われない。彼は晩年、内外のいくつかの作品の批評を残し、自作の余白をついやして小説如何にあるべきかを論じたが、多くは創作技術の論であった。小説原理については、甚だ割切った発言をしているが、簡に過ぎて、また互に矛盾する言もあって、真意は不明瞭である。所詮、近代の評論家のものの如くには対せない彼の小説原理は、彼なりに真面目な長い作家生活の経験から得来ったものであるから、その原理論の不明瞭は、彼の創作経歴と、その過程、時々の反省をたどることによって、補うべきものであろう。さて、彼のその生涯の結論としての小説観が如何なるものであったかは、筆者も折にふれて(『国文学解釈と鑑賞』昭和三十四年「文学精神の流れ」中の拙稿など)、その想像される所を述べて来たが、未だ正面から、馬琴の小説観を検討の対象としたことがない。今度、幸にその機会を与えられたので、作家としての成長につれて、彼の胸中に醞醸して来た小説観の形成を、私なりに(既に浜田啓介氏に「馬琴における意識と思想の問題」『国語と国文学』昭和三十六年四月号所収がある)たどって見ることにしよう。

2

近世後期に入って出現した読本なる様式、当時の作家達の語をかれば、国字の稗説又は国字小説に筆を執った人々は、自己の作品の本質を考える時、稗説・小説の語が既に輸入であった唐土の作品を、意識の根底においていた。具体的に作品では、歌舞伎・浄瑠璃・軍記物・実録・仏教長編説話集などの影響をうけていて、中国小説の影響は濃淡さまざまであっても、「小説」なる意識は、彼の土のものを度外視してはなかった。翻案を事とした都賀庭鐘しかり、『雨月物語』の序で、わざわざ『水滸伝』を自作と比較した上田秋成しかり、『忠臣水滸伝』で長編読本の道を開いた山東京伝も、そして当面の馬琴も、その例外ではなかった。

馬琴の著述年表にそって考えてみよう。寛政八年に読本の処女作『高尾船字文』を出してから、文化元年に『石言遺響』をはじめ数部の読本を出すあたり、やがて長編『椿説弓張月』(文化四―

八)に至るの間、「やみくも」と云う形容が該当する程に、読本をも書きまくった頃は、作品の本質への反省は乏しかったようである。と云って、小説論に属する言辞は、当時の作家の誰よりも、彼はその作品の序跋や附言で述べてはいる。それらを集合要約すれば、特に彼の主張する所は次の三点となる。一は虚誕の話を説いたもの。二に通俗の言語で表現したもの。三に勧懲の目的を持ったもの。

一の虚誕の話は、読本の前身である八文字屋本の時代物が、仮作《フイクシヨン》なることをあらわにした作風であったことからおこったもの、近世に於ける小説の発展上、仮作性を要求する段階にあったので、風流読本即ち娯楽読物の当時のあるべき姿なのである。それについて馬琴は云う。事の実を読者に伝えるは、歴史・実録の任であって、これにより人の教となるものである。しかし読本は娯楽、世の慰み物である。慰みである以上、神怪変化をきわめる方が、読者に与える興味は大きい。しかも作家は虚誕を説くも亦やむを得ない。その理由を、文化二年の『盆石皿山記』前編自叙で、

(前略)蓋やいにしへに書《ふみ》作れる人は、みづからたのしみにして、他《ひと》に見すべきとにもあらず。今の草紙作れるものは、他《ひと》の玩《もてあそぶ》を宗《むね》として、普く見するを楽しとす。こゝをもて己を枉て志を屈《かゞめ》、雅《みやび》を去て俗《さとび》に根《もとづ》き、言と行とひとしからずして、徳に恥る事もあり、亦徳を損ふ事

もおほかり。

と述べる。云う意は、一般の読者相手の売文生活者としての作家の嘆である。文化三年の『苅萱後伝玉櫛笥』の附言でも、

余がいふ著述はわが生活の一助なり、この故にわが欲するところを捨て、人の欲するところを述、閲者《みるもの》一日の戯場にかえて、ふかく心をとゞむるとしもあらず。作るものみづから虚譚をことわれは、後俗を誣《しい》る患もなし。もし童蒙たま〳〵これに因て、善を奨《はげま》し悪を懲す事あらば自他の幸といふべし。

と、虚譚のことに関係づけてくりかえしている。しかし売文生活、当時の語で戯作者であることに、この頃の彼は不満ではなかったはずである。京伝の文名をしたって戯作者生活に入り、漸くその作品が好評を得だした頃である。虚誕の云訳と共に、一種の卑下慢の辞と解してよい。

二の通俗の表現とは、中国小説の白話に相当し、和文では『源氏』『狭衣』の古物語の雅文に対する、読本の文体をさす。彼によれば、「文辞のいやしきを嫌ざるは、通俗を宗とすればにや」(文化元年『石言遺響』の末、魁蕾子の言。魁蕾子は八犬伝の回外剰筆にも見えて、馬琴自身としてよいか)で、又読者を慮った所為であった。その理由は『新編水滸画伝』(文化二)の「訳水滸弁」に云う所が詳しい。

彼俗子の書を読を見れば、只傍訓《つけがな》に因て字義に管《かゝは》らず。口に読といへども肚に味ふことなく、耳に聞て却て感ずることあり。故に一人読ときは、五三人これを聴、耳を側《そばた》つるもの、その意通ぜざれば、悉よしと賞せず。難かな文をもて俗に説事。われいまだ其為《なす》ところをしらず、よりて今予が訳《とく》ところは、いよ〳〵雅に遠しといへども、（中略）只顧《ひたすら》婦女童蒙の為に解しやすきを宗とす。

と。

三の勧懲の目的は、小説は慰みながら、他に実用性を持つ。実用性あってこそ小説が社会に存在する意義があるとするのは、近世小説史を通じての、小説をめぐる作家読者をふくめて社会一般の見解であったことは既に述べた（拙著『近世小説史の研究』所収「近世文学の特徴」）。馬琴はここで、勧懲即ち小説の倫理的効用を強く説くのである。文化四年の『括頭巾縮緬紙衣』の末に、

馬琴不肖にして、名をなすところなし。嘗稗史を作りて賢愚邪正、人生の寿夭、過福得失、善悪応報の理を述る毎に、（中略）おもふに人生五十年、孰か一編の小説にあらざる、冀《こひねがはく》は世の童子等、偶《たま〳〵》予が出思の作書を閲して、善を奨し悪を懲らすよすがともせば、おのれを警し、人を警するの本意遂《とげ》たりといはん。

とある。その勧懲の目的にふさわしい著述の態度はいかがかと問えば、これも『石言遺響』の魁

蕾子の言に、

青銭学士が僊崫の一篇(遊仙窟)は文章奇絶なれども君子の為に取られず。紫家《ノ》才女が源語の一書は、和文の規範とすれども堕獄の悔あることは、共に淫奔玷汚に係れば也。況《ヤ》後世誨淫浮艶の談は、必《ス》視《ル》者に害あり。作者もつとも慎《ム》べきことなりかし。粤《コヽ》に飯台の曲亭翁、嘗《テ》著書に耽る。毎歳著《ス》ところの小説、勧懲に根《モトツ》かずといふことなし。

と、甚だ厳格な態度である。もっとも作品では、自らも『四天王剿盗異録』(文化二)の如く、むしろ悪漢小説とも見るべきものを書いてもいるのだが、作家の思想としてでなく、作品の表面にも具現化して勧懲の目的を明確にすべしとの論を持っていたのである。

以上三点、小説史の進展からも、馬琴の当時の立場からも、そうした論となる原因はあったのだが、自ら沈思して得た独自の説ではなかったようである。彼の作品類に序跋、それも漢文の序跋を送った知人達、『月氷奇縁』(文化二)の跋者伊東秋颿、『括頭巾縮緬紙衣』の序者馬田昌調、『新累解脱物語』(文化四)の序者友石主人、『旬殿実々記』(文化四)の序者百癡(馬田昌調)などの文中にも、一々引用しないが、ほぼ同じ見解が見える。彼等の教養から推察するに、それらは中国白話小説に対する彼の土の見解を模したものであって、従って馬琴も亦、同じく、そこに根拠を持った発言であったかと想像される。中国白話小説につけば、果然、同様の語句が見出せる。

宣和遺事具載三十六人姓名、可見三十六人是実有、只是七十回中許多事蹟、須知都是、作書人、憑空造謊出来（「読第五才子書法」）

宋元時、有小説家一種、多採閭巷新事、為宮闈談資、語多俚近、意存勧諷（『拍案驚奇』序）

其間説鬼説夢、亦真亦誕、然意存勧戒、不為風雅罪人（『二刻拍案驚奇』小引）

の如くである。これらをうつして、自己の作品を論じたので、反省が乏しかったと云う所以である。のみならず、この当時の馬琴の反省の不足は、他の面にもあらわれる。『曲亭伝奇花釵児』（享和四）は、自ら後年「このはなかんさしは笠翁十種曲中の紫釵記を訳せしものにて、書さまこの書によれは伝奇のよみようを会得せられん為にあらはし候キ」（文政十二年三月二十六日出の殿村篠斎宛書簡）と述べた、中国戯曲の翻案であるが、その評論にも、

戯文（「ぎだゆうぼん」とも訓む）は誕妄錯誤、理のなかるべき所にして、事の有べき処を述ぶ。言実に過たるは戯文にあらず。言勧懲の意なきも、又戯文にあらず。其文俗にして其意俚ならず、是を風流の文采とはいふべし。

と、小説も戯曲も同一に論じている。『月氷奇縁』に「僅に戯文《しばゐぼん》の一体を脱たる耳」の語を見るが、まだ小説の特殊性を十分に認めていない。又はその途中にさまよう馬琴だったのである。且つ又以上の三要点が、相互にいかに関連して、小説をなすかなども論及する所が全くない。

文化四年の『園の雪』は、恐らく中国白話小説に附いている評論にならってであろうが、門人魁蕾子の名で、標記を附しているが、事は多く文字の考証と、僅かの構成末端の注意にとどまっているからしても、この頃の馬琴は、まだ自己の小説観を確立するに至らなかったことを示す。

3

文化三年から文化八年まで六ヶ年にわたる『椿説弓張月』の大作の経験は、馬琴の小説観にも大きな変化をもたらせた。彼はこれまでの作家生活で、常に京伝を範とし、また競争相手としながら、黄表紙・合巻・咄本、時には歌舞伎の雑著の如きまでに及び、様々の作品を書いて来たが、この関頭に至って、小説家として自己の進むべき方向はどこにあるか、それに関聯して、何が小説の主流となるべきかを自問自答した如くである。そしていずれも読本だとの答を出した。しからば読本では如何なる作風が中心となる、また中心となすべきかの問を発した。その答は、中国における演義即ち『三国志演義』や『水滸伝』などの作風にならうべしと出た。文化三年書き初めた『弓張月』は、筆を進めるに従って、益々当時彼が定めた演義体の姿をかためて行った。文化五年には、『俊寛僧都島物語』『頼豪阿闍梨怪鼠伝』など、史実にもとづく作を出して、演義体の方針に自信を持って行った。演義体の主張は、その後、文化十年に、京伝作の『雙蝶記』を評

した、『おかめ八目』において、

唐山に、演義の一書は、時代・年月・姓名など、正史よりとり出て、あやしうつゞりなしたるものなり、これを演義と唱て、世俗のもてあそびとす、しかれども、正史也と思ふものあるべしやは、今の絵草紙に、時代・年月・姓名を、あるがまゝにして、事迹を作り設たるは、所謂演義の体也、元より作り物語なれば、咎るにたらず

と、明瞭に説明するが、具体的な作品は『弓張月』以下に認め得る所であり、文化五年の『松染情史秋七草』にも、

此書竊に、細々要記、桜雲記、吉野拾遺、南朝記伝、円太《ママ》暦、鎌倉大草紙、足利治乱記等の諸説を据として、はじめに楠氏の事蹟を述るといへども、亦彼三楠実録、楠戦功実録、楠家全書、楠軍物語、楠物語等の趣と同からず、その事多くは寓言にして、只阿染久松が奇耦をいはんとて、姑く楠氏の名を借るのみ、夫艶曲演戯の誨淫猥褻なる、小説者流は取らず

とあるは、演義体小説の行き方を説明したものである。

ここで彼が考えた演義体読本の性格を、具体的な彼の作品について引出し、箇条書をすれば次の如くなろうか。一は一種の歴史小説である。八文字屋本の時代物の線の上に発達して来た読本は、何時とはなく時代小説であることが確定的となっていたが、その時代小説性を一段と厳格に

した。従来は歌舞伎浄瑠璃の時代物や仏教長編説話集などで一度作品化された素材を用いて、時代的にする方法も多かったが、馬琴は直接に史書、勿論正史野史雑史を相混ずるけれども、ともかく史書を根基に持つ方法にかえ、堅持しようとした。その意味での歴史小説である。二に長編小説である。最も短く見て、読本のここに達するまでの歴史は、長編小説を生む陣痛期であった。ここで本当に小説性を示した、長大編を創出するための演義体であった。三に、歴史長編小説を書くにふさわしい、後にいわゆる雅俗折衷文体（『小説神髄』）を持つこと。まだ馬琴自らは、これを和漢の雅文に対して、通俗と称していた。これについては、従前の通俗との関係を説く所で、合せて述べる。馬琴が自己の創作方向を、かくの如く演義体に設定したことは、今日からして、近世の小説史をかえりみ、馬琴のその後の活動を見通す時、正に流に竿したものと云ってよい。馬琴の存在を過小に評価する論者が、学界にもなお多いのであるが、筆者をもって見れば、この時馬琴は小説史の発展に正しくそった姿勢であったと判断する。既に若干説いたことがあるが近世小説史上で、従来読者も希望し、作者も努力して、なお実現し得なかった一つに長編小説がある。いうまでもなく小説形式が、詩や戯曲の他の文学形式に比しての特色は、この長編であって、そうした小説の特色を示した長編が、我が国で始めて出現したのが、これから馬琴らが努力した演義体読本ではなかったか。しかしこれまで、長編らしいものがなかったのではない。八文字屋本の時代物も一応、長編の形を採る。がそこでは、浄瑠璃歌舞伎の演劇の方法即ち、幕や場のつみ重ねと云う形式で、長編が構成されている。これでは十全に小説の長編とは称し得ず、その努力をいくら続けても長編の新しい形式は生れるべくもない。馬琴は、彼の先輩や、これまでの自己の作品の、なお八文字屋本臭、換言して演劇臭から脱すべく、演義体を選んだのである。文化五年の『頼豪阿闍梨怪鼠伝』巻二末の自評に、

評に曰、この段殊に演義の体に似ず、もつはら伝奇の趣きにならへり。しかれども動静云為、おのづから許多の脚色あつて、当時を見るがごとくしかり

と云う。ここで伝奇とは演劇のこと。演劇の趣があるが、自ら別の許多の脚色即ち構成がありとするのは、小説的構成のことである。同書巻五の末の自評に、

評に云、この巻すべて楔子あり、この事前に評するが如し、頼朝鶴岡詣を楔子とす、頼朝西行を出す、西行を楔とす、西行金猫を出す、金猫を楔とす。……

と、長々と全巻の楔子を説明する。「楔子は物をもつて物を出すの謂なり」(『新編国字水滸画伝』引首)と馬琴は解したのからして既に金聖歎の「楔子者以物出物之謂也」の訳であり、正楔・奇楔などの語をも用いる。この所はこの語に構成上の重要な意味をもたせた金聖歎の『水滸伝』評の模倣である。馬琴はここに、演劇とは違った、演義体の長編構成法を認めて、その方法を採った

ことが明らかである。全体の構成における楔子のみならず、部分の趣向でも、小説と演劇との別を、馬琴は見出していた。京伝の『雙蝶記』の評「おかめ八目」には「この作意、只今の歌舞伎狂言を旨として、見物の目先を専一にすと見ゆれば、却て物語ぶみには、興のさむることおほかり」という風な、演劇的作意・趣向と、物語即ち小説のそれとは違うことをいう言葉が多い。ややその違いを示した語に、

かやうのすぢ、歌舞伎狂言には常にあることながら、物語ぶみには今一トきわ、ことわりありげにかゝまほしきことゝおぼし、すべて人情にあらず

などとある。演劇殊に当時の歌舞伎には、趣向の約束の如きがあって、かくなればどうなると、実際の社会での理窟では様々に考えられることでも、一筋に不合理に定まった趣向が多かった。それあった故に演劇は、舞台的な場所の制約にかかわらず、興行上の時間の制約の中で、かなりに複雑な筋を作り得たのであるが、それらの制約のない小説では、も少し実社会にそって合理的な趣向が立てられる。小説らしい趣向即ち構成のあることを述べたものである。

前出『怪鼠伝』の自評に、「当時を見るがごとくしかり」とは、時代小説らしく、時代の気分雰囲気を出すこと、とかく見物を慮って時代狂言といえども世話気味の多い演劇と等しくないと云ったもの。同じ意味の言葉は、柳亭種彦の『緑手摺昔木偶』(文化十)を評した「をこのすさみ」の

処々に見える。

世話狂言などにはゆるすべし、この処時代ものがたりなれば、文体にかなはず
あまりに芝居の狂言めきたるすぢなり

これらは演劇との比較で示された意見であるが、これまでの、又は他の作家の世話味の残存した作風から、出来るだけ時代小説らしくすべしと考えていた証となるであろう。

又、式亭三馬の『阿古義物語』を評した「駢鞭」には、明確に馬琴と判断出来る書きざまで、三馬から「且一《またひとつ》頭流布の小説に、譬ば首は繁、英の如く、胴は雨月、西山の如く、尾は八文舎本に斉しく、嗚声鴉にあらざれども、傀儡院本《じょうるりぼん》に似たりけり」と評されたに対して、

さはなくて只、語路口調五七五とわたるを見ては、浄瑠理本のごとしとて笑ふめれど、縦ひ口調は五七五にわたるとも、義太夫本のさとび言を脱れて書るもあれど、それらはよくも見ざりけん

と答えている。文章では、「通俗」を標榜するが、「義太夫本のさとび」をさけて、それよりは文人の業に近い、雅俗折衷を意識しているのである。実作では、中国の演義体にならい、『保元』『平治』『源平盛衰記』、南朝関係の諸記録から、殊に『弓張月』の如きはおびただしい典籍を渉猟しつつ著述、一方同時代人の読本を批評しながら、演義体の主調は次第に形をとり、又自己の

胸中にも確乎たる理論となって行った。

馬琴は、かく演義体論をかためるについて、従来も標榜し続けて来た、虚誕・通俗・勧懲の小説の三要素と、この新理論との関係を考えねばならなかったはずである。勿論演義体小説も虚誕である。「その談唐山の演義小説に倣い多くは憑空結構の筆に成、閲者理外の幻境に遊ぶとして可」(『弓張月』前篇)なるものである。従来の小説は全く架空のものとして歴史の補となると云うはわからないでもないが、演義体では既に歴史に従いながら、更に虚誕を弄する、歴史をそこなう危険のある作品がなぜ必要かと問いたくなる。『俊寛僧都島物語』の序は、そのような問を仮定して、その答を述べる。云う所は次の如くである。正経史伝は確に世に益があるが、これを読まない人が多い。しかるに小説野乗は、人々読めば燭を秉って倦むことを知らない。その理由は何か。珍説奇異に満ちて、その文がまた解し易いからである。良薬は口に苦いが、飴蜜をもってこれを導く。信言は耳に逆うが滑稽を以て之を諷するが如くである。仏家は衆生済度に、いつわりの方便を用い、兵家は武略をもって、勝を得る。それにより邪に導き、迷に入らしめないならば、寓言詭弁も亦益なしとしないではないか。自分は小説を好み読むのあまり、自ら筆を採るに至ったが、釈氏の因果の方便にならい、まま孫子の武略を用いて、勧懲の為にと考えているつもりである。大した益はないかも知れぬが、長を説き短を咎め、相罵って快とする饒舌無用之弁、即ち穴をうがつを事とする洒落本・滑稽本の類ではなくして、未生の君子を考え出し、烏有先生をやとったりする新奇の世界幻妖の境を写すけれど、一栄一落の人世の得失を示しているつもりであると。文化十年の『皿皿郷談』の序にも同じ趣旨のことが出て、当時の彼の信念であった、仏家の方便、兵家の計略の行き方をかって、虚誕ながら架空ながら人世をうつして、もって勧懲の資とするのだと云う。ここで虚誕と勧懲の二要素が結合する。ただし、かかる如き主張も、必ずしも馬琴の自ら考え出したのではない。『警世通言』の序の、

世不皆博雅之儒、於是乎村夫稚子、里婦估児、以甲是乙非為喜怒、以前因後果為勧懲、以道聴途説為学問、而通俗演義一種、遂足以佐経書史伝之窮、(中略)事真而理不贋、事贋而理亦真、不害於風化、不謬於聖賢、不戻於詩書経史、若此者其可廃乎

などの文章に甚だ相似る。中国小説家の説にならって、自説としたものであろう。馬琴はこの前後即ち文化中年、かくの如く勧懲の意を含んだ虚誕の物語を、寓言の言葉であらわすことしきりである。

戯作は原《もと》寓言を宗とすなれば、古書を引てその事実を述るとしにもあらねば、亦是好事の一癖のみ、古人小説を批するに、動《やゝも》すれば史伝を附会し、仮を弄して真となすの類にあらず

（文化五年『巷談坡隄庵』の附言）

> 皆是寓言トイヘドモ蒙昧ヲ醒スニ足レリ、(中略)文辞荒唐ニシテ、君子ノ一噱ヲ惹《ヒク》ニ似タリ、然ドモ艶曲淫奔ノ脚色ヲ借ラズシテ、勧懲ノ微意毎巻ニ存ス(同年『三七全伝南柯夢』附言)

が、演義の真偽を論じて、寓言の語を用いることも、既に中国小説にも見る所である。『二刻拍案驚奇』の序に、

> 文自南華、沖虚、已多寓言、(中略)至演義一家、幻易而真難、固不可相衡而論矣、有如西遊一記怪誕不経、読者皆知其謬、然拠其所載、師弟四人各一性情、各一動止、試摘取其一言一事、遂使暗中摹索、亦知其出自何人、則正以幻中有真、乃為伝神阿堵、而已有不如水滸之譏、豈非真不真之関、固奇不奇之大較也哉

と、『西遊記』の如く虚誕をつくす作も、四人の師弟の性情を示し、幻中に真あれば、その寓言たることに論なしと云う。やはりこのあたりから得た用語であったろう。

4

それでも『弓張月拾遺』(文化七)では、出来るだけ「故実ヲ引用シ、悉ク正史ニ遵」おうとしたり、『昔語質屋庫』(文化七)の如きですら、「文辞猥褻といふといへどもみな本拠あり」などしたけれども、考えて見れば、小説としてはいらざる努力である。寓言の語はしばしば『荘子』につい

て用いられ、その虚誕性の甚しきをさす。小説はその意味の寓言性をほしいままにすればよい。当時の馬琴は、既に演義体の方針が立った。その中で、これからこの寓言的な虚誕に力をそそぐ。時代小説だけに、世話種の如く真偽の点についてはばかる所もすくない。後にとなえられる稗史七法則の多くも、虚誕を小説らしく構成する為の方法なのであるが後述する。『里見八犬伝』の二輯の序(文化十三年日付)では、

嗚乎書也者寔不可信、而信与不信有之、信言不美、可以警後学、美言不信、可以娯婦幼、儻由正史以評稗史、乃円器方底而已、雖俗子固知其難合、苟不与史合者、誰能信之、既已不信、猶且読之、雖好亦何咎焉、予毎歳所著小説、皆以此意

と、美言の語をもって、虚誕の辞を積極的に肯定している。その理由として、小説は慰みもので、「益於芸好者幾稀矣」ものであるからと云う。このことは、馬琴の作家生涯の最大の花であることの『里見八犬伝』一輯の冒頭にも見える。

亦是唐山演義の書、その趣に擬したれば、軍記と大同小異あり、且狂言綺語をもてし、或は俗語俚諺をまじへ、いと嗚呼《をか》しげに綴れるは、固より翫物《もてあそびもの》なれば也

馬琴は初めから自己の執筆を売文生活とし、その作品をなぐさみとした。一種の卑下慢だと解して来たが、彼の社会的名声高く、それより執筆の為の読書であるが、書を読むにつれて見識も自

ら高まった。元来の権威を尊びあこがれる性格も自らに明確に、高度になってくる。前述したが（前掲の拙稿「近世文学の特徴」）、近世の文学は社会意識として、仮に云えば、第一・第二文芸、当時の語で雅俗にわけられていた。第一の雅文芸とは、和歌和文漢詩漢文の伝統的文学であり、それは典籍、馬琴の語をかれば経史につらなるものである。第二の俗文芸は近世において発生し又は発達した新しい様式の文学である。前者は信言に属し、後者は、信ならずとも美言でなければならぬ翫び物であった。前者は士君子の文学、後者は婦女幼童の文学と、事実はそうでなくとも、意識の上ではわけられていたのが近世の文壇又は広く社会の特徴であった。この頃になると、第二文芸である戯作の徒で、第一文芸に従う人々即ち文人顔をする輩が次第に出て来た。馬琴に云わせれば、これは糞をもって味噌とするものである。馬琴の読本はいかに努力しても第二文芸である。それを区別することができるのが士君子の見識である。漸く馬琴は一般戯作者とひとしなみに見られるをいさぎよしとしなくなった。士君子をもって自らを持したいのである。翫び物に筆を執るけれども、士君子の見識は高く示したい。馬琴の当時の気持が、この翫び物と云う語に示されているのである。この後、当時としては文人の業であった随筆の著編に力をつくし、これから後の年次のものの残る友人への書簡に、屡々無用の戯墨に労力をつくす自らをかこっているのも、同じ気持のあらわれである。

翫物は翫物としても、第一文芸の補となるべき特色を持たねばならぬとして、出て来たのが勧懲なる功利性である。勧懲は第一第二文芸一途であるとしても、第二文芸には、それを示す別の方法があるべきで、それが読本の小説性となるものである。この年頃、馬琴が口にすることの多いのは、人情を詳細に写すの一事であった。『八犬伝』二輯の末に「蓋し小説は、よく人情を鑿《うがつ》をもて、見る人倦ず、今この二三子の伝の如きは、情に悖るにあらずや」とし、同じ序中に稗官新奇の談中には「治乱得失、莫不敢載焉、世態情致、莫不敢写焉」ともある。小説は人情世態をこまかく写すことによって、虚誕の筋の中ながら、人生を述べることとなる。それが読者になぐさみを提供しながら、自然と善に導く結果となる所以なのである。馬琴の人情をうがつとは如何なる意かを知るに恰好な文章がある。やや後ながら天保元年六月廿八日出の殿村篠斎宛書状の中で、『近世説美少年録』は、「人情を穿得たりて時好に叶ひしはなほ自他の幸ひといふべし」としるした。『美少年録』は、彼の作品中で、作中人物の心中や事件をめぐっての人間関係を説明することの最も詳細なのを特徴とする。馬琴の心理描写などといえば、冗談と思われようが、そうした言葉もけっしてあたらぬではない作風のものである。とすれば、ここの人情も亦、その意を代入してよいであろう。

この人情をうがつ為には、通俗の表現が必要不可欠であると論じられて、三要素の一つ通俗が、

小説の本質と結びついてくる。『昔語質屋庫』の自叙で、朱子さえ経籍の序に俗語を使用したと例に引いて、

苟も俗語もてせさるときは、猶靴を隔て癬を掻かことし、是以唐山演義小説の書、すへて俗語にあらさるはなし

として、俗語即ち通俗の表現を、蒙昧の為にとると主張する。この小説と俗語の問題は、たえず彼の念頭にあった所であるが、彼の到達した結論らしいものは、天保四年の「本朝水滸伝を読む并に批評」の冒頭「作者の書ざまを批評する」において示される。年代順に馬琴の考えをたどるこの稿では、時代がやや飛躍する嫌いがあるが、ここに合せて紹介することにする。そこでは、『本朝水滸伝』の著者建部綾足が、擬古文に綴ったことを難じて、

稗史野乗の人情を写すには、すべて俗語に憑らざれば、得なしがたきものなればこそ、唐土にては水滸伝西遊記を初として、宋元明の作者ども、皆俗語もて綴りたれ

と云い、読本の読者は「世に文章のふの字も知らぬ俗客婦女子を常得意と」するものだから、

作者はその身の学術より、五段も十段も引おとして綴らねば、行れがたきものなるよしを、綾足は思はざりしか

とただし、『源氏物語』も、あれで当時の俗語であった。作者読者が貴人故に自ら雅語もまじるの

み、近世の六樹園や鹿都部真顔など雅文小説を作ったが、それは楽屋の評判のみで、一般的ではない。さてその結論は、

今の世に生れて草紙物語を作らんに、雅語正文もてつゞりては、労して功なく、且情を写し趣を尽すことは、得ならぬもの也といふことわりを述るになん

である。勿論これとても彼自らの考えでなく、中国白話小説の既に実験した所であり、早く『剪燈随筆』の著者勝部青魚も、相似た見解を持ったことは紹介した(本書「読本初期の小説観」)。しかし馬琴自らも実験した所であって、小説の文章はかくあるべしとの自信が、「本朝水滸伝評」の文章の行間からもうかがうことが出来る。

しかし、読本は時代小説であって、通俗、俗語といえども、滑稽本や草双紙のそれとは自ら相違があるべきであったし、ここにも馬琴の、他の戯作者と等しく見られることを嫌う意識が働いたかも知れぬ。且つ従来の経験からも、雅を混じた方が、時代性が出せると思えた。草双紙のみしか書けない一般戯作者と違い、唐山元明の才子と等しい、演義体小説の作者として、特異性を示そうとした。『八犬伝』第九輯の第十九の簡端贅言に次の如き意見が見える。『八犬伝』のはじめはもっぱら通俗であったが、六七輯から唐山の俗語を用い、漢字の使用も多くなったと述べて、

畢竟文字なき婦幼《をんなわらべ》の、弄びにすなる技にしあれば、故《ふ》りて風流《みやび》たる草子物語は、取て吾師に

做《な》すべくもあらず、又彼唐山なる稗官小説の、大筆にして奇絶なるも、その文は模擬に要なし、然ばとて坊間《まちく》に、写本に行はるゝ、軍記復讐録の類なるは、俗《よ》の看官《みるひと》もすさめざるべく、余も素《もと》より綴まく欲せず、この故に吾文は、枉《まげ》て雅ならず俗ならず、又和にもあらず漢にもあらぬ、駁雑杜撰の筆をもて漫《そゞろ》に綴り創しより、世人謬りて遐《とほさ》け棄ずと。かかる態度が、その文章としていわゆる雅俗折衷の文体に落つくようにせしめたのである。

しかく寓言性に努力し、慰み物にして無益なりと云うならば、彼が従来、自己の作品の存在意義を其処に置いて来た、勧懲はいかにあるべきか。この頃、慰み物と云うに比例して、勧懲を云うことも多い。『八犬伝』三輯叙(文政元年日付)は、あだかも二輯の序の言葉を強く反対するものの如く、「余自少《ワカヽリシ》、慫事戯墨、然狗才追馬尾、老於閭巷、唯於其勧懲、毎編不譲古人、敢欲使婦幼到奨善之域」とつよく云い切った。前後相矛盾しているとまでは云えないとしても、翫物と勧懲の間に、彼の意識は微妙に動揺しているかの感がある。しばらく『八犬伝』を離れて、『朝夷巡島記』の序跋類につけば、その間の気持を、も少し立入って汲み取れそうである。『巡島記』二輯の序(文化十三年日付)は、先ず一客あって、稗説は如何に錦心嘯口愛すべきものありといえども、名教に稗益なし。作家の新奇を時好に窺い、名利に殉ずるをののしる。それに対する馬琴の答は、「甘言為餌、勧懲為鈎」て竿を江湖に投ずる如きが作家であって、そこに人が集って、その作品を楽しむので、作家は俗世間的に人と利を争わずして、生計を立てることが出来ると云う程度で、甚だ消極的な云い方にとどまっている。同書の三輯叙(文政元年日付)に至っては、更に勧懲の主張は退歩する感がある。「稗官小説述作之功、虚実紛紜、使無如有」である。自分は若くして翰墨に游戯した。読者や書肆がその作品を喜んでくれるので、ともかく努力した。為に「釣名徴利」で生計をたててきた。さて小説がはたして善か悪かと云えば「昔人謂、薬八百八味、而能毒相半矣」で、この言を以て、「亦可以譬於野史稗説」である。小説の談は詭譎故に世を害うと、蒙昧を醒すの益と相半ばする。「其勧懲主治也、詭詞猶薬毒也」。十分の上手でなければ、その能を発揮出来ない。中国に例を引けば、施耐庵・羅貫中は「竊因循道釈之善巧、盛建赤幟於伝奇中」だが、後続の作家は、それにならい得ず、『僧尼孽海』『金瓶梅』『随史遺文』『肉蒲団』の如きは、宣淫導慾の書となっている。ただし、自分の書は前者に属するように自ら警めていると云うのだが、その云分は甚だ力の弱いものである。

ここに至れば、この頃即ち文政初年頃の馬琴は、小説の翫物性即ち面白さと、勧懲即ち教訓性の間に煩みを持ったのであって、一面では『八犬伝』三輯の如く、従来のまま勧懲を強調し、一面では『巡島記』三輯の如く、弱々しい言葉を残したのである。そしてこの両者の間を、何か合理的に解釈しようとの思考は重ねていたのである。『巡島記』四輯(文政三年日付)の叙には、今日からすれば感情移入説とも称すべき論を提出する。結論は、夢中の苦楽は真情ではないが、人を動かすこと真情より甚しいものがある。その夢たるや虚実相半ばする。そして、夢見の如何によっては、人をつつしましめたり、遠慮をもたらしたりする。小説も、娯楽の為に虚が加って、虚実相半ばする。それでいて、「稗史之醒蒙昧也、与虚夢之驚癡人一般、昔人嘗有戯夢之喩、非但戯場之似夢、稗史小説亦可以喩夢」の如くである。この論は全く『五雑組』巻之十五の、

戯与夢同、離合悲歓、非真情也、富貴貧賤、非真境也、人世転眼亦猶是也、而愚人得吉夢則喜、得凶夢則憂、遇苦楚之戯、則愀然変容、遇栄盛之戯、則歓然嬉笑、総之不脱処世見解耳、近来文人好以史伝、合之雑劇而弁其謬訛、此正是癡人前説夢也

によったのであるが、その論拠として、次の説を上げる。小説の読者は、作中人物の行動に合せて、賢者の薄命、小人の僥倖、才子が時に合わず、美人が癡漢にとつぐなどの所で、浩嘆欷歔する。その反対に、善人賢人の盛える時は、欣然とする。これは人の性天よりうけて、善にくみし悪をにくむからである。この点では、婦幼といえども理義分明、善悪邪正の別が明瞭である。小説が知らずしらず読者を勧善懲悪に導くのは、この故による。正史に合わぬから世を惑すとするのは、夢の夢たるを知らざるに等しいと。夢を論じ、人間の本性を説いて、勧懲と翫物の間を合理化しようとする。この頃は馬琴の小説観の発展にとっては、最も注目すべき時期であった。時

あだかもよし、友人殿村篠斎が『犬夷評判記』を著し、彼の『八犬伝』『巡島記』二書を評して、彼に再評を求めた。ここに彼の小説観は大きな飛躍の機会を得た。

5

この評判記は、文政元年の出版である。馬琴はこれまで、中国小説にならって自評を試みたものに、『園の雪』『怪鼠伝』『常夏草紙』(文化七)の類があった。『園の雪』は前述の如く、数ヶ条の構成に関する以外は、悉く語註。『怪鼠伝』は撮合・楔子の構成を説くが珍しく、『常夏草紙』は若干の趣向を説くのみである。それらに比すればこの書の篠斎の評は、進んだものと思われる。これに答えるべく馬琴も大いに務めたりと云うべきである。従来には見えなかった新しい概念があらわれる。

作意では、これまでも見えた「虚実の境」ここでは「理外の幻境」に遊ぶことが、小説の特色なりとして、「正史実録を読む眼睛を抜替ずに、野史小説を閲すれば、作者の体面を見がたしと古人もいへり」と説く一方、勧懲を説くことも等しいが、これについては注目すべき言葉がある。

かくて水滸伝の作者、彼一百八人を魔君に比せしは深意あり、かれらが忠義は、聖人の道に齟齬す、譬ば小説に、勧懲教誨の意味あれども、経書正史とあふものあることなし、こゝを

もて、賊中の義士を魔君とすること、なほ小説中の教誨を、妄言とするがごとし

具体的な例が上ってないのでこれだけでは文意がとりがたいが、ほぼ同じ頃書かれた、『玄同放言』の「詰金聖歎」の条で、「水滸伝は、小説の巨擘にして、今古の敵手なけれ共、今に論議の多かるは、勧懲に遠ければなり」と云ったのと比較すると、『水滸伝』を論じていずれが正しいかを別にして、当面の問題である小説の評し方としては、『評判記』の文の方が深度を増している。別の所に「すべて小説は、文面に仮話あり、文外に話説あり、これを見あやまるときは、その評的らず、抑伝奇稗説は、実録とうらうへにて、話説に倚伏を専文とす、(中略)百八賊の賊たるは、文面の仮話也、彼等が心操に、本然の善あるは、作者の真面目也」とあるに照合すると、馬琴が解した『水滸伝』の深意なるものが、漸くわかる。作品の表面は勧懲の意にそむく如くでも、時に作品の深処に作者の本意がこめられていることがあるとするのである。やがて彼独特の隠微の説に発展する萌芽がこの辺に出て来たのである。思えば、前述した『源氏物語』を、その表面の筋のみで罵った馬琴から成長したものである。

構成趣向の面では、楔子又は楔が色々と論じられること従前の通りだが、「倚伏」の語があらわれる。

……この禍なきときは、安西を滅して、安房一国の主になる福は来しがたし、犬に愛女を娶

せんといひし禍、又一転して八犬士出現し、竟に里見の佐となること、彼塞翁が馬に似たり、
　是を名づけて倚伏と云ふ

と。楔子が紡錘形をなす事件の発端で、ここで因を作って、果で結ぶ。その小紡錘形が多くより集って、又全編の大紡錘形をなす構成法なのに対して、倚伏は禍福因果応報の縄の如く表裏をなして移る構成法を云う。「反対」と云うは後に七法則では照応や反対と称されている、相似た又は反対の事件を前後に対立させる構成法のことらしい。「縮地の文法」とは、七法則の省筆と変化するものか、あまり必要でない事件を会話の中などで説明してすますことである。更に注目すべきは「名詮自性」である。この評判記では篠斎の方から用い出したのであるが、既に馬琴は『燕石雑志』（文化八）の追加に、名詮自性の一条を設けて、人の名につきて禍福吉凶の存する史上の実例を数多く上げている。これを小説に移したのが馬琴で、最晩年まで、彼の用いた語の一つである。その人物の名が、作中での行動や運命を既に示している。後に七法則においては隠微に含まるべき考え方であった。又そうした語はないが、金聖歎の『水滸伝』評に見える「性格」についての留意も歴然としてある。『巡島記』の義盛を論じて、「義盛の気質素より決断なく、狐疑ふかきによってなり」とする気質は、勿論作家馬琴の附与したもので、そのまま性格にあたる。

　以上様々、後年の馬琴の小説観の素地をなすものの萌芽が、この『犬夷評判記』に漸くにして

あらわれるが、いまだ十分に、各々の考えが熟しているとは見えない。ここで篠斎に刺戟され、これから後に、小説通の友人達との交際がしげくなると共に、彼の小説理論の最大の栄養源たる中国白話小説や伝奇、そしてそれらの評論に眼をさらすことしげくして、後述するが、文政二年、馬琴の一愛読者から、大阪の五島赤水が、彼の作品を悪評している故に、これを反論すべしなど乞われたことも亦、大きな刺戟となって、その小説観を堅めさせたことであろう。丁度文政五年から十年まで、著作年表の上で彼の読本の著述が跡絶える。がこの間が、彼の勉強の期間であった。天保年間に入ると、「世上の小説学者に目を覚させ度存候」(天保二年四月二十六日出篠斎宛書簡)と云う小説評論を次々と書いて行く。天保二年の『半間窓談』(『水滸後伝』)、天保三年の『水滸隠微解』(未見)、天保四年の「本朝水滸伝を読む幷に批評」、同年の木村黙老の評に附した「本朝水滸伝後篇の評」、又同年の『続西遊記国字評』、天保六年の「清陸謙水滸百八像賛臨本の附言」(『国民之友』第百七十号で、学海居士の紹介したものは「水滸伝の総評の評」と題してある)、天保七年の『三遂平妖伝国字解』などである。その他のものと共に早大図書館及び天理図書館に蔵され、その大半は早く(『国語と国文学』第六十五―六十八号)に、森潤三郎氏によってその大略が紹介されていることは人の知る所である。と共に自己の作品を、友人達に評され、それの答評を作って行った。それも両図書館に蔵される。かくて馬琴の小説観が確立される。

一応その整った姿は、天保六年の『八犬伝』第九輯中帙附言にあらわれて、主客・伏線・襯染・照応・反対・省筆・隠微のいわゆる七法則にまとめられた。もっともこれらの早い頃の考え方は、前述の如く『犬夷評判記』に見え、一々の用語を求めれば、天保以前からも見出されよう。大体にそろっては、天保二年の『半間窓談』に出る。そして一々が馬琴の云う如く中国に出典のあることは、浜田啓介氏の「馬琴の所謂稗史七法則について」(『国語国文』二八ノ八)に考証されている。その上この七法則の多くは、云われる如く小説技法論にわたるものであって、初めに定めた本稿の方針にはやや傍系のことになる故に、省略に従おう。その中、「作者の文外に深意あり、百年の後知音を俟て、是を悟らしめんとす」る隠微のみは、原理論に関するもの、特にとり出して検討せねばなるまい。

この七法則について、一事を附しておく。七法則の附言には、「天保六年といふとしのはつきとをまりふつかにしるしつ」と日付が付いている。それよりいくか程前か、天保六年六月の日に著した石川畳翠の「俠客伝第四集の評」に馬琴が答えた中に、「抑件の法則は、一に主客、二に伏線、三に照応、四に返対《(ママ)》、五に襯染、六に重復是也」として、別の組合せで示されている。確定した七法則との変化も一考に価するかも知れない。

6

馬琴の小説原理の晩年に到着した所をうかがうには、有名な第九輯中帙附言より、同じく『八犬伝』第九輯巻之三十三簡端附録作者摠自評及び巻三十六の簡端附言が、最も体系的に、それを物語るものである。

先ず最初に云う。

稗官野史の言、風を捕り影を逐ふ、架空無根、何ぞ世の人に稗益あらん、其要は只春の日に、独坐の睡魔を破るべく、秋の夕に、寂寥の、欝陶を医《いや》すに足るのみ

と医欝排悶を小説の原理的功能とする。これは既に見来た翫物説の延長であって、作る側作られたものとして彼の好みの言葉で言いかえれば、小説は戯墨に過ぎない。この論を述べる馬琴の所懐も前述したが、これは馬琴の考えをもっても如何とも出来なかった、馬琴を含めて当代知識人社会の見解でもあったので、彼の小説論の大前提はここにあった。このことは馬琴の文学観についてのすぐれた検討を出された荒木良雄氏の「小説批評家としての馬琴」(『文学』九ノ十二)でも、強く述べられた所である。

二には、翫物として一の功用ある為には、

稗史小説の巧致たるや、よく情態を写し得て、異聞奇談、人意の表に出るに在り

異聞奇談意表に出るとは、虚誕の説の延長であって、これで面白さを示すのであるが、空想を天外に馳せ、いかなる幻境をも描き、変化きわまりなきに至るのは、当時の第一文芸は勿論、演劇・詩歌などどの文学様式も、小説には及ばなかった。小説のみがよくなし得る、小説の最大特色の一と考えたのである。その故にこそ、馬琴は実作でそれを試みるのみでなく、説の上でも虚誕の論を持ち続けたのである。情態を写すとは、人情世態の細写を云う。天保元年正月二十八日出篠斎宛の状中で、「稗史は人情を写し得候を専文ニいたし候ものニ御坐候、その上ニて勧懲を正しくいたし候を上作と可申候」としたも同じ。彼流の感情移入説によって、読者の感情を一喜一憂せしめて、興味深々たらしめる為であるが、彼流の心理描写の場でもあったのである。『八犬伝』で云えば浜路くどき、雛衣くどきも皆一種の心理描写である。云うまでもなく、どれ程細く、どれ程長く、心緒を縷説描写しても自由なのは他の文学様式に比して小説の特色であるが、馬琴は、その小説の特色をかかる表現で云ったのであった。

時代小説を作って情態を写すべく、和漢雅俗の混淆折衷の文章を案出したことは前述した。

三には、

必古人の姓名を借用して、胡意《わざと》に其事を異にす

稗史は胡意《わざと》其歳月を具《つぶさ》にせず、是将作者の用心にて、正史と同じからざるを示す也

彼はこの頃最早演義体の語を余り用いなくなったが、彼流の歴史小説をもって一貫して来たのである。歴史小説で、正史との相違は実行しながらも、説ではその正当性をとくべく、低迷したと屢々であったが、ここに到っては少しも遅疑逡巡する所なく、云い切った。毛声山も『琵琶記』の評で、その戯曲中の蔡邕は、後漢の蔡邕にして、後漢の蔡邕にあらず、おのずから是別人也（総論）と云っているではないか。また『五雑組』の謝肇淛は、「必事事考之正史、年月不合姓字不同、不敢作也、如此則看史伝足矣、何名為戯」（巻十五）と云っているではないか。それに近頃、『雄飛録』なる書の作者は、「本伝の実録と、年紀合ざるを咎めて、甚だ誹《あざけ》」った。これは作品は「虚実の間に遊ぶを知らで、世を誣ひ偽を惑すとて、憎み論ずるは、腐爛に庶《ちか》かるべし」と、ののしりかえしている。この『雄飛録』とは、文政三年刊木村忠貞編輯で、大田南畝や石川雅望の題言・跋を附して出した『太田道灌雄飛録』のことで、その巻一に里見家のことを述べ、里見義豊の安西家を滅したは明応五年である。結城落城、義実の走った嘉吉元年から、明応五年は五十六年の後、「成氏鎌倉へ移徙《わたまし》は宝徳元年なれば、其間纔に九年にして、義実いまだ安西家に在し時ならん、其事大に違へるにや」などとあるを指したのであろうか。正史に違ってこそ小説なりと馬琴は云うのである。

四には、しからば正史の外に、稗史のある所以に答える段階である。勧懲の説は改めてここに出てくる。巻三十三のは有名な、

稗史伝奇の果敢《はか》なきも、見るべき所は、勧懲に在り、勧懲正しからざれば、誨淫導慾の外あらず、或は善人不幸にして、悪人の惨毒に、死辱《しにはぢ》を曝す事なども、作者宜く憚るべし、こも勧懲に係れば也

であるが、これはおかしい。遙の以前の『玉櫛笥』に、

古に粗《ほゞ》その名の聞えたるものを撮合して、新に一部の小説を作るに善人に誣て悪人に作かへず、悪人をたすけて善人に作りかへず、勧懲を正して婦幼に害なからしめんことを得しむ

とあると殆ど等しく、馬琴はこの年月、何等の進歩がなかった如くにすら見える。が巻三十六の方は、『水滸伝』を論じて、

百八人の義士多く陣歿して、最後に宋江李逵等、毒を仰ぎて死に至れり、看官《みるひと》遺憾しく思ふめれど、こは勧懲に係る所、果敢なく局を結べるは、則作者の用心也

この二つを並記すると、一見甚だ矛盾する如くであるが、そうではない。前者は、婦女幼童の読み物としての、今の読本についての言で、当代の一般読者は読解力に乏しいから、しかる読者に対しては勧懲の理をあやまたざるように作るべしとの、当代読本作者としての心得であるが、広

く小説は『水滸伝』の如きもある。馬琴自身の如く読解力をそなえた読者は、『水滸伝』の中からも、作者の伏せた勧懲の理を発見することが出来る。あの悪者小説、宣妖の悪作の評ある『平妖伝』すら、馬琴が見れば、

縦宣妖の悪作也といはるゝとも、そは看官の悟り得さるのみ、作者の罪にはあらす、数百年の今に至て、独貫中氏の知音といはんはをこかましけれとも、余か戯編の美少年録なとは、をさ〳〵この隠微に似たること多かり、そは知る人そ知るへからん

であった。これによれば、巻三十三の如き心得で書かれた作品は勿論、『水滸伝』の如く善人ほこり、『平妖伝』の如く悪人はびこる表面の筋の作品にも、作者の勧懲の理は伏在することになる。これは『犬夷評判記』の文面の仮話文外の話説の論の延長と考えられるが、かく明確に論ずるのは晩年に至ってである。ここに達するには、『馬琴』自らも『八犬伝』の回外剰筆や『近世物之本江戸作者部類』で、物語っている大阪の五島恵廸が、馬琴を難じた論を、その文集『赤水余稿』にのせた一件の存したことも度外視出来ない。『帝国文学』十二巻に平出鏗二郎氏の紹介された「五嶋恵廸及び其馬琴論」によって、赤水の馬琴論をうかがえば、次の如くである。馬琴の作品は年毎に幾編となく出板を見て、満天下の人を魅了している。描く所は偷児博徒淫婦らが自己の欲望のままに振舞って、忠臣孝子端人淑女を苦しめるようである。馬琴自身は、この著述をもっ

て、名利の為にするを恥じ、勧善懲悪にもとづく所と述べるが、果してそうであろうか。

中人以下、孰能取善舎悪也耶、又何者善逆於浮意、而悪順於浮意矣、然則彼以姦計淫行、訓天下国家者也、吾聞水之所澄、一湿百日、火之所燎燥五旬、何謂非両三世之弊也、皐莫斯為鉅焉、顧安所託遁辞乎、今老而不死、聖人復起、必与夫原壊為二賊矣

とある。かなりに手きびしい論である。『赤水余稿』の出刊は文化七年。文政二年の秋、京人で馬琴の愛読者角鹿比豆流から、初めてこの論を示され、解嘲篇を作れと求められた。その時解嘲の文を作らなかった。その理由を彼は色々と剰筆と『作者部類』で述べるが、或はその頃まだ明確に論じ得なかったのかも知れない。後年に至ってもこれを記事にとどめるを見れば、当時かなりの動揺を与えられたと見てよかろう。その結果、『平妖伝』の評中にもあった隠微の論に達したのである。隠微とは何か。既に重友毅博士に「馬琴の隠微」(『近世国文学考説』所収)がそなわるが、少しく馬琴の論じた隠微の例に検討を加えることから、立入って見る。

馬琴は『八犬伝』巻三十六の附言中で『水滸伝』の隠微を発揮する国字評を作り、「拈花窓談」と命名せんとしたが、はたさなかったと云う。それは何時の頃か、天保元年三月廿六日附篠斎宛書簡中で『水滸』にふれ、「かくては拙評のかの初・中・後の差別も無之」と云う。後述する如く、これが『水滸伝』の三隠微の一である。天保元年四月日付ある『半間窓談』には、「抑水滸伝に三

等の深意あり」として、初善中悪後忠の三等を、かなりに詳らかに説く所がある。隠微の文字は、書簡にも『窓談』にも、まだ見えないが、その概念は、天保元年前後から明確化していたのである。『水滸伝』の隠微を、現存する資料で、最も詳しく述べたのは「水滸百八像賛臨本の附言」である。『水滸』には三箇の隠微がある。一は洪太尉が誤って走らせた妖魔は、その所の文章に百十道の金光が四方に走ったとあるから、一百一十人であった。百八人の豪傑の外の二人は、高俅と晁蓋がこれを埋める。二人とも百八人と共に宋の天下を乱した者である。二人をのぞいた如く見えるも理があって、百八人の如く善果がない故であると云う。一見算盤を合せた如き説であるが、彼の作家的経験には、金聖歎的楔子の考がぬけきらず、百十の数を合せたのである。善果云々の所に若干ひっかかるが、作者がひそかにしこんだものながら構成上の問題と見てよかろう。二の隠微は、洪進と王進とは前後身、王進と史進とは一体と見る論。細述しないが、これもむしろ構成論である。三は前述した、宋江等百八人はみな初善中悪後忠の三等に変化しているの論である。百八人ははじめは善人であったが、悪人の為に罪を犯して罪余の刑人となり、梁山泊に入って、盗を事とした。これが中悪である。後に詔安に応じて、忠義となり、国事に尽したが後忠である。しかし、

竟に後栄あることなく、みな奸臣に陥れられて、果敢なく枉死したりしは、中ころ魔行の悪

報にて、亦是勧善懲悪の、作者の用意こゝにあり、宋江等百八人、忠義を尽して賞を得ず、過半王事に死したればこそ、旧悪竟に消滅して、忠信義烈虚名にならず、世々看官に惜まるゝが、前伝作者の本意也（『半間窓談』）

これも構成に関せないことではないが、これは『水滸』全篇、全人物に作家が布設した人生路線で、百八人の人々が、めいめいにこの路線の上で活躍する。そうした読み方をすれば、そこに作家の勧懲の意、最早ここでは換言してもよいであろう人生観が発見出来ると、馬琴はいう。これがはたして正しい『水滸伝』の理解か否かは、当面の問題でない。『玄同放言』『犬夷評判記』を経て、馬琴の『水滸』理解力の増進、引いて彼の小説観の進歩を認めざるを得ないではないか。どこが進歩し、どこが相違をして来たか。彼の作家生活の前半において、その主唱する勧懲は、筋の表にあらわであった。一方で面白い慰みの為の趣向をこらし、一方であらわな勧懲を説く、作品は木に竹をつぐの感が濃厚であった。その勧懲の意が作品の中へ次第に沈潜して来た。文面の仮話に対して、文外の話説となった。そして隠微の方法においては、作品の中へすっぽりと、とけ込んでしまうのである。端的に、慰みを文学、勧懲を思想の語に置き換えて、その包摂関係を考えて見よう。馬琴のこれまでの作品についての考えでは、思想が文学を包んでしまうか、文学と思想が並列の形で存在したのであるが、晩年のこの隠微の考え方では、文学が思想を包み込む形となるのである。これは質的と称してよい甚しい相違である。

今一つの隠微の例を検そう。それは前述した『三遂平妖伝国字解』における理解である。馬琴は云う。もし『平妖伝』が正史を、その通りに素材とするとすれば、史実は王則の乱故に、王則が主人公となるべきである。しかるに、全分量の比率からしても、主要な人物は、妖術を用いる張鸞・永児・聖姑々・弾和尚・瘸師の類であって、最後に王則が出現する。これ「則伝奇稗説は、その義を転倒する」例であるが、王則はこれらの妖人にまどわされて、謀叛の首領となり身を滅ぼす。

これを作者勧懲の深意也といふよしは、世間、賢となく不肖となく、惑ひ易きものは、美女也、巫婆也、道士也、金剛禅也、術師也、凡この五種に親炙して、その色を歓ひ、その説を信ずるものは、皆惑ひのみ、その惑ひ、浅きも財宝を失ひ、深きは必禍を引出して、産を破り、身を殺さゞるものあること稀也、世間いくはくの永児なからん、世上いくはくの聖姑々と、又かの張鴦弾和尚瘸師なからん、さてその色に惑ひ、奇に惑ふものも、亦いくはくもなからんや、あるときは皆是王則と比鄰の人也、忘れても、この五くせの妖物にな惑されそと、誡る作者の老婆親切にて、この平妖伝を作りたる也

と説く。かかる理解が『平妖伝』の正鵠を射たものか如何かは別にして、『平妖伝』中から何らか

の、倫理的ながら、一貫した思想を読み取ろうとした馬琴と、そうした行動に出た、即ち「隠微は、作者の文外に深意あり、百年の後知音を俟て、是を悟ら」(『八犬伝』九輯中帙附言)んとした馬琴の小説観は、いよいよ前述の如くであることを証するであろう。

そして彼によれば、かかる隠微の方法で勧懲を説くのは又小説の特色であった。『八犬伝』九輯(上帙御再評答論余論)の小津桂窓評に附した評答で、勧懲を読みとってほしいことを述べて、和歌を引き、詞を艶に余情あるは和歌の大事であるが、道歌めかぬ範囲で、五常にたがう歌は心ある人は取らないだろうと云い、「歌は小説の但見の如く、情景の二ッの外無之ものですらかくのごとし、況稗史は趣向も妙文も佳といふとも、勧懲を旨とせざれは見るに足らざるものに御座候」などの口吻から、そうした意識がくみとれる。

馬琴がかかる見解を持つに至ったのは、見来た如く作家・評論家としての努力や、友人又は五島赤水などの反対的立場の人の刺戟があったからこその事であるが、やはり中国論者の書籍による知識が大きかった。その意味で採り上ぐべきに『五雑組』がある。その巻十五に、

小説野俚諸書稗官所不載者、雖極幻妄無当、然亦有至理存焉、(中略)西游記曼衍虚誕、而其縦横変化、以猿為心之神、以猪為意之馳、其始之放縦、上天下地、莫能禁制、而帰於緊箍一咒、能使心猿馴伏至死靡他、蓋亦求放心之喩、非浪作也(下略)

の如きは、宛として馬琴の口吻である。馬琴は早くから『五雑組』に影響を受けたことは、『俊寛僧都島物語』の序について見た所である。『玄同放言』の「詰金聖歎」の中でも、この書の小説論を引用して、「小説戯文の巧拙取捨は、論じ得てこゝに尽せり」と、大いに賛成するが、上掲の文章は引用してない。『玄同放言』著述時には、まだ隠微の説を彼は思いたっていなかったらしい。が何時か、再読し、又は『五雑組』の説と意識されずして、馬琴の論構成に、この説の作用したことは否定出来ない。第二は「琵琶記の毛声山の評尤妙にて、金聖歎に十倍し」(天保四年一月十四日出桂窓・篠斎宛書簡)とほめ、『八犬伝』の巻三十三にも引用する毛声山のその評を上げる。その評は『西廂記』と『琵琶記』の比較論から始まるが、二作を『詩経』の例にあてはめて、『西廂』を風に配し、『琵琶』を雅に配する。その理由は、

西廂言情、琵琶亦言情、然西廂之情、則佳人才子、花前月下、私期密約之情也、琵琶之情、則孝子賢妻、敦倫重誼、纏綿悱惻之情也

で、同じく情の文学とは云いながら、一は人倫にかなうものであって、「西廂之情而情者、不善読之而情或累性、琵琶之情而性者、善読之而性見乎、情夫是之謂情勝也」である。表面は似ていても、『琵琶』は文中に人倫(馬琴はこれを一足飛びに勧善懲悪の理とするのだが)を含む故に、その方を勝れたりとする論など、馬琴的で、ここに賛成し、自ら発明する所があったと見てよかろうか。

外にも、この書には、陪客正主・埋伏・照応・正描・傍襯・倒插・順神などの法則が論じられて七法則との関係もある。更に『琵琶』の題は王四を諷したとする名詮自性的考えもある。また伝奇の寓言なることを論じて、伝奇は文中の事を愛するのでなく、文を愛するのであると、正史と虚誕の説に関係した説あって、有心にしてよく文を知る人士は、『琵琶記』の事の実でなくとも、孝子義夫貞婦淑女の事を書いてあるを読むであろうなど、馬琴を啓発しただろう論に満ちているが省略する。ただしいずれも、長年の馬琴の小説についての考えの上で、それらの説をうけとめたので、その理解に、原意とずれがあるけれども、それはそれとして馬琴独自のものと見なしてよい。それにしても二書の大きな影響は認めざるを得ない。

かくて馬琴の小説観の到達した所は、彼が勧懲と称した所の人生の理法を、作品の架空の人生の中にも、隠微の法によって、こっそりとしのび込ませねばならぬ。かそけき戯作、翫物といえども、勧懲がなければならぬとは、戯作も亦思想を持つべしとの論であった。これが小説の第一義で、二・三と数え来たった虚誕も人情も通俗も皆、この目的の為のものであったとも解釈出来る。その形で、彼の小説観の諸要素が有機的な結合をなすのである。「駢鞭」の末に、恐らくは本文の作より遙か後の晩年に附加されたと思われる「無名子曰」とした有名な文、

小説の趣向する処、巧拙はとまれかくまれ、作者に大学問なくては、第一勧懲正しからず、

今の小説は、比々として皆これ也、将人情を穿つにも才のしなあり、寔に情を穿つこと、小説にはいとなしがたし、情を穿ち趣をつくさゞれば、見るに足らず(下略)

の文章は、以上の考察の末において初めて解される。大学問とは人生の大きな理解の意である。才のしなも亦これに応じた対人生態度である。

馬琴は実作においても、この理論に従って努力したこと、友人間との自作の評のやりとりで証することが出来る。かくて彼の所謂翫物が、士君子の読みものともなって行った。既に隠微の検討の始めにおいて見たが、馬琴は、文学に雅俗の別ある如く、読者にも雅俗の別をおいた。馬琴がと称したが、これも当時知識人間の常識であった(拙稿「読本の読者」『近世小説史の研究』所収)。馬琴はその雅俗共にむくような態度、と云っても、戯作既に俗の文学で俗の読者向のものなのであるが、雅即ち士君子の読物にも耐え得る如く作して行ったのである。馬琴は得意気にあちこちで語っている。聖教賢誨の忝きを、夢にだも知らぬ婦女子の、やや仁義八行の人の身にある道理をさとり、近隣の人にまで教うるようになったのも、我が綴れる読本を年来好んで読んだからである(第九輯巻三十三の自評)。山本北山が病中の読みものは、自分の作の合巻読本である。老儒といえどもかくの如し。小津桂窓の一友が、「四書五経を見て以て肩を張らさんより曲亭がよみ本を見てたのしむがよし」と云った(天保八年二月三日付林宇太夫宛書簡)などと。

7

考え来たった如くでよいなれば、馬琴の小説観は、勧善懲悪的と、なお称すべきであるが、幕初の林羅山を初め朱子学者達が唱えた勧善懲悪的文学観とは、異質的なものである。朱子学者達のは(本書「幕初宋学者達の文学観」)、前述した文学と思想の包摂関係において、思想が文学をつつむ形である。それと反対の馬琴の説は、時間的な歴史の通りに、近代的な形態と判断してよいのである。が従来、坪内逍遙の『小説神髄』以来、馬琴の説も、幕初の朱子学者風に考えられて来ている。逍遙はまだも留意して検討しているが、それから後々の人は、簡単に朱子学者風に割切っている。そして、現代の学界の常識もその辺にある如くである。逍遙を初め代表的な数名を選んで、馬琴の文学観の理解のさまを検討すればよいのだが、今その余裕に乏しい。がこれは、幕初以来幾変転した近世の文学観(前掲の拙稿「文学精神の流れ」「近世儒者の文学観」参照)の推移を無視したものでなかろうか。その間、馬琴自ら洗礼をうけたものに、戯作風の文学観があり、鈴屋門下の友人達から宣長の物のあはれ論を聞く機会もあったはずである。それらを否定して、幕初へさかのぼらねばならぬ原因は、馬琴にも認められぬ。それより馬琴が最も賛成し、多くの影響をうけた中国小説の評論者達の論は、既にかの土において勧善懲悪論から数等近代の方へ進んでいるのではないか。どう考えても、従来の常識はそのままでは肯定されがたいであろう。よろしく訂正すべきである。

と云っても、誤解の因は、馬琴を論じた従来の研究者の側よりも、誤解された馬琴の側に多く存するらしい。隠微の方法によって、作品に展開する架空の人生裡に、しのびこます彼の「大学問」による思想とは如何となれば、それは作品は勿論、おびただしい彼の書き物に隅々にまで、この説教ずきな老人は示して居て、一見に明らかである。これは従来も検討された如く、殊に麻生磯次博士の『江戸文学と支那文学』に詳説される如く、儒教(朱子学)的な倫理観と、仏教的な因果応報観の混合の上にあって、しかもすこぶる常識的なものであった。かかる思想は、当時といえども、甚だ保守的な、まことに「勧懲的」な思想であったことは勿論である。これを彼の小説観に従って具体的に作品に盛った場合、前掲した俗の読者を慮った態度で試みる故に、たとえ隠微の方法で、文学の中へ思想をしのばせたつもりで彼はあったとしても、隠微どころではなく、いかにも露骨に、包摂関係で云えば、包まれたはずの思想が、風呂敷である文学の外まではみ出して、あたかも思想が風呂敷なる文学をよそおった形に見えるのである。しかもその思想たるや保守的であるとなれば、これも古い幕初の啓蒙朱子学者の論の具現と解するのも亦無理ではないのである。馬琴は文学観では、近代をめざした路線を、ある程度に正しく歩みつづけながら、又作品でも、その文学観の具現を試みながら、幕末の翫物の提供者、戯墨の徒であったことにおいて、説教ずきな彼の性癖をしばらくおくとしても、かかる失敗を示したのである。

その上に、自らの小説論を展開する上にも、一徹な彼の性格が大きな障害となっている。初め云い出した主張を、自らの考えが進歩して、性格さえも変った後においても、同じ用語を用い、同じ論法を出来るだけ用いて、あだかもかつて発表した自分の説は、少しの誤りもなかったかの如き説をなすのである。もし私の考証が誤りないならば、彼の小説観も、幾度か脱皮して進んで来た。しかるに、その用語は、終始、勧懲であり、虚誕であり、通俗であった。もし時代的に区別せず、用語の意味が、始めから変化なしと見なせば、筆者がいまだ反省なく、多く先人の口まねであったとした初期の小説観は、その対『源氏物語』『遊仙窟』の一例に示した如く、幕初の啓蒙的勧懲論さながらである。そして用語をのみ、追ってゆけば、彼の小説技法論は進歩したが、小説原理論は終生殆どかわらなかったと解されても仕方があるまい。又その場その場で、雅俗各々にむいた発言をしているが、思想的訓練に乏しいように、理論家でなかった彼は、その別をつけずに、発言している。そして俗にむかって云う場合が多く、用例によって、その主唱を理解するとなると、作品での読者にむかっての言葉が多いだけに、誤解される原因となるのである。ここでも亦、彼が翫物の提供者であったことが、誤解の原因となってくる。

小説が戯墨であり、婦女幼童の翫物だとする考えは、馬琴のものでもあるが、広く時代のものであった。そしてそれは彼の小説観の大前提なることをも述べた。馬琴の小説観の長い間の誤解は、ひたすら馬琴の側にその原因があることを述べて来たが、最後に一言彼の為に弁護の辞を許されれば、彼の身体の一部分は既に近代をのぞんでいたが、足は幕末という時代の地を離れることの出来なかった、戯作者の悲劇の姿であると云ってもよかろうか。

補記　この稿はかかる性質のものとしては引用文が多きに過ぎることを筆者も気付いている。が従来の常識を批判する根拠としても、少しずつ変化する馬琴の説のうつりを示すためにも、彼自らの言説を生に示す方が、よかろうと考えて、加えたことである。又論を急いで、先説のあるものを一々に断らなかった所もある。乞御諒恕。

十四　景樹と子規

1

正岡子規は、その著『歌話』の中で、

景樹といふ男のくだらぬ男なる事は、今更いはでもの事ながら、余りといへば余りなる言ひ草の、傍若無人なるに、腹据ゑ兼ねて、鉄の筆もて少しぶちのめしくれんずと思ふ。若し彼の贔負せん者あらば、尽く同罪たるべき者なり。

と述べる。筆者はこれから、その同罪者になって見ようとする者である。一体景樹の何処が、子規の罵言をまねいた所以なのであろうか。

先ず景樹を「くだらぬ男」と一言に云い下す所以は、「再び歌よみに与ふる書」に、

景樹の歌がひどく玉石混淆である処は、俳人でいふと蓼太に比するが適当と被思候。蓼太は雅俗巧拙の両極端を具へた男で、其句に両極端が現れ居候。且つ満身の覇気でもつて、世人を籠絡し、全国に夥しき門派の末流をもつて居た処なども、善く似て居るかと存候。

と見える。景樹が尊大剛愎で、当時から天狗とあざ名され、策略をも敢えて辞せずして歌壇的勢力をのばして、老狐と評された人柄を、その悪罵の一理由とする。恐らく最も景樹について詳しい知識の持主であり、自らも終生桂園風の和歌をよくした井上通泰ですら、才人とは評するけれども、善人・偉人などと云わなかった点から見ても、問題のある人物であったのは事実である。しかし人と文学との間には自ら別のものがあろう。子規にもそれはわかっていたことで、ここに書いた以上に、深く多くはその点を評していない。景樹の和歌については、ここでもさ迄悪しざまに云ってないが、更に説明して「俗な歌の多き事も無論に候。併し景樹には善き歌も有之候。自己が崇拝する貫之よりも善き歌多く候」などとさえある。景樹の『桂園一枝』ほど褒貶の盛であった書がなく、その難書も十指に近いであろう。その中で子規評はまだよい方である。

子規が、最も批難しているのは、歌論家としての景樹であった。冒頭引用した文章は続いては、その『新学異見』に於て、源実朝の万葉調を、それは擬偽踏襲で、「志気ある人決して見るべきものにあらず、況や是に倣ふべけんや」と論じた処に、憤って、さては、

泥棒が人に対して、泥棒よばはりするさへ片腹痛きに、況して高潔清浄なる実朝の如きを捕へて、泥棒に落さんとす、盗人たけだけしとは景樹の事なり

とやりかえしている。しかしこれだけでは実朝に対する両者見解の相違から出た水掛論の気味が

ある。よって子規の実朝観をただせば、これはもう有名で、「歌よみに与ふる書」で、「強ち人丸赤人の余唾を舐るでも無く、固より貫之定家の糟粕をしゃぶるでも無く、自己の本領屹然として、山嶽と高きを争ひ、日月と光を競ふ処、実に畏るべく尊むべく、覚えず膝を屈するの思ひ有之候」と有る。「歌よみに与ふる書」に於ける子規の姿勢は、谷沢永一氏の『明治期の文芸評論』(「正岡子規歌よみに与ふる書の文学意識」)にも、詳しく峻烈な評がある。この実朝礼讃でも子規の万葉調復活の為の論で、その意欲は察し得るが、現に万葉調の影響歴然として、人の模倣と見なす処を、唯に創意あり、自己本領屹然たりでは、論をなしていない(現に子規の実朝論と違った評が後々にも出ている)。しかも景樹歌論側に立てば、和歌に創意の必要であり、自己本領の確立を論じたことは、既に景樹の先輩に小沢蘆庵の同情新情の説あって、景樹に於てはもう卒業している。その立場でこそ景樹も実朝を難じたのであり、誠の説や、俗語の説を提唱したのである。泉下霊あれば、初期の『新学異見』の如きのみを以って論ぜず、もっと自分の、数多い歌論を読んでからにして欲しいと云うであろう。

『歌話』の批難は、次に景樹の『古今和歌集正義』総論にある、

我大和歌の心を知らんとならば、其原とある大和魂の尊とき事を知るべき也。

万の外国其声音の溷濁不清なるものは、其性情の溷濁不正なるより出れば也。

との国粋的発言を、当時の世界の情勢を知らぬ通弊から出たとはいえ、妄論であるとする。子規当時の社会と知識からすれば、罵言するにもってこいの処であるが、景樹とすれば、ここは当代の歌壇向け発言であった。当時は知識人間で漢詩流行の風濃く、この間にあって、堂上や婦女子の間にのみ片寄っている従来の和歌を、知識人間、成人男子の間にも広げるべく、これ又当時一方に流行の国学的発言を借用したのである。子規のこの景樹批難も、実は彼の歌壇的発言であったことは後述する。二人は、その点では同じ穴のむじななのであるが、景樹は、先輩で、いわゆるハッタリの名手は生前から定評のある処、子規はそれにかかったのである。それでなければ、かかったような顔をしたのである。この点の景樹の本心をうかがえば、信州の白木重樹に与えた文の中に(『随聞随記』)、

詩も元より詩の詩たる処は、此調(ここでは文学性とでも解してよい)の外ならす、されと皇国にして詩の調を知ることは、たえてならぬことなり、調なければ詩にあらす、其調ならぬ文字をならへて、詩人なりと思へるより、只大和言もて云すてん歌は、かりのものはいとたやすく、高きより低きに行なりと思へり、もとよりたやすき道に侍れと、かの詩の道よりつたひ来れは、嶮路なり、もとの大道よりいれは平なること砥の如し

とある。何のことはない、日本人は下手な漢詩を作るより、和歌を作る方がよいと云うことであ

る。彼は頼山陽その他漢詩人とも親交があって、当時の外国文学、漢詩文にも理解の持主だったのである。しかもこれと相似たことは、「正義総論」にも見えるのだが、その末には、「詩は天下の義を尽せるもの、歌は天地の感を達するものなり、何ぞ漫りに優劣を論ぜん」と、すかさず書き添えてある。とすれば、景樹の本心は、たとえ歌壇的発言としても、漢詩流行の当時としては一見識である。むしろその点に理解を示さない恣意的な子規の評論を難ずべきではないか。子規的筆法を逆用すれば、彼も日本の和歌・俳句は、世界に冠たる文学なりと位は、云いかねない人物である。

その外、『歌話』には、景樹の、

根を絶えてさざれの上に咲きにけり雨に流れし河原なでしこ

の一詠を引いて、「雨に流れし」は理窟である、「歌に理窟は無きものとは、平生景樹のいひ居りしところ、しかも其人の作には、此種の理窟あるなり」と、実作の欠点を指摘した一条がある。子規の云う所は、「正義総論」の「義理」を廃すべしの説などから得たものであろうか。景樹は、「理」・「義理」の語を使用するが、「理窟」の語は用いなかったようである。そしてこれらの語は、子規のここで云う「理窟」とは意味が違って、当時流行の宋詩風の思想性の如く、和歌の中に教訓や生さとりを持込むことを云う。ここは子規の拡大解釈であろう。一歩子規の立場によれば、彼の絵画的な写生の論からすれば、「雨に流れし」は、成程「理窟」であるが、景樹には彼でまた実情実景の論がある。「雨に流れし」の程度は、景樹においては、実情実景の中に入るのである。ただしこの実情説の中に、景樹の論に近世的限界を与える要因のひそむことは後述する。

また、万葉調を喧伝する子規は、景樹と指名しないが、桂園派の『古今集』崇拝を、「再び歌よみに与ふる書」「人々に答ふ」などの中で、批判する。しかし小沢蘆庵の『ふるの中道』でも、『古今集』に学ぶを和歌の道の第三義とした如く、景樹も、「信濃人丸山弼が詠草のおくに」(『随聞随記』)などに、

古今集をのみ見給へ、いさゝか会得の道あるべし。古今も打聴遠鏡などの注は見給ふべからず。千里のあやまち出て来べし。只本文を見給へ。同しくば古今も見ずして、実物に向ひて今の平語にてよみ給ふべし

と云った説が見えて、『古今集』第一主義ではなかったのである。

以上見来たると、子規は景樹を評するに、この段階では、『新学異見』『古今集正義』『桂園一枝』と、その他実作などを見たのみではなかったかと思われる。その態度から見ても子規の景樹批判は、景樹を評するのが目的ではなかったようである。当時根強く(「人々に答ふ」の問を見ただけでも明か)歌壇を支配した御歌所派即ち桂園派の攻撃が主目的で、景樹研究をしなければならぬ

必要はなかった。御歌所派の重鎮高崎正風が正面の敵であろうが、この人はその著『歌がたり』で見ても、景樹やその門人の説を引いて、毒にも薬にもならぬ言のみ述べている。明治の勅撰集をすすめる人々にも、ぬらりくらりと返事をして、自己の歌人としての力量も自ら計量していたような、一言で云えば政治家で、子規を相手に論争するような人ではない。よって歌壇的発言としては、桂園派の本尊景樹に、少しでも云いがかりをつけて、悪声を放たざるを得なくなったのではないかと考える。

2

しかし一考して見れば、子規は、景樹自らの手で出刊した和歌の著書は、以上掲げた処で一応見ていたことになる。景樹の歌論は、むしろ門人の内山真弓の『歌学提要』、清水謙光の『桂園遺文』(共に刊本)や、藤田維中の『桂門歌論語』や『随聞随記』(共に写本、『随記』は明治四十年『桂園遺稿』下巻所収刊)の中にある。筆者はこれから、景樹・子規両者の歌論を比較するのであるが、それら子規末見と想像される諸本を専ら使用する。ただし門人達に誤解があって、互にその所説に齟齬する処もある。それらは除外し、景樹の論と、その正しく伝えたと判断されるものによることと勿論である。子規の側は、その論の集中している「歌よみに与ふる書」を使用し、子規のこの書での論の順序に従い、その骨子を摘出しつゝ、比較検討を進めてゆくこととする。十回に及ぶ子規のその書を、第一(最初)第二(「再び……」)第三(「三たび……」)の如く略すことも許されたい。

第一は、自己本領の表現と万葉調の提唱であるが、これについての景樹との係わりは、すでに述べた。

第二は、伝統の打破、殊に古今調、古今歌格からの脱出を論じ、桂園派とその創始者景樹に、批難の論鋒がむけられたことは、これも若干引用した。しかし景樹も実にまた、同じく伝統的な堂上歌学と擬万葉の県居派の打破を叫んだことは和歌史に詳しい。その便法として、中世和歌を超越し、非万葉調の『古今集』を一応の典拠としたのである。その理由は、自己本来の実情の表出を重んじ、その実情を抒情的なもの(「誠」と彼が称するもの)、それは古え今に共通する本能的なものと、後述する如く定めたことによる。その為に芭蕉の言葉をかれば実情を責めること少く、抒情的歌論の初めであり、その言単簡にして、何とでも解される『古今集』の序を、自己の歌論の拠所とした。又、自然の情の表出にふさわしい俗語を表現の材とすべきを論じては、これ又『万葉』より平明な古今歌格を選んだ。伝統の打破を唱えながら、なお過去の権威につつまれた『古今集』に、たとえ便法であれ典範を置いた処に、それは未だ封建色を払拭し難い時代の故とはしても、景樹の作と論が近世的限界を持つ原因が存在した。その点からすれば、万葉調を重んじた子規らにも、程度の差、内容の差こそあれ、なお封建的権威主義が残っていたことは否定できない。

第三は、既成の調の説への批難。和歌には調があるが、俳句や漢詩には調はない。その調はすべてなだらかなるをよしとすることを難じている。がもし景樹の調の説をかくの如く理解していたとすれば、大きな誤解である。子規は前述した景樹の書しか見ず、景樹歌論の一面しか伝えなかった八田知紀(『調の直路』など)門の高崎正風などの、時々の片言隻語によって解したとすれば、そうした論も出たかも知れないが、景樹の調は、

音調は天地に根ざして、古今を貫き、四海にわたりて異類をすぶるもの也。言葉は世々に移り、年々にながれ、かつ貴賤とへだて都鄙とたがひて定則なし。さるを後人詞につきて調をいふは本末をとりたがへたるもの也。歌のしらへは天地の中に含孕《はらま》り運《うつ》りてしらず〱其大御世〱の風躰をなすもの也。また人々の性のまゝに禀《うけ》得たる調あり、おの〱異にして其面のかはれるが如し、しか各異なりと雖も、その大御世の風《すがた》をは出《のが》るべからず。(『歌論語』)

本能的であって普遍的であると共に個性的であり、文学の本質にわたるものを指摘して、これを「調」と名付けたのであって、今日にこれに相当する語を求めれば、文学性とでも換言するの外はない。かかる調を基に持つことにより、文学は文学として独立するものであり、独立したもの

として人生に不可欠のものだと、彼は論ずるのであるが、これは日本の文学論の歴史の中では初めての主張である。ただし文章表現は彼一流のハッタリ的であるが、そのことで真意をまで減殺すべきではない。彼は又俳諧を理解した一人であった。

今はやる俳諧と申ものは、狂歌のたぐひには侍らぬなり。此者流を引入てよし。こは其心ばへ歌とたがはぬもの也。蕉翁の、歌は、貫之・躬恒か上にはとても出へからずといひしはをしむべし。もし紀氏・躬恒に猶数年をかさば、古今のふりなる歌いよ〳〵よみ出てらるべし。さらば其よみあまりあるにあらずや。こはたゞことわりをいふのみ。さるまでもなく、おのがいふ俳諧やがてさるさかひに近きをしらざりしなり。ちかく蕪村といふ俳人も、猿丸太夫の、おく山の歌を人にしめして、歌はかくおもしろからぬ、只有のまゝのものなり。いづくにか風味あらんとそしりしなり。これ今世の歌人の及ぶ所にあらず。歌といへばみやびたるものとして、猥りにとふとむやからのしる所に侍らぬなり。その味なきが味なること、米水の如きをしらしめば、直ちによき程の歌人となるべかりしなり。芭蕉にても蕪村にても、一棒くはせ侍らばと、をしむ事に侍り。今かくいふは狂歌をしりぞけはべりしにつけて、俳をもおなじく思ひ給はんかと、聊かかはる所を序に示しはべるものなり（『随聞随記』）

芭蕉・蕪村に一棒を加えんと云う処、例の景樹調であるが、彼らの作の価値を認めた上で一種の親近感を持って居り、俳諧は、狂歌の如く趣向を第一とする遊戯文学でなく、彼が主張する和歌に近いものと理解していたのである。『調の直路』には、景樹が初心の発句を、作り改めた話さえ載せている。しかしこれは誠に自然なことである。景樹の実情実景の和歌は、俳諧がその本質として持っている客観的な要素(子規がその稿で高く評した蕪村ならずとも、貞門の初めから代々に程度の差こそあれ持つもので、俳諧とそれまでの抒情を本質とする和歌・連歌とを、区別するものである—拙稿「俳諧の客観性」『解釈と鑑賞』昭和四十七年九月号)を備えているのである。早く景樹作品を難じた、『筆のさが』に、

すみそめの夕の山をなかむれはまつのたてるもさひしかりけり

を、「下句つたなし、これも芭蕉風などいへる俳諧の意也」とあるがこれである。求めれば後年まででいくらも例を揚げ得るが省略する。景樹は当時の詩壇の諸の詩形式にも、広い関心を持っていた人である。また調についても、その時この感情のままに生れるもので、喜怒哀楽様々の感情のままに、調も亦様々であると述べているので、景樹の調の論及び態度とは、この第三は関係しないこととなる。

第四と第六は、歌は感情を述べるもので、理窟を述べるは、歌の何たるやを知らぬ故であることを例を引き説明し、更に理論的に理窟とは何を指すかを細説している。子規の云う理窟は、そ

の実例について述べる処を見れば、実際は、月並俳諧における小主観にあたるものを指す如くである。「あきまろに答ふ」の条で感情と理窟を、「感情とは此情の一部分にして、例の理窟とは智の一部分に相当申候」とか、「理窟の内でも低度の理窟(「記憶比較の類の如き者」)は文学的として、之を許し、高度の理窟は非文学的として之を排斥する訳に相成申候」などについても明らかである。しかしこの智情による区別の上に、彼の写生論による主観・客観の別を加えると、子規の論には飛躍や論理の逆行が生じてくる。

主観的の歌は縦令感情を述べたる者なりとも、客観的の歌に比して智力を多く交へたるは不可争の事に候。そは客観的の歌は受身の官能に依ること多けれど、主観的の歌は幾何か抽象して現すの労あるがために候

と、一応わかったようで、わからぬ論になって来る。景樹には、「歌はことはるものにあらず、調ぶるものなり。道理なき歌は猶よむべし。歌ならぬ理はいふべからず」とか、「道なくして行ふものは音調なり、道ありてゆかれぬ物は辞理なり」などの言葉があって、彼の云う理は即ち道であり、換言すれば思想又は論理とでも云うべきものである。辞即文章は思想を表現すべく論理でなければならぬが、歌は調即ち文学性を第一とするから、思想は第二義としてよい。即ち「世の中の言葉は調ありて後、ことわり聞ゆるもの也。ことわりありて後調ありと覚ゆるはあやまてるな

り」(『随聞随記』)となり、これを更に詳しく、

其調へ諧《とゝ》のへは其理明らけく、其理明かなれは、其調諧のへる、是言語の常道なり。又調諧のへとも、其理明らかならす、其理明らかなれとも、其調諧のはさるものあり、さる時は其理を捨て、其調を取へし。是亦言語の定格也。されは調と理りは、車の両輪鳥の両翼に似たりと雖、実は君臣父子をもてたとふへし(『歌論語』)

と説明する。文学も言語である以上思想は伴うけれども、歌は文章の如くでなく、文学性の表出を第一とするとの論である。景樹の場合は、歌は中世以来、仏教・儒教など、道の理の為に、狂言綺語も讃仏乗の縁だとか、勧善懲悪だとか、そして宋詩風漢詩の流行でも、なお文学以外の外なる力を背景として、文学の社会的存在意義を論じた為、自ら道や理に文学性が圧殺されて来たことへの、大きな反抗として、文学の文学としての独立を論じているのである。子規の小主観の排除などとは問題は違っているのである。

景樹の実情実景の説も、また子規の写生論と相異する。「月花をみて月花のうへをのみいふ輩は共に語りがたし」とは景樹の常に諭した処であった。ここを詳に、

凡歌のやすらか成を尊むは、私のたくみをいれす、実景実情のまゝにして、其感深きか故也。さるをやすらかに作り立つるは、其実物を似せたるにて、たとへば織なせる花鳥のけたかく

美わしといへとも、わつかに賤婦の巧みを出さるか如し、何そ天地の真に類せん（『歌論語』）と説明する。実際に景に対して歌が生れる時、景のみでは歌にならず、それに対する実情が発動する。「人の面のおなじからざるがごとく、性情もなどかかはらざるべき」で、同じ景に対しても、異なる歌が生れてこそ、それが実情であり、実景もそこに本当に生きたもの、即ち宇宙の真となると、『歌学提要』などでは見えている。子規の写生の論には、創作者の姿が薄くなり易く、よって、わかったようでわからぬ論となるが、景樹の方がかえって、創作者の自己本領がここでも明確である。子規も理論をつめてゆけば、

客観主観感情理窟の語に就きて、……全く客観的に詠みし歌なりとも、感情を本としたるは言を俟たず。……此客観的景色を美なりと思ひし結果なれば、感情に本づく事は勿論にて、……主観と申す内にも感情と理窟との区別有之、生が排斥するは主観中の理窟の部分にして、感情の部分には無之候。感情的主観の歌は客観の歌と比して、此主客両観の相違の点より優劣をいふべきにあらず、されば生は客観に重きを置く者にても無之候（「六たび歌よみに与ふる書」）

の如く、筋の通った、前掲の説と相反したとさえ思われる論となる。これならば、明瞭に論理的であって、景樹が既に述べた処と、甚だ近いものとなる。

第五は趣向を排するの論で、趣向は厭味に堕ち、嘘となる。「嘘を詠むなら全く無い事、とてつもなき嘘を詠むべし、然らざれば有の儘に正直に詠むが宜しく候」と云ったり、云かけと共に趣向をしりぞける処、用例からしても近世に流行した一種の構成方法たる趣向であることは明かである。ただし一方、明治三十五年十月陸実宛の書簡の中で、歌は趣向・言葉・智識の三つから成り、自分は智識をも趣向の中に入れて、趣向と言葉とより成るものと見るとしている。これによれば「趣向」は元来の漢語の意で、志向・内容・詩境などを指すごとくでもある。それかあらぬか、「趣向不可、言葉可」より、「趣向可、言葉不可」を採るなどの発言もある。子規の趣向の語義も多様らしい。近世の様々の文学形式中で流行した、文学にとっては第二義的な趣向なる構成法の意味内容は、拙著『戯作論』で述べたので省略するが、近世的な趣向を、文学から一掃することを強調した最初の人は、外ならぬ景樹であった。

詠歌に趣向を求る事は、有まじき業なり。古歌の能きをみよ。何の趣向かある。……今の世我はと誇れる人のうたを見るに、大かた趣向と義理とを宗として物するゆゑに、枝をため葉をすかしたる庭木のごとく、自然の調・自然の姿を失ひたれば、是はと感ずるはさらにて、聞だに分難きもまゝ有ものなり（『歌学提要』）

と云う。戯作や歌舞伎を初め、近世の遊戯文学は、一に趣向を重んじた。俳諧や和歌も、宗匠の下で習事となることで、遊戯文学化してしまった。「歌は玩びものにあらず、玩ばるゝものなり。さるを、雲の上はさらにて、世中のもてあそび物に、等しく成しより、此道いよ〳〵衰へたり」。即ち茶道や華道の如き技芸となり下ってしまった。その現象の一つに趣向の跋扈跳梁がある。趣向の否定は歌非技芸論につらなる。

されば技芸は何にまれ、声をとめ、法を習ひ、或は跡を見、形をうつし、大かたは師の風俗に似するをよしとするものなり。歌はさにあらず、己が心の趣くにまかせたれば、法もなく、式もなく、況や古歌によらむとすれば、ふるき俤たち、師の風を学ばむとすれば、たちまち似せ物となり、詞をとれば、小盗とそしられ、意をうばへば、猶罪おもく、調をかすむれば、強盗とさげしめらる。また文辞(修辞)を専らにすれば、巧に落て、落花のごときをまぬがれず、……(『歌学提要』)

長い引用であるが、師と法と式にしばられて、諸制限の中で、文学をはげもうとする処に生れたのが趣向と称する構成法であった。そして、引用した技術性が文学の近世性の極めて特色的な特徴である。景樹の趣向排斥論は、文学の堕った近世性を鋭く指摘したもので、前述した上からの思想の圧迫の排除と共に、脱近世を打出したものである。

第七は、趣向(ここでは志向・詩境の方の意)の変化を求める為に用語の多様を必要とする論であ

る。この事は、第六の末にも、

生は和歌に就きても、旧思想を破壊して新思想を注文するの考にて、随つて用語は雅語、俗語、漢語、洋語必要次第用ゐる積りに候

とある。そして「如何なる詞にても美の意を運ぶに足るべき者は皆歌の詞と可申」とか、外国の文学思想を採用する為には、外国語をも採用してよいなどの論もある。子規のこの論は、実用に即した発言で、それについての理論が十分にともなっていない恨みがある。景樹も、彼の歌論に最も影響を及ぼした小沢蘆庵の「たゞ言」の説を受けて、全歌論の理論体系の一つとして、その時代の言葉の使用を論ずる。

歌は今日の事情を述るものなり、今日の事情をのぶるは今日の言語をもてす。今日の言語はすなはち俗言なり。されば歌は俗言のみ。古の俗言は今の古言なり。今の俗言は後の古言なり。故に古言は知るべくして、いふべきにあらず、俗言はいふべくして、学ぶものにあらず。此境をよく味ひ給へ。……己か性情をのべんとするうちに調はひとりはらまるなり（『随聞随記』）

と、歌は雅なるものと思い、雅の典型を古代の作品にもとめると、雅語即ち古言を使用することとなるが、これは自己をいつわるもので、調（文学性）を喪失するに至る。即ち造り物となる。そ

れより俗言平話を自由に駆使するを上々とする。「俗語のしらべに叶へるは只思ふまゝを述べて、人のまゝをへつらはざればなり」で、幼童の人の歌は、現にしらべのかなわぬがないのも、これと同理である、と云う。ただし景樹には、

すべて歌は平常の物語にては、きこえがたきを、歌とよみて出て、きこえさすることに侍れば、鄙言にいふより猶やすらかにきこえずては叶ふべからずめをせゝるやうにては歌にあらず、歌は平語よりも優にのびやかなるをもて歌と申すなり。

と実際的な注意をしている。ここに桂園派の平易平坦に流れる嫌いも生れるのであるが、論の部分を子規が、第十で「只自己が美と感じたる趣味を成るべく善く分るやうに現すが本来の主意に御座候」と述べたのと照合すれば、子規の美を景樹の調にとりかえれば、殆ど二人は同じ内容のことを述べていると見てよい。

第八・第九は実例が挙がって、第十の末には、

新奇なる事を詠めといふと、汽車、鉄道など所謂文明の器械を持ち出す人あれど、大に量見が間違ひ居り候。文明の器械は多く不風流なる者にて歌に入り難く候へども、若しこれを詠まんとならば、他に趣味ある者を配合するの外無之候

と見える。これは俳諧で云えば「取合せ」の論であり、和歌を趣味視するとはと、景樹の一喝を

喫すべきものである。景樹では、和歌の技芸ではないことを論じた『歌学提要』の説は、続いて、擬古の詠は、似せ物で趣味的所産であり、中世以来の歌人が、深山幽谷に世を遁れて、あはれな歌を残したのは、これえせ風雅であると難じて、世の中の人は何人といえども思ぅことあり、その思ぅ所を我が言葉で述べるのが、「大和言葉のなしのまゝにして、自然の道の花」である和歌である。これには規制なく支障もない。そうした真心の吐露に、えせ風雅や技芸のつくり物があるべくもないとしている。ひたすらなる生活においてこそ、真の歌は可能であると云ぅ。これは、その言葉こそ使用してないが、歌における趣味の排除である。従ってあらゆる生活者は歌を詠んでよい。堂上歌壇で和歌は堂上の独専とするのや、中世以来の遁世の歌人が生活を離れて、雅の境地に遊ぼうとする考えは大きな誤りである。生活の中の歌であるから、生活の中の言葉でよいので、ここに俗言論の理論が又出てくる。

己が居る所の実地を踏ずして、誠実を失ひ、心をのみ高遠にはせ、詞に華美を飾るをもて雅也と思ふは痛き誤也

である。景樹はここでも和歌の歴史を批判しているのである。中世では和歌は敷島の道と称され、実生活から遊離することで、その芸術への精進が重ねられて来た。近世でもこの生活と遊離した境地を風雅と見て、それは生活と離れることを代償として持つことが出来るものであって、そこ

でのみ文学が純粋に営まれると考えた。それが趣味である。景樹は文学を生活へ返してこそ、文学であり得るとするのである。景樹においては、趣味は最も厭うべきものであった。ここでも景樹の方が、子規に一歩先んじた感がある。

以上比較してくると、子規の発言は、目前の論で、実用論で、理論的構成が弱い。それに比して、景樹の論の方が論理的であるのは、むしろ時代逆行の感すらある。

3

よって、両者歌論の比較の結論的なものを述べる前に、景樹の説として述べた、反趣味論、反技芸論、趣向排除論、俗言論、実景実情論、調の論、思想排除論、自己本領の説などの理論的根拠をなす誠の調の論を、既にいくたびも紹介され、論ぜられたものであるが、筆者なりにここに附しておこう。

誠実とは、「見るもの聞くものにつけて、或は悲しび或は歓び、その事に物に望みたらん折、打付にあはれとおもふ初一念をよみ出す」ことだと云えば、そこにそのまま実物実景・実情の論が出て来る。こう云えば、見聞のままに云い、思のままに詠ずることが和歌となり、それでは、全く変化のないものとの批判があるかも知れないが、実景実物を写すものは人の心である。「人の面のおなじからざるがごとく情もなどかかはらざるべき」で、実情は人により時により変化する。そこに和歌の面白さがある。

この誠実、換言して実情の詠出をさまたげるのが趣向と義理とである。このことはもうここでは述べない。誠実即ち人間性の本質に従う時は、いかなる語も雅、即ち文学的言語である。その生活を最もよく表現して、人に通じるのは今の言葉である。逆に云えば、和歌に選ばれた言葉は、「歌は常語の精微なるもの」となる。思うことと言語をえらぶことは一つである。ここに俗言論の根拠があり、また趣味などの立入る余地のないこととなる。

しからば誠実の本質はと問えば、それは真心とも称して、人為的虚飾を加えることなく、人間が生来に持つ性質で、それは天地に充満する宇宙の本質的なものに根ざしたものであると云う。この点甚だ儒学的な考え方である。景樹は実際「愚老はいけもせぬに論語すきにて」とか「論語は歌学第一の書」などともいい、宇佐美喜三八氏(「景樹の歌論に関する一問題」―『国語と国文学』昭和三十二年十二月号)は、そこに伊藤仁斎の学説の影響を指摘される。

天地の中にこの誠より真精しきものなく、この誠より純美しきものなければなりとも称している処、性善説をとり人間を全面的に肯定し、その進歩を肯定した仁斎の考え方と誠に似ている。

その「誠実よりながれる歌は天地の調」である。文学性とでも称する外はない景樹の調については、前に引用する処があった。誠実なる人間性が芸術的本能の刺戟によって、和歌が生れることを云うのであろう。ただし誠＝調は「有のまゝ」でない。「此俗調と申すものを有のまゝにて真心の調」と心得る人があるが、誠は美しく上品なものであると注意している。かかる境地における和歌を、天人同一と云う。景樹はその歌論の多くを蘆庵から得て、更に深めたものであるが、この天人同一の語も蘆庵の用語である。これも前述したが（本書「小沢蘆庵歌論の新検討」）、今日に云う文学の普遍性を認めて、かかる用語で示したものであろう。そして、

そも〳〵飲食男女と、言語とは、天下の三大事なり、されば飲食絶れば、性命をたち、男女のみちなければ、人倫たえ、言語なきときは、万用通ぜず。まして歌は言語のいと精微なるものなり、さればこれによりて、天地を感動せしめ、鬼神を哀哭せしむ。況や歎をわすれ、思ひをはらし、心を慰め、あるひはこゝらの罪を遁れ、危き命をながらへ、高き位にのぼる類ひ、少なしとせず。その功おほいならざらむや（『歌学提要』）

言語による和歌の、人生に於ける不可欠性を説明する。文学の重要性は、近世に限っても次第に認められて来たが、「道」の外に又は「道」の裏づけなくしては文学を考え得なかった儒者・国学者の文学論と相違して、和歌に限ってのことであるが、文学が、何の理論的支柱なくして、独立

で人生における必要が、ここに初めて明瞭に発言されたのである。

この言葉は飲食男女と共に本能のあらわれであるから、「人々の性のまゝに案じ得たる調」であって、この調が和歌に顕現するには、端的の感即ちインスピレーションによる。

調と云ふは手も足もなき所に侍る事也。秋風の歌(百人一首の顕輔の詠)も最上の調なるが故に、最上の感あり。其もとは、最上の感あるが故に、最上の調あるなり。最上の感といふは、只端的の感なり(『随聞随記』)

と述べる。ここから発すれば、

調ぶるとて、古人の調によるにあらず、己か心にて調ふる也

と自己肯定となり、また

されば歌は、いつの世の歌を見習ひ、又誰が歌をまねふと云事は更に有まじきなり

と、現実肯定も加わって来る。俗言の使用もまたここで肯定される。一方では、誠は本能であり、「万物の基本」なので、「調は義理を含みて義理の上に位するものなり」とか、「よしことわりは聞えずとも名歌に候」と、義理を超越することになる。景樹の論理構造の大体を察し得るであろう。

4

景樹の歌論と、その歌論を批難した子規の歌論を以上の如く比較すると、既に黒岩一郎氏(『香川景樹の研究』)も若干はふれられた如く、子規が強調した多くの点を既に景樹が論じていたのであり、更には景樹の方が、より以上に考えていた点もあり、景樹の方が歌論らしく論理的であった。坪内逍遙が『小説神髄』で、滝沢馬琴の勧善懲悪論を誤解した(本書「滝沢馬琴の小説観」)如く、子規も景樹を誤解して、この論の初めにかかげた如き罵言をなしたのである。「古今東西に通ずる文学の標準を以て文学を論評する」と云う子規は、脚下を照顧すべきでなかったろうか。既に「めざまし草」には、井上通泰を始め多くの人の桂園研究が始っていた。『桂園叢書』も第三集(明治三十年十月刊)まで刊行されていた。殊に恐らく今日においても、その論がまだそのままで生命を持つ大西祝のすぐれた「香川景樹翁の歌論」(『全集』第七巻所収)も出ていた(『全集』の注記では、明治二十五年八月の『国民之友』第百六十四号・同九月の第百六十六号掲載とある)はずである。読んでいたら又使用していたならば、この罵言もなく、その後の景樹理解をさまたげることもなかったのである。子規は子規として、大きな啓蒙的役割を果したことは否定できないが、ここにも明治啓蒙主義の一つの粗忽のあった事実は認めねばならぬ。

ただし景樹の論にも限界のあったことは、処々に述べて来た如く認めねばならぬし、最も悪いことは、そして子規の論が、後続の人に耳をかした理由の大きな原因となったのは、景樹は、その歌論を十分に自己とその門人の作品の上で具体化し得なかったことである。も一つ云えば、それは歌壇的な姿勢であったとしても、彼の歌論が、甚だこけおどし的な誇大的な発言で埋っていることが、理解者をも遠ざけて来たのであろう。死後まで策士策に倒れたりと云うべきであろうか。それにしても、子規によって、全く保守派にされた景樹歌論は、もし以上の比較が肯定されるとすれば、その史的意義を、再評価さるべきである。子規の意見が、その後の歌壇の主流となったについてすら、景樹の歌論の目には見えない歌壇への浸透があって、その土壌の上に立った故ではないかとすら考えられるのであるが、如何であろうか。

後記　この拙文は、昭和四十六年十一月二十八日、関西大学国文学会席上の講演を整理したものである。引用文を多くしたのは、私の解釈を加えない、子規・景樹(この場合は記録者によるものもある)の直接の発言によるべしと考えたからで、いたずらに長くなったのを許されたい。

後語

私はこれまで教壇で、近世文学観の歴史や、近世文学史中も文学観にふれて講じることを、やむなくされた。またその間に試みた若干の考察を、別の機会に、筆にし口にしたこともある。その中から、次のものを選んで、一書とした。収める文章を、発表し執筆した次第を述べれば、

一　幕初宋学者達の文学観　昭和三十三年七月、「近世儒者の文学観」（岩波講座『日本文学史』第七巻）の〈勧懲論的文学観〉で略述した処を、論題にそって、やや詳しく書き改めた。

二　石川丈山の詩論　昭和四十八年十二月、『中国古典研究』第一九号（早稲田大学中国古典研究会）

三　文学は「人情を道《い》ふ」の説　昭和二十六年二月、『国語・国文』二〇ノ三（京都大学国文学会）

四　俳趣の成立　昭和四十五年八月、『芭蕉の本I』（角川書店）

五　虚実皮膜論の再検討　昭和四十四年十月、『福田良輔教授退官記念論文集』（同事業会）

六　文人服部南郭論　昭和四十一年三月、『創立四十周年記念論文集』（九州大学文学部）

七　柳里恭の誠の説　昭和四十一年三月、『文学研究』第六三輯（九州大学文学会）

八　五井蘭洲の文学観　昭和四十四年九月、『文学研究』第六六輯（九州大学文学会）
九　隠れたる批評家——清田儋叟の批評的業績——　昭和三十一年四月、『中国文学報』第四冊（京都大学中国文学会）
十　読本初期の小説観　昭和四十八年七月二十六日、岩波ホールにおける講演「日本文学に於ける中国文学の影響」と、同年十一月九日博多九電ビルにおける講演「読本論」との、各々の一部を合せて、書き改めた。
十一　上田秋成の物語観　昭和三十三年十一月、『国文学』第二三号（関西大学国文学会）
十二　小沢蘆庵歌論の新検討　昭和四十七年十二月、『近世・近代のことばと文学』（真下三郎先生退官記念論文集刊行会）
十三　滝沢馬琴の小説観　昭和三十八年十月、『国文学論叢』第六輯（慶応義塾大学国文学研究会）
十四　景樹と子規　昭和四十七年九月、『国文学』第四七号（関西大学国文学会）
である。ただし、内容の重複する箇処は、これを削り、必要に応じては、他の小文その他をもって補った所もある。そして全体の表記を統一することとした。

■岩波オンデマンドブックス■

近世文藝思潮攷

1975年2月28日 第1刷発行
1998年9月25日 第3刷発行
2016年1月13日 オンデマンド版発行

著　者　中村幸彦《なかむらゆきひこ》

発行者　岡本　厚

発行所　株式会社　岩波書店
〒101-8002 東京都千代田区一ツ橋2-5-5
電話案内 03-5210-4000
http://www.iwanami.co.jp/

印刷／製本・法令印刷

ISBN 978-4-00-730357-9　　Printed in Japan